Un voisin si mystérieux

*

Le frisson de la peur

CARLA CASSIDY

Un voisin si mystérieux

Traduction française de
CATHERINE VALLEROY

BLACK ROSE

HARLEQUIN

Collection : BLACK ROSE

Titre original :
THE COWBOY NEXT DOOR

HARPERCOLLINS FRANCE
83-85, boulevard Vincent-Auriol, 75646 PARIS CEDEX 13
Service Lectrices — Tél. : 01 45 82 47 47 - www.harlequin.fr
ISBN 978-2-2804-9598-1 — ISSN 1950-2753

Composé et édité par HarperCollins France.
Imprimé en octobre 2023 par CPI Black Print (Barcelone)
en utilisant 100% d'électricité renouvelable.
Dépôt légal : novembre 2023.

FSC www.fsc.org
MIXTE
Papier issu de sources responsables
FSC® C159065

Pour limiter l'empreinte environnementale de ses livres, HarperCollins France s'engage à n'utiliser que du papier fabriqué à partir de bois provenant de forêts gérées durablement et de manière responsable.

1

Lizzy Maxwell sortit dans la chaleur étouffante du dernier jour d'août. Pivotant sur elle-même, elle referma les portes de l'écurie. Les stalles des chevaux étaient propres. Et son estomac lui indiquait qu'il était l'heure de dîner.

Encore un repas solitaire en vue.

À trente-trois ans, elle aurait dû être mariée, mais elle avait passé les deux dernières années à s'occuper de son père malade. Lorsqu'il était mort, elle s'était rendu compte que la plupart des hommes disponibles étaient en couple et avaient fondé une famille dans l'intervalle.

Elle se dirigea vers la maison où elle avait toujours vécu. Heureusement, son père la lui avait laissée, de même que les terres, ce qui lui permettait de cultiver du maïs et du blé, et d'élever du bétail et quelques chevaux. Il y avait aussi un grand potager dont elle tirait profit à la belle saison.

Un diable de poussière s'érigea au loin, tourbillonnant un moment avant de disparaître. On en voyait de temps en temps l'été, dans cette partie du pays. Dernièrement, elle avait l'impression de leur ressembler : tournoyant sans jamais aller nulle part.

Sur le point d'ouvrir la porte de derrière, elle entendit le hennissement d'un cheval. Se retournant, elle aperçut son nouveau voisin qui chevauchait le long de la clôture.

Il paraissait grand, avec ses larges épaules et ses longues

jambes. Il était impossible de deviner la couleur de ses cheveux, car il portait un chapeau de cow-boy noir.

Mais, à ses yeux, il n'avait pas l'air d'un cavalier bien expérimenté. Même de loin, il semblait raide et mal à l'aise. Il avait emménagé deux mois auparavant, et elle n'avait pas encore eu l'occasion de lui parler.

Tout ce qu'elle savait, c'était qu'il s'appelait Clint Kincaid, qu'il était divorcé et avait une fille de cinq ans. Elle l'avait entendu dire par Mildred Hunter, employée à la poste. Kincaid ne suscitait pas vraiment de commérages. D'après le peu qu'en avait dévoilé Mildred, il restait sur son quant-à-soi et ne passait pas beaucoup de temps en ville.

Bien sûr, Millsville, dans le Kansas, n'avait pas grand-chose à offrir en matière de divertissements, à moins qu'on veuille prendre un verre dans l'un des deux bars de la commune. Il n'y avait ni théâtre, ni cinéma, ni restaurant gastronomique. On y trouvait cependant les commodités élémentaires. Le café était un endroit agréable où manger, et un joli kiosque avait récemment été bâti dans le square de la ville. Les gens y venaient pour s'asseoir et bavarder.

Mais Lizzy aimait son ranch où l'air était pur, et où elle pouvait chevaucher dans les pâtures et pêcher le poisson-chat dans l'étang.

Un crissement de graviers lui fit tourner la tête dans l'autre sens. Elle sourit en voyant une Mustang rouge décapotable remonter l'allée.

Bailey Troy, sa propriétaire, était une force de la nature. Elle possédait le Sassy Nails Salon où les femmes allaient se faire faire une manucure en bavardant et en buvant du champagne. Bailey était aussi la meilleure amie de Lizzy depuis les premiers jours du lycée.

Ses courts cheveux blonds hérissés brillaient au soleil, et ses lunettes noires à monture dorée mangeaient son visage aux traits fins.

Elle descendit de voiture et sourit à Lizzy.

— Tu veux aller dîner au café ? demanda-t-elle.

Retirant ses lunettes de soleil, elle les laissa tomber dans son grand sac rose.

Lizzy secoua la tête.

— Tu ne préfères pas dîner « Chez Lizzy » ?

— Qu'est-ce qu'il y a au menu ? demanda Bailey.

— Du poulet mijoté, répondit Lizzy. La compagnie est bonne, le repas est gratuit, et il devrait être bon.

— Vendu, dit Bailey.

Les deux femmes se dirigèrent vers la porte. Juste avant d'entrer, Lizzy jeta un bref coup d'œil à la maison de son voisin.

— Tu l'as déjà rencontré ? questionna Bailey tandis qu'elles traversaient le salon pour se rendre dans la grande cuisine lumineuse.

— Qui ? demanda Lizzy.

Elle alla tout droit dans la véranda, ôta ses bottes puis revint dans la cuisine.

— Le nouveau... ton voisin.

Bailey s'assit à la table et laissa tomber son sac sur le plancher à côté d'elle.

— Pas officiellement, mais je l'ai aperçu plusieurs fois. Pourquoi ?

Elle se lava les mains et alla chercher des assiettes dans le placard.

— Je l'ai vu en ville, hier. Il allait au magasin de fourrage. Pas de doute, c'est un apollon.

Lizzy mit le couvert.

— J'ai entendu dire qu'il est divorcé, alors il est libre si tu as des vues sur lui.

— Non, merci. Il n'est pas du tout mon type. Je peux t'aider ?

— Non, je m'en occupe, reste assise. Pourquoi n'est-il pas ton type ?

Lizzy déposa une salade sur la table, ainsi que le poulet mijoté et du thé glacé.

— D'abord, il a un gosse, et je ne suis pas prête à jouer les mamans ou les belles-mamans. Deuxièmement, il est brun, et j'ai toujours eu un faible pour les blonds.

— Tu veux dire les blonds comme l'agent Benjamin Cooper ? lança Lizzy en s'asseyant face à son amie.

Elle rit en voyant Bailey rosir.

— Tu dois reconnaître que Benjamin est un très bel homme.

Bailey se servit un morceau de poulet.

— Bailey, tu craques pour lui depuis toujours ! Je ne comprends pas pourquoi tu ne t'es pas encore déclarée. Tu es consciente que tu ne rajeunis pas ?

— Merci de me le rappeler ! Chaque fois que je suis près de lui, j'ai la gorge nouée. En plus, je crois qu'il sort avec Celeste Winthrop en ce moment. Si c'est le genre de compagne qui lui plaît, ce n'est pas l'homme qu'il me faut.

Divorcée, Celeste cherchait un autre mari. C'était une très jolie femme, mais elle était connue pour son arrogance et sa condescendance envers ses semblables.

Durant l'heure suivante, les deux amies mangèrent en se racontant les derniers potins.

— Je crois que Laura Dean va quitter son mari, dit Bailey.

— Vraiment ? Je croyais qu'elle était heureuse avec Ralph. Ils m'ont toujours paru bien s'entendre.

— On ne sait jamais ce qui se passe derrière les portes closes.

Bailey se rembrunit.

— Imagine, le « Tueur à l'Épouvantail » complote probablement un autre meurtre en ce moment même...

Lizzy sentit un frisson glacé lui parcourir le dos.

— Je ne veux même pas y penser.

— Lizzy, il *faut* qu'on y pense ! Nous sommes toutes les deux blondes aux yeux bleus… comme ses victimes. Je m'inquiète parce que tu vis ici toute seule.

— Et moi, je m'inquiète parce que tu vis en ville. Il a davantage l'occasion de te voir que moi, parce que je n'y vais pas souvent.

Lizzy réprima un autre frisson.

Il y avait un tueur en série à l'œuvre dans leur petite ville. On l'avait surnommé le Tueur à l'Épouvantail parce qu'il déguisait ses victimes en épouvantail. Il leur cousait la bouche avec du gros fil noir, les habillait d'un jean, d'une chemise à carreaux et d'un chapeau de paille, puis les attachait à un piquet comme un épouvantail. C'était terrifiant, mais le plus horrible de tout était qu'il leur ôtait les yeux.

Le chef de la police avait essayé de garder ce détail secret, mais quelqu'un en avait parlé, et l'information s'était répandue à la vitesse de l'éclair, effrayant les jeunes femmes de la ville.

La première victime avait été Cindy Perry, une personne sympathique qui travaillait comme serveuse au café. On l'avait trouvée dans le champ d'un fermier. La deuxième avait été Sandy Blackstone, employée à la banque. Son corps avait été retrouvé dans la cour de la pâtisserie Sweet Tooth. Toutes les deux étaient blondes aux yeux bleus.

Il y avait une nouvelle pression dans l'air, chacun appréhendant le prochain meurtre. Jusque-là, le chef de la police, Dallas Calloway, n'avait découvert aucun indice ni aucun suspect.

— Changeons de sujet, sinon je vais faire une indigestion, dit Bailey.

Tendant la main, elle attrapa celle de Lizzy.

— Quand est-ce que tu vas venir chez moi te faire faire les ongles ?

Lizzy retira la main en riant.

— D'abord, tu m'effrayes avec ton art. Ensuite, ce n'est pas pratique d'avoir de jolis ongles ici.

— Sois donc déraisonnable une fois dans ta vie, Lizzy Maxwell ! Je te promets que je ne peindrai pas d'épi de maïs ou d'alien sur tes ongles. Ce que tu devrais faire, c'est me laisser te les vernir en rouge vif, puis mettre ta minijupe rouge et apporter des cupcakes rouges à ton voisin.

Lizzy rit de plus belle.

— Et pourquoi devrais-je faire une chose pareille ?

— Parce que tu es prête à te marier, qu'il est nouveau et qu'il pourrait être ton futur, qui sait ? répondit Bailey. En plus, en tant que membre du conseil municipal, tu devrais lui souhaiter la bienvenue au nom de la ville.

— Beurk, ne me parle pas du conseil municipal. En ce moment, je suis l'ennemie publique numéro un.

— Pourquoi donc ? demanda Bailey avec curiosité.

— C'est l'époque où on vote le budget, et je te jure qu'ils ont perdu l'esprit. Ils veulent faire passer un budget colossal qui va faire grimper nos impôts en flèche. Ce n'est vraiment pas le moment de faire ça. Et comme la Constitution prévoit que le vote doit se faire à l'unanimité, ils me regardent comme le diable en personne parce que je refuse de le voter en l'état.

Lizzy se leva et rassembla les assiettes vides.

— Tout ce que je veux, c'est qu'on fasse un compromis. Dans ce cas, je serai d'accord.

— Et moi, je vais devoir rassembler mon courage parce que ma première cliente demain matin est Letta Lee.

Bailey prit les verres et les couverts, et les emporta dans l'évier.

— Bonne chance. Et devine qui exige une part démesurée du budget pour le club de jardinage ? répliqua Lizzy.

— Laisse-moi deviner… La sorcière arrogante dont je vernis les ongles demain ? Au fait, merci pour le dîner. Ce poulet était fantastique.

— C'est facile à faire. J'essaye de mijoter un ragoût une

à deux fois par semaine. Après une journée de travail, c'est bon d'avoir un repas prêt.

— Pour moi, c'est plus facile d'acheter un hamburger ou des nuggets de poulet sur le chemin de la maison, répondit Bailey.

— Je ne vais pas prendre la voiture pour aller m'acheter des nuggets de poulet, protesta Lizzy.

Quand la vaisselle fut lavée, elles passèrent au salon.

— Ça fait deux ans que ton père est mort, il faut que tu sortes davantage, dit Bailey.

— Davantage ?

Lizzy regarda son amie avec incrédulité.

— Je siège au conseil municipal, je donne de mon temps à la banque alimentaire et je travaille sur l'exploitation. Qu'est-ce que tu veux que je fasse de plus ?

— Je ne sais pas... Peut-être qu'on devrait faire les bars. La plupart des célibataires vont Chez Murphy, le week-end.

— Beurk, tu sais que je déteste les bars.

— Je sais surtout que tu es difficile quand il s'agit des hommes.

— Je ne suis pas difficile, je sais ce que je veux, affirma Lizzy d'un ton défensif.

— Tu ne le trouveras jamais, Lizzy. Tu cherches M. Parfait, il n'existe tout simplement pas.

— Alors je resterai célibataire toute ma vie.

— Mais moi, je sais que tu souffres de la solitude, dit doucement Bailey. Qui sait ? Peut-être que ton homme idéal est en train de danser en ce moment même Chez Murphy.

— Je suis trop fatiguée le soir pour aller danser.

— En parlant de ça, quand vas-tu engager des ouvriers ? Je sais que ton père ne voulait embaucher personne, mais tu te rends compte que l'exploitation est trop grande pour la gérer toute seule ?

Lizzy poussa un gros soupir.

— Je dois reconnaître que j'ai du mal à tout faire. Il faudrait que j'engage au moins deux personnes pour m'aider, mais je n'ai pas eu le courage de m'attaquer au processus de recrutement.

— Mets une annonce dans le journal et, une fois que tu auras des réponses, je t'aiderai pour les entretiens, proposa Bailey.

— Bien sûr, dit Lizzy en riant. Et qu'est-ce que tu sais de l'élevage et de l'agriculture ?

— Je connais les ouvriers agricoles, répondit Bailey d'un air malicieux. Pour commencer, ils doivent avoir les épaules larges et les fesses musclées.

— Bailey ! s'exclama Lizzy dans un éclat de rire. Tu es incorrigible.

Bailey lui sourit, puis se leva.

— L'incorrigible s'en va pour que tu puisses te reposer. On déjeune demain ?

— Bien sûr. À quelle heure ?

Lizzy raccompagna son amie à la porte.

— À midi, au café.

— D'accord. À demain, alors.

Elle regarda Bailey monter en voiture et s'éloigner. Bien qu'elle n'ait pas très envie d'aller en ville à l'heure du déjeuner, elle savait qu'elle devait faire de temps en temps des concessions pour que ce ne soit pas toujours Bailey qui vienne chez elle. Avant de refermer complètement la porte, elle jeta un coup d'œil au ranch d'à côté.

Peut-être serait-ce gentil de préparer des cupcakes et d'aller souhaiter la bienvenue à ses nouveaux voisins. Toutefois, elle ne se vernirait sûrement pas les ongles en rouge pompier.

Ce serait seulement une courte visite pour se présenter, rien de plus. Si elle se résolvait à le faire…

— Papa ?

Emily leva les yeux du dessin qu'elle coloriait.

— Je peux te demander quelque chose ?

Clint était assis à la table de la cuisine, à côté de sa fille. Il lui sourit.

— Tu peux me demander ce que tu veux, Emily. Même quand je me tiens sur la tête, tu peux me poser des questions.

Emily gloussa, ce qui était la réaction qu'il attendait. Puis elle reprit son sérieux et fixa ses grands yeux bleus sur lui.

— Comment ça se fait qu'Amy Pearson a deux mamans, et moi j'en ai pas ? C'est pas juste.

— Amy a deux mères mais, si tu te souviens bien, elle n'a pas de père. Toi, tu en as un.

Amy était l'amie d'Emily depuis deux mois, depuis qu'elles allaient à la même école maternelle.

— Peut-être, reconnut Emily avec réticence. Mais j'aimerais bien avoir une maman quand même.

— Tu as eu une maman merveilleuse, dit Clint, le cœur serré. Elle t'aimait beaucoup, beaucoup. Même maintenant, elle te regarde depuis le ciel et elle continue de t'aimer de tout son cœur.

— C'est bien. J'aime ma maman qui est au ciel. Regarde, papa, j'ai colorié notre nouvelle maison et toi et moi dans le jardin.

Elle lui montra le dessin qu'elle venait de faire.

— C'est magnifique, ma puce. On va le mettre sur le réfrigérateur avec les autres, d'accord ? Ensuite, ce sera l'heure du bain et du lit.

— D'accord, dit-elle.

Heureusement, Emily ne rechignait jamais pour le bain. Mais l'heure du coucher était une autre paire de manches.

— Papillon ou coccinelle ? demanda-t-il en prenant la petite boîte posée à côté du réfrigérateur.

— Coccinelle, répondit-elle.

Il s'empara de deux aimants en forme de coccinelle et s'en servit pour fixer le dessin.

— Regarde comme il est beau, parmi les autres. J'aime voir tes dessins ici. Et maintenant, c'est l'heure d'entrer dans la baignoire.

Quinze minutes plus tard, Emily était dans son bain. Clint retourna à la cuisine finir sa tasse de café. Des bruits d'éclaboussures et une chanson amenèrent un sourire sur ses lèvres. Sa fille était un vrai petit poisson.

Il s'occupait d'elle depuis qu'elle avait deux ans. Il avait appris beaucoup de choses sur l'éducation des fillettes, et elle semblait s'épanouir sous sa garde, ce qui était le plus important pour lui.

Il avait été en enfer très longtemps, sans parvenir à retrouver la paix. Mais il pensait avoir enfin trouvé le lieu qu'il lui fallait pour se poser. Personne ne viendrait les chercher dans ce ranch perdu au fin fond du Kansas.

Une demi-heure plus tard, Emily était couchée. Comme d'habitude, Clint s'assit au bord de son lit avant d'éteindre la lampe de chevet.

— Hier soir, je t'ai raconté l'histoire de Bert l'abeille, alors c'est à ton tour de me raconter une histoire, dit-il à sa fille.

— D'ac.

Elle plissa le nez d'un air de concentration.

— Il était une fois une puce qui s'appelait Freddy, et elle vivait dans la fourrure d'un gentil petit chien qui s'appelait Fifi.

— Fifi ? En voilà un joli nom, dit Clint.

— Papa...

Emily s'interrompit et lui adressa son sourire le plus charmeur.

— Si je ne peux pas avoir une maman, ça serait bien que j'aie un petit chien et qu'on l'appelle Fifi. Tu serais d'accord, papa ?

Clint se mit à rire.

— Je pense que papa doit réfléchir un peu avant d'acheter un chien.

— Réfléchir pendant combien de temps, papa ? demanda Emily.

— Je devrais avoir la réponse pour ton anniversaire, dans trois semaines.

— Et ce sera un bon anniversaire ou un mauvais anniversaire ?

Il s'esclaffa à nouveau.

— Que je sois d'accord ou non pour un chien, on va te préparer un super anniversaire. J'aurai une surprise spéciale pour une petite fille spéciale.

— Pour moi ! cria-t-elle, les yeux brillant d'excitation.

— Oui. Mais, maintenant, tu dois dormir pour bien commencer ta première journée d'école.

— Je vais me faire des amies à l'école ? demanda Emily d'un air plein d'espoir.

Clint sentit son cœur se serrer. Il savait combien sa fille avait souffert de solitude, sans parents ni amis. Ils n'étaient jamais restés assez longtemps quelque part pour qu'elle ait la possibilité de se faire des camarades.

— Tu vas te faire des tas d'amies, lui promit-il.

Se penchant, il l'embrassa sur le front.

— Je t'aime jusqu'à la lune et retour, dit-il doucement.

— Bonne nuit, papa. Je t'aime beaucoup, beaucoup et même plus.

Elle se blottit sous le drap rose et s'endormit en quelques minutes. Clint éteignit la lampe de chevet, plongeant la chambre dans une semi-obscurité.

Il demeura un instant sur le seuil de la pièce, contemplant sa précieuse petite fille. Leur vie avait été terriblement chaotique depuis quatre ans. Il souhaitait que leur installation dans la région dure au moins quelque temps. Emily avait besoin d'amies et d'un semblant de normalité. Avec un peu de chance, ce serait le cas le lendemain, quand elle rentrerait au cours préparatoire.

Et il espérait qu'elle dormirait sans souffrir des cauchemars qui la hantaient depuis trois ans. Il n'y avait rien de pire pour un parent que de voir son enfant terrorisé. Heureusement, ces rêves lui venaient de moins en moins souvent.

Il quitta la chambre et se rendit dans le salon où il se laissa tomber dans un énorme fauteuil. Il était épuisé. Les tâches agricoles étaient bien plus exténuantes qu'il l'avait imaginé, mais il commençait à en saisir les tenants et les aboutissants.

Ses pensées se tournèrent vers sa voisine. Il ignorait jusqu'à son nom, mais il l'avait vue plusieurs fois chevaucher dans les pâtures. C'était un spectacle qui ne pouvait que retenir l'attention.

Elle semblait faire corps avec son cheval. Ses longues jambes pressaient les flancs de sa monture, et ses cheveux blonds flottaient autour de sa tête lorsqu'elle galopait.

Il n'avait jamais remarqué d'homme chez elle, bien qu'il ne l'ait pas observée vingt-quatre heures sur vingt-quatre. Elle ne constituait qu'une distraction minime dans une vie par ailleurs solitaire.

Pour fêter le premier jour d'école, peut-être emmènerait-il Emily manger au café le lendemain. Il ne s'était pas beaucoup montré en ville jusque-là.

Cela ne pouvait pas faire de mal d'explorer un peu Millsville, bien qu'il ne cherche aucune sorte de relations personnelles. C'était dangereux de s'approcher d'autrui. Il avait trop de secrets… Des secrets qui pouvaient entraîner la vie ou la mort.

Du moment qu'Emily avait des amis et était heureuse, c'était tout ce qui comptait. Il poursuivrait son existence en solitaire pour s'assurer qu'elle soit épanouie et en sécurité avec lui.

C'était le prix à payer pour cette nuit sanglante, un peu moins de quatre ans auparavant.

2

— Je n'arrive pas à croire que je suis en train de faire ça, déclara Lizzy l'après-midi suivant.

Bailey et elle avaient déjeuné au café, et elle était maintenant assise dans l'un des fauteuils du Sassy Nails Salon, se laissant vernir les ongles des mains.

— Moi, je n'arrive pas à croire que tu refuses de me laisser te les vernir en rouge alors que ça déchirerait, répliqua Bailey. Qu'est-ce qu'il y a au menu, ce soir ? Des cupcakes ou tes fameux cookies aux pépites de chocolat ?

Toutes les deux étaient seules dans le salon.

— Qu'est-ce qui te fait penser ça ?

Bailey lui adressa un sourire ironique.

— Je le sais parce que tu te fais faire les ongles pour la première fois depuis des années.

— Des cookies, avoua Lizzy. Aux pépites de chocolat. Je n'ai jamais rencontré de petite fille qui n'aime pas ça.

— Et quand, exactement, as-tu décidé de faire ça ? questionna Bailey en finissant le dernier ongle.

— En me couchant hier soir, je me suis dit que c'était mon devoir, en tant que membre du conseil municipal, de souhaiter la bienvenue aux nouveaux habitants.

— Ton devoir au conseil municipal ? On a vraiment un comité de bienvenue ?

Lizzy se mit à rire.

— Pas du tout. Il n'y a pas assez d'arrivées à Millsville pour ça. Mais, tu as raison, aller souhaiter la bienvenue à mon voisin et sa fille est la chose à faire en tant que voisine.

— Et ça ne fait pas de mal qu'il soit aussi beau, la taquina Bailey.

— Ça n'entre pas en ligne de compte, protesta Lizzy en riant. Je reconnais que je n'aime pas être seule. Mais je ne suis pas prête à combler ma solitude avec le premier venu.

— Sinon, tu serais avec Barry Snyder maintenant. Rappelle-moi ce qui n'allait pas chez lui ? répliqua Bailey en haussant un sourcil blond.

— Il avait, eh bien, ce petit problème de gorge. Il s'éclaircissait la voix pratiquement après chaque phrase. Je ne sais pas si c'était un tic nerveux ou un problème de santé, mais ça me tapait sur les nerfs.

— Et Lynn Steran ? Il était fou de toi. Pendant un moment, j'ai cru que tu étais aussi folle de lui. Qu'est-ce qui clochait chez lui ?

Lizzy rougit légèrement.

— Il remuait tout le temps les oreilles. Il croyait me charmer avec ça. J'ai trouvé ça charmant une minute, mais ensuite il ne voulait plus s'arrêter.

— Reconnais-le, Lizzy, tu es trop difficile quand il s'agit des hommes. Tu es sûre que tu ne veux pas que je peigne des petits cœurs sur tes ongles ?

— N'exagère pas, répondit Lizzy en riant. Ça suffit bien que tu me les vernisses.

Quelques minutes plus tard, elle était dans la rue, se dirigeant vers le magasin de fourrage. Même si on était le 1er septembre et qu'il faisait encore chaud, les agriculteurs de la région étaient conscients que l'hiver approchait rapidement. Et les hivers dans le Kansas pouvaient être brutaux, avec des températures extrêmes et des tombereaux de neige.

— Bonjour, Lizzy. Où allez-vous donc comme ça ?

Sortant de la poste, Fred Stanley lui emboîta le pas.

Lizzy réprima un grognement et se força à sourire au vieil homme. Âgé de plus de quatre-vingts ans, Fred était un vieillard lubrique qui avait toujours des grossièretés à la bouche. Bien qu'il ne soit pas si près que cela d'elle, elle sentit l'odeur écœurante de son eau de Cologne. Il devait s'en asperger abondamment.

— Je vais seulement au magasin de fourrage et, ensuite, je rentre chez moi, répondit-elle.

— Pourquoi ne pas m'emmener chez vous, Lizzy ? Je pourrais vous titiller d'une manière que vous n'imaginez même pas, dit-il en se rapprochant.

Lizzy s'arrêta net et se tourna vers lui.

— Fred Stanley, je croyais que la police vous avait ordonné de ne pas parler comme ça aux femmes.

— De parler comment ? Je ne dis que la vérité.

De son regard larmoyant, il la contempla de haut en bas.

— Vous êtes une femme remarquablement belle, Lizzy. Je n'y peux rien, quand je vous regarde, Popaul se réveille.

Lizzy en resta bouche bée. Heureusement, à cet instant, Dallas Calloway s'approcha d'eux. C'était un bel homme aux yeux gris et aux cheveux noirs. Lizzy et lui étaient sortis quelques fois ensemble, mais le courant n'était pas vraiment passé. Ils étaient tombés d'accord pour ne pas renouveler l'expérience et étaient devenus bons amis.

— Bonjour Lizzy. Fred, j'espère que vous vous conduisez correctement, dit-il avec un regard sévère.

— Bien sûr que oui. J'ai juste dit bonjour à Lizzy et, maintenant, je reprends ma route.

Il adressa un sourire innocent à Lizzy et s'éloigna en hâte.

— Merci de m'avoir secourue, dit Lizzy à Dallas. Il voulait m'expliquer comment il allait me « titiller ».

Dallas secoua la tête.

— Sérieusement, je ne sais pas quoi faire de lui. Il est

relativement inoffensif en dehors du fait qu'il ne cesse de débiter des grossièretés. Si je l'enfermais chaque fois qu'il offense une femme, il résiderait en permanence en prison, et ça ne lui servirait pas de leçon de toute façon.

— Chaque ville a le sien, non ? dit Lizzy avec un petit rire.

— Je suppose, répondit Dallas. Est-ce que ça va ?

— Ne vous inquiétez pas. Il en faut bien plus que les insanités de Fred pour que ça n'aille pas.

— Je n'aime pas vous voir toute seule, dit Dallas, le front plissé. Vous savez que vous correspondez au profil des victimes. Je préférerais que les femmes blondes aux yeux bleus ne se montrent pas dans les rues ou, au moins, qu'elles se déplacent en groupe ou avec un homme.

— Je sais, mais vous connaissez ma situation, Dallas. Il n'y a pas d'homme dans ma vie, et mes amies ne peuvent pas tout laisser tomber pour moi. Je ne viens pas souvent en ville et, quand je le fais, je fais bien attention à ce qui se passe autour de moi. Vous avez de nouveaux indices ?

— Rien. Ce type est un fichu fantôme, répondit Dallas avec une colère manifeste. Le plus énervant dans tout ça est que je suis convaincu qu'il vit ici. Je pense que c'est quelqu'un que nous connaissons tous, auquel nous sourions quand nous le croisons.

— C'est une pensée glaçante, dit Lizzy. J'espère que vous le trouverez avant qu'il refasse les gros titres.

— Moi aussi. Maintenant, allez-y... faites vos courses et rentrez chez vous, dit Dallas.

— J'en ai bien l'intention. À plus tard, Dallas.

Lizzy pressa le pas en direction du magasin de fourrage. Une fois là-bas, elle commanda ce dont elle avait besoin, puis afficha une offre d'emploi sur le tableau des petites annonces. Beaucoup de gens le consultaient. Bailey avait raison, il était temps... plus que temps de se procurer de l'aide au ranch.

Elle rentra chez elle peu après 16 heures. En commençant

à mélanger les ingrédients pour les cookies, elle repensa à sa brève conversation avec Dallas.

Les meurtres du Tueur à l'Épouvantail avaient fait les gros titres de la presse locale pendant des semaines. La une n'avait changé que lorsque quelqu'un avait incendié la pâtisserie Sweet Tooth alors que sa propriétaire, Harper Brennan, était à l'intérieur. Heureusement, Harper avait été sauvée, et les dégâts provoqués au magasin étaient en train d'être réparés par son nouveau mari, Sam Bravano, et les deux frères de celui-ci.

Elle repoussa ces pensées et répartit la pâte sur deux plaques recouvertes de papier cuisson, puis enfourna le tout. En dix minutes, une délicieuse odeur de cookie se répandit dans la cuisine.

Elle avait décidé de les apporter vers 18 heures. Avec un peu de chance, ce serait après le repas et avant le coucher de la petite fille.

Quand les cookies furent prêts, elle dîna rapidement de restes, puis se rendit dans sa chambre.

La mère de Lizzy était décédée d'une insuffisance rénale lorsque cette dernière avait onze ans. Rose Maxwell avait été une mère aimante et pleine de douceur, et Lizzy l'avait beaucoup pleurée. Après sa mort, son père était devenu silencieux et distant, absorbé par son chagrin.

Lorsque Lizzy avait eu seize ans, son père s'était installé dans une autre pièce et lui avait donné la chambre parentale en lui disant que les adolescentes avaient besoin de leur propre salle de bains. Il l'avait laissée la redécorer à son goût, et elle avait choisi des tons pêche et crème. Au fil des ans, elle l'avait repeinte plusieurs fois, mais toujours dans les mêmes nuances.

Elle entra dans la salle de bains et ouvrit la douche, puis se déshabilla et fourra ses vêtements dans le panier de linge sale. Debout sous le jet d'eau chaude, elle ne put s'empêcher d'admirer ses ongles fraîchement colorés de rose.

Cela faisait des années qu'elle ne s'était pas offert une vraie manucure. Avait-elle décidé de le faire parce qu'elle allait rencontrer son nouveau voisin ? Elle avait du mal à le reconnaître, mais c'était bien le cas. Comme si cela importait que ses ongles soient vernis ou non !

Bailey avait raison, Lizzy était difficile vis-à-vis des hommes. Mais elle ne voulait se marier qu'une fois. Si elle ne trouvait pas M. Parfait, elle préférait rester seule... Du moins, était-ce ce qu'elle se disait.

Après s'être séchée, elle enfila un jean propre et un corsage sans manches, rayé rose et blanc. Elle attacha ses longs cheveux en queue-de-cheval sur le dessus de sa tête, puis se maquilla légèrement.

À 18 heures précises, elle emporta les cookies dans son pick-up. En démarrant, elle sentit une vague d'anxiété la parcourir. Bien qu'elle se considère comme extravertie, elle éprouvait une nervosité inexplicable à l'idée de rencontrer l'homme qui était son voisin. Peut-être parce qu'il avait emménagé depuis plus de deux mois et qu'elle aurait dû lui souhaiter la bienvenue depuis longtemps. Ou peut-être parce que Bailey lui avait dit qu'il était beau.

Elle parcourut le chemin d'accès et tourna pour pénétrer sur le terrain d'à côté. La maison ressemblait beaucoup à la sienne, un ranch biscornu, plein de coins et de recoins. Mais tandis que la sienne était peinte en gris foncé, celle-ci était marron foncé avec des volets couleur rouille. Une vaste grange était située derrière la bâtisse, de même qu'une petite écurie et d'autres dépendances.

Sur le côté gauche de la propriété, il y avait un grand champ de maïs. Les tiges vertes étaient déjà hautes, et il ne s'écoulerait pas longtemps avant qu'arrive la récolte. À droite, une prairie séparait la maison de la sienne.

Les propriétaires précédents étaient un couple âgé et lui avaient dit qu'ils étaient prêts à vendre et à se retirer de la vie de ranch. Il lui semblait qu'ils étaient encore là la minute d'avant et qu'ils étaient partis la suivante, et le nouveau voisin avait pris possession des lieux.

Elle s'arrêta devant la porte et coupa le moteur. Prenant le plat de cookies, elle descendit de voiture. Une fois encore, une bouffée d'anxiété la saisit.

Peut-être était-ce un homme sympathique qui ferait un voisin agréable. Dans le milieu agricole, les voisins faisaient presque partie de la famille. Mais il était également possible qu'il soit un genre de grognon qui préférait qu'on le laisse tranquille. Dans tous les cas, elle le saurait dans une minute.

Clint était assis dans son fauteuil, regardant d'un œil une série policière à la télévision. Emily, installée sur le canapé, jouait à la poupée.

— Regarde papa, j'ai mis Annie dans sa jolie couverture rose, dit-elle.

— Elle a l'air bien confortable, répondit-il en souriant.

— Elle va faire la sieste. Moi, je n'ai plus besoin de faire la sieste, hein, papa ?

— Non, c'est vrai. Tu ne fais plus la sieste parce que tu es une grande fille.

— Je suis une grande fille et je vais au cours préparatoire, dit Emily en souriant de toutes ses dents.

Le premier jour d'école d'Emily s'était formidablement bien passé. Elle était rentrée à la maison joyeuse, parlant avec animation des amies qu'elle s'était faites et de sa maîtresse, Mme Barlow, qu'elle adorait.

Clint avait eu l'intention de l'emmener dîner au café pour fêter cette première journée, mais elle lui avait dit qu'elle voulait des hot-dogs et des haricots blancs à la sauce tomate pour le repas, aussi étaient-ils restés chez eux.

— Je vais chercher Becky. Elle aussi, elle veut faire la sieste.

Emily courut à sa chambre. Elle revint un instant plus tard avec une seconde poupée dans les bras.

Un coup à la porte fit bondir Clint. Sa première pensée fut d'aller chercher son arme dans sa chambre.

— Papa... papa... il y a quelqu'un !

Emily dansait dans le hall d'entrée.

Clint opta pour une attitude plus raisonnable et regarda par le judas. Bien qu'il ne l'ait jamais vue de près, il reconnut immédiatement sa voisine.

Il ouvrit la porte, et elle lui décocha un grand sourire. Elle était beaucoup plus jolie qu'il l'avait imaginé. Elle avait des yeux d'un bleu magnifique, ombrés de longs cils noirs, et des traits délicats. Il éprouva un élan d'attraction inattendu.

— Bonjour, dit-elle. Je m'appelle Lizzy Maxwell. Je... euh... je vis dans la maison d'à côté et je voulais vous souhaiter la bienvenue dans la région, à votre fille et à vous.

— Entrez donc, je vous en prie.

Il poussa la porte moustiquaire pour la laisser entrer dans le hall. Lorsqu'elle passa devant lui, il saisit une bouffée de parfum fleuri, à la fois suave et épicé, qui lui plut instantanément.

— Bonjour, je m'appelle Emily, dit sa fille avec son plus joli sourire.

— Bonjour, Emily. Je suis ravie de te rencontrer.

Lizzy se pencha pour se mettre au niveau d'Emily.

— J'espère que tu aimes les cookies aux pépites de chocolat parce que je t'en ai apporté.

Emily battit des mains.

— J'adore les cookies aux pépites de chocolat. C'est mes préférés !

— Qu'est-ce qu'on dit, Emily ? lança Clint.

— Merci, répondit la petite fille.

Lizzy se redressa.

— Et si je les donnais à ton papa ? Il te dira quand tu pourras en manger un ?

Lizzy tendit le plat à Clint.

— Merci, c'est très gentil de votre part. Je vous en prie, venez vous asseoir, dit-il en montrant le salon.

— Quelques minutes, merci, répliqua-t-elle.

En la suivant, il ne put s'empêcher de remarquer combien son jean moulait ses longues jambes et son derrière rebondi. Il lui désigna le canapé.

— Je peux vous offrir quelque chose à boire ? Un soda ou un café, peut-être ?

— Non, merci, tout va bien.

Elle s'assit sur le sofa, et Emily s'installa immédiatement auprès d'elle. Clint prit place dans le fauteuil rembourré leur faisant face.

— Tu as les ongles vernis en rose, comme moi, s'exclama Emily, manifestement ravie par cette similarité. Regarde, c'est mon papa qui me les a vernis.

— C'est très gentil de sa part, et ils sont très jolis, dit Lizzy avec un bref sourire en direction de Clint.

— C'est papa qui me coiffe aussi. Papa, demain, je veux une queue-de-cheval comme elle.

— Je verrai ce que je peux faire, ma puce.

Il y avait des matins où il avait du mal à passer la brosse dans les épais cheveux blonds de sa fille.

Emily se rapprocha encore de Lizzy.

— Est-ce que tu es une maman ? demanda-t-elle.

Clint en fut atterré. Lizzy lui jeta un regard surpris, puis observa Emily.

— Non, chérie, je ne suis pas une maman.

— Tu veux en être une ?

— Euh, Emily, va jouer dans ta chambre un moment,

pendant que je parle avec Mlle Maxwell, dit vivement Clint avant que Lizzy puisse répondre.

Emily se laissa glisser du canapé à contrecœur.

— Mais je pourrai avoir un cookie après ?

— Oui, tu pourras avoir un cookie avant de te coucher, répliqua son père. Et maintenant, qu'est-ce qu'on dit à Mlle Maxwell ?

— Merci pour les cookies. Tu pourrais venir jouer avec moi, un jour.

— Maintenant, vas-y, se hâta de dire Clint.

Il attendit que sa fille disparaisse dans sa chambre, puis adressa un sourire d'excuse à Lizzy.

— Désolé pour ça.

— Ne vous excusez pas. Elle est absolument charmante, dit Lizzy.

— Merci, je trouve aussi, mais je suis un peu partial, répondit Clint. Et je ne me suis pas présenté. Je m'appelle Clint Kincaid.

— Ravie de vous rencontrer, Clint Kincaid.

Elle avait un beau sourire qui relevait ses lèvres pleines, faisait étinceler ses yeux et illuminait ses jolis traits.

— Alors, d'où venez-vous, Clint ? demanda-t-elle.

Clint se raidit. L'heure était venue de débiter des mensonges. Bien qu'il déteste cela, c'était impératif. Avec un peu de chance, il ne gâcherait pas tout.

— De Californie... de la région de Los Angeles.

— Oh ! waouh ! Alors qu'est-ce qui vous a amené de Californie jusque dans le Kansas ?

Elle se pencha un peu, donnant l'impression qu'elle était totalement absorbée par leur conversation. C'était séduisant.

— Je sais que ça a l'air un peu ridicule, mais j'ai toujours rêvé de jouer au cow-boy dans un ranch du Midwest. Quand j'ai divorcé il y a quelques années, j'ai décidé de quitter mon emploi dans une grande entreprise et de faire les efforts nécessaires pour faire de mon rêve une réalité. J'ai demandé à un agent immobilier de chercher une propriété, et il est tombé sur celle-ci qui était à vendre. J'ai fait une offre qui a été acceptée, j'ai fait mes paquets, et nous voici.

En avait-il trop dit ? Trop peu ? Cela sonnait-il de manière crédible ? Elle était la première personne à qui il racontait cette histoire. C'était important que tout le monde y croie.

— Alors, soyez le bienvenu dans votre rêve, répondit-elle.

Se détendant, il se mit à rire.

— Je trouve mon rêve plus difficile que prévu. Je dois reconnaître que j'avais une vision un peu trop romantique de l'agriculture et de l'élevage.

— Le travail est dur, c'est vrai. Si vous avez des questions sur quoi que ce soit, je suis juste à côté et je serai ravie de vous aider.

— Merci, je vous en suis très reconnaissant.

— C'est une chose que vous allez découvrir à Millsville. La ville est remplie de gens merveilleux, et nous formons une communauté sympathique et chaleureuse.

— En dehors du tueur en série qui sévit ici… J'ai lu les gros titres ces derniers mois, dit-il.

Lizzy plissa le front, sans que cela nuise à sa beauté.

— Ça n'était jamais arrivé. Je sais que toute la police fait des heures supplémentaires pour résoudre ces crimes. J'espère que le tueur va être arrêté et que nous puissions enfin nous détendre.

En lisant les nouvelles, il avait appris que les deux victimes étaient des blondes aux yeux bleus, comme Lizzy.

— Je ne sais pas si vous vivez seule ou non, mais si jamais vous avez besoin d'aide, rappelez-vous que je suis juste à côté.

— En effet, je vis seule et je vous suis reconnaissante pour votre proposition. Nous devrions échanger nos numéros de téléphone, suggéra-t-elle.

— Oui, bonne idée.

Il prit son téléphone sur la petite table du salon, et elle retira le sien de son sac. Il ne leur fallut que quelques instants pour échanger leurs numéros. Puis Lizzy se leva.

— Je vais y aller. Je suis sûre que vous avez des tas de choses à faire avant que votre petite fille aille au lit.

Comme si elle avait entendu ces mots, Emily sortit de sa chambre en courant. Clint n'avait pas, lui non plus, envie de voir Lizzy s'en aller. Sa compagnie lui avait fait du bien.

Emily prit la main de Lizzy tandis qu'ils marchaient tous vers la porte d'entrée.

— Tu viendras me voir ? Tu pourras jouer avec mes poupées, je te les prêterai.

— Merci, Emily. C'est très gentil de ta part.

— Alors, tu reviendras ? insista Emily.

— Je suis sûr que Mlle Maxwell est très occupée, dit Clint.

— Mais je te reverrai, Emily. Et, s'il te plaît, appelle-moi Lizzy.

— Mlle Lizzy, dit Clint à sa fille.

Il ouvrit la porte, et Emily lâcha la main de Lizzy.

— Merci encore pour les cookies et votre visite, dit Clint. C'était un plaisir.

Lizzy lui adressa un beau sourire.

— Maintenant, nous sommes de vrais voisins, plus des étrangers.

— J'en suis ravi, répondit Clint en souriant à son tour. Bonne soirée, Lizzy.

— Bonne nuit, mademoiselle Lizzy, dit Emily.

— Bonne nuit, leur dit-elle.

Clint sortit dans la véranda pour la regarder monter dans son pick-up. Il demeura là jusqu'à ce que les feux arrière du véhicule disparaissent.

— Allez, c'est l'heure d'aller au lit, dit-il à Emily lorsqu'il fut rentré et eut verrouillé la porte.

— C'est pas l'heure de manger un cookie ? demanda-t-elle avec hésitation.

Il la prit dans ses bras, ravi par ses mimiques.

— C'est vrai, c'est l'heure du cookie.

Il s'empara du plat sur la petite table du salon et emmena Emily dans la cuisine où il la fit s'asseoir. Il découvrit alors le plat, et une odeur délicieuse s'en échappa.

— Je te donne un verre de lait et deux cookies, et ensuite c'est le bain, d'accord ?

— D'ac, accepta-t-elle.

Les cookies étaient savoureux, et quand tous les deux les eurent mangés, Emily alla prendre son bain.

Trois quarts d'heure plus tard, Clint s'assit au bord du lit de sa fille.

— J'aime Mlle Lizzy. Tu l'aimes aussi, papa ? demanda Emily.

— C'est une dame très gentille, répondit-il.

— Je pense qu'elle serait une très bonne maman, ajouta Emily.

— Chérie, Lizzy ne va pas être ta maman. C'est seulement notre voisine.

Il se pencha en avant et embrassa Emily sur le front.

— Et maintenant, endors-toi pour être en forme demain.

Lorsque sa fille fut endormie, Clint retourna au salon, songeant toujours à Lizzy Maxwell. Il s'était indéniablement senti attiré par elle.

Ce n'étaient pas seulement ses longues jambes et sa poitrine ferme. C'étaient aussi ses grands sourires et l'éclat chaleureux de ses yeux.

Il se demanda s'il serait séduit par n'importe quelle femme. Était-il tellement solitaire qu'il apprécierait la compagnie de n'importe qui ?

Il ne le pensait pas. Son attirance pour Lizzy Maxwell était particulière. Il aurait souhaité qu'elle reste plus longtemps.

Cela avait été agréable de converser avec une adulte. Il aurait beaucoup aimé en savoir plus sur elle.

Elle avait dit qu'elle vivait seule. Cela signifiait-il qu'elle n'avait pas de compagnon ? Était-elle disponible pour une relation ?

Il se secoua mentalement. Que lui arrivait-il ? Peu importait qu'elle soit disponible ou non. Il ne pouvait pas prendre le risque d'une liaison avec qui que ce soit. Lizzy avait cru à ses histoires, mais s'il se rapprochait d'elle, il serait possible qu'il commette une erreur.

En outre, ce ne serait pas juste de développer une relation avec elle, sachant que toute sa vie reposait sur des mensonges.

3

Clint Kincaid était d'une beauté à couper le souffle. Lizzy sortit de son pick-up et entra chez elle, la pensée toujours fixée sur l'homme qu'elle venait de quitter. Bailey avait raison. Cet homme était une bombe, et exactement son type, en plus.

Pénétrant dans le salon, elle se laissa choir sur le canapé. Une vision de Clint lui traversa immédiatement l'esprit. Ses cheveux épais, noirs et légèrement ébouriffés, ses yeux d'un bleu perçant, qu'elle avait tout de suite trouvés hypnotiques. Ses traits burinés, ses épaules larges, sa taille fine, ses longues jambes…

— Oh ! calme-toi, mon cœur, soupira-t-elle avec un petit rire.

Emily était aussi une enfant adorable. Sa manière de l'interroger pour savoir si elle était maman avait ému Lizzy. Elle se demanda où était la mère d'Emily. Pourquoi ne voyait-elle pas sa fille ? Lizzy ignorait tout de la situation de Clint vis-à-vis de son épouse.

Cela faisait longtemps qu'un homme ne l'avait pas attirée, et elle était incontestablement séduite par son nouveau voisin. Cela n'avait pas été très avisé de lui dire qu'elle vivait seule, mais elle avait voulu lui laisser entendre qu'elle était disponible. Et puis elle savait qu'il n'était pas le Tueur à l'Épouvantail. Dallas avait sûrement fait sa petite enquête sur lui.

Eh bien, elle avait fait le premier pas en allant se présenter.

Maintenant, la balle était dans le camp de Clint. Elle espérait de tout son cœur qu'il ferait le prochain.

Le jour suivant, elle ne fut pas surprise de voir arriver Bailey juste après le petit déjeuner. On était mercredi, et le salon fermait le mercredi et le dimanche.

— Je savais que tu allais venir, dit Lizzy en ouvrant la porte à sa meilleure amie.

— Sers-moi un café, je veux tout savoir sur « l'opération cookies », répliqua Bailey.

Lizzy se mit à rire et conduisit Bailey à la cuisine. Elle versa à chacune une tasse de café, puis rejoignit son amie à table.

— Maintenant, dis-moi tout, exigea Bailey.

— Je suis allée leur porter les cookies hier soir, c'est tout, dit joyeusement Lizzy. Pas de quoi en faire une montagne.

— Oh non, tu ne me la feras pas, ma fille ! Je veux tous les détails, répliqua son amie.

Lizzy prit une gorgée de son café et se pencha en avant.

— Bailey, tu avais tellement raison. C'est un sacré bel homme, dit-elle en reposant sa tasse.

— Je savais qu'il te plairait. Physiquement, il est tout à faire du genre qui t'attire.

— Oh ! oui ! J'adore les bruns aux yeux bleus.

— Et comment était-il ?

— Gentil… très gentil. Et sa fille est adorable. Il vient de Californie, et c'est la première fois qu'il se met à l'agriculture et à l'élevage. Bien sûr, je lui ai dit de ne pas hésiter à m'appeler s'il avait des questions ou des soucis.

— Bien sûr, approuva Bailey en souriant jusqu'aux oreilles.

Elle but un peu de café.

— On dirait que quelqu'un a déjà le béguin, ajouta-t-elle en haussant un sourcil.

— Je dois reconnaître qu'il m'a fait craquer, répondit Lizzy. Nous avons échangé nos numéros de téléphone, alors on verra s'il m'appelle.

— Il a manifesté de l'intérêt envers toi ?

Lizzy soupira.

— Je ne sais pas… c'est difficile à dire. Il était très amical, mais il l'aurait été envers toute personne qui aurait frappé chez lui avec des cookies pour sa fille.

— J'imagine que le temps dira s'il s'intéresse à toi ou non.

Le temps le dit, en effet. La semaine suivante s'écoula sans un seul appel de Clint. Lizzy ne pouvait s'empêcher d'être déçue. Mais ce n'était pas parce que Clint était son type qu'elle était le sien, se disait-elle.

Le jeudi soir, elle se retrouva encore une fois installée à la longue table de la mairie pour le conseil municipal. Ce conseil était constitué de cinq personnes. Le maire, Buddy Lyons, le présidait, bien qu'il ne vote pas. Il était simplement là pour faciliter la réunion.

Letta Lee était assise près de son amie et courtisane, Mabel Tredway. Les deux femmes fixaient un regard noir sur Lizzy. Butch Randolf et Paul Crawford, des agriculteurs d'âge moyen, étaient les deux autres membres du conseil.

— Alors, que devons-nous faire pour voter ce fichu budget ? demanda Butch en scrutant Lizzy.

C'était un homme chauve, dont les yeux noirs flamboyaient de colère à cet instant.

— En ce qui me concerne, il faut modifier certains chiffres, répondit calmement Lizzy. Nous sommes une petite ville avec des impôts limités. Le budget actuel est trop important. Ce serait un fardeau inutile pour les contribuables. Beaucoup d'entre eux ne peuvent pas se le permettre.

— Eh bien, j'ai besoin de chaque centime de ce que j'ai proposé pour le club jardinage, riposta Letta Lee avec hauteur. Le club est vital pour la santé et le bien-être des femmes de cette ville.

Pour ce qu'en savait Lizzy, le fameux club était entièrement constitué de la petite clique de Letta, laquelle bloquait tous les membres qui ne sacrifiaient pas au culte de leur chef.

— Et je ne bougerai pas sur ce que j'ai proposé pour les routes, intervint Butch. Il y a trop de nids-de-poule qui doivent être réparés avant l'hiver.

— On peut sûrement trouver des volontaires pour réparer les routes, et je ne comprends pas pourquoi le club de jardinage ne peut pas organiser des ventes de gâteaux, des vide-greniers ou d'autres événements pour contribuer à son financement, répondit Lizzy.

— Nous ne faisons pas de ventes de gâteaux, répliqua Letta d'une voix faible. Et nous n'organisons certainement pas de vide-greniers. Nous ne faisons pas ce genre de choses.

— Non, nous ne faisons pas ce genre de choses, répéta Mabel.

— Alors que devons-nous faire pour que vous approuviez le budget ? demanda Paul à Lizzy.

— Je vous l'ai déjà dit. Le réduire, répondit patiemment Lizzy. Nous savons tous que les agriculteurs de la région ont des problèmes en ce moment. Elijah Simpson et sa banque alimentaire aident plus de gens que jamais auparavant. Si j'approuvais ce budget astronomique, qui pèserait d'une tonne sur le dos de la communauté, je ne pourrais plus dormir la nuit.

— Bon sang, Lizzy, votez oui, qu'on en finisse ! lança Butch avec colère. J'ai des choses plus importantes à faire que de vous voir vous conduire comme une garce entêtée !

Sous le choc, Lizzy inspira fortement.

— Houla, inutile de nous insulter les uns les autres, intervint Buddy. Ce que je propose, c'est que nous rentrions à la maison et que nous réexaminions ce budget. Trouvons le moyen de le réduire autant que possible et réunissons-nous dans deux semaines.

Lizzy ne s'attarda pas pour bavarder après la réunion. Elle

fila vers la porte, sachant que les autres lui en voulaient. Mais elle ne pouvait voter contre sa conscience et elle ne se laisserait certainement pas brutaliser dans ce sens. Butch pouvait la traiter de tous les noms, cela ne la ferait pas dévier d'un iota.

Les temps étaient difficiles pour tout le monde. Les prix des denrées de base augmentaient, et beaucoup de gens avaient du mal à joindre les deux bouts. Ils n'avaient pas besoin d'être en plus surchargés d'impôts dans le seul but de gaver ces dames du club de jardinage de thé et de crêpes.

Elle monta dans son véhicule pour rentrer chez elle. Sur la route, elle passa devant les trois grands silos desservant la ville. C'était tout ce qu'ils avaient en matière de paysage urbain. Une fois les limites de l'agglomération franchies, elle jeta un coup d'œil à son rétroviseur et vit un pick-up, au loin, qui se rapprochait à toute allure.

Était-ce celui de Butch ? Il vivait dans un ranch de l'autre côté de la ville. Que faisait-il par là ? La suivait-il pour la brutaliser encore ? Elle savait qu'il était très susceptible. Elle en avait déjà été témoin.

Elle se cramponna au volant lorsque le pick-up arriva à sa hauteur. Il faisait trop sombre pour qu'elle distingue la couleur du véhicule. La moitié des agriculteurs de Millsville conduisaient des pick-up noirs ou bleu foncé, de toute façon.

Ils étaient sur une voie étroite, sans éclairage public. Son cœur accéléra lorsque le véhicule se rapprocha encore... Il était si près qu'elle ne voyait plus ses phares.

Elle se tendit, se préparant à une collision. À cette allure, même s'il ne faisait qu'effleurer son pare-chocs, cela pouvait provoquer un désastre. Un énorme soupir lui échappa lorsque le pick-up déboîta pour la doubler et continua sa route.

Sachant que Butch était en colère contre elle, et qu'il y avait un tueur en série dans la nature, elle était plus nerveuse que d'habitude.

Ce fut avec soulagement qu'elle franchit enfin sa porte.

Elle ferma à clé derrière elle, puis jeta un coup d'œil à sa montre. Il était quelques minutes après 20 heures, et elle n'avait pas encore dîné.

Elle se prépara un sandwich jambon-fromage et ajouta une poignée de chips dans son assiette. Puis elle alla choisir un soda dans le réfrigérateur et s'assit à table.

Elle avait mangé la moitié de son encas quand le téléphone sonna. Le numéro était anonyme. Fronçant les sourcils, elle prit l'appel.

— Garce !

Le mot explosa sur la ligne.

— Qui est à l'appareil ? demanda-t-elle, choquée par cette voix inconnue.

Clic. Son interlocuteur raccrocha.

Le téléphone sonna à nouveau et, une fois encore, l'appel était anonyme. Elle décrocha.

— Vous êtes une fichue garce ! dit le même homme qui raccrocha une fois de plus.

Le téléphone sonna pour la troisième fois. Lizzy empoigna le récepteur.

— Je suis une garce, j'ai compris le message ! Alors maintenant, arrêtez de m'appeler !

Il y eut une longue pause.

— Lizzy, euh, c'est Clint… votre voisin.

Elle se sentit mortifiée.

— Oh… bonsoir, Clint.

— Est-ce que tout va bien ?

Sa voix grave parut lisser les vagues créées par les deux appels précédents.

— Tout va bien, je viens juste de recevoir deux appels anonymes. Mais ça va.

— Je suis désolé de l'apprendre, répondit-il. Vous êtes sûre que vous allez bien ?

— Absolument.

— Eh bien, l'objet de mon appel était de vous inviter à dîner demain soir avec Emily et moi au café, si cela vous dit.

— Oh ! ce serait formidable, répliqua-t-elle tandis que son cœur exécutait une petite danse joyeuse. J'aimerais beaucoup.

— Super. Nous venons vous chercher vers 17 h 30 ?

— Parfait. Je serai prête.

Lorsqu'ils eurent raccroché, Lizzy ferma le poing et pompa l'air avec excitation. Puis elle appela Bailey.

— Devine qui vient de m'appeler pour m'inviter à dîner au café demain soir avec sa fille et lui ?

— Ça alors, laisse-moi faire une supposition… Ton voisin ?

— C'est ça. Oh ! Bailey, je suis tellement excitée !

— Qu'est-ce que tu vas porter ? S'il te plaît, ne mets pas cette salopette rayée qui te fait un gros ventre. On dirait que tu es enceinte.

Lizzy rit aux éclats.

— Ne t'inquiète pas, la salopette est depuis longtemps dans le sac des vêtements à donner. En fait, je pensais mettre ma robe d'été rose et blanche, si le temps reste assez chaud.

— C'est bien, tu es super-mignonne dedans. J'espère que tu t'amuseras, mais j'imagine que si tu sors deux ou trois fois avec lui, tu finiras par lui trouver un défaut.

— J'espère que non, répondit Lizzy avec ferveur. Il m'intéresse vraiment. Mais il pourrait s'apercevoir demain soir que je ne lui plais pas tant que ça. Ou bien c'est moi qui m'apercevrai qu'il n'est pas fait pour moi.

— C'est possible, dit Bailey. On verra avec le temps.

Le jour suivant, les heures s'écoulèrent avec une lenteur affreuse, bien que Lizzy soit occupée par ses tâches quotidiennes. Enfin, il fut presque l'heure que Clint et Emily viennent la chercher pour aller dîner.

Elle se tenait devant le miroir de la salle de bains, vérifiant son apparence. Elle savait que sa légère robe d'été lui allait bien et, bien qu'elle se maquille rarement, elle s'était appliqué un peu de rose sur les joues et du mascara sur les cils.

Elle se vaporisa du parfum, puis alla les attendre au salon. La nervosité la gagnait à l'idée de la soirée à venir.

Malgré la beauté et la gentillesse de Clint envers elle, il était tout à fait possible qu'il ne se passe rien entre eux. Il pouvait être un bon voisin, et rien de plus. Pourtant, il devait avoir ressenti une attirance quelconque, car il l'avait invitée à dîner.

À la fin de cette soirée, elle saurait exactement ce qu'il en était. Une fois encore, elle sentit son estomac se nouer à la perspective de son rendez-vous avec le très séduisant Clint et la mignonne petite Emily.

Après la première visite de Lizzy, Clint s'était dit qu'elle serait sa voisine, rien de plus. Il était indubitable qu'il était attiré par elle, mais il était certain que toute relation personnelle serait une erreur.

Toutefois, Emily ne le percevait pas de cette manière. Chaque soir, elle lui demandait quand ils allaient revoir Mlle Lizzy. Comme lui-même en avait envie, il avait finalement craqué et l'avait appelée pour l'inviter à dîner. Un repas en présence de sa fille ne devrait pas être trop dangereux. C'était le genre de choses que faisaient les voisins.

Arrêté devant la maison de Lizzy, il fut surpris de sentir monter sa nervosité. Après tout ce qu'il avait vécu, il s'étonnait que quelque chose puisse encore le déstabiliser.

Il se gara, puis se tourna vers Emily, attachée dans son siège-auto à l'arrière.

— Reste ici, je reviens tout de suite avec Mlle Lizzy, lui dit-il.

— Dépêche-toi, papa, répondit-elle. Je suis pressée de la voir.

Il descendit de voiture et fit quelques pas jusqu'à la porte.

La maison était peinte d'un beau gris avec des touches de noir et semblait construite sur le même plan que la sienne.

Il frappa, et Lizzy vint aussitôt lui ouvrir. Elle était encore plus jolie que dans son souvenir.

Sa robe rose et blanche lui soulignait la taille et mettait en valeur sa poitrine. Ses cheveux étaient lâchés sur ses épaules, et il eut immédiatement envie de plonger les doigts dans les longues mèches dorées de Lizzy. Elle avait un sac à main parfaitement assorti à sa tenue, ce qui lui donnait grande allure.

— Bonsoir, Clint, le salua-t-elle avec un sourire qui le réchauffa de la tête aux pieds.

— Bonsoir, Lizzy. Vous êtes ravissante.

— Merci. Vous êtes très élégant, vous aussi.

Il avait choisi un pantalon bleu marine et un polo bleu clair, pour la soirée.

— Merci. Vous êtes prête ?

— Je suis prête.

Elle sortit sur la véranda et referma la porte derrière elle. Il saisit une bouffée de ce parfum à la fois fleuri et épicé qu'il trouvait si agréable.

— Je préfère vous dire qu'Emily a parlé de vous toute la semaine et qu'elle est enthousiaste à l'idée de vous revoir, dit-il tandis qu'il l'escortait vers son pick-up.

— C'est adorable. Moi aussi, j'ai hâte de passer plus de temps avec elle. Elle est réellement délicieuse.

Il lui ouvrit la portière et, immédiatement, Emily se mit à crier d'excitation.

— Mademoiselle Lizzy ! Mademoiselle Lizzy, je suis tellement contente de te revoir.

— Je suis aussi très heureuse de te revoir, dit Lizzy en riant.

Elle se glissa sur le siège, et Clint referma sa portière avant d'aller s'installer au volant. Emily parlait déjà à Lizzy de sa première semaine d'école.

— Et j'ai eu plein de sourires sur mon cahier, et j'ai plein de nouvelles amies, et j'adore mon école et ma maîtresse.

— C'est merveilleux, Emily, répondit Lizzy. Et tu as réfléchi à ce que tu vas commander pour le dîner ?

— De la glace, répliqua immédiatement la petite fille.

— Tu dois manger autre chose avant la glace, dit Clint. Maintenant, laisse-moi bavarder avec Mlle Lizzy quelques minutes.

— D'ac.

Emily se plongea sur l'écran de la tablette qu'il lui avait achetée un mois auparavant. Clint adressa un grand sourire à Lizzy.

— Bonsoir.

Elle rit. Il adorait le son de son rire, il était tellement musical et contagieux.

— Bonsoir à vous, répondit-elle.

— Ce sera notre premier repas au café. Alors, à quoi dois-je m'attendre ? demanda-t-il en sortant du chemin d'accès et en s'engageant sur la route.

— Une atmosphère sympathique et de la bonne cuisine.

— Vous avez apporté votre appétit avec vous ?

— Absolument. Je dois vous avertir que je ne suis pas de ces femmes qui picorent une salade et disent qu'elles n'ont plus faim. J'aime la nourriture et j'adore manger.

Il se mit à rire.

— J'en suis ravi. Moi aussi, j'aime manger, et c'est agréable d'être en compagnie de quelqu'un qui apprécie la nourriture. Vous avez un plat favori, dans ce café ?

— La glace, pépia Emily depuis le siège arrière.

Clint et Lizzy se mirent tous les deux à rire.

— En fait, je n'ai pas de plat préféré. Tout ce que j'y ai commandé était bon.

— Alors, j'ai hâte de voir ça.

Un silence passa… Un silence qui devenait légèrement

inconfortable à mesure qu'il se prolongeait. Heureusement, avant qu'il soit gênant, ils arrivèrent au café.

— On dirait que l'établissement est plein, remarqua Clint en faisant le tour du parking à l'arrière, cherchant une place.

Il en avait déjà cherché une sur le parking de devant, mais tous les emplacements étaient occupés.

— Les vendredis soir et les dimanches après-midi sont les jours les plus chargés. Ce sont les pics de commérages ici, à Millsville, dit Lizzy avec un petit rire. Je suppose que j'aurais dû vous prévenir.

— Un peu de commérage ne me déplaît pas, répondit-il.

Il avait envisagé que les gens puissent spéculer sur leur présence à Lizzy et lui au café. Cela ne signifiait pas pour autant que quiconque allait se plonger dans son passé.

Il trouva finalement un emplacement libre et s'arrêta. Il ne leur fallut que quelques minutes pour descendre du pick-up, puis Emily prit sa main et celle de Lizzy, et tous les trois s'avancèrent vers l'entrée.

Un bref instant, son cœur se serra à la pensée de ce qui aurait été s'il n'y avait pas eu cette nuit terrible, si longtemps auparavant. Une femme différente marcherait avec Emily et lui. Il repoussa cette idée et préféra se concentrer sur le moment.

Ils pénétrèrent dans le café, et Clint regarda autour de lui avec intérêt. Les murs étaient peints de fresques illustrant les paysages dans lesquels il vivait désormais. L'un d'eux arborait des bottes de foin et des coqs à la crête écarlate, le second montrait une plantation de maïs avec trois grands silos à l'horizon, et le dernier représentait un patchwork de champs dans les tons marron, doré et vert.

L'air était chargé de parfums de viande grillée et de pain chaud, de légumes mijotés et d'autres odeurs appétissantes. Un brouhaha de conversations et de tintements de couverts emplissait le café.

Une hôtesse les accueillit et les mena à un box vide au fond de la salle. Elle les quitta en leur promettant de revenir avec un rehausseur. Emily était petite pour son âge, et les gens supposaient toujours qu'elle était plus jeune. Le siège pour enfant lui faciliterait les choses.

— On ne trouve pas d'endroits comme celui-là à New York, dit-il.

Il se donna mentalement un coup de pied. Bon sang. Il venait de faire un lapsus.

— Ou en Californie, ajouta-t-il rapidement.

— Oh ! vous êtes allé à New York ? questionna Lizzy en le dévisageant avec curiosité.

— J'y suis allé quelques fois, répondit-il.

Il devait être cohérent et s'en tenir à son nouveau récit. Il était maintenant originaire de Californie, et non de New York.

— Vous êtes allé dans d'autres villes ? demanda-t-elle.

Il comprit que l'alerte était passée.

— J'ai passé un week-end à Las Vegas et une semaine aux Bahamas, mais c'était avant Emily.

— Papa, je veux de la glace, intervint la petite fille.

— Tu pourras manger une glace pour le dessert, mais tu dois commander autre chose d'abord, dit-il à Emily.

À cet instant, la serveuse revint avec un rehausseur et prit leurs commandes. Lizzy choisit un steak à la mode campagnarde, et Clint demanda du poulet frit ainsi que des nuggets de poulet pour Emily. La serveuse donna à Emily du papier et une petite pochette de crayons de couleur, et la fillette se mit immédiatement à l'œuvre.

Lorsqu'on leur apporta leurs boissons, ils s'installèrent plus confortablement, dans l'attente des plats.

— Et vous ? questionna-t-il, reprenant la conversation où ils l'avaient laissée. Vous avez voyagé ?

— Malheureusement non. Je n'en ai jamais eu le temps ni les moyens. Comme vous débutez dans l'agriculture et l'élevage, je vais vous dire un petit secret. Ce sont des maîtresses jalouses qui vous prennent tout votre temps, votre argent et votre énergie.

— Et pourtant, vous adorez ça, observa-t-il.

Elle se mit à rire.

— Oui, c'est vrai. Bien sûr, je n'ai jamais connu rien d'autre, mais je ne peux pas m'imaginer faire autre chose.

Quand leurs plats arrivèrent, la conversation se poursuivit. Ils faisaient connaissance peu à peu. Clint était content de découvrir qu'ils avaient beaucoup de goûts en commun.

Plusieurs personnes s'arrêtèrent près de leur box pour saluer Lizzy. Elle les présenta à chaque fois à Clint qui ne parvint pas à retenir tous ces noms et ces visages. Mais il était évident que Lizzy était non seulement appréciée, mais très respectée dans la ville.

Ils passèrent d'un sujet à l'autre avec aisance, et Lizzy se montra très douce avec Emily, prenant le temps de lui parler. Elle était si jolie. Clint devait reconnaître que quelque chose chez elle l'émouvait, et ce n'était pas du tout désagréable.

— Aimeriez-vous un dessert et un café ? demanda-t-il quand leurs assiettes vides furent emportées.

Il n'était pas encore prêt à finir la soirée.

— De la glace ! s'exclama Emily.

— J'en prendrai volontiers, dit Lizzy. Une glace et une tasse de café.

— Tout ce que j'ai besoin de savoir, c'est quel parfum ?

— Chocolat, répondirent les deux filles en chœur, et cela les fit rire.

— Oh ! je t'aime, mademoiselle Lizzy, dit Emily en lui lançant un regard d'adoration.

— Et moi, je pense que tu es la petite fille la plus gentille et la plus belle que j'ai jamais rencontrée, répliqua Lizzy.

Clint sourit à Emily. Il était fier d'elle et de sa conduite. Mais il n'aurait pas dû être surpris. Elle avait toujours été une enfant sage. Il était néanmoins manifeste qu'elle commençait à vénérer leur nouvelle voisine.

— Merci, dit Emily avec un sourire charmant. Tu pourrais rentrer à la maison avec nous ce soir et me border dans mon lit, et rester dormir, comme ça, je pourrais te voir demain matin quand je me réveillerai. Papa fait des bons petits déjeuners.

Clint considéra Emily d'un air stupéfait, puis regarda Lizzy. Cette dernière souriait chaleureusement à sa fille.

— Je suis désolée, Emily, je ne peux pas faire ça, mais peut-être qu'on pourrait prévoir un après-midi de jeu, toi et moi.

Emily battit des mains.

— Oui, oui ! s'exclama-t-elle. Un après-midi de jeu ? Quand ? Bientôt, hein ?

— Ton papa et moi allons décider de ça, dit Lizzy. Je te promets que ce sera bientôt.

Clint commanda les glaces et prit pour lui-même une tarte à la crème de banane. Durant le dessert, ils parlèrent des tâches de Lizzy au conseil municipal et de son bénévolat à la banque alimentaire. Puis il évoqua un problème dont il n'avait pris conscience que quelques semaines auparavant.

— Il faut que je trouve une gouvernante et une baby-sitter, dit-il. Quelqu'un qui pourra emmener Emily à l'école le matin et revenir la garder après l'école. Qui pourrait aussi venir certains week-ends pour que j'aie plus de temps pour travailler aux champs. Vous ne connaîtriez pas par hasard quelqu'un de fiable ?

— En fait, si. Elle s'appelle Rosa Mendoza. C'est une dame adorable, veuve, qui vient juste de cesser de travailler pour les Welch parce que leurs enfants sont devenus grands. Je serai ravie de vous envoyer son numéro demain.

— Merci. Ce serait formidable. Vous savez si elle sait cuisiner ?

— Vous ne cuisinez pas ? questionna-t-elle, surprise.

— Je me débrouille avec les choses simples, mais il y a des soirs où j'aimerais bien manger un pain de viande ou peut-être un poulet qui ne sorte pas d'une boîte.

— Oh ! pauvre homme… du poulet en boîte, répondit Lizzy avec une lueur taquine dans les yeux. Emily et vous, vous devriez venir dimanche midi manger du poulet aux ravioles. Du poulet qui ne sort pas d'une boîte.

— Ce serait fantastique. Nous adorerions ça.

Il était ravi non seulement par la perspective d'un bon repas, mais également par le fait qu'elle voulait le revoir.

— Vous me direz ce qu'il faut apporter.

— Juste vous, je m'occupe du reste, répondit-elle.

Quoi qu'il en coûte à Clint, l'heure était venue de se dire au revoir. Les desserts avaient été mangés et, quand il eut réglé l'addition, ils quittèrent le café.

— J'ai trop mangé, dit Lizzy tandis qu'ils marchaient vers le pick-up.

— Moi aussi, approuva Emily en agrippant la main de Lizzy. J'ai trop mangé comme toi, mademoiselle Lizzy.

Clint était reconnaissant à Lizzy de ne pas se formaliser de l'insistance d'Emily. En fait, elle s'était montrée patiente toute la soirée avec la petite fille. Cela le touchait incontestablement.

Peut-être était-ce qui l'attirait chez elle, le fait qu'elle soit si gentille avec Emily. Mais il savait que cela allait bien au-delà.

Tout ce qu'il avait appris d'elle l'excitait et l'émouvait.

Il la trouvait séduisante en diable, et elle lui rappelait que cela faisait très longtemps qu'il n'avait pas été en compagnie d'une femme. Pouvait-il vraiment s'engager dans une relation avec elle et, malgré tout, garder ses secrets ?

Dissimulé derrière un gros arbre, il se fit tout petit lorsque le pick-up s'arrêta près de l'entrée. Il regarda les deux adultes en sortir et se diriger vers la porte.

Il vit immédiatement qu'ils se plaisaient. Leur langage corporel était parlant lorsqu'ils firent une pause sur le seuil. Il se penchait vers elle et elle se penchait vers lui. Incontestablement une idylle en herbe.

Parfait. Elle était absolument parfaite avec ses longs cheveux blonds et ses yeux bleus. Exactement comme la précédente.

Oh oui, ça allait être tellement amusant. Vraiment parfait. Tout ce qu'il avait à faire, c'était observer, apprendre et patienter. Ensuite, il pourrait mettre en œuvre sa vengeance.

4

Dimanche matin, outre ses corvées habituelles, Lizzy fit un grand ménage dans la maison en perspective de l'arrivée de ses invités à 13 heures. Ils avaient fixé l'heure la veille lorsqu'elle l'avait appelé pour lui donner le numéro de Rosa Mendoza.

À midi, son intérieur sentait le poulet et les ravioles qui mijotaient dans un faitout, ainsi que le lustrant au citron. Il y avait aussi l'arôme des pommes et de la cannelle, car elle avait préparé une tarte pour le dessert.

La table était mise dans la cuisine avec la porcelaine de sa mère, que son père avait conservée pour elle. Lizzy avait également prévu une salade au céleri, canneberges et noix de pécan, du maïs à la vapeur et des petits pains maison.

Lorsque tout fut prêt, elle entra au salon pour s'assurer qu'elle n'avait rien oublié. Après la mort de son père, elle s'était finalement débarrassée du divan et du fauteuil en velours vert qui le meublaient depuis toujours.

Elle les avait remplacés par un salon beige de style plus contemporain. Des coussins turquoise et jaune agrémentaient le canapé. Elle avait gardé les étagères qui supportaient la collection de vaches peintes de son père. Il avait passé beaucoup de temps dans les vide-greniers et les boutiques d'occasion à les chercher, mais ne l'avait jamais invitée à venir avec lui dans ses expéditions.

Durant un instant, en les regardant, elle sentit une vague de tristesse l'envahir. Bien qu'elle se soit occupée de lui jusqu'à la fin, elle n'avait jamais ressenti l'amour de son père. À la mort de sa femme, il avait dressé un mur de chagrin entre lui et les autres, y compris sa fille unique.

Son propre chagrin était peut-être ce qui la poussait à vouloir se marier et fonder une famille… Parce que la sienne avait été déchirée par le décès de sa mère et la dépression de son père. Elle aurait aimé reconstruire celle qu'elle n'avait jamais eue.

Dans la famille dont elle rêvait, l'amour tiendrait la première place. Pas nécessairement l'amour physique, mais de petits gestes comme un baiser inattendu, une caresse affectueuse dans le dos ou un gentil pincement du bras. Cela pouvait être aussi un regard tendre ou amoureux à la table du dîner. Elle se disait que le plus important était d'affirmer son amour tous les jours.

Elle savait qu'elle fantasmait beaucoup, mais elle était convaincue que lorsqu'elle trouverait la personne qu'il lui fallait, ses rêves se réaliseraient. Mais d'abord, elle devait tomber follement amoureuse d'un homme merveilleux.

Cette pensée à l'esprit, elle se rendit dans sa chambre pour changer de vêtements et se maquiller un peu. Peu après midi et demi, elle revint dans la cuisine habillée d'un jean propre et d'un corsage d'été rose, les yeux soulignés de mascara.

Elle était ridiculement nerveuse de revoir Clint. Elle lui avait parlé brièvement au téléphone la veille, mais ce n'était pas la même chose que d'être en sa présence. Il était incontestable qu'elle l'aimait beaucoup et qu'elle souhaitait que cela soit réciproque. Emily représentait aussi un petit bonus.

Elle vérifia à deux reprises que les ravioles n'étaient pas trop cuites et plaça le beurre et la salade aux canneberges sur la table. La couleur bourgogne de la salade ressortait bien dans le saladier parsemé de fleurs de teinte identique.

La maison était propre, le couvert joliment mis et, après avoir remué une dernière fois le poulet et la casserole de maïs, elle retourna au salon attendre ses invités.

Se laissant tomber sur le canapé, elle inspira à plusieurs reprises à fond pour se calmer. Elle avait vraiment aimé leur dîner au café. Tout ce qu'elle apprenait de Clint ne faisait que le rendre plus intéressant à ses yeux.

Il n'y avait pas de doute qu'elle était physiquement attirée par lui. Sa proximité lui coupait le souffle. Elle avait à moitié espéré qu'il l'embrasserait pour lui souhaiter bonne nuit, mais il ne l'avait pas fait.

Elle ne pouvait pas le lui reprocher, étant donné que sa fille l'attendait dans le pick-up. Mais ce qui la surprenait, c'était qu'elle avait eu envie qu'il lui donne un baiser. Après tout, cela n'était que leur première sortie ensemble, pour ainsi dire.

À exactement 13 heures, elle entendit le gravier crisser sur le chemin d'accès. Un bref coup d'œil par la fenêtre lui apprit que le véhicule de Clint s'arrêtait devant chez elle.

Elle les regarda descendre de voiture. Clint était très beau, en jean et chemise blanche aux manches roulées sur les avant-bras. Emily avait l'air d'une petite poupée dans une robe rose, ses longs cheveux attachés en couettes. Clint prit quelque chose sur le siège passager, et ils avancèrent vers la porte.

Lizzy alla leur ouvrir.

— Bonjour, voisins, les salua-t-elle.

Clint lui adressa un sourire qui la fit frémir de joie intérieurement, tandis qu'Emily poussait un cri d'excitation.

— On est pareilles, mademoiselle Lizzy ! s'exclama-t-elle. On est toutes les deux roses !

— Oui, c'est vrai, répondit Lizzy en riant.

— J'ai apporté des *crumb cakes* pour le dessert, dit Clint en lui tendant un carton à pâtisserie.

— Merci, mais vous n'auriez pas dû.

Elle les fit entrer dans le salon.

— Le repas est prêt. Nous pouvons passer à table, si vous voulez, et bavarder plus tard au salon.

— Volontiers.

— Bien. Suivez-moi. J'ai mis la table dans la cuisine plutôt que dans la salle à manger. C'est plus intime.

Elle posa le carton à pâtisserie sur le plan de travail, près de la tarte aux pommes.

— Quelle jolie table et quelle odeur délicieuse, dit-il en entrant dans la cuisine à sa suite.

— Merci, répondit-elle.

Lui-même avait un parfum délicieux, une eau de Cologne fraîche et nette. Elle l'avait remarquée quand ils étaient allés au café. C'était une senteur qui la remuait en profondeur.

— Asseyez-vous où vous voulez, leur offrit-elle.

La table était ronde, si bien qu'il n'y avait pas à se soucier de places. Elle fronça les sourcils.

— Malheureusement, je n'ai pas de rehausseur.

— En fait, j'en ai un dans la voiture. Je ne voulais pas vous encombrer d'emblée, avoua-t-il. Que vous pensiez que nous nous installions chez vous.

Elle rit.

— Allez chercher le rehausseur, Emily et moi serons encore là quand vous reviendrez.

— J'y vais, dit-il, et il sortit de la cuisine.

— Emily, tu voudrais m'aider à faire quelque chose ? demanda Lizzy à la petite fille.

— Oui, oui, je t'aide, mademoiselle Lizzy, répondit-elle avidement.

— Super. Tu vois ces petits pains ? Il faut les mettre dans la corbeille.

Lizzy posa la plaque de cuisson refroidie sur la table, puis tendit à Emily une corbeille tapissée d'une serviette de table à carreaux.

— Mais d'abord, il faut nous laver les mains.

Elle plaça une chaise devant l'évier et aida Emily à s'agenouiller afin qu'elle puisse atteindre le robinet. Puis toutes les deux se lavèrent les mains.

Ensuite, tandis qu'Emily s'occupait des petits pains, Lizzy transféra le maïs dans un saladier. Outre les assiettes sur la table, chacun avait un bol pour le poulet et les ravioles. Elle les remplirait une fois que tout le monde serait assis.

— Regarde, papa, j'aide Mlle Lizzy, dit Emily lorsque Clint revint avec le rehausseur à la main.

— C'est génial, ma puce, répondit-il en installant le siège pour enfant sur une chaise.

— J'ai fini, mademoiselle Lizzy, annonça Emily lorsque tous les petits pains furent dans la corbeille.

— Merci pour ton aide. Tu as bien travaillé.

Elle rangea la plaque de cuisson et fit signe à Clint de s'asseoir. Quelques minutes plus tard, ils étaient tous installés à table, devant les plats.

— Oh mon Dieu, tout est tellement délicieux, dit Clint.

Il lui adressa un large sourire.

— Ça bat incontestablement le poulet en boîte.

Lizzy se mit à rire.

— Je suis ravie que ça vous plaise.

— Ça me plaît énormément, répondit-il.

Il y avait une chaleur dans ses yeux qui la fit frissonner de plaisir.

— C'est bon, dit Emily.

Un filet de bouillon de poulet lui coula sur le menton.

— Sers-toi de ta serviette en papier, ma puce, dit Clint à sa fille.

Elle s'exécuta et s'essuya la bouche.

— Ma puce… c'est le surnom officiel d'Emily ? s'enquit Lizzy.

— Je suis une puce, dit fièrement Emily. La puce de papa.

— J'ai commencé à l'appeler ma puce quand elle avait deux ans. Ma puce, c'est plus joli que mon cafard.

Lizzy rit de plus belle.

— En effet.

— Et vous ? Vos parents vous donnaient un surnom quand vous étiez petite ?

— Ma mère est morte quand j'avais onze ans, d'une maladie rénale, répondit-elle. Mais Lizzy est déjà un diminutif. Mon vrai prénom est Elizabeth.

— Je suis désolé pour votre mère, dit-il.

— Merci, mais c'était il y a longtemps.

— Donc vous avez été élevée par votre père et vous semblez vous en être bien sortie.

Il jeta un coup d'œil à sa fille, et Lizzy vit l'inquiétude assombrir son regard.

— Vous avez l'air de bien vous débrouiller. Le plus important est qu'elle sache que vous l'aimez, et c'est évident, dit-elle.

Il hocha la tête.

— Parfois, je crains de ne pas suffire quand elle sera plus grande.

Une fois encore, Lizzy s'interrogea sur son ex-femme. Elle aurait aimé lui poser des questions, mais elle ne pouvait pas le faire en présence d'Emily. Toutefois, la petite fille ne semblait pas prêter attention à leur conversation, car elle pourchassait des ravioles avec sa cuillère.

— Je suis sûre que tout ira bien, dit-elle. Et peut-être que vous aurez une femme à ce moment-là, qui vous aidera à l'élever.

— Je ne me vois pas me remarier à l'avenir, déclara-t-il.

Ce n'était pas ce que Lizzy avait espéré entendre, et cela la rendit d'autant plus curieuse vis-à-vis de son union avec la mère d'Emily. C'était un homme relativement jeune. Elle supposait qu'il avait la trentaine. Il ferait certainement un bon mari.

— Je peux avoir un autre petit pain ? demanda Emily.

— Bien sûr, dit Lizzy en lui passant la corbeille. Tu voudrais plus de poulet, aussi ?

— Oui, un peu, répondit-elle.

— Encore, s'il vous plaît, dit Clint en faisant un clin d'œil et en tendant aussi son bol.

Lizzy rit doucement en les servant. C'était la meilleure preuve que sa cuisine leur plaisait. La conversation reprit, facile et légère, tandis qu'ils terminaient le repas.

— Ne touchez à rien, dit-elle lorsqu'ils eurent fini de manger, je nettoierai plus tard. Et si nous prenions le café et le dessert au salon ? Nous avons un *crumb cake* et une tarte aux pommes.

— Je peux avoir des deux ? demanda Emily.

— C'est vous qui avez fait la tarte aux pommes ? interrogea Clint.

— Oui, c'est moi.

— Alors, c'est ce que je vais prendre, dit-il.

— Je rassemble tout et je l'apporte au salon.

— Je ne vais pas vous laisser tout débarrasser.

Il se leva de table.

— Si je vous aide, ça ne prendra que quelques minutes.

— Ce n'est vraiment pas nécessaire, protesta Lizzy. Je peux débarrasser quand vous serez partis.

— Vous avez cuisiné, il est normal que je vous aide à ranger.

Joignant le geste à la parole, il prit un bol et une assiette et les emporta dans l'évier.

— Bon, si vous insistez, dit-elle en capitulant. Emily, je t'ai acheté un cahier de coloriage et des crayons de couleur. Ils sont sur la petite table dans le salon.

— J'adore colorier, dit Emily tandis que Clint l'aidait à descendre du rehausseur.

Elle fila hors de la cuisine.

— J'apprécie vraiment votre gentillesse envers Emily, dit-il à Lizzy tout en continuant à débarrasser la table.

— C'est facile d'être gentille avec elle. C'est un amour de petite fille, vous l'avez vraiment bien élevée.

— Merci. Elle est la prunelle de mes yeux, bien sûr.

— C'est normal, répondit Lizzy.

Chaque fois qu'il s'approchait d'elle, son eau de Cologne lui faisait tourner la tête.

— Je suis peut-être indiscrète et, dans ce cas, dites-moi de me mêler de mes affaires, mais je demandais : qu'est-il arrivé à la mère d'Emily ? Elle la voit encore ?

Elle sentit immédiatement une tension émaner de lui.

— Non, elle est sortie de sa vie. Malheureusement, mon ex-femme préférait la drogue à sa famille. J'ai essayé de l'aider mais, au bout du compte, j'ai compris que je ne pouvais rien faire. Le temps que nous divorcions, elle s'adonnait à la méthamphétamine, alors j'ai demandé au juge la garde exclusive d'Emily et j'ai gagné.

— Je suis désolée. C'est triste. Vous avez encore des nouvelles d'elle ?

— Non, elle ne m'a plus jamais contacté, ni moi ni Emily, depuis le jour du divorce. En vérité, j'ignore si elle est vivante ou morte.

Il poussa un gros soupir.

— J'ai dit à Emily que sa mère est au ciel et qu'elle l'aime énormément.

— Vous lui direz la vérité un jour ?

Lizzy empila les assiettes et les bols sur l'égouttoir de l'évier. Elle ne les mettait jamais au lave-vaisselle. Elle les nettoierait à la main quand ses invités seraient partis.

Clint apporta la salade aux canneberges, puis appuya une hanche au plan de travail.

— Cette question me ronge tous les soirs. Pour être honnête, je ne sais pas si je lui dirai jamais la vérité. Si je le fais, ce sera de toute façon quand elle sera plus grande et qu'elle pourra comprendre.

Il retourna à la table et prit le beurrier.

— Merci de m'avoir dit cela, dit-elle.

— Pas de problème. C'était une période douloureuse pour moi, mais elle est finie. Et vous ? Vous avez aussi de noirs secrets ?

Elle se mit à rire.

— Non. Avec moi, tout est exposé.

Il soutint le regard de Lizzy un long moment.

— C'est ce que j'aime chez vous, dit-il.

— Merci, répondit-elle en lâchant un rire un peu essoufflé.

Oh ! cet homme l'attirait vraiment ! Jusque-là, elle n'avait pas trouvé une seule chose qui la rebute.

— Pourquoi n'allez-vous pas au salon ? J'apporte le café.

— Volontiers.

Il prit le rehausseur sur la chaise et quitta la cuisine. Lizzy eut l'impression qu'il emportait avec lui toute l'énergie de la pièce. Cela faisait très longtemps qu'elle n'avait pas apprécié un homme autant qu'elle appréciait Clint. Il l'intriguait et l'excitait, et elle espérait qu'il éprouvait la même chose envers elle.

Bien sûr, elle était un peu contrariée qu'il ne veuille pas se remarier, mais il était bien trop tôt pour penser à cela. Elle le connaissait à peine, pour l'amour du ciel !

Elle prépara le café et emporta deux tasses dans le salon où Emily, assise par terre, était en train de colorier, et Clint avait pris place sur le canapé. Elle lui tendit son café, puis retourna chercher le dessert. Quand ils eurent tout, elle le rejoignit sur le sofa.

— J'ai oublié de vous le dire. Emily et moi avons rencontré Rosa Mendoza ce matin, annonça-t-il en coupant la tarte aux pommes.

— Comment ça s'est passé ?

— Très bien. Elle commence demain. Merci de me l'avoir recommandée. Je pense qu'elle nous conviendra très bien. Et cette tarte est absolument délicieuse.

— Oui, elle est délicieuse, répéta Emily.

— Merci. Mais revenons à Rosa. C'est une femme qui a bon cœur. Je suis sûre que vous ne regretterez pas de l'avoir embauchée.

Elle fit une pause pour boire une gorgée de café.

— Vous avez réfléchi à qui vous allez engager pour la récolte du maïs ou vous allez la faire vous-même ?

— Non, je ne la ferai certainement pas tout seul. Autant que je sache, je ne possède pas de moissonneuse-batteuse. Quant à engager quelqu'un, le problème est que je ne connais personne en dehors de vous.

— Ces dernières années, c'est Jerry West qui a récolté le mien. C'est un ouvrier chevronné qui se loue à plusieurs agriculteurs. Il est fiable et raisonnable, et il a une petite équipe qui effectue le travail rapidement. Si vous voulez, je vous enverrai son numéro tout à l'heure.

— Merci. Je ne sais pas ce que je ferais sans vous, Lizzy. Il faut vraiment que je sorte pour rencontrer plus de gens.

Elle lui sourit.

— Vous pourriez aller au magasin de fourrage et passer de temps en temps la soirée au Farmer's Club.

— Le Farmer's Club ? Qu'est-ce que c'est ? demanda-t-il.

— Nous avons deux bars, ici. Chez Murphy est grand et bruyant, et la plupart des jeunes célibataires y vont. De l'autre côté, le Farmer's Club est plus petit et plus intime. C'est là que vont les gens un peu plus âgés.

— Lequel préférez-vous ?

Elle se mit à rire.

— Il y a quelques années, mon amie et moi passions beaucoup de temps Chez Murphy, mais je n'y vais plus beaucoup.

Je préfère de beaucoup le Farmer's Club pour boire un verre et me détendre.

— Un soir, je pourrais demander à Rosa de rester plus tard et nous pourrions y aller ensemble.

Lizzy sentit une vague de chaleur l'envelopper.

— J'aimerais bien.

— Regarde, mademoiselle Lizzy, j'ai fini mon dessin, dit Emily.

— Il est très joli, chérie. Tu n'as pas dépassé les traits.

Emily se rassit à croupetons et regarda autour d'elle.

— Regarde, papa. Regarde toutes les petites vaches.

Elle désignait la collection de vaches sur les étagères.

— Mon papa les collectionnait, expliqua Lizzy.

— Où est ton papa ? demanda Emily.

— Il est au ciel.

— Ma maman aussi, elle est au ciel. Peut-être qu'ils sont amis, dit Emily.

Lizzy lui rendit son sourire.

— Ce serait formidable.

— Eh bien, c'était très agréable, dit Clint en se levant, mais il est l'heure pour nous de rentrer. Ramenons juste ces plats à la cuisine.

— J'insiste pour que vous ne fassiez rien, intervint Lizzy. Je peux m'occuper de ça.

— Je veux rester avec mademoiselle Lizzy, dit Emily.

— Emily, je te promets que nous passerons bientôt une journée ensemble. Mon amie a un salon où on fait les ongles. On pourrait y aller ensemble et faire faire nos ongles des mains et des pieds.

— *Yes* !

Emily applaudit, visiblement enthousiaste.

— Elle peut les vernir en rose comme mon papa ?

— Bien sûr, elle a du vernis rose. On se fera vernir les ongles de la même couleur, répondit Lizzy.

— Super ! s'écria Emily en battant des mains. Comme ça, on sera pareilles.

— Maintenant, range les crayons dans la boîte, il est temps de rentrer, dit Clint.

Pendant que sa fille s'exécutait, il sourit à Lizzy. Comme elle aimait son sourire ! Il ne manquait jamais de lui faire chaud au cœur.

— Merci pour ce délicieux repas et votre compagnie si agréable, dit-il.

— Tout le plaisir était pour moi.

Emily avait fini, et tous les trois se dirigèrent la porte, puis la franchirent dans le soleil déclinant de l'après-midi. Clint transportait le rehausseur, et Emily marchait à côté de lui.

— Je vous enverrai le numéro de Jerry plus tard, dit Lizzy.

Clint hocha la tête.

— Merci encore pour tout. Emily, qu'est-ce qu'on dit à Mlle Lizzy ?

— J'adore votre poulet, mademoiselle Lizzy, dit-elle.

Clint et Lizzy se mirent à rire.

Ils se dirent au revoir, et elle resta dans la véranda tandis qu'ils montaient en voiture et s'éloignaient sur le chemin. Elle s'attarda dehors, même après qu'ils furent rentrés chez eux.

Levant le visage vers le soleil, elle sentit une vague de bonheur la submerger. Elle ne pensait pas avoir déjà ressenti cela aussi vite pour un homme. Clint lui faisait tourner la tête. Avec lui, elle se retrouvait comme une jeune fille, et il la remplissait d'une douce attente quant à ce qui allait se passer entre eux.

Allait-il effectivement l'inviter au Farmer's Club ? Avait-il autant envie de la revoir qu'elle ? Une chose était sûre, elle allait planifier un après-midi avec Emily. Elle veillerait à ce que toutes les deux se fassent faire les ongles des pieds et des mains au Sassy Nails Salon.

Elle frissonna soudain, et les cheveux sur sa nuque se

hérissèrent. Elle regarda autour d'elle sans rien repérer d'incongru. Pourtant, elle avait la sensation aiguë qu'on l'observait.

Il y avait beaucoup d'arbres et de buissons autour de la maison. Son cœur se mit à battre plus fort, et elle sentit sa gorge se nouer de frayeur.

Pivotant sur elle-même, elle rentra chez elle. Puis elle poussa le verrou et s'adossa au panneau en attendant que son rythme cardiaque revienne à la normale.

Était-ce Butch qui se cachait pour l'effrayer ? Elle le soupçonnait d'être l'auteur des appels anonymes. Était-il passé un cran au-dessus ? Essayait-il de lui faire peur pour la punir de ne pas avoir voté le budget ?

Ou était-ce le Tueur à l'Épouvantail, épiant chacun de ses mouvements et guettant l'occasion de se saisir d'elle pour la transformer en un horrible épouvantail ?

5

Rosa Mendoza ressemblait à un rêve devenu réalité. Tandis que Clint était aux champs, elle déposait Emily à l'école le matin, puis revenait l'après-midi pour aller la chercher à l'arrêt du bus scolaire. Elle préparait aussi le repas du soir. Au bout de quelques jours, il fut visible qu'Emily adorait la vieille dame, bien qu'elle soit encore plus entichée de Mlle Lizzy.

« Mlle Lizzy » n'avait pas non plus quitté ses pensées. Il avait aimé le déjeuner chez elle. Le poulet et les ravioles étaient délicieux et la salade aux canneberges excellente, mais ce qu'il avait apprécié par-dessus tout, c'était sa compagnie.

Elle était toute simple. La conversation fluctuait facilement entre eux, et ils riaient souvent de concert.

De fait, il avait hâte de la revoir. Le jeudi, lorsque Rosa leur servit le dîner, il lui demanda si elle pourrait rester garder Emily le lendemain soir.

— Je ne rentrerai pas trop tard, vers 23 heures, dit-il. Et seulement si Lizzy est disponible pour sortir.

— Je veux sortir avec Mlle Lizzy, dit Emily.

— Pas cette fois, ma puce. Nous allons dans un endroit où seuls les adultes peuvent rentrer, répondit-il en regardant Rosa.

— Hmm, n'y aurait-il pas une petite idylle dans l'air ? questionna Rosa, les yeux pétillants.

— Euh non, seulement de l'amitié, répliqua-t-il.

Il ne pouvait pas entamer une idylle. Ce serait trop dangereux.

C'était déjà suffisant qu'il ait fait entrer Rosa dans leur vie. Mais il avait besoin d'elle.

Toutefois, il avait senti qu'elle n'était pas une fouineuse, et leur accord était qu'elle préparerait le repas du soir, mais ne toucherait pas au ménage.

Par conséquent, il n'y avait aucune raison pour qu'elle aille dans sa chambre. Il y avait là un dossier qui ne devait être vu par personne. Cela suffisait qu'il éprouve souvent le besoin de le compulser.

— Je peux rester plus tard, répondit Rosa. Vous savez, Lizzy est une femme merveilleuse, continua-t-elle. Tous ceux qui la connaissent l'aiment. Et, sur ce, je m'en vais.

Clint ignorait si ces paroles étaient destinées à chanter les louanges de Lizzy ou à l'avertir de ne pas mal se conduire avec elle.

— Bonne nuit, Rosa, dit-il. Et, comme d'habitude, merci pour tout.

— Au revoir, madame Rosa, dit Emily, la bouche pleine de purée de pommes de terre.

— À demain matin, répondit Rosa, et elle s'en fut.

— J'aime bien Mme Rosa, papa, mais j'adore Mlle Lizzy, dit Emily.

— C'est bon à savoir, répliqua son père.

— Je pense que Mlle Lizzy serait une bonne maman, ajouta sa fille en poussant un gros soupir.

— Chérie, je te l'ai déjà dit, Mlle Lizzy est une amie et une voisine, elle ne peut pas être ta maman.

— Je sais.

Elle soupira à nouveau et planta sa fourchette dans le pain de viande.

— Mais on peut toujours espérer, renchérit-elle à mi-voix.

Après avoir bordé Emily dans son lit ce soir-là, Clint s'assit sur le canapé et prit son téléphone. C'était un peu tard pour inviter Lizzy, et il espérait qu'elle n'avait rien de prévu. Il fut surpris de se rendre compte que l'idée qu'elle sorte avec un autre homme le dérangeait plus qu'il n'avait envie de le reconnaître.

Il composa son numéro, et elle décrocha à la deuxième sonnerie.

— Bonsoir, voisin.

Sa voix suscita une vague de chaleur en lui.

— Bonsoir, voisine. Je voulais vous remercier de m'avoir adressé Jerry West. Je suis sur son planning quand la période de la récolte arrivera.

— Tant mieux, répondit-elle. C'est un type bien, un bon travailleur.

— Euh, je me demandais si vous seriez libre demain soir pour me montrer le Farmer's Club. Nous pourrions y boire un verre si ça vous dit ?

— Je suis libre, bien sûr, et j'adorerais y aller avec vous.

— Super. Alors je viens vous chercher vers 19 heures ?

— Parfait. Je serai prête.

Ils se dirent au revoir et raccrochèrent. Clint était conscient qu'il dérogeait à ses règles personnelles et qu'il n'aurait pas dû inviter Lizzy, surtout si on prenait en compte sa propre impatience à la revoir.

Peut-être pouvait-il la côtoyer sans lui révéler son passé. Il était certainement assez intelligent pour ne pas se trahir. Et puis ce n'était pas comme s'ils allaient se marier. Ils ne feraient que partager un moment agréable.

Le lendemain soir, à 19 heures précises, il s'arrêta devant chez Lizzy. Elle sortit, et il sentit sa gorge se nouer face à la beauté de la jeune femme.

Elle était vêtue d'un jean moulant qui mettait en valeur ses longues jambes fuselées et d'un corsage bleu roi parfaitement assorti à ses yeux. Ses cheveux, lâchés sur les épaules, brillaient de mille feux dans le soleil couchant.

Il fit mine de descendre de voiture, mais elle courut vers le siège passager, ouvrit la portière et se glissa à l'intérieur.

— Bonsoir, dit-elle avec ce sourire éclatant qui le réchauffait toujours.

— Bonsoir à vous.

Il attendit qu'elle ait attaché sa ceinture, puis parcourut le chemin d'accès et prit la direction de la ville.

— Comment s'est passée votre semaine ? demanda-t-il.

— Elle a été productive. J'ai prévu trois entretiens la semaine prochaine pour engager de nouveaux ouvriers. J'ai aussi entamé le nettoyage de la grange en prévision de la commande de foin pour cet hiver.

— Vous avez travaillé dur. Il faut vraiment que je m'occupe de ma grange. Elle était dans un état lamentable quand j'ai acheté la propriété, et je ne sais même pas ce qu'il y a dedans.

— Les anciens propriétaires étaient âgés, ils avaient plus ou moins renoncé avant que vous arriviez, dit-elle.

— Oui, il y avait beaucoup de ménage à faire, ne serait-ce que dans la maison. Et j'aimerais acheter de nouveaux meubles pour le salon ; le canapé et le fauteuil datent au moins des années 1950.

— Je vous comprends, dit-elle en riant. J'ai acheté beaucoup de choses quand mon père est mort. Le salon avait au moins vingt-cinq ans.

— Le changement est parfois difficile, dit-il. J'essaye toujours de trouver mon chemin en tant que nouvel éleveur et agriculteur.

— Vous avez opéré un changement énorme en passant du monde de l'entreprise au milieu rural. On est au milieu de nulle part, ici.

— Ça me plaît d'être au milieu de nulle part.

Il resserra les mains sur le volant en pensant à la raison pour laquelle il était venu s'installer dans cette petite ville du Kansas. Il devait se rappeler qu'Emily et lui étaient en sécurité à Millsville. Il n'aurait jamais commencé à fréquenter Lizzy s'il avait cru qu'ils étaient en danger.

— Je suis ravie que ça vous plaise, dit-elle.

Il l'aimait beaucoup, c'était incontestable. Son odeur remplissait la cabine du pick-up, cette senteur évocatrice qui l'attirait. Sa proximité physique l'excitait. Oh oui… il l'aimait énormément, pas de doute.

— Il va falloir m'indiquer le chemin du Farmer's Club, dit-il. Je ne me souviens pas de l'avoir vu.

— C'est à une rue de Main Street. Je vous dirai où tourner quand nous y serons, dit-elle. Je me demandais si demain après-midi je pourrais venir chercher Emily pour l'emmener à la manucure ?

— Ce serait très gentil. Je sais qu'elle va adorer ça. Vous vous rendez compte qu'elle est absolument folle de vous, n'est-ce pas ?

— Je trouve que c'est une petite fille adorable et très sage, et je suis aussi assez entichée d'elle. Je viens la chercher vers 13 h 30 ? Ma meilleure amie, Bailey Troy, possède un salon de manucure et elle veillera à ce qu'Emily bénéficie d'un traitement royal.

— C'est très aimable de votre part, répondit-il.

Sa gentillesse envers sa fille le poussait à l'aimer encore plus. Il ne pensait pas que les sentiments de Lizzy étaient feints. Elle était sincère et authentique.

Ils atteignirent la ville, et il avait à peine parcouru une centaine de mètres sur Main Street quand elle lui dit de tourner à gauche. Elle dut lui indiquer le Farmer's Club, car la façade ne payait pas de mine.

Il se gara le long du trottoir et, lorsqu'ils descendirent de voiture, il lui prit la main d'un geste naturel. Il aima la manière dont leurs doigts se mêlèrent et la douceur de sa peau.

L'aspect du Farmer's Club n'était pas engageant. Les volets

noirs étaient clos, et seule une petite enseigne néon affichant une bière spécifiait qu'il s'agissait d'un bar.

Il lâcha la main de Lizzy à contrecœur pour ouvrir la porte et laisser entrer la jeune femme. Une fois à l'intérieur, il regarda autour de lui avec intérêt. Il y avait un long comptoir ciré d'un côté de la salle et des box et des tables de l'autre. Au fond, il aperçut un jeu de palets et une cible de fléchettes électronique. L'air sentait la bière et les plats de brasserie.

Une vieille chanson country était diffusée en sourdine, et le volume sonore dans le bar était réduit, propice à la conversation. Lizzy le conduisit vers un box à mi-chemin entre la porte et les jeux.

— Ça vous va ? demanda-t-elle.

— C'est parfait.

Il attendit qu'elle se glisse sur la banquette pour prendre place à son tour.

Le serveur vint immédiatement les voir.

— Bonsoir, Lizzy.

— Salut, Ranger. Voici Clint Kincaid, un nouveau venu en ville. Clint, je vous présente Ranger Simmons, le propriétaire de ce bar.

Les deux hommes se serrèrent la main.

— Ravi de vous rencontrer, Clint. Que faites-vous donc avec cette agitatrice ?

Lizzy éclata de rire.

— Je te demande pardon ? lança-t-elle avec une indignation feinte.

— J'ai entendu parler de tes agissements par les membres du conseil municipal. Butch était là, l'autre soir, et il te maudissait copieusement.

Ranger lui adressa un sourire chaleureux.

— C'est comme ça que j'ai compris que tu avais fait ce qu'il fallait. Continue à te battre pour nous, les petites gens qui ne peuvent pas payer plus d'impôts.

— C'est bien mon intention, répondit Lizzy.

— Tant mieux. Alors, que puis-je vous servir ?

— Je voudrais une bière, dit Lizzy, en nommant une marque qu'elle aimait.

— La même chose pour moi, ajouta Clint.

— C'est noté. Je reviens tout de suite.

— Je ne vous aurais pas prise pour une buveuse de bière, remarqua Clint lorsque Ranger se fut éloigné.

— Normalement, je suis plutôt portée sur les margaritas mais, ce soir, j'avais envie d'une bière. J'aime la bière quand il fait chaud. Quand l'hiver arrive, j'alterne selon mon humeur.

— Je suis d'accord avec vous pour l'été. Mais j'aime aussi la bière quand il fait froid. Et l'hiver ne tardera pas à arriver.

— Ne m'en parlez pas. Je n'aime pas l'hiver, bien que ça ne me déplaise pas de me blottir sous une couverture près d'un bon feu de cheminée.

— Comme je vous comprends !

Quelques minutes plus tard, leurs boissons étaient devant eux.

— C'est effectivement un lieu agréable pour boire un verre et se détendre après le travail, remarqua Clint.

— Oui, j'aime bien. Ce n'est pas trop bruyant et, parfois, les vieux agriculteurs y viennent. J'apprécie de discuter avec eux et de leur poser des questions sur le bétail et les récoltes. C'est un endroit où ça ne me gêne pas d'être seule.

Il sourit.

— Et maintenant, vous êtes ici avec quelqu'un qui ne peut rien vous offrir en matière de conseil sur les récoltes et le bétail.

Elle se mit à rire.

— Parfois, une fille a juste besoin d'une soirée de congé.

— Alors, dites-m'en plus sur le conseil municipal et sur ce Butch, demanda-t-il.

— Butch est un vantard qui n'en fait qu'à sa tête.

Tandis qu'elle lui expliquait ce qui se passait, il l'observa. Il adorait regarder ses traits changer au gré de ses émotions. Son visage était tellement animé. Il avait le sentiment qu'on savait toujours ce qu'elle ressentait à tout moment.

— Je vous admire d'avoir pris position pour les habitants de Millsville, dit-il, lorsqu'elle eut achevé ses explications.

— Je sais seulement que c'est juste. Ce qu'ils prennent pour un budget n'est pas juste. Maintenant, parlons de quelque chose de plus agréable. Comment ça se passe pour Emily, à l'école ?

— Très bien. Elle s'est fait de nouvelles amies et elle a beaucoup de sourires de sa maîtresse sur son cahier. En parlant d'Emily, son anniversaire est vendredi prochain. Vous ne connaîtriez pas quelqu'un qui a des chiots à vendre, par hasard ? J'en ai cherché dans les petites annonces et, jusqu'ici, je n'ai rien trouvé.

— Mais oui, je connais quelqu'un. Gladys Singer élève des chiens, c'est ma voisine de l'autre côté. Elle m'a dit l'autre jour qu'elle allait avoir une portée de chihuahuas cette semaine. Vous avez l'intention de lui organiser une fête d'anniversaire ?

— Pas vraiment. J'ai commandé un gâteau à la Sweet Tooth et je voulais l'emmener au kiosque du centre-ville pour le manger. Ça me ferait plaisir que vous vous joigniez à nous, et Emily en serait très heureuse. Mais si nous pouvions aller chez votre voisine choisir un chiot après, ce serait le couronnement de la journée.

— Je suis presque sûre que je peux arranger ça avec Gladys. Et j'adorerais manger du gâteau avec Emily et vous, dit-elle.

— Je vous jure, Lizzy, que je ne sais pas ce que je ferais sans vous. Tout ce que j'ai à faire, c'est poser la question, et vous avez réponse à tout. Je m'inquiétais vraiment pour le chiot. Vous êtes le génie dans la bouteille, qui réalise tous mes vœux.

Elle lui sourit.

— Une bouteille serait bien trop petite pour me contenir. La vérité, c'est que je connais juste beaucoup de gens.

— Eh bien, c'est certainement un avantage pour moi.

Il s'interrompit, but sa bière puis reposa la bouteille.

— Alors, quoi de neuf dans le monde de Lizzy Maxwell ?

— Pas grand-chose. Comme je vous l'ai dit, j'ai prévu quelques entretiens la semaine prochaine et j'ai hâte d'engager des ouvriers. Vous devriez peut-être envisager de faire la même chose. Votre exploitation est bien trop grande pour vous en occuper tout seul.

— Je me dis qu'il faut d'abord aller au bout des mois d'hiver et qu'ensuite j'embaucherai des ouvriers au printemps.

— Ça me paraît bien, mais vous vous rendez compte qu'il y a tout de même beaucoup de travail durant l'hiver ?

— C'est noté, répondit-il. Et maintenant, dites-m'en plus sur vous.

Elle sourit de toutes ses dents.

— Je suis Balance. J'aime manger et chevaucher Sunshine, ma jument. Et vous, quel est votre signe ?

Elle battit des paupières, feignant un air superficiel. Il se mit à rire.

— Je suis Lion. J'aime manger et j'apprends à apprécier mon cheval, Diamond. Je pensais à quelque chose de plus sérieux. Parlez-moi de votre père.

Elle prit une longue gorgée de bière puis lui raconta comment son père avait changé après le décès de sa mère, et comment elle s'était occupée de lui pendant deux ans avant sa mort.

C'était un sujet intime, et cela lui montra ce dont il se doutait déjà, à savoir qu'elle était une personne affectueuse et attentive. Mais il vit aussi du chagrin dans les yeux de Lizzy.

— C'est comme si mon père était mort avec ma mère quand elle est décédée, dit-elle.

Il comprenait. Son père l'avait laissée tomber. Alors qu'elle avait besoin de lui, il s'était absenté et était resté absent jusqu'à son décès. Son cœur se serra pour la petite fille qui avait dû grandir sans le soutien ni l'amour d'un parent.

— Et vos parents à vous ? demanda-t-elle lorsqu'elle eut fini de parler des siens.

— Ils sont morts dans un accident de la route causé par un chauffard ivre, il y a cinq ans. Ils rentraient chez eux après avoir dîné dans leur restaurant favori. Ils étaient à un stop quand l'autre les a emboutis par-derrière. La police pense qu'il devait rouler à plus de 160 kilomètres/heure. On a constaté la mort de papa et maman sur place.

Une émotion inattendue lui serra la gorge. Il essayait de ne pas repenser à cette époque. Il avait cru que rien de ce qu'il pourrait vivre par la suite ne serait pire, mais il s'était trompé. Pourtant, il était soulagé que ses parents n'aient plus été de ce monde lorsque Samantha avait été assassinée. Ils avaient adoré sa femme et auraient été dévastés par son meurtre.

Lizzy dut percevoir son chagrin, car elle tendit la main pour prendre la sienne.

— Alors, nous sommes orphelins tous les deux, dit-elle doucement. Je suis désolée pour vos parents. Il n'y a rien de pire qu'un chauffard ivre.

Elle tint la main de Clint un moment, puis la lâcha.

Durant l'heure suivante, ils parlèrent de choses plus agréables. Il avoua à quel point il avait eu du mal à monter sur un cheval la première fois et, en la voyant rire, il embellit l'histoire pour la faire rire plus encore.

Elle le présenta à des gens qui s'arrêtaient devant leur box pour la saluer. Mais, à ce moment-là, il était déjà 22 h 30, et ils décidèrent qu'il était temps de rentrer.

— C'était tellement agréable, dit-elle lorsqu'ils furent dans le pick-up, en route pour chez elle.

— C'était très bien, approuva-t-il.

Il avait l'impression qu'ils se connaissaient beaucoup mieux, c'était un sentiment agréable. Il l'avait encouragée à parler de sa vie dans l'espoir qu'elle ne lui poserait pas trop de questions sur son passé. Dans l'ensemble, cela avait marché.

— Je suis d'accord avec vous que le Farmer's Club est un endroit vraiment agréable pour se détendre et boire un verre.

— Oui, ça me plaît d'y venir de temps à autre.

— Par ailleurs, j'ai entendu dire qu'un front froid allait arriver cette semaine. Ce sera un soulagement bienvenu après toute cette chaleur.

— L'automne est ma saison favorite, répondit-elle. J'aime les couleurs du feuillage et les nuits fraîches. J'aime même les parfums de l'automne.

— Comme je n'en ai jamais vraiment vécu un, j'ai hâte d'y être.

Au fond de lui, il détestait la facilité avec laquelle il mentait. Il avait profité d'un tas d'automnes splendides à New York. C'était aussi la saison préférée de Samantha.

— Les hivers peuvent être très durs, ici, dit-elle. Un Californien a intérêt à se préparer à des températures glaciales et à des tonnes de neige.

— Ce Californien-là essaye incontestablement de s'y préparer.

— En hiver, on ne pense plus qu'au bétail et aux chevaux. Ils ont besoin d'eau qui n'est pas gelée et de beaucoup de foin. Et ce n'est qu'un début.

— Vous m'avez parlé de chercher de l'aide avant que l'hiver arrive, répondit-il.

À mesure qu'ils approchaient de chez elle, il sentait sa nervosité grandir. Enveloppé de son parfum, imprégné de sa présence, il avait envie de l'embrasser pour lui dire bonne nuit.

Il lui jeta subrepticement un regard. Dans la lueur du tableau de bord, elle était d'une beauté extraordinaire, et son désir d'elle ne fit que croître.

Cela faisait si longtemps qu'il n'avait pas ressenti cela

pour une femme. Lizzy réveillait en lui des émotions et des sentiments oubliés.

Soudain, ils furent devant chez elle. En continuant de penser à la possibilité d'un baiser, il sentit ses paumes devenir moites et son cœur tambouriner.

Ils descendirent de voiture, et il l'accompagna à sa porte.

— Vous voulez toujours que je me joigne à vous pour l'anniversaire d'Emily ? demanda-t-elle.

— Bien sûr.

— Je vous enverrai le numéro de Gladys demain par texto pour que vous puissiez l'interroger sur ses chiots.

— Ce serait super. Je pourrai venir vous chercher jeudi vers 17 h 30, et on verra à ce moment-là.

— Parfait, répondit-elle. Je serai prête pour la petite fête.

C'était elle qui avait l'air parfaite, dans la lumière de la véranda.

— J'ai vraiment apprécié cette soirée avec vous, dit-il, et il fit un pas vers elle.

— Moi aussi.

— Lizzy, euh... puis-je vous embrasser pour vous dire bonne nuit ?

— J'aimerais bien, dit-elle sans hésiter.

Il avait eu l'intention d'effleurer simplement les lèvres de Lizzy, mais tandis qu'elle se penchait vers lui, il l'enlaça et la serra contre lui.

Lizzy ouvrit la bouche, et il accepta l'invitation, approfondissant le baiser en faisant tournoyer la langue autour de celle de la jeune femme. Les lèvres de Lizzy avaient un goût de fièvre, et son corps s'accordait parfaitement à celui de Clint.

Elle savait incontestablement embrasser, et il avait envie que cela dure une éternité. Mais lorsqu'il s'aperçut qu'il commençait à être excité, et que les choses risquaient d'échapper à son contrôle, il laissa retomber les bras à contrecœur, et leur étreinte prit fin.

— Oh ! Lizzy, il n'en faudrait pas beaucoup pour que je m'habitue à vous embrasser ! dit-il.

— Le sentiment est réciproque, dit-elle d'une voix essoufflée.

— C'est bon à savoir.

Il sentait son sang courir plus vite dans ses veines.

— Alors je vous verrai demain, quand vous viendrez chercher Emily.

— Je suis impatiente d'y être.

Se retournant, elle déverrouilla sa porte et, après un au revoir murmuré, disparut dans la maison.

Il regagna son pick-up, toujours imprégné du contact de ses lèvres sur celles de Lizzy. Était-il possible d'avoir une vraie relation avec elle tout en préservant sa véritable identité ? Il commençait à le croire.

Seul le temps le dirait en réalité, mais une chose était sûre : il était impatient de la revoir... et de l'embrasser à nouveau.

Ce baiser était la marque finale. Il faillit sauter de joie derrière son buisson en les apercevant enlacés. Il y avait du désir entre eux. C'était évident à la manière dont ils s'absorbaient l'un l'autre.

Le sort de Clint Kincaid était scellé depuis cette nuit quatre ans auparavant. Le fait qu'il se soit attaché à Lizzy Maxwell n'était que la cerise sur le gâteau.

Il était temps de procéder à ses préparatifs. De tout mettre en œuvre pour exercer la vengeance dont il rêvait depuis quatre ans.

Il avait hâte. Ce serait sanglant et affreux, et il avait terriblement hâte.

6

L'après-midi suivant, en allant chercher Emily, Lizzy pensait surtout au père de la petite fille.

Leur baiser de la veille avait ébranlé son monde. Elle avait hâte d'avoir à nouveau l'occasion de l'embrasser. Elle aimait embrasser et ne s'imaginait pas être avec un homme qui ne saurait pas s'y prendre. Clint, lui, le savait très bien.

Il était si communicatif – et drôle aussi. Leurs sens de l'humour s'accordaient bien, et elle trouvait cela sexy en diable. Il s'était montré si gentil lorsqu'elle lui avait parlé de son père et de sa vie après la mort de sa mère.

Pour la première fois depuis des lustres, un homme l'intéressait, et elle espérait que sa relation avec Clint allait se développer et s'approfondir. Elle avait le sentiment qu'il pouvait être le bon, celui qui la comprendrait et enrichirait son existence. L'idée qu'il soit cet homme-là la remplissait d'excitation. Elle l'avait cherché si longtemps.

Elle arrêta la voiture devant la maison et, avant qu'elle puisse en descendre, Emily franchissait la porte en courant. Clint la suivait.

— Mademoiselle Lizzy, mademoiselle Lizzy, je suis prête, dit la petite fille. J'ai mis ma robe préférée et tout et tout.

— Je vois ça, dit Lizzy en riant.

Emily était mignonne comme tout dans une robe bleue

assortie à ses yeux, avec ses longs cheveux blonds attachés en queue-de-cheval.

— Bonjour Lizzy, dit Clint.

Son regard chaleureux s'attarda sur elle.

— Bonjour, répondit-elle avec le sourire.

— Avant que vous partiez, il faut que je transfère le siège-auto de ma voiture à la vôtre.

— Ce serait sage. Je ne veux pas que Dallas me mette une amende parce que je n'ai pas l'équipement nécessaire.

— Dallas ?

Il la scruta avec curiosité.

— Dallas Calloway. C'est le chef de la police, expliqua-t-elle en marchant avec lui vers son pick-up.

Emily gambadait derrière eux, manifestement impatiente de se mettre en route.

— Je ne l'ai pas encore rencontré.

Il ouvrit la portière arrière et se pencha pour détacher la ceinture.

— C'est un homme gentil, mais il a du pain sur la planche avec cette affaire de tueur en série, répondit-elle.

— J'espère que vous êtes prudente.

— Je vais vous dire un petit secret. J'ai pris l'habitude d'emporter un revolver dans mon sac à main, dit-elle. Ça vous ennuie ?

Elle avait décidé cela parce qu'à plusieurs reprises, dans la rue ou au ranch, elle avait eu la sensation d'être observée. Elle ne croyait pas vraiment que c'était Butch et elle ignorait si c'était le produit de son imagination ou non, mais elle préférait ne pas prendre de risque.

— Si ça m'ennuie ?

Il se redressa, le siège auto dans les bras.

— Ça ne m'ennuierait que si vous décidiez de vous en servir contre moi.

Elle éclata de rire.

— Je pense que vous êtes en sécurité de ce côté-là.

Reprenant son sérieux, elle ajouta :

— Je ne m'en servirai que si je crains pour ma vie.

— En fait, je suis content que vous preniez votre sécurité au sérieux. Je pense que c'est particulièrement important parce que votre type de physique fait de vous une cible potentielle.

Elle savait qu'il se référait au fait qu'elle était blonde aux yeux bleus, c'est-à-dire le profil des victimes du tueur.

Ils revinrent vers le pick-up de Lizzy, dans lequel il installa le siège-auto. Il avait à peine achevé de le sangler qu'Emily monta et attacha sa ceinture.

— Je suis prête, proclama-t-elle.

— J'espère que vous allez bien vous amuser, les filles, dit-il. Je vais entamer le nettoyage de la grange dès que vous serez parties. Il faudra sans doute des jours pour le finir, mais quand ce sera fait, je saurai...

— Papa, arrête de parler, s'il te plaît, dit Emily, visiblement énervée. Il faut qu'on s'en aille.

Lizzy et Clint se mirent à rire.

— J'imagine qu'il vaut mieux filer, dit Lizzy en ouvrant sa portière.

Elle se glissa au volant, démarra, puis baissa sa vitre.

— Nous en avons pour une ou deux heures, dit-elle.

Il agita la main, hocha la tête, et elle partit.

Immédiatement, elle fut assaillie de commentaires d'Emily. La petite fille lui parla de son école et de ses nouvelles amies. Elle dit à Lizzy qu'elle aimait les coccinelles et les papillons et qu'elle voulait un chiot pour son anniversaire.

— Tu sais qu'un chiot, c'est une grosse responsabilité, intervint Lizzy. Tu dois le nourrir et nettoyer après lui. Quand ton chiot fera caca, qui va ramasser le caca ?

— Papa ?

— À qui sera le chiot ?

— À moi.

— Alors qui devrait ramasser le caca ?

— C'est moi, répondit Emily en gloussant. Je ramasserai son caca et je l'aimerai.

— C'est le plus important de tout. Qu'est-ce que tu veux d'autre pour ton anniversaire ?

Le trajet jusqu'à la ville parut rapide, car Emily bavarda joyeusement tout du long.

Lizzy était enchantée ; la petite fille était vive, drôle et affectueuse.

Bien sûr, elle n'avait pas vu ce qui se passait quand Emily n'obtenait pas ce qu'elle voulait. Peut-être faisait-elle de terribles caprices chez elle.

Mais aujourd'hui, ce n'étaient que sourires et propos enjoués. En se garant dans la rue la plus proche du Sassy Nails Salon, Lizzy était presque aussi enthousiaste qu'Emily à l'idée de l'après-midi qui les attendait.

Elle fit descendre la petite fille de la voiture et la prit par la main pour parcourir la courte distance jusqu'au salon. Presque immédiatement, elle frissonna et sentit ses cheveux se dresser sur sa nuque.

C'était toujours cette sensation d'être observée. Se retournant, elle examina les alentours, mais ne vit rien qui sortait de l'ordinaire. Pourtant, elle avait déjà eu ce sentiment étrange.

Les mêmes questions lui passèrent par l'esprit. Était-elle vraiment épiée ou n'était-ce que son imagination ? Sa peur de devenir la prochaine victime du Tueur à l'Épouvantail la rendait-elle paranoïaque ?

Elle ne savait que croire.

Elle poussa en tout cas un soupir de soulagement en franchissant le seuil du salon. Bailey les salua avec effusion.

— Alors, c'est cette petite princesse qui vient se faire faire les ongles pour la première fois ?

Elle se pencha vers elle.

— Bonjour, Emily, je m'appelle Bailey et je suis une amie de Lizzy.

— J'adore Mlle Lizzy, répondit Emily avec un regard de vénération à l'égard de celle-ci.

— Eh bien moi aussi, dit Bailey. Maintenant, on va t'installer dans un fauteuil pour faire tremper tes pieds.

— Mes pieds ?

Emily la regarda avec surprise.

— On fait toujours tremper ses pieds quand on fait une pédicure, expliqua Lizzy.

— Tu vas le faire aussi ? demanda la Emily avec une touche d'inquiétude.

— Absolument. Et je serai assise à côté de toi.

— C'est bien.

Bailey avait tout prévu. Le fauteuil vers lequel elle mena Emily était décoré d'un boa rose, et lorsqu'elle eut retiré les chaussures et les chaussettes de la fillette, elle plaça un petit diadème sur sa tête.

— Regarde, mademoiselle Lizzy, je suis une princesse, s'exclama Emily, le sourire jusqu'aux oreilles.

— Mais oui, bien sûr.

Lizzy plongea ses pieds nus dans la bassine disposée près du siège d'Emily.

L'après-midi était délicieux. Emily gloussa tout le temps que Bailey lui récura les pieds puis appliqua un joli vernis rose sur les ongles de ses orteils.

— Tu me chatouilles ! dit-elle à Bailey.

Celle-ci s'esclaffa.

— Je chatouille toujours les petits pieds. Ça fait partie de mon métier.

Comme elles étaient à portée d'oreille de la petite fille, Lizzy et Bailey parlaient en code.

— Alors, c'est toujours M. Parfait ? interrogea Bailey.

— Toujours, répondit Lizzy. Jusqu'ici, pas d'oreille qui remue.

Bailey se mit à rire.

— Et en dehors de cette idylle en herbe, quoi de neuf dans ta vie ?

— J'ai prévu trois entretiens d'affilée mercredi. Tu viens toujours y assister ?

— Naturellement. À quelle heure est le premier ?

— Je les ai fixés à 9 heures, 10 heures et 11 heures.

— Je suppose que tu vas m'offrir un déjeuner extraordinaire.

— Probablement des sandwichs.

— J'adore les sandwichs, dit Emily. J'aime les sandwichs au beurre de cacahuète et à la confiture.

— Moi aussi, dit Bailey en commençant à vernir les ongles des mains d'Emily.

Une employée faisait les ongles de Lizzy. Elle avait demandé qu'on les vernisse du même rose qu'Emily. L'après-midi s'écoulait très rapidement, entre conversations et gloussements adaptés à Emily. Les esthéticiennes se mirent au diapason, faisant rire la petite fille.

Quand manucure et pédicure furent terminées, Emily descendit de son fauteuil et se mit à danser dans le salon avec son diadème toujours sur la tête.

— C'était tellement bien, dit-elle.

À la grande surprise de Lizzy, elle lui entoura la taille de ses bras et la serra fort.

— Je t'aime tellement, mademoiselle Lizzy. Je voudrais que tu sois ma maman. Même si j'en ai une au ciel, j'ai besoin d'une maman ici.

Le geste ainsi que les propos nouèrent la gorge de Lizzy.

— Oh ! chérie ! Peut-être qu'un jour ton papa te donnera une nouvelle maman, dit-elle gentiment en se détachant des bras de la petite fille.

— Comment il pourrait faire ça ? questionna Emily tandis qu'elles marchaient vers le pick-up.

— Eh bien, il faudrait qu'il tombe amoureux d'une femme et qu'il l'épouse, répondit Lizzy. Comme ça, elle serait ta maman.

Quand elles eurent atteint le véhicule, Lizzy aida Emily à s'installer dans le siège-auto. Elle fut soulagée de ne pas éprouver cette sensation déstabilisante d'être observée. Tout avait l'air normal.

Sur le trajet, Emily commenta joyeusement son après-midi. Elle aimait Bailey et elle gloussa en parlant de sa pédicure.

— Mes doigts de pied ont été beaucoup chatouillés, dit-elle, faisant rire Lizzy. Demain, quand j'irai à l'école, je pourrai montrer mes ongles roses à Justin.

— Qui est Justin ?

— C'est un garçon qui est méchant avec moi des fois, mais je l'aime bien.

— Quel est son nom de famille ? demanda Lizzy.

— Son nom de famille ? Je sais pas. Mais avant, je m'appelais Natalie, dit Emily.

— Qu'est-ce que tu veux dire ? interrogea Lizzy, perplexe.

— Avant, j'étais Natalie et maintenant je suis Emily. Je préférais Natalie, mais papa m'a dit qu'il fallait que je sois Emily.

— Je trouve qu'Emily est un très joli prénom, remarqua Lizzy.

Mais cet échange la désorienta. Pourquoi la petite fille avait-elle dû changer de prénom ? C'était bizarre qu'elle dise cela.

Elle continua à retourner cela dans sa tête jusque chez Clint. Une fois qu'elles furent arrivées, elle se gara et descendit du pick-up. Clint sortit de la grange pour les accueillir.

Vêtu d'une salopette qui exposait ses larges épaules et ses bras musclés, il était renversant. Quelques brins de foin étaient accrochés à ses cheveux noirs. On aurait dit un mannequin sexy issu des pages d'un calendrier agricole.

— Alors, princesse, tu t'es bien amusée ? demanda-t-il à Emily lorsqu'elle glissa de son siège auto et hors de la voiture.

— Je me suis trop bien amusée ! Papa, il faut que tu te maries avec Mlle Lizzy pour qu'elle soit ma maman.

Lizzy rougit violemment en voyant Clint la fixer. Un silence inconfortable suivit.

Qu'avait donc dit Lizzy à sa fille ? Il dévisagea la première d'un air de confusion.

— Papa, regarde mes ongles des mains et des pieds, dit Emily, rompant le silence qui venait de s'installer.

— Ils sont magnifiques, dit-il.

— Elles ont chatouillé mes pieds et elles ont peint mes ongles en rose, aussi.

— Et je vois que tu as une couronne qui fait officiellement de toi la reine du jour.

— Je vais y aller, dit Lizzy.

— Non, attendez, je vous en prie. Entrez donc prendre un café ou une boisson fraîche.

— Il faut que je montre mes ongles à mes poupées, dit Emily qui franchissait la porte d'entrée en courant.

— Je veux que vous sachiez que ce n'est pas moi qui ai poussé Emily à vous dire que vous deviez m'épouser, dit Lizzy, à nouveau rougissante. Elle m'a demandé comment elle pouvait avoir une nouvelle maman, et je lui ai juste dit que vous devriez vous marier pour que cela arrive.

Connaissant sa fille et son amour pour Lizzy, il comprenait comment c'était arrivé.

— Pas de souci, dit-il. J'ai fait l'inventaire de la grange ces dernières heures. J'ai vraiment besoin d'une pause ; alors, s'il vous plaît, entrez pour que nous buvions quelque chose en bavardant.

— D'accord.

Il l'escorta dans la maison puis dans la cuisine. Elle s'assit à table tandis qu'il se rafraîchissait rapidement à l'évier.

— Et maintenant, café ou soda ?

— Un soda, merci.

Elle regardait autour d'elle avec intérêt. Cette cuisine ressemblait beaucoup à la sienne, mais là où la sienne était peinte en jaune vif, les murs étaient recouverts d'une vieille tapisserie à motifs de paniers d'œufs.

Il prit deux sodas dans le réfrigérateur et la rejoignit.

— Elle a été sage ?

— Merveilleusement sage. Tout le monde au salon l'a trouvée adorable. Est-elle jamais vilaine, d'ailleurs ?

Se penchant en avant, elle retira quelques brins de foin des cheveux de Clint.

— Oh... merci.

L'intimité de ce geste le troubla un peu.

— Euh, en fait, Emily ne fait presque jamais de caprice. Dès son plus jeune âge, elle savait que je ne les tolérerais pas. Elle réagit bien à la voix de la raison et elle aime faire plaisir.

Il ouvrit son soda, et elle fit de même. Après avoir pris une gorgée, elle reposa la canette sur la table.

— Elle a dit quelque chose qui m'a surprise sur le trajet de retour.

— Ah bon, quoi donc ?

— Elle m'a dit que son prénom était Natalie, mais que vous l'aviez changé en Emily.

Clint se figea, sa canette à mi-chemin de la bouche.

— Ah, euh...

Il la reposa lentement, cherchant avec angoisse une réponse cohérente.

— Euh, quand elle était très jeune, elle a entendu le prénom

Natalie dans un dessin animé à la télévision et elle a décidé que ce devait être son prénom. Je lui ai fait plaisir pendant quelques jours mais, ensuite, je lui ai dit que son prénom était Emily et qu'elle le garderait.

— J'imagine que les enfants ont parfois des idées étranges, dit Lizzy.

Il se détendit. Apparemment, elle avait avalé son explication.

— C'est sûr. Vous voulez avoir des enfants ? dit-il pour changer de sujet.

Le visage de Lizzy s'éclaira.

— Dans un monde parfait, j'aimerais être mariée et avoir deux enfants.

Elle considéra Clint avec curiosité.

— Et vous, vous voudriez avoir d'autres enfants ?

— J'aurais aimé en avoir au moins un de plus pour qu'Emily ait un frère ou une sœur. Vous avez des frères et des sœurs ?

— Non, je suis fille unique.

— Moi aussi.

Autrefois, il aurait aimé en avoir, mais vu la manière dont sa vie avait tourné, il était soulagé de n'avoir aucun proche.

— C'était tellement gentil d'emmener ma fille au salon de manucure que je dois faire quelque chose pour vous en retour, continua-t-il. Et comme je ne cuisine pas vraiment, je ne peux que vous proposer d'aller dîner au café demain soir. Ça vous dirait de passer la soirée avec Emily et moi ?

Une fois encore, un air chaleureux s'étala sur les traits de Lizzy.

— J'adorerais ça.

— Alors je viendrai vous chercher vers 17 heures ?

— C'est parfait pour moi.

Elle but le reste de son soda puis quitta sa chaise.

— Sur ce, je dois rentrer. Pas mal de corvées m'attendent.

Il se leva également et la raccompagna à l'entrée. Comme toujours lorsqu'il était avec elle, un vif désir le tenaillait.

Ils se dirent au revoir, et il referma la porte derrière elle. Elle représentait un danger pour lui.

Il l'aimait beaucoup et il avait envie d'approfondir leur relation, mais à quel prix ?

Il y avait tant de secrets dont il ne pouvait parler à personne, pas même à elle. S'il se rapprochait d'elle, il devrait encore mentir et s'exposer à tout perdre.

Toutefois, plus il passait de temps avec Lizzy, plus il envisageait de prendre ce risque. Il se disait qu'elle en valait la peine.

Les jours suivants s'écoulèrent rapidement. Ils allèrent dîner dehors le dimanche. Ce fut une soirée agréable. La seule chose qui le contraria fut que la présence d'Emily l'empêcha d'étreindre Lizzy.

Et il avait vraiment envie de l'embrasser.

Le mercredi matin, sa première pensée fut pour Lizzy. Il savait qu'elle allait recevoir des ouvriers ce matin-là, et il espérait qu'elle trouverait ce qu'il lui fallait. Lui-même songeait sérieusement à engager un ou deux hommes pour le seconder.

Malgré tous les livres qu'il avait lus et les recherches qu'il avait faites pour devenir agriculteur, il y avait encore beaucoup de choses qu'il ignorait. Avoir des employés expérimentés l'aiderait.

Il avait besoin qu'on le conseille à l'approche de l'hiver et durant les mois les plus froids.

Il avait déjà contacté Gladys Singer à propos du chiot et il avait hâte de retrouver Lizzy vendredi soir, pour l'anniversaire de sa fille.

Le vendredi matin, il passa un polo bleu roi dont il savait qu'il lui allait bien. Il portait un jean bien coupé et il s'aspergea de son eau de Cologne préférée.

Emily rentra de l'école, et il lui offrit une nouvelle robe

rose. Il adorait voir les yeux de la fillette briller et ses traits s'éclairer.

— Tu as l'air d'une vraie star, dit-il quand elle fut habillée et que ses cheveux furent brossés.

Ils mangèrent rapidement des sandwichs avant de sortir. Heureusement, l'après-midi était ensoleillée, et la soirée promettait d'être douce.

— Est-ce que ça va être un bon anniversaire, papa ? Est-ce que je vais avoir un chien ? demanda la petite fille quand ils montèrent dans le pick-up.

— Il va falloir attendre un peu pour le savoir, ma puce, répondit-il. D'abord, nous allons chercher Mlle Lizzy, ensuite nous irons prendre ton gâteau d'anniversaire.

Il avait déjà rempli un sac d'assiettes en carton, de fourchettes en plastique et de serviettes en papier pour qu'ils puissent manger le gâteau au kiosque.

— Est-ce que mon gâteau est rose, papa ?

Il s'esclaffa.

— Il va falloir que tu attendes pour le savoir.

— Oh ! je ne peux pas attendre, s'exclama Emily en riant. J'ai trop hâte.

— Eh bien, ça me fait plaisir. La grande surprise, c'est que nous allons manger le gâteau au kiosque du square.

— Le kiosque ?

— Tu verras quand nous y serons, répondit-il, comprenant que sa fille n'avait pas encore vu ce bel édifice. C'est un très joli endroit, fait pour une princesse.

Il s'arrêta devant chez Lizzy, impatient à l'idée de la revoir et de passer du temps avec elle. Elle était tellement intelligente, si amusante et tant d'autres choses.

Elle franchit la porte en hâte, telle une vision radieuse avec sa robe fleurie de rouge et de jaune, un léger pull jaune sur les épaules. La seule chose plus éclatante que sa tenue était son sourire. Outre son sac à main, elle portait un sac-cadeau rose.

Elle monta sur le siège passager et posa ses affaires au sol.

— Bon anniversaire, ma chérie, dit-elle à Emily. Tu as passé une bonne journée ?

— Oh oui, c'est une super journée ! J'ai six ans, mademoiselle Lizzy. J'ai plus cinq ans. J'ai six ans aujourd'hui.

— C'est formidable ! s'exclama Lizzy.

— Ce qui est formidable, c'est que vous sentiez si bon, dit doucement Clint, afin que sa fille ne l'entende pas.

— Oh merci.

Elle rougissait de manière charmante. Il adorait ça.

— C'est mon parfum préféré, dit-elle.

— C'est en train de devenir mon préféré aussi.

— Je crois que vous flirtez avec moi, monsieur Kincaid.

Il se mit à rire. Il flirtait effectivement avec elle, et cela lui paraissait tout naturel.

— C'est vrai, reconnut-il. Mais cela fait si longtemps que je n'ai pas flirté que je ne suis pas sûr de savoir comment faire.

— Croyez-moi, je vous le dirai si vous ne faites pas ce qu'il faut, répliqua-t-elle en riant.

Tandis qu'ils roulaient vers la boutique Sweet Tooth, elle lui parla de ce client dérangé qui avait mis le feu au magasin alors que la propriétaire, Harper Brennan, était dedans.

— Heureusement, elle vient d'épouser Sam Bravano qui est charpentier, de même que ses deux frères. Ils travaillent tous à reconstruire la boutique. Pour l'instant, Harper ne prend que des commandes à emporter, mais j'ai entendu dire qu'elle est presque prête à rouvrir. C'était un endroit délicieux pour s'asseoir et prendre un café avec une pâtisserie. Et Harper est l'une des personnes les plus gentilles de la ville.

— Elle était très aimable quand j'ai téléphoné pour commander le gâteau, en tout cas, dit Clint.

Il s'engagea sur le parking de la pâtisserie Sweet Tooth située dans un grand bâtiment jaune avec une moulure rose vif.

— Regarde papa, c'est tout rose et jaune, dit Emily.

— Oui, c'est vrai. Reste ici avec Mlle Lizzy, je reviens tout de suite.

Il entra dans la boutique. C'était un endroit charmant avec de petites tables vitrées et des chaises rayées de rose et de blanc. En fait, la couleur principale à l'intérieur était le rose.

Il s'imagina inviter Emily et Lizzy quand le magasin rouvrirait officiellement, et que la devanture serait remplie de pâtisseries.

— Bonjour, vous devez être Clint Kincaid.

Une séduisante femme brune l'accueillit avec un grand sourire.

— C'est moi, en effet, et vous devez être Harper.

— Vous ne vous trompez pas, répondit-elle en souriant toujours. Votre commande est prête, laissez-moi aller la chercher.

Elle disparut par une embrasure et revint un instant plus tard avec une boîte en carton blanc. Elle ouvrit l'emballage pour qu'il puisse jeter un coup d'œil à l'intérieur.

— C'est absolument parfait, dit-il.

Le gâteau était au chocolat, recouvert d'un glaçage rose. « Bon anniversaire Emily » était écrit en violet, la deuxième couleur préférée de sa fille.

En dessous, trois petites couronnes dorées étaient entrelacées.

— Je vous avais commandé un gâteau de princesse, vous l'avez parfaitement réussi, dit-il.

— Je suis ravie que vous l'aimiez, mais j'espère surtout que votre petite fille l'appréciera, dit Harper en refermant la boîte.

— Elle va positivement l'adorer. Il est rose, et elle adore tout ce qui est rose.

Il régla son achat et quitta la boutique après avoir promis à Harper de revenir quand la pâtisserie reprendrait du service.

Il déposa le carton sur le siège arrière.

— Je peux le voir ? demanda Emily avec excitation. Papa, je peux voir mon gâteau ?

— Pas avant que nous soyons au kiosque.

Il lança un coup d'œil affectueux à Lizzy.

— J'espère que vous aimez le gâteau.

— Je n'en ai jamais mangé un que je n'aimais pas.

En se rendant dans le centre-ville, ils parlèrent des gâteaux qu'ils aimaient.

Avant même qu'il en prenne conscience, ils étaient arrivés au square. Il y avait des bancs sous le kiosque et, lorsqu'il se fut garé, ils se dirigèrent vers ceux-ci.

Une fois qu'ils furent installés, Emily vint s'asseoir à côté de Lizzy.

— C'est un cadeau pour moi ? demanda-t-elle en désignant le grand sac en papier aux pieds de Lizzy.

— C'est pour une petite fille qui fête son anniversaire aujourd'hui, répondit Lizzy. Tu en connais une ?

— Moi ! C'est mon anniversaire ! Je peux l'ouvrir ?

— Mangeons d'abord le gâteau, dit Clint.

Emily fronça les sourcils.

— Je ne vois pas le petit chien, papa.

— La journée n'est pas finie, répliqua son père. Tu dois être patiente. Et maintenant, c'est l'heure de manger le gâteau.

Quelques minutes plus tard, il leur en servit à tous une tranche. Emily mangea la sienne rapidement, puis se leva et se mit à danser au milieu du kiosque.

— Comment se sont passés vos entretiens, mercredi ? demanda-t-il à Lizzy.

— Très bien. Deux des hommes vont commencer à travailler pour moi lundi.

— Parlez-moi d'eux.

— Le premier s'appelle Rory O'Connor. Il travaillait pour les Mason avant qu'ils quittent la région. C'est un type bien, marié, avec deux petits enfants. L'autre homme est nouveau à Millsville. Son nom est Tristen McNight. Il avait de bonnes références dans la région de Topeka, alors j'ai décidé de lui donner sa chance.

— Qu'est-ce qui l'a poussé à quitter Topeka pour Millsville ?

— Selon lui, une relation amoureuse qui a tourné court après qu'il a déménagé pour elle.

— Ah, quel dommage ! Et le troisième candidat ?

— C'était Reggie Sanderson. C'est aussi un type bien et un très bon ouvrier agricole. Mais je n'en avais besoin que de deux.

— Ça ne vous ennuierait pas si je contactais Reggie pour savoir s'il veut travailler pour moi ?

— Pas du tout. Comme je l'ai dit, c'est un type sympa et un bon travailleur. Je vous donnerai son numéro de téléphone quand je rentrerai à la maison.

Elle s'interrompit et prit une bouchée de gâteau.

Quelques miettes de glaçage rose restèrent accrochées au coin de sa lèvre supérieure.

Il avait tellement envie de se pencher pour les lui enlever. Il avait tellement envie de l'enlacer et de lécher ces petites parcelles de sucre rose.

Ce fut à cet instant qu'il comprit qu'il ne serait pas satisfait tant qu'il n'aurait pas Lizzy dans son lit.

7

Les gémissements d'un chiot réveillèrent Clint.

Emily avait été transportée de joie lorsqu'ils étaient finalement arrivés chez Gladys, la veille au soir, et qu'elle avait pu choisir une petite chienne. Ils étaient maintenant les fiers propriétaires d'une femelle chihuahua noire aux poils longs, surnommée Fifi. Et il semblait que Fifi était prête à sortir de sa cage.

Une fois levé, il s'habilla et se faufila dans la chambre d'Emily, où la cage avait été placée au pied du lit. Emily dormait toujours, mais Fifi se trémoussa d'excitation en voyant Clint.

Il prit la laisse, ouvrit la porte et s'empara du chiot. Puis il attacha la laisse à son collier et s'empressa de le porter à l'extérieur.

Il sortit dans l'air frais et posa Fifi au sol. Le petit chien noir disparaissait presque dans l'herbe haute, ce qui rappela à Clint qu'il devait passer la tondeuse.

Tandis qu'il attendait que Fifi fasse ses besoins, il jeta un coup d'œil à la maison de Lizzy. Il avait pensé qu'il ne retomberait jamais amoureux. Il s'était promis en tout cas de ne plus jamais aimer.

Même si une part de lui trouvait que fréquenter Lizzy était trop dangereux, une part plus grande commençait à croire qu'il pourrait gérer cela. Il pourrait protéger son identité. Il n'était pas nécessaire que Lizzy connaisse son passé qui ne jouerait aucun rôle dans sa vie future.

Il l'avait encore embrassée la veille au soir. Même si le baiser avait été bref, il avait été passionné et lui avait laissé un goût de revenez-y...

Comme Fifi avait fait ses besoins, il la félicita, la prit dans ses bras et la ramena dans la maison. Avant d'acheter le petit chien, il savait bien qu'il devrait s'en occuper. Mais Emily s'en chargerait chaque fois qu'elle le pourrait. Ce serait un bon moyen de lui enseigner la responsabilité.

Il alla dans la cuisine et posa le chiot à terre. Fifi se mit aussitôt à gambader autour de ses jambes tandis qu'il préparait du café. Il versa quelques croquettes dans sa nouvelle écuelle rose. Puis il s'assit à table et prit une gorgée de café brûlant, écoutant la petite chienne engloutir sa nourriture avec entrain.

En plus de Fifi, Emily avait été aux anges de recevoir deux poupées avec leurs tenues de rechange de la part de Lizzy. L'un dans l'autre, elle avait passé un anniversaire formidable, et lui avait pu partager un moment avec sa belle voisine.

Lizzy lui avait envoyé par texto les coordonnées de Reggie Sanderson, la veille au soir. Un peu plus tard, il allait contacter l'homme et lui fixer un rendez-vous, s'il était encore disponible.

En nettoyant la grange, Clint avait trouvé plusieurs outils dont il ignorait l'usage, ce qui lui avait fait prendre conscience qu'il avait besoin de quelqu'un de plus expérimenté pour l'aider.

Lorsque Fifi eut mangé, il emmena le chiot dehors, puis le ramena dans la chambre d'Emily. Il le déposa dans la cage où il se roula en boule et s'endormit rapidement.

Clint alla alors se doucher dans sa chambre. Tandis que l'eau chaude ruisselait sur lui, il se surprit à penser à sa femme. Une part de lui l'aimerait toujours.

Samantha et lui s'étaient rencontrés dans un café et avaient eu le coup de foudre au premier regard. À l'époque, il avait vingt-neuf ans et elle en avait vingt-sept. Ils étaient sortis ensemble durant une année, puis s'étaient mariés. Elle était rapidement tombée enceinte, et Emily était née.

Samantha avait été une épouse aimante et une merveilleuse maman, mais tout avait volé en éclats lors de cette nuit fatale. Il l'avait pleurée longtemps, et sa vie était vide depuis une éternité, lui semblait-il.

Bien sûr, Emily lui prenait beaucoup de temps, mais une fois qu'elle était au lit et qu'il se retrouvait seul face à une longue soirée, il avait envie de quelqu'un à qui parler. Il s'était rendu compte au cours des trois ans écoulés qu'il n'était pas homme à se satisfaire de la solitude.

Et puis il y avait les moments où il se couchait. Il avait besoin de serrer quelqu'un dans ses bras, de lui murmurer des secrets et de tendres petits riens. Et la personne dont il avait envie, c'était Lizzy. Il était dangereusement près de tomber amoureux d'elle, et cela l'excitait et l'effrayait en même temps.

Poussant un profond soupir, il sortit de la douche. Il ne lui fallut que quelques minutes pour enfiler un jean et un T-shirt propres, puis il retourna à la cuisine finir sa tasse de café.

Juste après 8 heures, il appela Reggie Sanderson et convint d'un entretien plus tard dans la matinée. Lorsqu'il raccrocha, Emily entra dans la cuisine, en pyjama, les cheveux emmêlés. Tenant le chiot remuant dans ses bras, elle affichait un grand sourire. Fifi lui léchait le menton à grands coups de langue.

— Regarde, papa… elle m'aime, dit-elle en gloussant. Elle m'aime vraiment.

Clint adorait l'entendre rire ainsi.

— Bien sûr qu'elle t'aime. Et ce que tu dois faire quand elle vient de se réveiller, c'est l'emmener dehors faire ses besoins. Je vais chercher la laisse, et tu vas la faire sortir.

— D'accord.

Il joignit le geste à la parole et, lorsque Emily fit sortir le chiot, il resta sur le seuil de la porte à les observer. La petite chienne gambadait, tirant sur la laisse, mais Emily tint bon, et Fifi finit par se calmer et faire pipi.

Quelques minutes plus tard, Emily jouait avec le chiot sur le sol de la cuisine, tandis que Clint confectionnait des pancakes.

— Tu crois que Fifi aime les pancakes ? demanda Emily.

— Non, et c'est très important que tu ne lui donnes jamais la même nourriture que nous. Ça pourrait la rendre très malade. Elle a sa propre nourriture, et c'est tout ce qu'elle doit manger.

Durant le petit déjeuner, Clint continua de donner des instructions à sa fille pour prendre soin du chiot. Fifi tournait autour de la table mais, à un moment donné, s'affala par terre et s'endormit aux pieds d'Emily.

Après avoir mangé, Emily, suivie du chiot, s'en fut dans sa chambre pour s'habiller. Puis elle apporta ses nouvelles poupées et leurs vêtements au salon pour jouer, tandis que Fifi bondissait autour d'elle.

Tandis qu'elle s'amusait et riait des bêtises du petit chien, Clint lava la vaisselle et se prépara à son entretien avec Reggie. Lorsque la table fut propre, il prit une feuille de papier et un stylo dans un tiroir de la cuisine et se mit à noter les questions qu'il voulait poser à son candidat.

À 11 heures précises, un coup résonna à la porte. Au moins, Reggie Sanderson était ponctuel. Clint regarda d'abord par judas avant d'ouvrir.

— Reggie ? dit-il au grand homme brun et maigre qui retirait un chapeau noir et cabossé de sa tête.

Il opina du chef.

— Vous devez être monsieur Kincaid.

— Je vous en prie, appelez-moi Clint. Entrez donc, dit-il

en ouvrant la porte plus largement. Voici ma fille, Emily, ajouta-t-il. Ainsi que son chiot tout neuf, Fifi.

— En voilà un joli petit chien, mademoiselle Emily, dit Reggie.

— Merci, dit timidement la petite fille. Elle m'aime beaucoup.

— C'est bien, répondit Reggie. C'est toujours agréable d'avoir un petit chien qui vous aime.

— On va aller dans la cuisine, dit Clint en montrant le chemin. Je peux vous offrir quelque chose à boire ? Un café, un soda ?

— Un café, ça serait pas de refus.

Clint versa à chacun un mug de café et rejoignit Reggie Sanderson à table. C'était un bel homme qui semblait avoir passé la trentaine. Il avait de larges épaules et des mains usées par le travail.

— Comme je vous l'ai dit au téléphone, c'est Lizzy Maxwell qui vous a recommandé. Elle m'a dit que vous étiez habile et fiable, et j'ai absolument besoin de quelqu'un pour m'aider dans les champs.

— C'est bien aimable à elle. J'ai apporté d'autres références. L'une est une référence professionnelle, et les deux autres sont des recommandations personnelles.

Il tira une feuille de papier pliée de la poche de sa chemise et la tendit à Clint.

— Qu'est-il arrivé à votre dernier emploi ? demanda Clint avec curiosité.

Reggie se rembrunit.

— J'ai travaillé pour Todd et Krista Layton pendant dix ans… J'ai vu leurs gosses grandir et je les considérais comme ma famille. Malheureusement, ils ont eu des épreuves et, il y a un mois, Todd a dû me licencier. C'est la référence professionnelle que j'ai.

— Cela a dû être dur pour vous, dit Clint, lisant l'émotion dans les yeux bruns de Reggie.

— Oui.

Reggie poussa un gros soupir.

— Ils étaient comme ma famille, mais les affaires sont les affaires et, maintenant, je suis à la recherche d'un nouveau boulot.

Les deux hommes s'entretinrent durant une heure. Clint avoua qu'il ignorait beaucoup de choses sur l'agriculture. Il était content que Reggie ait l'air de s'y connaître, s'exprime bien et semble impatient de se mettre au travail.

Ils parlèrent également de salaire et d'horaires, et, pour finir, Clint lui offrit le poste. Reggie commencerait le lundi suivant. Puisque tout était réglé, Clint le raccompagna à la porte.

Tandis qu'Emily jouait toujours au salon, Clint retourna à la cuisine et lut les références de Reggie. Il composa le numéro de Todd Layton sur son téléphone, songeant qu'il aurait dû s'entretenir avec lui avant de confier l'emploi à Reggie.

Heureusement, Layton lui confirma que Reggie était un excellent ouvrier, dur au labeur, et qu'il était désolé d'avoir dû le licencier. Lorsque Clint raccrocha, il était certain d'avoir fait le bon choix en engageant Reggie.

Il prépara des macaronis au fromage et coupa une pomme en tranches pour le déjeuner d'Emily, puis se confectionna un sandwich.

— Une fois que nous aurons fini de manger, j'ai des choses à faire dans la grange. Alors tu peux amener Fifi avec sa laisse, et nous lui montrerons la grange.

— Ça va être amusant, dit Emily. Je peux amener Amy et Lisa, aussi ?

Clint fronça les sourcils.

— Qui sont Amy et Lisa ?

— Mes nouvelles poupées, celles que Mlle Lizzy m'a achetées, répondit Emily, comme si son père était un demeuré.

— Ah bon ! s'exclama Clint en se frappant le front.

Emily éclata de rire devant les bêtises de son père. Clint aurait aimé que Lizzy soit là en ce moment, et qu'elle partage leur joie. Qu'avait-il donc ? Il ne semblait pas pouvoir se sortir sa belle voisine de l'esprit.

Le travail dans la grange allait peut-être remédier à cela. Il débarrassa la table du déjeuner, puis tous les deux quittèrent la maison avec le chiot. Une odeur d'automne flottait dans l'air. Il faisait plus frais que le jour précédent et, pour la première fois, il remarqua que les feuilles des arbres prenaient de jolies couleurs.

Fifi tirait sur sa laisse tandis qu'ils marchaient vers la grange.

— Pourquoi elle fait ça, papa ?

— Elle doit s'habituer à la laisse, ma puce. Avec le temps, elle cessera de tirer et marchera à côté de toi.

Emily s'arrêta et prit l'animal dans ses bras.

— C'est bon, Fifi, je vais te porter.

— Tôt ou tard, tu devras la laisser marcher pour qu'elle s'habitue, dit Clint.

— D'accord, mais juste pour maintenant… Elle m'a dit qu'elle voulait que je la porte aujourd'hui.

Ce chiot va être pourri gâté, songea-t-il avec amusement. Lorsqu'il avait pensé à prendre un chien, il se voyait plutôt avec un golden retriever ou un berger allemand. Mais il devait reconnaître que Fifi, qui n'était pas plus grosse qu'une peluche, était en train de gagner son cœur.

En arrivant dans la grange, il sortit la couverture qu'il y laissait et l'étala au sol. Emily s'installa dessus et déposa Fifi à côté d'elle. Puis elle prit ses poupées et se mit à jouer.

Bien qu'il loge son cheval dans une petite écurie située sur la propriété, il y avait plusieurs stalles dans la grange. L'une d'entre elles était équipée d'étagères.

Ce qu'il voulait faire, c'était noter les objets qui s'y trouvaient et qu'il ne connaissait pas. Il ferait ensuite une recherche Internet, et s'il ne pouvait apprendre leur usage de cette manière, il interrogerait Reggie lundi matin.

Il décida de commencer par les étagères. Avec le bavardage d'Emily en fond sonore, il se dirigea dans la grange, vers la stalle en question.

Il se figea devant le box. Qu'est-ce que c'était que ça ? Il y avait un creux dans le foin, comme si quelqu'un avait dormi là ou, au moins, s'y était allongé un moment.

Il sentit sa pression sanguine monter d'un cran. Tous les muscles de son corps étaient tétanisés. Qui était venu ici, et pourquoi ? Était-ce simplement un vagabond qui avait profité d'une grange ouverte ?

Ou son passé allait-il entrer en collision avec le présent ?

Lizzy vérifia que les vingt cartons étaient prêts à être distribués, s'assurant qu'ils contenaient tous une miche de pain.

— Je pense que ceux-là sont prêts à partir, dit-elle à Elijah Simpson, l'homme qui gérait la petite banque alimentaire depuis le sous-sol de sa maison.

— J'apprécie toujours votre aide, Lizzy, répondit-il avec un large sourire.

Son sourire dura quelques secondes, puis s'évanouit.

— Ça me fait de la peine de constater que nous avons de plus en plus de gens qui viennent.

— Les temps sont difficiles pour beaucoup de gens, dit-elle.

On était jeudi soir. Le point fort de la journée avait été la réunion du conseil municipal : Butch et Letta Lee avaient réduit leur budget au point que Lizzy avait pu voter son approbation.

Le sous-sol d'Elijah était tapissé d'étagères supportant des boîtes de conserve, des paquets de pâtes et d'autres denrées de base. Les pains qui leur étaient donnés étaient immédiatement redistribués, de même que les pâtisseries que Harper leur cédait.

— Le travail va beaucoup plus vite à quatre mains qu'à deux, dit Elijah.

— Je suis toujours impatiente de venir vous aider, répondit-elle.

Elle jeta un coup d'œil à sa montre. Dans dix minutes, les voitures allaient commencer à arriver. On ne vérifiait pas la situation financière des personnes qu'Elijah servait. On se fiait simplement à leur parole, et Lizzy savait que, pour la plupart, elles auraient préféré être ailleurs.

Tandis qu'ils attendaient, Elijah et elle parlèrent de tout un tas de sujets. Elijah était un véritable bienfaiteur. Il était toujours prêt à aider les gens dans la mesure de ses moyens. C'était une personne très appréciée et estimée en ville.

Deux heures plus tard, Lizzy était sur la route, en chemin vers chez elle. Ils avaient distribué quatorze cartons, deux de plus que la semaine précédente. Lizzy faisait partie des chanceux. Cette année, ses cultures avaient prospéré, et elle avait obtenu un bon prix du bétail qu'elle avait vendu.

Mais elle était consciente que la catastrophe rôdait toujours à proximité. Il y avait tant de variables dans l'agriculture : le mauvais temps, une invasion de nuisibles ou une maladie qui pouvait détruire les bénéfices de toute une année.

Toutefois, rien de cela ne lui resta longtemps à l'esprit. Elle avait autre chose à penser, à attendre… un autre rendez-vous avec Clint le soir suivant.

Elle était définitivement conquise par Clint. Elle avait passé beaucoup de temps en sa compagnie, et tout lui plaisait chez cet homme. Elle se disait qu'il était peut-être le bon. Elle s'imaginait aisément vivre avec Clint et Emily. Cette seule pensée lui coupait le souffle de bonheur.

Elle avait également peur de croire qu'elle pouvait trouver

l'amour qu'elle recherchait, un amour qui ne ferait que grandir et s'approfondir au fil des ans. Elle craignait que Clint soit trop bien pour être vrai. Mais oh combien elle espérait qu'il soit l'homme dont elle rêvait !

Elle alla se coucher tôt ce soir-là. Entre la réunion du conseil municipal, son bénévolat chez Elijah et ses tâches dans les champs, elle était épuisée.

Les deux ouvriers qu'elle avait engagés effectuaient un travail formidable. Ces quatre derniers jours, elle leur avait montré ce qu'elle souhaitait d'eux et comment elle voulait qu'ils procèdent. Ils étaient tous les deux ponctuels, respectueux et bosseurs.

Clint lui avait dit qu'il était lui aussi content de Reggie Sanderson. Avec une honnêteté charmante, il lui avait précisé que Reggie l'instruisait sur un tas de choses.

Bien qu'elle ne l'ait pas vu de la semaine, Clint l'avait appelée chaque soir, et elle en était arrivée à attendre impatiemment ces coups de fil. Ce soir-là ne fut pas différent. Elle venait juste de se mettre au lit quand son téléphone sonna. Elle lut le nom de Clint sur l'écran.

— Comment s'est passée votre journée ? demanda-t-il quand ils se furent salués.

— Elle était longue, et je suis épuisée, répondit-elle.

— C'est toujours d'accord pour demain soir ?

— Autant que je sache, oui.

Leur projet était de retourner au Farmer's Club.

— Formidable. Alors, puisque vous êtes fatiguée, je ne m'attarde pas. Je vous vois demain à 19 heures.

— Parfait.

Quelques minutes plus tard, alors qu'elle fixait le plafond obscur de sa chambre, elle sentit tout son corps se réchauffer. Elle aimait entendre la voix de Clint avant de s'endormir. Une seule chose aurait été préférable : qu'il lui souhaite bonne nuit en la serrant dans ses bras.

Le jour suivant passa rapidement et, à 19 heures, elle sortit de chez elle d'un pas léger pour monter dans le pick-up de son voisin. L'odeur de Clint l'enveloppa, et elle lui sourit.

— Vous êtes absolument superbe, comme toujours, dit-il.

— Merci, monsieur. Vous n'êtes pas mal non plus.

C'était vrai. Il était très sexy, en jean et polo noir. Personne ne portait le jean mieux que Clint Kincaid.

Rien que d'être assise à côté de lui, elle en avait des frissons dans tout le corps. Elle avait envie de lui. Elle ne se rappelait pas avoir autant désiré un homme avant Clint. Elle voulait être nue avec lui. Son attirance pour Clint n'avait cessé de croître depuis leur première rencontre.

Ils bavardèrent sur le trajet jusqu'en ville.

— Vous avez découvert qui s'est servi de votre grange ? demanda-t-elle.

— Non, et personne n'est revenu. J'imagine que c'était un vagabond qui avait besoin de s'abriter pour la nuit.

— Heureusement, nous n'avons pas de sans-abri à Millsville, mais je suis certaine qu'il y en a dans les villes alentour.

Ils parlèrent de la crise des sans-abri dans les grandes villes et finirent par arriver au Farmer's Club.

Ce soir-là, le club était rempli de vieux agriculteurs. Lizzy les salua un par un et leur présenta Clint. Elle savait que c'était important pour lui de connaître les gens de leur milieu.

Puis ils se frayèrent un chemin vers un box vide et s'installèrent.

— Vous pourriez en apprendre beaucoup en fréquentant ce bar et en parlant avec ces hommes. Ils savent tout ce qui concerne l'agriculture et ils possèdent beaucoup de sagesse.

— Je m'en souviendrai. Mais, heureusement, Reggie en sait beaucoup plus que moi. Il se montre très patient pour m'enseigner ce que je dois savoir.

— Je suis contente qu'il travaille pour vous. C'est un type bien, répondit-elle.

La conversation fut interrompue par Ranger qui venait prendre leur commande. Lizzy voulut un daïquiri à la fraise, et Clint opta pour un scotch *on the rocks*.

— Comment ça se passe avec vos ouvriers ? demanda-t-il quand Ranger les eut servis.

— Bien. Je suis contente d'eux. Maintenant que le budget municipal a été approuvé et que j'ai les ouvriers dont j'ai besoin, il ne devrait plus y avoir de problème dans ma vie.

— Pas de problème, c'est ce qu'il faut, répondit-il en riant.

La conversation se poursuivit sans effort. Il y avait une flamme dans les yeux de Clint, qui s'attardait sur elle. De toutes les soirées qu'elle avait passées avec lui, elle avait l'impression que ce soir-là il tentait de la séduire avec ses paroles douces et ses airs taquins.

Ses yeux bleus étaient hypnotiques, et elle avait envie de s'y noyer. Ce soir-là, plus que jamais, elle était vivement consciente des lèvres sensuelles, du regard passionné, de la largeur des épaules et de la force des bras de Clint. S'il essayait de la séduire, c'était réussi.

Lorsqu'ils eurent terminé leurs boissons, il n'en commanda pas d'autres et lui proposa à la place :

— Pourquoi ne pas aller chez moi boire un dernier verre ?

Elle retint son souffle, lisant le désir dans les yeux de Clint. Un feu y couvait, qu'elle n'y avait jamais vu. Elle voulait approcher ce feu, elle avait envie de s'y brûler.

— Bonne idée, répondit-elle, saisie d'un élan d'excitation.

Ils quittèrent le bar et, durant le trajet, restèrent relativement silencieux. Mais Lizzy sentait la tension sexuelle croître entre eux.

Elle s'efforça de se calmer. Peut-être ne voulait-il effectivement que boire un dernier verre avec elle. Après tout, Emily était à la maison. Jusqu'où les choses pouvaient-elles aller ?

Lorsqu'ils arrivèrent chez lui, il lui prit la main pour

marcher jusqu'à la porte. Quand ils entrèrent, Rosa était là pour les accueillir.

Lizzy avait toujours bien aimé cette vieille dame qui se montrait gaie et bienveillante lorsqu'elle la rencontrait en ville. Ce soir-là, ce ne fut pas différent. Rosa salua Lizzy avec un grand sourire.

— Comment allez-vous ? demanda-t-elle.

— On fait aller, répondit Lizzy. Et vous ?

— Quand on arrive à mon âge, on est juste heureux de se réveiller le matin, répliqua Rosa qui se tourna ensuite vers Clint. Elle dort sur ses deux oreilles. Et le chiot est dans la cage, endormi aussi.

— Merci, Rosa, d'être restée ce soir. Je vais vous raccompagner à votre voiture.

Il s'adressa Lizzy.

— Mettez-vous à l'aise au salon, je reviens tout de suite.

Hochant la tête, elle se rendit au salon. Elle s'assit sur le canapé pour attendre Clint et, quelques minutes après, il entra à son tour dans la pièce.

— Et maintenant, qu'aimeriez-vous boire ? J'ai de la vodka, du whisky, du scotch et du soda.

— Je vais prendre un Coca avec une goutte de whisky. Une goutte seulement, s'il vous plaît.

— Compris. Je reviens.

Il quitta le salon pour aller à la cuisine et, une minute plus tard, revint avec leurs boissons. Il lui tendit la sienne puis se laissa tomber sur le canapé à côté d'elle.

— Santé, dit-il, et ils entrechoquèrent leurs verres.

— Hum, juste comme il faut, dit-elle en posant son verre sur un dessous de verre sur la petite table.

— Tant mieux.

Il posa son verre aussi et la regarda avec intensité.

— Lizzy, vous êtes une telle joie dans ma vie. Je ne peux

pas vous dire à quel point je suis impatient de vous voir et de passer du temps avec vous.

— Je ressens la même chose avec vous, avoua-t-elle en rougissant un peu.

Il se rapprocha d'elle, et elle sentit son cœur accélérer.

— Toute la soirée, je n'ai pensé qu'à une chose, à vous embrasser encore.

— Alors, faites-le, je vous en prie.

Il l'enlaça et posa les lèvres sur celles de Lizzy. Elles avaient un léger goût de scotch. Tandis qu'il approfondissait le baiser, elle noua les bras autour du cou de Clint et se pressa contre lui.

Le baiser se poursuivit jusqu'à ce qu'elle soit hors d'haleine, puis Clint fit glisser les lèvres sur la gorge de la jeune femme, la parsemant de petits baisers qui ne firent qu'accroître et enflammer son désir.

Il gémit, lui faisant savoir qu'il la désirait aussi. Elle rejeta la tête en arrière pour mieux lui permettre de l'embrasser. Partout où les lèvres de Clint la touchaient, un incendie s'allumait. Lorsqu'il en eut fini avec le cou de Lizzy, il revint à sa bouche avec une ardeur fiévreuse. Il interrompit finalement leur étreinte et la regarda avec une telle soif dans les yeux qu'elle en perdit ce qui lui restait de souffle.

Levant la main, il repoussa une mèche vagabonde sur la joue de Lizzy.

— Je vous veux, Lizzy. Je ne veux pas seulement vous embrasser, je veux sentir votre corps contre le mien. Je veux vous faire l'amour. Vous voulez bien venir dans ma chambre et faire l'amour avec moi ?

— Et... et Emily ? demanda-t-elle, encore hors d'haleine.

— Elle dort bien, généralement, répondit-il.

Se levant, il lui tendit la main.

— Si vous me dites non, il n'y aura pas de ressentiment, dit-il. Mais j'espère que vous éprouvez la même chose que moi. J'espère que vous me voulez autant que je vous veux.

Se redressant, elle mit la main dans celle de Clint.

— Oh oui, Clint, je vous veux aussi !

Tandis qu'il l'escortait dans le couloir jusqu'à sa chambre, elle sentit son cœur battre frénétiquement. Les pointes de ses seins durcissaient, dans l'attente de ce qui allait suivre.

Le grand lit était paré d'une couverture bleu marine, et une lampe de chevet était allumée, créant un doux halo dans la pièce. Il la conduisit vers le lit, la reprit dans ses bras et l'embrassa à nouveau.

Elle ne se rappelait pas avoir autant désiré un homme. C'était différent de tout ce qu'elle avait éprouvé par le passé. Comme il la serrait étroitement contre lui, elle sentit l'excitation de Clint, ce qui redoubla la sienne.

Tout en continuant à l'embrasser, il recula d'un demi-pas pour pouvoir mettre les mains en coupe autour des seins de la jeune femme. Ses mamelons durcirent à nouveau, avides d'être touchés...

Elle s'écarta, poussa un soupir tremblant et ôta son corsage avant de le laisser tomber derrière elle. Il plongea le regard dans celui de Lizzy avec une intensité hypnotique. À son tour, il retira son polo, exposant sa poitrine musclée.

Face à face, ils enlevèrent leurs chaussures, leurs chaussettes et leurs pantalons, et se retrouvèrent, elle en soutien-gorge et culotte de dentelle rouge, lui en caleçon noir.

Il ouvrit le lit, se glissa sous les draps et lui fit signe de le rejoindre. Elle s'exécuta immédiatement et se blottit entre les bras de Clint.

Ce contact peau contre peau l'enflamma. Ils nouèrent leurs jambes, et Clint lui caressa le dos de haut en bas. Il l'embrassa avec fougue, lui coupant une fois de plus le souffle.

En quelques secondes, il détacha le soutien-gorge de Lizzy, et elle gémit de plaisir quand il lui caressa la poitrine, passant et repassant les pouces sur ses mamelons engorgés.

Bientôt, il remplaça les pouces par la langue, envoyant

des décharges électriques jusqu'au fond d'elle. Il lui léchait et lui mordillait les seins avec une ardeur fiévreuse, tout en glissant les mains lentement vers l'élastique de son slip.

Il fit danser les doigts sur la dentelle jusqu'à rendre Lizzy à moitié folle, puis il se mit en devoir de lui retirer sa culotte. Elle l'aida en soulevant les hanches, et lorsqu'il l'eut fait descendre à ses chevilles, elle s'en débarrassa d'un coup de pied.

Il revint entre les cuisses de la jeune femme. Cette fois, il la caressa à un rythme de plus en plus affolant.

— Clint...

Elle fut à peine capable de murmurer son prénom quand la vague enfla, l'emportant de plus en plus haut. Soudain, elle fut là, chevauchant la crête de la vague dans un paroxysme de plaisir.

Clint se débarrassa de son caleçon et s'accroupit entre les jambes de Lizzy. Ses yeux flamboyaient. Elle se perdit en eux... en lui. Avant même qu'elle retrouve son souffle, il la pénétra.

Il expira de plaisir, et elle gémit en le sentant s'immobiliser. Il la remplissait si complètement.

— Lizzy, c'est si bon d'être en toi, chuchota-t-il tout près de l'oreille de la jeune femme.

— Oh ! c'est si bon de te sentir en moi, répondit-elle hors d'haleine.

Elle fit monter et descendre les mains le long du dos de Clint, savourant la sensation de sa peau chaude et de ses muscles en dessous.

Elle poussa un cri quand il se mit à donner des coups de reins – lents, longs et réguliers au début – qui la firent frémir de plaisir.

Cessant de lui caresser le dos, elle s'accrocha aux épaules de Clint tandis qu'il accélérait le rythme. Elle sentait du feu circuler dans ses veines. Son esprit s'absenta lorsqu'elle perçut l'imminence d'un autre orgasme.

Lorsque la vague l'engloutit, elle murmura le prénom du

jeune homme, encore et encore. Puis Clint la rejoignit, émettant un grognement guttural, emporté par son propre plaisir.

Durant plusieurs minutes, ils restèrent soudés l'un à l'autre, reprenant lentement leur souffle. Finalement, il roula sur le flanc, s'écartant un peu d'elle. Tendant la main, il repoussa une mèche de cheveux qui tombait sur le visage de Lizzy.

— C'était bien trop rapide, mais fantastique, dit-il avec un regard à la fois doux et aimant.

— J'ai trouvé ça merveilleux, répondit-elle.

Cela avait été plus que merveilleux, elle avait eu l'impression que la terre tremblait. Clint l'avait emportée dans un lieu inconnu, à une hauteur de sensations physiques et émotionnelles qu'elle n'avait jamais expérimentée.

Il se rembrunit soudain.

— Tout est arrivé si vite que nous n'avons pas pensé à nous protéger. Je veux que tu saches que cela fait trois ans que je n'ai pas eu de rapports sexuels et que je n'ai aucune maladie.

— Je n'ai pas de maladie non plus… et je prends la pilule, alors il n'y a pas de problème, l'assura-t-elle.

Il quitta son air inquiet et se pencha vers elle pour lui donner un doux baiser.

— Tu restes avec moi cette nuit ? s'enquit-il.

Son cœur battit un peu plus vite. Elle adorerait rester et dormir dans les bras de Clint. Elle adorerait se réveiller avec lui le lendemain matin.

— Je ferai le petit déjeuner, promit-il comme pour l'appâter.

— Je croyais que tu ne savais pas cuisiner ?

Il sourit jusqu'aux oreilles.

— Le petit déjeuner, si.

Leurs voix n'étaient qu'un chuchotement, tellement intime dans la pénombre de la chambre. Elle pensa soudain à quelque chose.

— Quand est-ce que tu comptais me ramener, de toute façon, puisque Rosa est partie et qu'Emily dort ?

Il sourit d'un air penaud.

— Pour être honnête, je n'avais pas réfléchi jusque-là. Je voulais juste te serrer dans mes bras toute la nuit.

— Eh bien, tu as de la chance parce que moi aussi. Tu pourrais me prêter un de tes T-shirts pour dormir ?

— Ça peut se trouver.

Ils se levèrent tous les deux. Il alla ouvrir un tiroir et lui tendit le T-shirt demandé. Elle se rendit dans la salle de bains adjacente, tandis qu'il gagnait celle du couloir.

Elle enfila le vêtement et s'examina dans le miroir. Ses joues étaient rouges et ses yeux brillaient de satisfaction. Elle était heureuse et impatiente de se blottir contre lui pour s'endormir.

Quelques minutes plus tard, elle était de retour au lit. Il éteignit la lampe, et elle se lova contre lui. Dans les bras de Clint, elle se sentait en sécurité.

— Tu es bien ? demanda-t-il dans un doux murmure.

— Très bien, répondit-elle.

— J'adore que tu sois dans mon lit.

Elle sourit dans le noir.

— J'adore être là

— Tu dors ?

— Je vais m'endormir.

— Alors, bonne nuit, douce Lizzy.

— Bonne nuit, mon doux Clint.

Elle avait cru être sur le point de tomber amoureuse de Clint. Elle était désormais assez proche pour entendre les battements de son cœur. Son odeur l'enveloppait. Ses bras, forts et chauds, l'entouraient.

Elle n'était pas seulement sur le point de tomber amoureuse, elle était bel et bien follement éprise de son voisin.

8

Clint se réveilla juste après 6 heures.

Lizzy dormait profondément à côté de lui. Durant un instant, il la contempla.

Le mince rayon de soleil qui filtrait par la fenêtre la saupoudrait d'or, et elle était plus belle que jamais. Ses longs cils ombraient ses joues, et un demi-sourire heureux jouait sur ses lèvres.

Ils avaient fait l'amour une deuxième fois au milieu de la nuit. Cela avait été plus lent et plus intense, et quand ils avaient fini, les mots *je t'aime* avaient tremblé sur les lèvres de Clint.

Il ne les avait pas prononcés à haute voix, mais il les avait sentis vibrer dans son cœur. Avant de les dire, il devait être sûr de ne pas confondre amour et attirance physique. Car il n'y avait pas de doute qu'il était terriblement attiré par Lizzy.

Il se glissa hors du lit, prenant garde à ne pas la réveiller. Ramassant son caleçon et son jean, il se rendit dans la salle de bains du couloir. Il enfila son pantalon, décidant qu'il se doucherait plus tard, quand il aurait raccompagné Lizzy chez elle. Il se brossa les dents et se vaporisa d'eau de Cologne.

Puis il alla à la cuisine. Il voulait faire frire du bacon avant que Lizzy ou Emily se réveillent. En chemin, il jeta un coup d'œil dans la chambre de sa fille. Elle dormait, de même que Fifi.

Une fois dans la cuisine, il mit en route la cafetière et

fit chauffer la poêle. Quelques minutes plus tard, l'odeur du bacon frit remplissait l'air. Il se versa une tasse de café fraîchement passé.

Il s'assit à table et pensa à la nuit qui venait de se terminer. L'amour avec Lizzy n'avait pas simplement été à la hauteur de ses fantasmes, il les avait surpassés. Elle s'était montrée ardente, passionnée, généreuse, tout cela à la fois.

Même maintenant, il la désirait encore. Il avait le sentiment qu'il pourrait lui faire l'amour un million de fois, et que cela ne lui suffirait pas.

Était-il seulement attiré par elle ? Il repensa à leurs conversations prolongées, à leurs rires partagés. Non, comprit-il, cela allait bien au-delà de la simple attraction physique.

À ce moment, Lizzy entra dans la cuisine. Habillée des vêtements qu'elle portait la veille, elle arborait un grand sourire.

— Rien de mieux que de se réveiller en sentant l'odeur du bacon préparé par un homme, dit-elle.

Il rit.

— Ça t'arrive souvent ?

Il lui fit signe de prendre place à table.

— Une fois… ce matin, dit-elle toujours en souriant.

Il s'esclaffa et lui versa une tasse de café.

— Tu as bien dormi ? demanda-t-il en la lui apportant.

— J'ai dormi comme une bûche. Mais un coquin m'a réveillée au milieu de la nuit.

— Ah, j'aurais pu jurer que c'était une coquine qui m'avait réveillé.

Ils rirent tous les deux. Il revint à la cuisinière, puis fit volte-face pour la regarder.

— Des regrets ?

— Absolument aucun. C'était une nuit merveilleuse, et je la recommencerais immédiatement si je pouvais.

— Ne me tente pas, dit-il en riant. C'était une nuit merveilleuse, effectivement.

Il retourna les tranches de bacon. Tandis qu'il préparait le petit déjeuner, ils parlèrent des personnes qu'elle lui avait présentées la veille.

C'était tellement intime de se trouver ensemble dans la cuisine tandis que le soleil se levait au-dehors. Clint se rappela combien il aimait être à la cuisine le matin avec sa femme. Samantha était une lève-tôt. Mais elle était partie pour toujours, et il appréciait ce moment de tranquillité avec Lizzy.

Leur conversation s'interrompit lorsque Emily poussa un cri perçant.

— Mademoiselle Lizzy, tu es là ! s'exclama-t-elle. Et c'est le matin !

Lizzy rit et se leva pour l'accueillir.

— Oui, je suis là… Tu es super mignonne dans ce pyjama rose, et Fifi a l'air très contente.

— Elle m'aime, déclara Emily.

Comme pour prouver ses dires, la petite chienne lui lécha le menton.

— Elle t'aimera encore plus si tu la sors pour lui faire faire ses besoins, dit Clint qui ôtait la poêle du feu. Va chercher sa laisse, je vais sortir avec toi.

— Je peux y aller, dit Lizzy.

— Je veux que mademoiselle Lizzy vienne avec moi, rétorqua Emily.

Clint leva les yeux au ciel avec une indignation feinte.

— Alors, tu me jettes comme une vieille chaussette, c'est ça ?

— Oh ! papa ! T'es pas une vieille chaussette, mais mademoiselle Lizzy est mieux pour aujourd'hui, répliqua la petite fille en gloussant.

— Oui, je suis mieux pour aujourd'hui, papa, dit Lizzy en lui souriant. Alors, où est la laisse de Fifi ?

— Dans ma chambre. Viens.

Emily lui prit la main.

— Tu vas voir ma chambre. Elle est toute rose.

— Le rose est ma couleur préférée, dit Lizzy.

— Moi aussi, rétorqua Emily avec excitation.

Lorsque les filles quittèrent la cuisine, Clint remit la poêle sur le feu et y déposa des galettes de pommes de terre congelées. Il se surpassait en l'honneur de Lizzy. De toute façon, il avait toujours adoré les petits déjeuners copieux. Il entendit la porte d'entrée s'ouvrir et comprit que Lizzy et Emily étaient sorties avec Fifi.

Il était reconnaissant à Lizzy d'être si affectueuse et communicative avec Emily. Il ne l'en aimait que davantage.

Au bout de dix minutes environ, Lizzy et Emily rentrèrent en gloussant.

— Qu'est-ce qu'il y a de si drôle ? leur demanda-t-il.

— Rien… juste une conversation entre filles, répondit Lizzy avec légèreté.

— Oui, juste une conversation entre filles, papa, répéta Emily en gloussant à nouveau. Je peux enlever la laisse de Fifi ?

— Oui, mais ramène-la tout de suite à sa place, répliqua son père.

— D'ac.

Emily détacha le chiot et courut à sa chambre.

— Alors, comment ça se passe avec Fifi ? demanda Lizzy.

— Plutôt bien. Elle s'est oubliée quelques fois dans la maison, mais je m'y attendais. C'était plutôt une erreur humaine qu'une erreur canine.

— Est-ce qu'Emily fait sa part ?

— Dans l'ensemble, oui. Nous verrons quand la nouveauté sera passée. Maintenant, j'ai une question très importante pour toi… Tu aimes les œufs au plat ou brouillés ?

Quelques minutes plus tard, ils étaient assis à table, savourant le bacon, les galettes de pommes de terre, les œufs brouillés et les toasts.

Clint s'adossa à sa chaise, se réjouissant du bavardage d'Emily et Lizzy. C'était si bon. Il avait l'impression de retrouver cette chaleur familiale qui lui avait tant manqué.

La joie d'Emily éclairait ses traits et faisait briller ses yeux. C'était ce qu'il voulait pour elle… Qu'elle ait une figure maternelle qu'elle puisse admirer et aimer dans sa vie. Qu'elle bénéficie de la douceur d'un foyer durant son enfance.

Était-il prêt à cela ? Était-ce même possible avec tous les secrets qui assombrissaient son passé ? N'allaient-ils pas faire irruption dans le présent à un moment donné ? Il ne pouvait en être certain.

Pour l'instant, il profitait de la compagnie de Lizzy en essayant de ne pas trop penser à l'avenir. Il hésitait encore à la laisser entrer tout à fait dans sa vie et, pourtant, l'idée de ne plus la voir lui brisait le cœur. Tout cela le déconcertait. Il lui paraissait préférable de prendre l'existence au jour le jour et de ne pas trop réfléchir.

Mais après ce qu'ils avaient partagé durant la nuit, il lui était impossible de s'imaginer sans elle. En dehors du fait que leurs conversations étaient d'une facilité merveilleuse, et qu'ils riaient souvent, elle s'était révélée une amante exceptionnelle.

Elle avait été avide et généreuse et elle avait allumé un incendie incroyable en lui. La première fois qu'ils avaient fait l'amour, elle l'avait tellement excité que tout était allé très vite. La deuxième fois, il s'était contrôlé davantage, et les choses avaient duré plus longtemps.

Assis à table, il se surprit à désirer refaire l'amour avec elle.

Le petit déjeuner prit fin bien trop tôt, et il fut l'heure pour Lizzy de rentrer chez elle. Emily remit Fifi dans sa cage et s'habilla, tandis que Clint et Lizzy débarrassaient et rangeaient la cuisine.

— Je dois reconnaître que vous faites des petits déjeuners formidables, monsieur Kincaid, dit Lizzy.

— Merci. J'aime commencer la journée avec un bon repas.

Ils terminèrent de nettoyer et s'entassèrent tous dans le pick-up.

— Tu seras là demain matin quand je me réveillerai, mademoiselle Lizzy ? Papa pourra te faire des pancakes, dit Emily tandis que Clint démarrait. Il fait des très bons pancakes.

— Je suis désolée, Emily, je ne peux pas. Mais nous nous sommes bien amusées, ce matin, pas vrai ?

— C'est vrai, reconnut la petite fille avec une pointe de déception. Mais je veux que tu sois là tous les matins. Papa, pourquoi est-ce que tu ne te maries pas avec Mlle Lizzy, comme ça, elle sera ma nouvelle maman, et elle sera tout le temps à la maison ? Je serai vraiment contente.

Clint sentit son estomac se nouer. Il s'efforça de trouver une réponse raisonnable.

— Ce n'est pas aussi facile que ça, dit Lizzy. Pour l'instant, ton papa et moi sommes bons amis, mais nous ne sommes pas en position de nous marier.

— Mais je t'aime beaucoup, mademoiselle Lizzy, ajouta tristement Emily.

— Je t'aime aussi, Emily, dit Lizzy. Et nous continuerons à nous voir et à passer du temps ensemble chaque fois que nous le pourrons, d'accord ?

— D'ac, dit la petite fille.

Mais il était manifeste que cela ne la satisfaisait pas.

Quelques instants plus tard, ils s'arrêtèrent devant chez Lizzy. Clint descendit de voiture pour la raccompagner à sa porte.

— Merci pour cette nuit, dit-elle.

— Merci à toi. Lizzy, c'était une nuit merveilleuse, répondit-il avec chaleur.

— Oui, c'est vrai, ajouta-t-elle en le gratifiant de son plus beau sourire.

— Je t'appellerai plus tard.

— D’accord.

Il se pencha et l’embrassa brièvement sur le front, puis ils se dirent au revoir, et il retourna à son pick-up.

— Et si on allait dans la grange pour que tu puisses y jouer ?

Il devait encore inventorier les flacons et les onguents qui s’y trouvaient, et Emily aimait y passer du temps.

— Je peux apporter mes poupées ?

— Je pense que ça peut se faire.

Quinze minutes plus tard, tous les deux foulaient l’herbe, se dirigeant vers la grange. Clint tenait la laisse de Fifi, tandis qu’Emily serrait deux de ses poupées préférées contre elle.

Heureusement, les enfants ne restaient pas tristes trop longtemps. Bien qu’Emily ait été déçue d’apprendre que Lizzy ne serait pas là le matin suivant, elle chantonnait maintenant d’un air joyeux.

Il détacha Fifi en entrant dans la grange et posa la couverture par terre pour qu’Emily puisse y jouer. Fifi sautait et courait autour d’elle, faisant glousser la petite fille de plaisir.

La vie ne pouvait pas être meilleure qu’elle l’était à ce moment, songea Clint. Emily était épanouie et en bonne santé, il apprenait à se débrouiller à la ferme et il avait une voisine très sexy qui était non seulement son amie, mais était devenue aussi son amante.

Tandis qu’Emily jouait joyeusement, Clint se dirigea au fond de la grange. Il était déterminé à finir d’inventorier les étagères. Il avait apporté un calepin et un crayon. Il tourna au coin de la stalle et s’arrêta net. Le calepin et le crayon lui échappèrent des mains.

Cinq merles morts formaient un cercle dans le foin. *Qu’est-ce que c’était que ça ?* Il recula, le cœur battant. Impossible que ces oiseaux soient entrés par hasard dans la grange et se soient disposés tout seuls en cercle. Quelqu’un avait fait ça. Mais qui et pourquoi ? Qu’est-ce que cela signifiait ?

Lizzy venait de sortir de la douche et n'était encore qu'à moitié habillée quand son téléphone sonna. Elle vit que c'était Clint. Pourquoi l'appelait-il si vite après l'avoir raccompagnée chez elle ?

— Clint ?

— Euh, Lizzy, désolé de te demander ça, mais tu pourrais venir surveiller Emily un petit moment pendant que je m'entretiens avec Dallas Calloway ?

Elle perçut un stress intense dans la voix de Clint. Pourquoi avait-il besoin de la police ? Une dizaine de questions lui traversèrent l'esprit en un éclair, mais elle n'en posa pas, certaine qu'elle obtiendrait les réponses plus tard.

— Bien sûr, dit-elle, j'arrive tout de suite.

Il ne lui fallut que quelques minutes pour finir de s'habiller et se rendre chez Clint. Dallas n'était pas encore là. Clint l'accueillit à la porte, le front sévèrement plissé.

— Merci d'être venue.

— Mademoiselle Lizzy, papa m'a dit que tu pouvais jouer avec moi, dit Emily.

— C'est ça, chérie.

— Je vais chercher mes poupées, dit-elle en se mettant à courir vers sa chambre.

Fifi la suivit à toute vitesse, jappant d'excitation.

— Que se passe-t-il ? demanda doucement Lizzy quand Emily fut partie.

Clint fronça les sourcils et ses yeux s'assombrirent.

— J'ai trouvé des oiseaux morts dans la grange.

L'inquiétude de Lizzy diminua immédiatement.

— Clint, ce n'est pas fréquent, mais parfois des oiseaux rentrent dans les bâtiments agricoles et se tuent en heurtant les murs.

Il secoua la tête. Avant qu'il puisse ajouter autre chose, Dallas frappa à la porte. L'agent Benjamin Cooper l'accompagnait.

Tandis que Clint les saluait, Emily revint en courant, ses poupées dans les bras.

— Sortons, vous allez me mettre au courant en marchant, dit Dallas.

Les trois hommes quittèrent la maison, et Lizzy s'accroupit au sol pour jouer avec Emily. Sa poupée était la maman, et celle d'Emily la petite fille. La poupée d'Emily pleurait, et la poupée de Lizzy la consolait. La poupée d'Emily riait, et la poupée de Lizzy riait avec elle. Puis, quand la poupée d'Emily ne fut pas sage, la poupée de Lizzy lui imposa un temps de retrait sur une chaise.

Les quarante minutes suivantes s'écoulèrent rapidement. Toutes les deux s'esclaffaient en voyant le chiot décrire des cercles autour d'elles, chutant parfois cul par-dessus tête. Enfin, Fifi se laissa tomber à terre et s'endormit à côté d'Emily.

Peu après, les hommes rentrèrent.

— Emily, va jouer dans ta chambre un petit moment. Papa doit parler avec Lizzy et ces messieurs.

— D'accord, dit la petite fille.

Elle prit ses poupées et se dirigea vers sa chambre, Fifi bondissant derrière elle.

Désorientée, Lizzy suivit Clint à la cuisine où Dallas et Benjamin étaient déjà assis à table. Il était évident qu'il ne s'agissait pas seulement d'un ou deux oiseaux morts. Que s'était-il passé, et pourquoi les hommes voulaient-ils lui parler ?

— Café ? interrogea Clint.

— C'est pas de refus, répliqua Dallas.

— Autant en faire un pour moi aussi, dit Lizzy.

— Trois avec moi, dit Benjamin.

Tandis qu'ils attendaient que Clint les serve, Dallas regarda Lizzy.

— Je voulais que vous soyez ici parce que je dois vous poser quelques questions.

— D'accord, répondit-elle, se demandant à nouveau ce qui se passait.

— Vous savez ce qu'il y a dans la grange ? questionna Dallas.

— Pas exactement. Tout ce que je sais, c'est qu'il s'agit d'oiseaux morts.

— Cinq merles morts, disposés en cercle, pour être exact, dit Dallas.

Un frisson parcourut Lizzy, et elle dévisagea Dallas, sous le choc. Cinq merles morts ? Dans le folklore, un merle mort avait plusieurs significations, parmi lesquelles la mort d'un être humain.

C'était donc beaucoup plus grave qu'un oiseau mort en heurtant les murs. Qui avait pu faire ça ? Et pourquoi dans la grange de Clint ? Qu'est-ce que cela voulait dire exactement ?

Lorsque tout le monde fut servi, Clint s'assit.

— Vous avez vu quelqu'un rôder autour de la grange de Clint ? demanda Dallas à Lizzy.

— Non, personne en dehors de Clint et Reggie. Mais honnêtement, je n'y prête pas beaucoup attention.

— Et il n'y a rien d'étrange dans votre grange à vous ?

Il but une gorgée de café, l'air tout sauf détendu.

— Je n'y suis pas encore entrée ce matin.

Elle se prit à espérer qu'il n'y avait rien dedans.

— De quoi s'agit-il, selon vous ? demanda-t-elle au policier.

Il fourragea dans ses cheveux et poussa un soupir.

— Du diable si je le sais...

Tournant son attention vers Clint, il le questionna :

— Et vous êtes sûr qu'il n'y a rien dans votre passé qui pourrait avoir suscité ce genre de choses ?

— Non, euh, rien, répliqua Clint.

Lizzy dévisagea l'homme avec lequel elle avait fait l'amour la nuit précédente. Sa réponse lui parut un peu forcée.

— Vous avez eu des problèmes avec quelqu'un en ville ? Y a-t-il quelqu'un qui pourrait vous en vouloir ?

Clint secoua la tête.

— Non, personne. Je ne connais pas grand monde, et toutes les personnes que Lizzy m'a présentées ont été très aimables.

Dallas reporta son attention sur Lizzy.

— Et vous, Lizzy ? Je sais que Clint et vous vous êtes beaucoup vus. Y a-t-il un ex-petit ami que cela pourrait mettre en colère ? Quelqu'un qui verrait Clint comme une menace ?

— Cela fait des années que je ne suis pas sortie avec quelqu'un. Donc, la réponse est non. Il n'y a personne dans mon passé qui pourrait s'irriter que je voie Clint.

Dallas poussa un gros soupir.

— Vous savez, quand je pense aux merles, je ne peux pas m'empêcher de penser aux champs de maïs. J'espère juste que ce n'est pas un nouveau jeu du Tueur à l'Épouvantail.

Ces mots suscitèrent un nouveau frisson glacé dans le dos de Lizzy.

— Si c'est ça, pourquoi mettre les oiseaux dans la grange de Clint ? questionna-t-elle. Je veux dire, je suis manifestement son type.

— Qui sait pourquoi ce salopard fait ce qu'il fait ? répliqua Dallas avec une irritation évidente.

Il considéra encore une fois Lizzy.

— Il est plus important que jamais que vous soyez prudente. Vous êtes son type, en effet, et si ceci est son œuvre, cela peut signifier qu'il vous a en ligne de mire, même si les oiseaux sont ici. Nous allons devoir aller chez vous et inspecter votre grange.

— Ça ne me pose pas de problème. Elle n'est pas fermée, de toute façon. En ce qui concerne ma sécurité, j'emporte une arme partout où je vais. J'ai un permis de port d'arme cachée, dit-elle.

Dallas se rembrunit.

— En temps normal, je ne vous le recommanderais pas, mais dans les circonstances actuelles, je pense que c'est plus prudent. J'aimerais pouvoir mettre un homme devant le domicile de chaque victime potentielle, mais je n'ai pas ce genre de moyens.

— Nous le comprenons tous, Dallas, dit Lizzy. En fin de compte, nous sommes responsables de notre propre sécurité.

— Ce que je voudrais, c'est entrer dans la tête de ce type pour comprendre ce qu'il mijote.

Dallas se renversa sur sa chaise et poussa un nouveau soupir.

— Bien sûr, il est parfaitement possible que tout ça n'ait rien à voir avec le Tueur à l'Épouvantail.

— Alors, qu'est-ce que ce serait ?

Dallas secoua la tête.

— J'aimerais pouvoir vous répondre mais, à ce stade, j'en suis incapable.

— Emily est-elle en danger ? demanda Clint qui était resté silencieux pendant cet échange.

— Je ne sais pas. Il n'y a rien qui me laisse penser qu'elle puisse l'être. Toutefois, à votre place, je la garderais à l'intérieur et, si elle sortait, je la surveillerais de près.

Il se pencha en avant et but le fond de son café.

— L'agent Cooper a pris plusieurs photos de la scène, et je vais demander à mes hommes de fouiller la grange pour découvrir éventuellement un indice.

— Comment... comment les oiseaux ont-ils été tués ? questionna Lizzy.

— Nous n'en sommes pas certains. Il n'y a pas de signe de traumatisme, dit Benjamin en secouant la tête. Mais c'est déjà difficile d'attraper un oiseau, alors cinq...

Dallas se leva, et Benjamin l'imita.

— S'il vous plaît, restez à l'écart de la grange jusqu'à ce soir, dit-il à Clint. Mes hommes vont entrer et sortir une bonne partie de l'après-midi.

— Croyez-moi, je n'ai aucune envie d'y retourner, répliqua Clint.

Lizzy et lui se levèrent pour raccompagner les policiers à la porte.

Lizzy songea à parler de Bailey à Benjamin, mais ce n'était pas le bon moment pour jouer les entremetteuses.

— Lizzy, j'ai oublié ce que vous m'avez dit... Votre grange est fermée ? demanda Dallas.

— Non, elle ne l'est pas.

— Alors j'enverrai un homme y jeter un coup d'œil.

— C'est gentil de votre part.

Debout dans la véranda, elle repensa à tous ces moments où elle s'était sentie observée, un sentiment qu'elle avait mis sur le compte de la paranoïa.

Peut-être que quelqu'un l'épiait, après tout. Peut-être que le Tueur à l'Épouvantail la surveillait, scrutant chacun de ses gestes. Cette pensée renouvela l'anxiété qui la tenaillait.

Elle aurait voulu que Clint la prenne dans ses bras. Comme s'il avait lu dans son esprit, ce fut exactement ce qu'il fit. Il la serra contre lui.

— Est-ce que ça va ? lui murmura-t-il à l'oreille.

— Ça ira, répondit-elle.

— Tu veux un autre café ? proposa-t-il tandis que les deux policiers retournaient à la grange pour attendre les renforts.

— Avec plaisir.

Il la relâcha.

— Va à la cuisine, je vais juste jeter un coup d'œil à Emily.

Elle alla s'asseoir à table et, quelques minutes plus tard, il entra dans la pièce, versa un café à chacun et la rejoignit.

— C'est vraiment dingue, tout ça, dit-elle.

— Ne m'en parle pas, répliqua-t-il, les sourcils froncés. Qui pourrait même penser à faire un truc comme ça ?

— Je ne peux pas l'imaginer.

Elle prit une gorgée de café et continua :

— C'est dur de croire qu'il y a à peine quelques heures nous étions tous assis ici en train de manger et de rire.

— Oui, tout peut changer très vite.

Il la contempla avec intensité.

— Je veux juste que tu te rappelles que si quelque chose ne tourne pas rond chez toi, je peux être là en quelques minutes.

— C'est très gentil de ta part.

Elle savait qu'il voulait la réconforter, mais la simple idée que quelque chose « ne tourne pas rond » chez elle la mettait sur les nerfs.

— Peut-être que ça n'a rien à voir avec le Tueur à l'Épouvantail, reprit-il.

— Mais alors, qu'est-ce que ce serait ?

Elle l'observa de près.

— Tu es sûr qu'il n'y a rien dans ton passé qui pourrait avoir quelque chose à voir avec ça ?

Son regard vola vers un point au-dessus de sa tête, puis il revint à elle.

— Non, rien, répondit-il.

Mais il y avait une ombre dans les yeux de Clint qui incita Lizzy à se demander si elle devait le croire ou non.

— Peut-être qu'il y a des adorateurs du diable quelque part et qu'ils se sont servis de ma grange pour un de leurs rituels tordus. Ça ressemble certainement à un rituel, ces oiseaux disposés en cercle.

— Je ne peux imaginer que des habitants de cette ville soient des adorateurs de Satan, répondit-elle.

— Oui, mais personne ne croit non plus que l'un des leurs puisse être le Tueur à l'Épouvantail, rétorqua-t-il.

— C'est juste, reconnut-elle.

Peu après, Dallas revint pour déclarer qu'on n'avait rien trouvé d'étrange dans la grange de Lizzy, ce qui la remplit de soulagement.

Lizzy partit de chez Clint et, en parcourant la courte distance qui séparait leurs propriétés, songea à lui et à ce qui venait de se dérouler.

Cinq oiseaux morts… Qui avait fait ça, et parmi toutes les granges de la région, pourquoi les déposer dans celle de Clint ? Et pourquoi la réponse de Clint quant à son passé la laissait-elle sur sa faim ?

Elle avait cru qu'il était son homme idéal. Elle ne pensait pas seulement à lui comme à son meilleur ami, elle était tombée profondément amoureuse de lui. Mais elle prenait conscience désormais qu'elle ne savait pas grand-chose de lui et elle se surprit à se demander qui était vraiment Clint Kincaid.

9

Vendredi soir, juste après 19 heures, Clint pénétra dans le Farmer's Club.

Il avait invité Lizzy à sortir avec lui, mais elle avait prétexté qu'elle devait se réunir avec ses ouvriers. Il savait que son maïs était en phase de récolte. Il avait vu la moissonneuse-batteuse aller et venir dans ses champs.

Jerry West allait également s'y mettre mardi. Clint était impatient d'être témoin du processus.

Emily avait été conviée à une soirée pyjama chez une petite fille qui fêtait son anniversaire. Clint avait rencontré le papa et la maman de cette dernière à une réunion de parents d'élèves.

Il avait aussi parlé avec la maîtresse d'Emily. Mme Barlow l'avait complimenté sur l'intelligence d'Emily et sa personnalité ouverte et joyeuse. Cela lui avait fait grand plaisir d'écouter ces louanges.

Lorsqu'il avait déposé Emily quelques minutes auparavant, il y avait déjà trois fillettes en train de glousser. Emily en aurait eu le cœur brisé s'il lui avait annoncé qu'elle ne pouvait pas y aller. Il se disait qu'elle serait en sécurité, et qu'on s'occuperait bien d'elle durant cette fête et cette nuit.

La semaine avait été très longue. Il avait l'impression que Lizzy s'était un peu éloignée de lui, et bien qu'il aurait aimé l'avoir avec lui ce soir-là, ce qu'il cherchait, en fait, c'était un verre et un peu de détente.

Il prit un tabouret libre près d'un homme âgé nommé Walt Schumer. Lizzy le lui avait présenté lorsqu'ils étaient venus ensemble la fois précédente.

Walt l'accueillit avec un sourire amical.

— Bonsoir, Clint.

— Bonsoir à vous, Walt.

Ranger le salua, et Clint commanda un scotch *on the rocks*.

— J'ai entendu dire que vous avez eu des problèmes chez vous, dit Ranger un instant plus tard, lorsqu'il lui servit sa boisson.

— Comment le savez-vous ? demanda Clint avec curiosité.

Ranger lui adressa un grand sourire.

— Ça fait presque une semaine. À l'heure qu'il est, tout le monde est au courant. Les commérages vont bon train dans cette ville.

— Est-ce que Dallas a un indice quant à la personne qui a fait une chose pareille ? questionna Walt.

— Aucun dont il m'ait fait part, répondit Clint.

La police était restée toute la journée, mais autant que Clint sache, ils n'avaient rien trouvé permettant d'identifier le ou les coupables.

Clint n'avait pas reparlé avec Dallas depuis. Mais il lui était reconnaissant, car ses hommes avaient emporté les oiseaux en partant à la fin de cette affreuse journée.

Le matin suivant, il était allé au magasin de bricolage et avait acheté un solide verrou qu'il avait installé sur la porte de la grange. Plus personne n'y entrerait pour dormir ou pour quoi que ce soit d'autre.

— Des merles morts, ça porte malheur, dit Walt en secouant la tête.

Clint supposait qu'il avait quatre-vingts ans et quelques. Il avait des cheveux gris fournis et le teint buriné de quelqu'un qui passe de longues heures dehors. D'après ce que Lizzy lui avait dit, Walt était veuf, et ses enfants adultes vivaient dans un autre État.

— Dites-moi ce que ça signifie. Lizzy m'a dit que c'est un présage de mort, c'est vrai ?

— C'est ce qu'on dit. Ça peut aussi vouloir dire qu'un changement quelconque arrive.

— Je préférerais ça, dit tristement Clint.

— Mis à part la superstition, quelqu'un vous en veut manifestement, ajouta Walt.

— Je m'en doute, mais j'ignore qui ça peut être. Vous avez déjà vu une chose pareille ?

— J'ai vu beaucoup de trucs, je vis ici depuis plus longtemps que Mathusalem, mais je n'ai jamais entendu parler d'un truc comme ça, répondit Walt. Ça pourrait pas être des trucs bizarres de Californie qui vous ont suivi ici ?

— Pas que je sache.

Les deux hommes se turent, et Clint but une gorgée de son verre, savourant la lente descente de l'alcool dans son œsophage.

— J'ai entendu dire que votre maïs va être récolté la semaine prochaine, reprit Walt.

— C'est vrai. Jerry West va s'en occuper pour moi.

— Jerry est un bon type, aussi honnête que le jour est long, répondit Walt.

— Autre chose que je devrais savoir quand ils vont venir travailler chez moi ?

— Ouais, ne lésinez pas sur le café… fort et chaud, dit Walt avec une étincelle dans ses yeux bleu pâle. Y a quelque chose dans la moissonneuse-batteuse qui donne soif aux hommes.

— Compris. Et je dois leur fournir un repas, aussi ?

— Des donuts le matin, des sandwichs au jambon à midi, et un dîner copieux, ils apprécieront sûrement. Si vous les nourrissez bien, ils se souviendront de vous à la prochaine récolte.

— C'est bon à savoir, dit Clint.

Il pourrait acheter les donuts et confectionner les sandwichs, et peut-être pourrait-il commander quelque chose au café pour le dîner.

Une fois encore, ils se turent. La sono du café diffusait une chanson parlant d'amour perdu et, en sirotant son verre, Clint pensa à Lizzy.

Était-elle vraiment trop occupée pour sortir avec lui ou bien les merles l'avaient-ils effrayée ? Ils avaient bavardé presque chaque soir au téléphone et, durant ces appels, il ne l'avait pas sentie s'éloigner.

Il ne voulait pas la perdre. La profondeur de ses sentiments envers elle le heurta de plein fouet. Elle avait apporté une légèreté à sa vie, une lumière et une gaieté qui lui manquaient. Avant elle, il ne faisait qu'exister. Avant elle, il était enfermé dans un cocon de tristesse, de peur et de culpabilité.

Walt et lui bavardèrent un peu plus, puis il finit son verre et, bien qu'il soit encore tôt, il décida de rentrer.

— Walt, c'était un plaisir, mais je crois que je suis cuit.

Se laissant glisser de son tabouret, il fit signe à Ranger de lui donner l'addition.

— Merci pour la conversation, répondit Walt.

— Vous partez ? questionna Ranger en s'approchant.

— Oui, je rentre m'écrouler dans mon fauteuil, répliqua Clint en payant ce qu'il devait.

— Après la semaine que vous avez eue, je ne vous le reproche pas, observa Walt.

— Merci, Walt, et bonne nuit.

Clint se dirigea vers la sortie. L'air frais de la nuit l'enveloppa tandis qu'il marchait vers son pick-up garé de l'autre côté de la rue. Il tendait la main vers la poignée quand un coup de feu retentit.

Presque simultanément, une balle s'écrasa sur la vitre de sa portière, qui explosa. Clint se jeta à terre, le cœur battant la chamade.

Qu'est-ce que c'était que ça ? Son cerveau s'efforçait de donner un sens à ce qui venait de se passer. On avait fait feu sur lui. L'individu armé se cachait-il dans le noir, attendant d'avoir un meilleur angle de tir quand Clint se relèverait ?

Il resta allongé, laissant s'écouler plusieurs minutes. Le tireur était-il encore là ? Il n'avait pas vraiment vu d'où provenait le coup de feu.

À cet instant, un couple sortit du bar.

— Rentrez et appelez la police, leur cria-t-il. Il y a un tireur actif dans la rue.

Les deux personnes firent précipitamment demi-tour et rentrèrent dans l'établissement. Quelques minutes plus tard, la voiture de Dallas apparut, projetant des lueurs rouges et bleues alentour.

Il s'arrêta à côté du pick-up de Clint. Ce fut seulement à ce moment que Clint se sentit assez en sécurité pour se relever. Dallas sauta de son véhicule, pistolet en main.

— Que se passe-t-il ? J'ai reçu un appel à propos d'un tireur actif, dit-il d'une voix tendue.

— Je m'apprêtais à monter en voiture quand c'est arrivé, dit Clint.

Il recula d'un pas pour que Dallas puisse constater les dégâts. À ce moment, deux autres voitures de patrouille arrivèrent et s'arrêtèrent.

— J'ai entendu un coup de feu, et la balle a frappé la vitre, ajouta-t-il.

— Vous avez vu d'où venait le tir ? questionna Dallas.

— Non, et je ne peux rien vous dire du tireur. J'allais juste ouvrir ma portière quand le coup de feu a retenti.

Comprenant à quel point il l'avait échappé belle, il sentit

son sang se figer dans ses veines. Il aurait pu être tué… abattu dans le dos.

Dallas se tourna vers les quatre agents qui se tenaient derrière lui.

— Fouillez toute la rue. Cherchez une douille ou toute autre chose qui puisse être liée à cela.

Les agents se mirent en route, torches en main.

— On pourrait croire que c'est un hasard, mais venant après les oiseaux, je me dis que ça n'a rien d'une coïncidence. Je ne sais pas ce que vous avez fait ou dit pour qu'on vous en veuille tellement. Mais quelqu'un est assez en colère pour essayer de vous tuer.

— Je vous jure, Calloway, que j'ignore qui est cette personne, répondit Clint avec exaspération. Je n'ai aucune idée des raisons pour lesquelles ça m'arrive.

— Laissez-moi examiner votre voiture pour voir si on trouve la balle. Elle doit bien s'être logée quelque part, parce qu'elle n'est pas ressortie par la vitre côté passager. Et s'il vous plaît, appelez-moi Dallas.

— Dallas, alors.

Clint recula afin que le policier monte dans le pick-up. Tandis qu'il s'installait sur le siège conducteur, Clint fixa le ciel étoilé, se torturant à nouveau les méninges pour identifier quelqu'un qu'il aurait mis en colère. Il n'y avait tout simplement personne.

Qu'est-ce que cela voulait dire pour lui ? Pour Emily ? Allaient-ils encore devoir faire leurs bagages et repartir ailleurs ? Emily était tellement heureuse à Millsville. Lui aussi était heureux. Il n'avait pas envie de laisser Lizzy derrière lui et de tout recommencer à zéro.

Pourtant, il ne pensait pas que c'était quelqu'un de son passé. Il avait l'impression que cette affaire portait une marque locale. Mais qui ? Et pourquoi ?

— Je l'ai trouvée, annonça Dallas d'un ton triomphant.

Il ressortit du pick-up et tendit la paume. Au milieu se trouvait une petite balle déformée.

— C'est un petit calibre, probablement un pistolet. J'en saurai plus quand je rentrerai au commissariat. Pour l'instant, je vais mettre ça dans un sachet à indices. Je reviens tout de suite.

Il fit le tour de sa voiture de patrouille et ouvrit le coffre. Prenant une enveloppe brune, il y laissa tomber l'indice, puis revint vers Clint.

— Vous avez eu beaucoup de chance ce soir, dit-il. Si cette balle était passée un peu plus à gauche, vous auriez été touché dans le dos. À moins qu'on essaye seulement de vous avertir ?

— M'avertir de quoi ?

Clint soupira, encore plus irrité.

— J'espère que vos hommes et vous allez trouver quelque chose qui permettra d'identifier ce type.

— Nous allons continuer à chercher. En attendant, vous êtes libre de partir. Je vous contacterai si j'ai d'autres questions. Et quand vous êtes dehors, surveillez vos arrières...

— Merci, Dallas.

Clint ouvrit sa portière. La vitre continuait de se craqueler et de tomber du cadre. Tendant la main, il balaya les débris de verre qui jonchaient son siège.

Son cerveau était engourdi. Cet engourdissement persistait tandis qu'il démarrait et que l'air frais s'engouffrait par la vitre brisée.

Quand il fut à mi-chemin de chez lui, son esprit se remit en marche. Que s'était-il donc passé ? Et, plus important, pourquoi était-ce arrivé ?

Était-il possible que les oiseaux morts et le coup de feu constituent une sorte de plan d'ensemble pour l'effrayer et le faire partir de Millsville ? Mais pourquoi ? Quel serait le bénéfice pour cette personne ? Était-ce parce qu'il fréquentait

Lizzy ? Était-ce quelqu'un qui n'appréciait pas qu'il soit son voisin ?

Il n'avait pas envie de quitter son ranch, mais il le ferait à la minute même s'il pensait que sa fille était en danger. Il aurait tellement aimé savoir si la menace était réelle. N'était-ce qu'une frayeur tactique qu'on lui infligeait ou quelqu'un voulait-il vraiment le voir mort ?

Samedi matin, Clint téléphona à Lizzy pour lui demander si elle souhaitait boire un café chez lui. Elle accepta immédiatement. Elle avait détesté lui dire non la veille lorsqu'il l'avait invitée à aller au Farmer's Club, mais elle devait se réunir avec Jerry et ses hommes pour parler de la moisson.

Elle était impatiente de revoir Clint. Avec la récolte en cours, la semaine avait été longue, et elle s'était écroulée chaque soir dans son lit, trop fatiguée pour apprécier réellement leurs appels nocturnes.

Vingt minutes après le coup de téléphone de Clint, elle quitta sa maison pour se rendre chez lui. Le ciel était maussade et la pluie menaçait.

Elle avait beaucoup pensé aux oiseaux morts dans la grange de Clint. Le doute qui s'était insinué dans son esprit s'était dissipé, remplacé par le bon sens. S'il y avait quelque chose dans son passé, quoi que ce soit, qui pouvait expliquer ces incidents, Clint en aurait sûrement parlé à Dallas. Il n'y avait aucune raison pour qu'il ne le fasse pas, elle était certaine qu'il aurait voulu éclaircir les choses.

Elle s'arrêta et se gara, et comme toujours son cœur bondit de joie à l'idée de le revoir. Elle frappa à la porte qui s'ouvrit instantanément. Emily se jeta sur elle et lui encercla la taille de ses bras.

— Oh ! mademoiselle Lizzy, tu m'as tellement manqué.

— Pour l'amour du ciel, Emily, laisse cette pauvre femme franchir la porte, lança Clint en riant.

Emily prit la main de Lizzy et l'entraîna dans la maison.

— Viens, le café nous attend, dit Clint.

Il était aussi beau que d'ordinaire, dans un jean usé et un T-shirt turquoise qui soulignait le bleu de ses yeux.

— Je peux boire du café avec vous ? demanda Emily tandis qu'ils passaient du salon à la cuisine.

— Le café, c'est pour les adultes, répondit Clint.

— Mais j'ai six ans, maintenant, papa. Je n'ai plus cinq ans.

Clint se mit à rire.

— Je suis désolé, ma puce, mais six ans, ce n'est pas l'âge adulte. Va dans ta chambre jouer avec Fifi pendant que nous buvons le café et parlons entre grands.

— Mademoiselle Lizzy, tu viendras jouer avec moi bientôt ? demanda la petite fille lorsque Lizzy s'assit à table. On pourra jouer encore à la maman et son bébé.

— J'aimerais bien, Emily. On va prévoir ça très bientôt, répondit Lizzy.

— D'ac, dit Emily, manifestement radoucie par les paroles de Lizzy.

Quelques minutes plus tard, Emily s'en fut dans sa chambre, et Clint rejoignit Lizzy, avec leurs cafés.

— Comment vas-tu ? demanda-t-il. J'ai l'impression qu'on s'est à peine parlé cette semaine.

— Je sais. Mais, heureusement, la récolte est faite jusqu'à l'année prochaine.

— Jerry va entamer la mienne mardi. J'étais au Farmer's Club hier soir, et Walt m'a dit de fournir du café en abondance aux ouvriers.

— C'est un bon conseil. Alors, tu t'es bien amusé sans moi ? demanda-t-elle d'un ton léger.

— Bien sûr que non. Je n'oserais pas m'amuser sans toi, répliqua-t-il, taquin. Je suis resté au bar et j'ai bavardé avec

Walt. Je n'ai pris qu'un verre et, ensuite, je suis parti et on m'a tiré dessus.

Elle le fixa d'un air vide, essayant d'absorber ce qu'il venait de dire.

— Pardon ?

— Quelqu'un m'a tiré dessus hier soir au moment où j'allais monter en voiture. Heureusement, la balle m'a manqué et s'est logée dans la vitre de la portière côté conducteur.

— Oh mon Dieu, Clint ! Qu'est-ce c'est que ça ? lança-t-elle avec incrédulité.

Elle serra sa tasse, cherchant à se réchauffer, car la nouvelle l'avait glacée.

— Que se passe-t-il, pour l'amour du ciel, Clint ?

— J'aimerais bien le savoir, répondit-il sombrement. Il est évident que quelqu'un m'en veut, mais du diable si je sais qui. La plupart de mes échanges ici se sont faits en ta présence. Tu connais quelqu'un que j'aurais pu offenser ou mettre en colère ?

— Non... personne. Est-ce que Dallas est au courant ?

Clint hocha la tête.

— Il est arrivé après qu'on l'a appelé du bar pour lui signaler un tireur actif. Bien sûr, le temps qu'il arrive, le tireur était parti depuis longtemps. Mais il a réussi à trouver la balle dans mon pick-up.

— Bon, avec la balle, il pourra déterminer quel type d'arme a été utilisé et vérifier les permis dans la région pour retrouver les possesseurs de cette arme.

Elle le considéra d'un air inquiet.

— Oh ! Clint ! Qui est ce type et qu'a-t-il contre toi ?

— J'aimerais bien le savoir.

Il se pencha en avant et prit sa tasse.

— Est-ce que quelqu'un t'a invitée à sortir récemment ? Quelqu'un s'intéresse à toi ? Qui voudrait me mettre hors-jeu ?

— Non, Clint. Il n'y a personne de ce genre, dit-elle

fermement. Mais, à ce stade, j'aimerais que oui pour que nous sachions ce qui se passe.

— Dallas a une autre théorie, continua-t-il en reposant sa tasse.

— Et quelle est-elle ?

— Il se demande si on n'essaye pas de me faire partir en m'effrayant. D'abord les merles, ensuite ce coup de feu. Mon dos est un peu trop large pour qu'un tireur le manque. Peut-être qu'il m'a raté exprès. Peut-être qu'il ne veut pas me tuer, mais me faire partir.

Lizzy retourna cette idée dans sa tête. Elle but une gorgée de café tout en continuant à réfléchir.

— Je suppose que ce serait possible. Et il n'y a qu'une raison qui pousserait quelqu'un à t'effrayer assez pour que tu partes...

— Laquelle ? questionna-t-il avec curiosité.

— Tes terres. Cette propriété représente un bien immobilier hautement prisé par ici. Tu ne possèdes pas seulement un champ de maïs, mais aussi des champs de blé et des pâtures.

— Le blé n'a pas été semé, cette année.

— Ça ne fait rien, les champs sont toujours là. Quelqu'un t'a demandé si tu vendais ?

— Non, personne.

— Tu as acheté ce ranch avant même qu'il soit officiellement sur le marché. Peut-être que quelqu'un comptait l'acheter et est en colère parce que tu l'as pris de vitesse.

Clint se renversa sur sa chaise et poussa un grand soupir.

— Ou peut-être que quelqu'un veut juste me tuer.

— Mais pourquoi ? Clint, je sais comment tu te comportes avec les gens et je ne peux pas croire que tu aies offensé quelqu'un au point qu'il veuille te tuer. Il doit se passer autre chose. Tu es sûr que rien dans ton passé n'a suscité ça ?

Elle le scruta avec intensité.

— Non… il n'y a rien dans mon passé qui pourrait causer ça, dit-il après un instant d'hésitation.

Il l'avait dit avec fermeté et une touche d'irritation. Il passa une main dans ses cheveux et la regarda un long moment.

— Je pense que nous devrions cesser de nous voir jusqu'à ce que ce soit résolu.

Elle le dévisagea avec stupéfaction.

— Oh non, Clint ! Pas ça, protesta-t-elle. C'est la dernière chose que je veux.

— Et moi, je ne veux pas que tu deviennes un dommage collatéral dans cette affaire.

Il lui prit la main, son regard était redevenu doux.

— Bon sang, Lizzy, je ne pourrais pas me le pardonner s'il t'arrivait quelque chose ! La seule manière de m'assurer que tu es sécurité est de m'éloigner de toi.

— Moi aussi, je veux que tu sois en sécurité, rétorqua-t-elle. Mais je n'ai pas peur d'être avec toi. Clint, s'il te plaît, ne cesse pas de me voir.

Elle lui pressa la main.

— S'il te plaît, ne laisse pas un pauvre type tout gâcher entre nous.

Elle lui relâcha la main et reprit sa tasse.

— Ce que nous avons est tellement important pour moi.

Ils restèrent silencieux quelques instants. Lizzy but encore son café, attendant qu'il dise quelque chose.

— Je vais être occupé toute la semaine avec la récolte, alors je ne te verrai pas, de toute façon, dit-il enfin. Nous verrons ce qui se passe après.

— Ne m'exclus pas de ta vie, du moins, pas pour cette raison. Si tu veux m'exclure parce que tu ne m'aimes pas tant que ça, alors c'est autre chose, répondit-elle.

— Oh ! Lizzy, moi non plus je ne veux pas cesser de te voir, mais je veux que tu sois en sécurité, répliqua-t-il.

— Nous pouvons toujours passer du temps ici ou chez

moi. Nous n'avons pas besoin de nous montrer en public. Ça devrait résoudre le problème.

Il lui sourit.

— Tu es une femme tenace.

Elle lui rendit son sourire.

— Seulement quand il s'agit des gens que j'aime.

— Eh bien, je voulais te mettre au courant de ce qui s'est passé.

Il s'interrompit, puis continua :

— En fait, j'avais une question importante à te poser.

Ses yeux s'assombrirent, et il lui reprit la main. Son regard semblait la sonder en profondeur.

— Lizzy, je suis tout ce qu'Emily a dans ce vaste monde. Elle n'a pas de parents en dehors de moi. Si quelque chose m'arrivait, est-ce que tu la recueillerais pour l'élever ?

Elle retira sa main d'une secousse, horrifiée par cette question.

— Je ne répondrai pas à cela, parce que rien ne va t'arriver, dit-elle avec fermeté.

À cet instant, Emily entra en dansant dans la cuisine, Fifi dans les bras.

— Papa, Fifi vient de se réveiller, et tu m'as dit que quand elle se réveille, il faut que je l'emmène dehors.

— C'est bien, dit Clint en faisant mine de la suivre.

— Reste assis, dit Lizzy. Je vais sortir avec elle.

— Oui, je veux que mademoiselle Lizzy vienne dehors avec moi.

Clint leva les mains en signe de reddition.

— Loin de moi l'idée d'argumenter avec deux femmes.

Il fallut quelques minutes pour attacher la laisse de Fifi, puis les deux filles sortirent. Lizzy était consciente que Clint se tenait sur le seuil pour les regarder.

Elle s'efforçait toujours de donner un sens au fait que

quelqu'un avait tiré sur lui. Elle observa autour d'elle, s'assurant qu'il n'y avait personne à proximité.

Pour la première fois de sa vie, elle avait rencontré M. Parfait. Il possédait tout ce qu'elle recherchait chez un homme. Et maintenant, quelqu'un voulait le tuer.

Il était assis dans un vieux fauteuil délabré, dans le salon de la maison abandonnée où il s'abritait depuis son arrivée. Tout marchait comme prévu.

Il était tellement excité par ce qu'il avait déjà accompli.

Les oiseaux avaient été faciles à attraper. Il avait déposé une casserole de maïs empoisonné dans le jardin rempli de mauvaises herbes et, en trois jours, il avait eu sept cadavres, dont cinq merles. Les disposer en cercle dans la grange de Clint avait été une idée de génie. Il avait voulu lui faire peur et il était certain d'avoir réussi.

Il n'avait pas cherché à tuer Clint en lui mettant une balle dans le dos. Cela aurait été une mort trop douce pour ce mouchard, ce lâche qui avait bavé chez les flics. Il n'avait fait que l'effrayer. Il désirait que ce tir suscite une terreur ultime dans le cœur de Clint.

Maintenant, il était fatigué de ces petits jeux et se sentait prêt à passer aux choses sérieuses. La peur que Clint avait dû éprouver devant les oiseaux et la balle n'était rien comparée à ce qu'il allait ressentir très bientôt.

Il jeta un coup d'œil dans la cuisine où deux chaises en bois étaient placées côte à côte, un rouleau de corde sur le sol à côté d'elles. L'euphorie rugit en lui, lui provoquant presque le tournis.

Oui, il était prêt à passer à la suite de son plan. Tout ce qu'il avait à faire, désormais, c'était épier et attendre l'occasion de s'emparer d'Emily et de Lizzy.

Un frisson d'excitation remonta le long de sa colonne quand il imagina ce que Clint ressentirait en voyant les deux femelles qu'il aimait se faire torturer. Ces visions affreuses resteraient gravées dans son cerveau jusqu'à sa mort.

10

Le mardi matin, Lizzy regardait par la fenêtre de la cuisine la moissonneuse de Jerry passer dans le champ de maïs de Clint. Bailey devait venir pour le déjeuner, et elle avait hâte de mettre son amie au courant des dernières nouvelles. Toutes les deux ne s'étaient pas parlé la semaine précédente.

Elle avait préparé un poulet rôti ainsi qu'une salade en gelée et des petits pains. Se détournant de la fenêtre, elle se laissa tomber sur une chaise pour attendre l'arrivée de Bailey.

Depuis qu'elle était partie de chez lui samedi, elle ne cessait de penser à Clint. Elle avait désespérément cherché quelqu'un qui pourrait en avoir après lui, mais n'avait identifié personne.

Elle voulait croire désormais qu'il s'agissait de quelqu'un qui convoitait le ranch. Le fait que la propriété n'ait jamais été mise sur le marché pouvait avoir suscité la colère d'un acheteur potentiel qui avait vainement attendu qu'un panneau « À vendre » soit planté devant.

Pourtant, peu importait comment elle retournait cela dans son esprit, elle n'arrivait pas à faire réellement la lumière sur ce qui s'était passé. De quoi s'agissait-il vraiment ? Qui était à l'origine de cette agression ? Qui avait laissé les oiseaux, qui avait tiré le coup de feu qui l'avait frôlé ? Avant qu'elle aille plus loin dans ses sombres réflexions, la sonnette retentit. Elle s'empressa d'aller accueillir son amie.

— Salut, quoi de neuf ? demanda Bailey en suivant Lizzy à la cuisine.

Comme d'ordinaire, elle était très chic. Son corsage bleu soulignait le bleu de ses yeux, et son jean moulant mettait en valeur ses longues jambes fuselées. De grandes boucles d'oreilles bleues et un épais collier bleu et or complétaient sa tenue.

— Beaucoup de choses. Assieds-toi, je vais servir le repas, dit Lizzy.

Elle sortit le poulet du four, prit la salade en gelée dans le réfrigérateur et posa le tout, avec les petits pains, sur la table. Elle s'assit finalement face à son amie.

— Sers-toi. Je vais te raconter tout ce qui s'est passé, à commencer par le fait qu'on a tiré sur Clint vendredi soir.

Bailey écarquilla les yeux.

— Tiré comme dans... tiré avec une arme ?

— Oui, avec une arme, dit Lizzy qui se mit en devoir de lui narrer les détails de l'incident.

— Oh ! mon Dieu ! Qu'est-ce que Dallas dit de tout ça ? interrogea Bailey en se servant un morceau de poulet.

— Il ne sait pas. Clint ne sait pas, et je ne sais pas, dit Lizzy, découragée. Oh ! Bailey ! J'ai enfin trouvé l'homme de mes rêves, l'homme avec qui j'aimerais passer le reste de ma vie et, maintenant, quelqu'un veut le tuer. Quel est ce coup du sort ?

— Avec un peu de chance, Dallas arrêtera le tireur, dit Bailey avec sympathie.

— Espérons, fit Lizzy.

Bailey prit un petit pain et l'enduisit de beurre.

— Alors, si tu devais répondre à la question à propos d'Emily, que dirais-tu ?

— Je la prendrais sans hésiter, répondit Lizzy. La dernière chose que je voudrais, c'est qu'elle atterrisse dans un orphelinat ou une famille d'accueil. J'adore cette petite fille.

— Waouh, tu es vraiment amoureuse de Clint et de sa fille.

— Je suis follement amoureuse de Clint.

C'était bon de le dire enfin à haute voix.

— Et j'adore Emily.

— Il sait ce que tu ressens pour lui ? questionna Bailey.

— Pas exactement. Je ne lui ai pas dit que j'étais amoureuse de lui, mais il doit savoir à quel point il compte pour moi.

Lizzy prit un petit pain dans le plat.

— J'ai couché avec lui.

— Ah bon ? Mais c'est formidable ! Et comment était-ce ?

— Merveilleux, répondit Lizzy.

Son corps se réchauffa au souvenir de cette nuit-là.

— Il a été merveilleux.

Bailey lui sourit.

— Tant mieux pour toi. Il n'y a rien de pire que d'aimer un homme et de s'apercevoir qu'il ne vaut rien au lit. Si tu te souviens, c'est ce qui m'est arrivé avec Blane Cookwell. Je l'aimais vraiment jusqu'à ce que je couche avec lui. Il était tellement pataud au lit ! Alors, c'est quoi la prochaine étape pour Clint et toi ?

Lizzy soupira.

— Je n'en sais rien. Il veut mettre de la distance entre nous jusqu'à ce que le danger soit passé.

— Comme je suis ta meilleure amie, ça me semble une bonne idée.

— Eh bien, pas à moi, rétorqua Lizzy, irritée. Je ne veux pas de distance entre nous.

— Lizzy, tu dois penser à ta propre sécurité. Tu n'as pas envie de te retrouver prise entre deux feux, dit sévèrement Bailey.

— Je sais. J'espère juste que Dallas élucidera rapidement cette affaire pour qu'on puisse tous respirer.

— C'est drôle, il y a quelques jours encore, nous nous

inquiétions du Tueur à l'Épouvantail et, maintenant, tu as un autre motif d'inquiétude.

— Crois-moi, j'ai toujours peur de lui mais, pour l'instant, je me concentre surtout sur Clint, et celui qui lui en veut. Dallas s'est même demandé si c'était un nouveau jeu du Tueur à l'Épouvantail.

— C'est une idée vraiment horrible, répliqua Bailey.

Elles mangèrent en silence quelques minutes, accompagnées uniquement du tintement des couverts.

— Je sens du céleri dans ton plat, mais il y a autre chose de croquant, qu'est-ce que c'est ? demanda Bailey.

— Des châtaignes d'eau chinoises.

— Tu es une vraie cuisinière, mon amie.

— Comme ma mère est morte quand j'étais très jeune, et que mon père ne cuisinait pas souvent, j'ai dû apprendre à me débrouiller et j'ai fait beaucoup d'expériences en chemin.

Bailey lui adressa un grand sourire.

— Tu feras une femme formidable pour Clint.

— Oui, pourvu qu'il reste en vie et m'aime autant que je l'aime.

— Si quelqu'un mérite d'être heureux, c'est toi, Lizzy, répondit son amie. Tu donnes tant de toi aux autres. Il est temps que tu en récoltes les bénéfices.

— Merci, Bailey. En parlant de ça… que se passe-t-il dans ta vie amoureuse à toi ?

Bailey ricana.

— Quelle vie amoureuse ?

— Tu n'as toujours pas fait d'avances à M. Bel Agent ?

— Pas encore, mais la bonne nouvelle, c'est que j'ai entendu dire qu'il ne sortait plus avec Celeste.

— Alors c'est l'occasion parfaite pour te rapprocher de lui, dit Lizzy. Allez, ma fille, ça fait une éternité que tu veux sortir avec lui. Il faut que tu lui fasses comprendre que tu es disponible.

— Je sais.

Elle poussa un gros soupir, puis sourit de toutes ses dents... Un rictus malicieux que Lizzy connaissait bien.

— Quoi ? demanda-t-elle.

— Je pensais au moyen d'attirer son attention.

— Et qu'est-ce que c'est ?

Lizzy savait que ce serait grotesque étant donné la quasi-grimace qui avait précédé.

— Je pourrais contrefaire un cambriolage à la boutique... Il viendrait enquêter et il tomberait follement amoureux de la pauvre victime.

Bailey sourit avec satisfaction.

— Joli fantasme, répliqua Lizzy avec un petit rire. Sauf qu'en réalité c'est Dallas ou un autre agent qui viendront enquêter. Ils verront tout de suite que c'est une mise en scène, et ils t'arrêteront, te mettront en prison et jetteront la clé.

— Pisse-froid ! lança sèchement Bailey.

Lizzy s'esclaffa.

— J'essaye juste de te garder sur le droit chemin.

— Oui, mais ça n'a rien d'amusant. Je te jure que j'ai l'impression que je ne suis sortie avec personne depuis des années.

Bailey se leva et emporta son assiette dans l'évier.

— Ça fait un moment, effectivement, répondit Lizzy, tandis que toutes les deux débarrassaient la table.

— Howard Kendall m'a invitée la semaine dernière, mais j'ai refusé d'aller Chez Murphy avec lui. Je n'avais pas envie d'un verre et je me suis dit que s'il s'intéressait vraiment à moi, il m'inviterait au moins à manger.

— Tu le lui as dit ?

— Non, je n'avais tant envie que ça de sortir avec lui, de toute façon.

— Bailey, ne laisse pas ton béguin pour Benjamin te pousser à refuser les invitations des autres hommes. Ton véritable amour pourrait être l'homme que tu as éconduit, et il n'y a aucune garantie que Benjamin et toi vous vous entendiez.

— Écoute-toi, madame Je-Suis-Heureuse-En-Amour, en train de me dire ce que je dois faire…

— Oh ! Bailey ! Je veux juste que tu sois aussi heureuse que moi.

Bailey soupira.

— Je sais.

Elles avaient fini de débarrasser la table.

— Écoute, je n'aime pas filer juste après avoir mangé, mais je dois retourner à la boutique.

Lizzy la raccompagna à l'entrée.

— Tu es toujours la bienvenue, même en filant tout de suite après.

— Merci. Je t'appellerai plus tard, et merci pour ce super déjeuner.

Sur ce, Bailey s'en fut.

Lizzy verrouilla la porte et retourna à la cuisine ranger les restes. Une fois cela fait, elle sortit et alla voir ses deux ouvriers qui déchargeaient des balles de foin et stockaient ces dernières dans la grange.

— Salut, Jimbo, dit-elle à l'homme qui lui avait vendu le foin. Mes gars te traitent comme il faut ?

— Aussi bien qu'il est possible, répondit Jimbo.

Obèse, Jimbo s'appuyait contre la remorque, un brin de foin pointant hors de la bouche, exactement où auraient dû se trouver ses dents. La rumeur disait qu'il les avait perdues dans une bagarre à la sortie d'un bar.

Lizzy pénétra dans la grange où Rory et Tristen s'affairaient à empiler les balles déjà déchargées. Les deux hommes n'auraient pas pu être plus différents. Là où Rory était grand et costaud, avec des muscles saillants et d'énormes cuisses, Tristen était plus petit, avec des muscles longs. Et tandis que Rory était rasé de près, Tristen avait une courte barbe noire.

Elle ne savait pas très bien ce qui l'avait poussée à donner sa chance à Tristen, mais elle était ravie de l'avoir fait. C'était un travailleur consciencieux qui faisait une bonne équipe avec Rory.

— Comment ça va, les gars ? demanda-t-elle.

— Ça va, répondit Rory en retournant au camion hisser une autre balle de foin sur ses épaules.

— J'ai des boissons fraîches et des sandwichs pour vous à la maison, quand vous aurez fini, dit-elle.

Normalement, elle ne proposait pas les repas à ses ouvriers mais, ce jour-là, ils fournissaient de gros efforts, aussi avait-elle décidé qu'ils méritaient une récompense.

— Volontiers, répliqua Tristen.

— Ce sera bienvenu, ajouta Rory.

— Je vous vois tout à l'heure, alors.

Et après un signe de tête à Jimbo, elle tourna les talons et rentra chez elle. Une fois là, elle fit les cent pas, se surprenant à regarder plus d'une fois l'habitation de Clint par la fenêtre.

Elle le voyait près du champ de maïs, observant la moissonneuse effectuer son ouvrage. Elle reconnut aussi les agriculteurs qui travaillaient.

Son regard passa sur la grange, puis sur la maison. Elle s'aperçut qu'elle cherchait la silhouette d'un rôdeur, quelqu'un qui menacerait le bien-être de Clint. Elle montait la garde. Si elle repérait quelqu'un de suspect, elle irait immédiatement sur place avec son arme. Elle ferait tout pour protéger l'homme qu'elle aimait.

Clint se laissa tomber dans son fauteuil, épuisé, mais satisfait de la journée. Il restait encore un champ à moissonner, dont s'occuperaient Jerry et ses ouvriers le lendemain, puis la récolte serait terminée.

Le prix du maïs avait monté le mois précédent, aussi Clint s'attendait-il à un bénéfice supérieur à ce qu'il avait espéré.

Il avait mis Emily au lit et Fifi dans sa cage pour la nuit, et la maison était désormais silencieuse. Il aurait adoré que Lizzy soit là. Il aurait aimé converser et rire avec elle. Elle lui manquait quand elle n'était pas avec lui. Et quand elle était avec lui, il appréhendait le moment où elle s'en irait.

Il était amoureux d'elle. Cette révélation le frappa comme la foudre. Il était complètement et totalement amoureux de Lizzy Maxwell, et il ne s'agissait pas seulement d'attirance sexuelle.

D'une manière ou d'une autre, elle avait contourné ses défenses et s'était débrouillée pour combler son cœur vide et douloureux depuis la mort de sa femme. Il pleurerait toujours Samantha. Elle avait été son épouse pendant plus de trois ans, et la mère de sa fille unique.

Mais Samantha ne reviendrait jamais, et Lizzy était merveilleusement vivante avec son rire contagieux et son sourire éclatant. Elle était chaleureuse, aimante et tout à fait singulière. Le fait qu'elle adore Emily la lui rendait encore plus chère.

Oui, il avait refoulé ses sentiments pour Lizzy, mais il ne le pouvait plus. Il était profondément épris d'elle. Il avait envie de sauter dans sa voiture et d'aller lui déclarer son amour mais, bien sûr, il ne pouvait faire ça.

En outre, elle méritait bien mieux qu'un passage éclair dans la nuit. Il prévoirait une soirée spéciale pour elle. Il demanderait à Rosa si elle pouvait sortir Emily quelques heures, peut-être vendredi. Peut-être pourraient-elles aller manger une glace ou faire des courses.

Il achèterait des roses pour Lizzy. Il fronça les sourcils. Non, elle n'était pas femme à apprécier les roses. Il lui offrirait des tournesols. Oui, ça, c'était bien. Elle ressemblait à un tournesol.

Il prévoirait du chocolat et du champagne pour cette petite célébration de l'amour. L'excitation lui donna des frissons dans tout le corps, accompagnés d'une délicieuse vague de chaleur. C'était si bon de penser à ce qui allait se passer. Il le sentait jusqu'au plus profond de son âme. Il était temps qu'il dise à Lizzy ce qu'il ressentait et qu'il revendique ses sentiments pour elle.

Tout émoustillé, il prit son téléphone et composa le numéro de Lizzy. Elle répondit à la deuxième sonnerie.

— Tu es déjà au lit ? demanda-t-il.

— Je viens juste de me mettre entre les draps.

— J'aimerais y être avec toi, dit-il doucement.

— Vous voilà encore en train de me faire tourner la tête, monsieur Kincaid, répliqua-t-elle avec un petit rire. J'aimerais aussi que tu sois là, ajouta-t-elle.

Ces paroles lui réchauffèrent le cœur.

— Je me demandais si tu voudrais venir vendredi soir pour passer un peu de temps avec moi.

— Tu sais que j'adorerais ça. Dis-moi seulement à quelle heure et je serai là.

— Disons vers 19 heures. Si tout va bien, je te ferai des pancakes pour le petit déjeuner.

Elle rit à nouveau.

— En fait, ça fait un moment que j'ai envie de pancakes.

Ils parlèrent quelques minutes de plus, puis se dirent bonne nuit. Clint décida de se coucher, bien qu'il soit encore tôt pour lui. La journée avait été longue, et il soupçonnait que le lendemain serait tout aussi épuisant.

Au moins, le temps était coopératif. Un front froid était arrivé, qui maintenait les températures en dessous de 15 °C durant la journée. C'était un changement agréable par rapport à la canicule dont ils avaient souffert précédemment.

Il se mit au lit, ferma les yeux et s'endormit immédiatement.

Du sang. Il y en avait partout. Éclaboussant les murs, saturant les rideaux de la fenêtre ouverte. Un bébé pleurait au loin. Le sang... Comment pouvait-il y avoir tant de sang ? Et que se passait-il dans la chambre ?

Qui... qui poignardait sa femme ? Encore et encore, le couteau plongeait dans son corps, éclaboussant les murs. Et le bébé qui pleurait et criait tout ce temps. Il se tenait là, inerte, figé par le choc.

— Samantha ! hurla-t-il finalement.

Il s'éveilla en sursaut avec un coup à la poitrine. Il se redressa brusquement, sentant l'adrénaline courir dans ses veines. Son cœur battait sur un rythme frénétique, comme s'il avait de la fièvre. Il regarda autour de lui.

Grâce au clair de lune, il reconnut son environnement. Il était là, à Millsville. Il n'était pas dans sa maison de New York.

Il était trop tard pour Samantha. Le médecin légiste n'avait même pas pu compter le nombre de coups de couteau qu'elle avait reçus dans le ventre. Clint n'avait pas pu la sauver. Pendant que sa femme était violée et assassinée, il prenait un dernier verre avec ses collègues dans un pub de quartier. Il lui avait fallu très longtemps pour surmonter sa culpabilité à propos de ce verre.

Il se frotta le visage à deux mains, attendant que les battements de son cœur reviennent à la normale. Bon sang, il n'avait pas fait ce cauchemar depuis tant de temps. Pourquoi maintenant ?

Était-ce parce qu'il avait reconnu l'étendue de ses sentiments pour Lizzy ? Était-ce parce que le chagrin et la culpabilité tentaient un retour ?

Il n'y avait plus rien pour lui dans le passé. Il était prêt à tourner la page. Il refusait de se sentir fautif d'avoir rencontré un nouvel amour et d'avoir envie de refaire sa vie.

Mais elle ne connaît même pas ton vrai nom, murmura une

petite voix au fond de son esprit. *Tu ne pourras jamais lui raconter ce qui s'est passé.*

Pouvait-il fréquenter Lizzy sans lui dire la vérité sur ce qui était arrivé la nuit où sa femme était morte ? Il le croyait. Aucune raison ne l'obligeait à faire connaître à Lizzy cette part de son passé. Il pouvait lui parler de son enfance, de son adolescence. Elle savait qu'il avait été marié, et c'était tout ce qu'elle avait besoin de savoir.

Il se rallongea dans son lit et fixa le plafond. Dallas avait appelé en début de soirée pour lui dire que la balle qui avait frappé son pick-up venait d'un 9 millimètres. Il avait l'intention de vérifier les permis de port d'arme et d'établir la liste des gens qui en possédaient un afin de la soumettre à Clint.

Clint aurait adoré mettre le mystère des oiseaux morts et du coup de feu derrière lui. Il voulait savoir qui était le coupable et quelles étaient ses raisons. Avec ces questions tournant dans sa tête, il finit par se rendormir.

Lorsqu'il rouvrit les yeux, le jour commençait à filtrer par la fenêtre. Il se leva, prit une douche rapide et se vêtit.

Après s'être assis à table et avoir bu deux tasses de café, il alla réveiller Emily afin qu'elle se prépare pour l'école. Ils sortirent Fifi, puis elle s'habilla. Lorsqu'elle eut fini, Clint la fit déjeuner d'œufs et de toasts. Peu après, Rosa arriva pour accompagner Emily à l'arrêt du bus scolaire.

Il lui demanda si elle pourrait emmener la fillette en ville quelques heures vendredi soir et, à son grand soulagement, elle accepta. Une demi-heure plus tard, Rosa et Emily s'en furent, et Clint retourna dans sa chambre.

Son cauchemar encore à l'esprit, il éprouva le besoin de feuilleter le dossier où il avait rangé les coupures de journaux relatives à cette période de sa vie.

Cette fois, il fut agréablement surpris de constater qu'elles ne lui faisaient plus autant d'effet. C'était un peu comme de contempler quelque chose d'horrible qui était arrivé dans une autre existence.

Il tourna les pages une par une, lisant ce que le monstre avait fait à sa femme. Il était encore à mi-chemin quand un coup retentit à la porte de derrière. Il ferma le dossier et le jeta sur le plan de travail, près de la cafetière.

Il ouvrit et vit Reggie sur le seuil.

— Salut patron, dit celui-ci. Je me demandais si vous vouliez que je sorte le foin moisi de la grange aujourd'hui.

— Oui, certainement. Je veux le faire aussitôt que possible pour pouvoir commander du foin propre pour cet hiver.

Bien qu'on soit seulement à la mi-octobre, la météo avait prévu un hiver plus précoce que d'habitude.

Reggie lui avait signalé que le foin stocké était gâté. Il ne s'en serait pas aperçu tout seul, mais le foin sentait effectivement le moisi. Il avait cru que c'était normal jusqu'à ce que Reggie lui dise que ça ne l'était pas. Clint ignorait totalement depuis combien de temps ce foin était dans la grange.

— Même si je dois rester plus tard, je le ferai aujourd'hui, déclara Reggie.

— Merci, Reggie. Et notez vos heures supplémentaires. Je serai heureux de vous les payer.

— Ce n'est pas nécessaire, dit Reggie. Bon, je vais à la grange, maintenant.

— Je vais avec vous.

Clint ferma et verrouilla la porte derrière lui. Depuis vendredi soir, chaque fois qu'il sortait, il s'attendait à moitié à ce qu'une balle file vers lui.

Ils étaient presque parvenus à la grange quand Jerry arriva avec la moissonneuse-batteuse. Un pick-up le suivait avec deux hommes. Le travail au ranch avait commencé.

Ce ne fut pas avant 17 heures que Clint rentra finalement chez lui. La récolte du maïs était achevée, et Reggie avait presque fini de déplacer le foin moisi dans une pâture où il serait brûlé plus tard. Fidèle à sa parole, il faisait des heures supplémentaires pour terminer sa tâche ce jour-là.

Clint franchit la porte de derrière.

— Papa ! lança Emily en guise d'accueil.

Assise à la table de la cuisine, elle coloriait un dessin.

— Bonjour, ma puce, comment c'était l'école aujourd'hui ?

Clint se pencha pour embrasser sa fille sur le front et sourit à Rosa qui sortait du four un plat à l'odeur délicieuse. Elle le déposa sur la grille de la cuisinière.

— C'était bien. J'ai eu plein de sourires sur mes devoirs, dit Emily.

— C'est ce que j'aime entendre. Je suis très fier de toi, répondit-il.

Il s'approcha de l'évier pour se laver.

— Comment allez-vous, Rosa ?

— On peut pas se plaindre. Vous, en revanche, j'ai entendu dire que ça n'allait pas si bien que ça.

Clint jeta un coup d'œil à sa fille qui se concentrait heureusement sur son dessin.

— Il y a eu quelques problèmes. Rosa, si cela vous inquiète et que vous préférez ne plus venir, je comprendrai.

Rosa lui adressa un sourire chaleureux.

— Monsieur Kincaid, j'ai vécu une longue vie, et si c'est mon heure, c'est mon heure. Je vous aiderai à prendre soin de votre petite fille jusqu'à ce qu'elle soit assez grande pour n'avoir plus besoin de moi.

Clint lui rendit son regard avec affection.

— Rosa, vous êtes une véritable perle.

— On t'aime, madame Rosa, renchérit Emily.

Les joues de Rosa se colorèrent.

— Le repas est prêt, si vous l'êtes.

— Moi, je suis prêt, dit Clint en s'asseyant à table. Aujourd'hui, j'ai très faim.

— Moi aussi, papa, dit Emily en souriant. Moi aussi, j'ai très faim.

— Vous avez des lasagnes, de la salade et du pain à l'ail, dit Rosa en posant le grand plat au milieu de la table. Maintenant, si tout va bien, je m'en vais.

— Merci, Rosa. Et à demain, dit Clint.

— Au revoir, madame Rosa, ajouta Emily.

Tandis qu'ils mangeaient, Emily lui raconta sa journée. Un petit garçon prénommé Jeffrey avait refusé de s'asseoir, aussi la maîtresse lui avait imposé un temps de retrait sur une chaise. Il était évident qu'Emily était scandalisée par la chose.

— Je ne veux jamais aller sur la chaise, conclut-elle. C'est pour les méchants.

— Du moment que tu es sage, tu n'auras jamais à t'asseoir dessus, répondit-il.

Elle lui dit alors que Michelle était sa nouvelle meilleure amie. Clint ignorait qui était Michelle, mais Emily l'adorait, et elles jouaient ensemble à toutes les récréations.

Ils finirent de manger, et Clint était en train de nettoyer la cuisine quand un coup fut frappé à la porte. C'était Reggie. Il était pâle comme un mort et tenait son bras enveloppé d'une serviette ensanglantée.

— Reggie, pour l'amour du ciel, que s'est-il passé ?

Clint ouvrit en grand pour laisser entrer son employé.

— J'étais en train de ramasser le foin, et il y avait une lame de faux cachée dedans. Elle m'a sacrément entaillé le bras.

Clint le mena vers l'évier.

— Voyons voir ça.

Il défit la serviette et retint une exclamation en découvrant la blessure. C'était une coupure large et profonde.

Reggie chancela et eut un haut-le-cœur.

— Désolé, je ne supporte pas la vue du sang... surtout du mien, dit-il d'une voix faible.

Clint remit la serviette autour de la plaie et conduisit Reggie jusqu'à une chaise.

— Il vous faut des points de suture. Donnez-moi une minute, je vais vous emmener aux urgences.

Prenant son téléphone, il appela Lizzy. Lorsqu'elle répondit, il lui demanda si elle pouvait venir garder Emily pendant qu'il emmenait Reggie aux urgences. Elle accepta immédiatement, et Clint rangea son mobile dans sa poche.

— Tenez bon, Reggie. Dès que Lizzy arrivera, nous partirons. Continuez à presser la blessure.

— Je suis désolé de vous embêter avec ça, dit Reggie en gémissant.

— Eh, mon vieux, je suis désolé que vous soyez blessé ! réplique Clint. Je reviens tout de suite.

Il se rendit dans la chambre d'Emily, où cette dernière jouait avec Fifi.

— Mlle Lizzy va venir te garder un petit moment, lui dit-il. Papa doit aller à l'hôpital.

Elle le considéra avec inquiétude.

— Tu es malade, papa ?

— Non, chérie, c'est M. Reggie qui s'est blessé. Alors il faut que je l'emmène à l'hôpital pour qu'on le soigne.

— J'espère qu'il va aller mieux, répondit-elle, et elle se mit à glousser quand Fifi sauta pour lui lécher le menton.

— Je le lui dirai. Mlle Lizzy va bientôt arriver.

— Je suis contente qu'elle vienne, dit Emily. On va pouvoir jouer à la poupée.

Clint la laissa dans sa chambre et alla au salon attendre l'arrivée de Lizzy. En quelques minutes, il vit son pick-up approcher. Il alla alors chercher Reggie, toujours pâle et légèrement instable sur ses pieds, et le conduisit jusqu'à la porte d'entrée.

Lorsque Lizzy fut dans la maison, ils prirent la route.

— Ça va ? demanda Clint à Reggie.

— Du moment que je ne vois pas de sang, je vais bien, affirma Reggie.

Lorsqu'ils arrivèrent au petit hôpital, ils constatèrent que la salle d'attente des urgences était pleine. Une foule de gens patientaient, debout ou assis sur des chaises en plastique vert.

Reggie et Clint se présentèrent à l'accueil et apprirent qu'il y avait eu un carambolage sur une autoroute à proximité. Il faudrait quelques heures pour que Reggie soit examiné. Clint savait que Lizzy resterait avec Emily aussi longtemps que nécessaire, mais il sortit lui passer un bref coup de téléphone.

— Je suis désolé, mais la soirée va être plus longue que prévu, dit-il lorsqu'elle répondit.

Il lui parla de l'accident de voiture.

— Les urgences sont bondées, et je ne sais pas combien de temps il faudra avant qu'ils s'occupent de Reggie.

— Pas de problème, l'assura-t-elle. À quelle heure se couche Emily ?

Il lui expliqua comment se déroulait l'heure du bain et du coucher.

— Ne t'inquiète pas, je m'occupe de tout, ajouta-t-elle. Je borderai Emily dans son lit et, s'il se fait tard, je somnolerai sur ton canapé.

— N'hésite pas à faire comme chez toi. Il y a une couverture dans le placard du couloir, si tu en as besoin. Je t'appellerai pour te tenir au courant.

— Ne t'inquiète pas, je serai là, répéta-t-elle.

Il mit fin à l'appel, confiant dans le fait que Lizzy saurait s'occuper de sa fille. Soudain, il prit conscience que la nuit était tombée et qu'il se tenait devant un bâtiment brillamment éclairé, faisant une cible parfaite. Il s'empressa de rentrer et de rejoindre Reggie.

Avec tous ces gens allant et venant autour d'eux, il se sentait relativement en sécurité. Mais il ne pouvait oublier que quelqu'un en avait après lui et que jusqu'à ce qu'il soit arrêté, il lui fallait s'attendre à tout.

11

Lizzy s'assit au bord du lit d'Emily. La petite fille sentait la fraise. Elle écarta une de ses mèches blondes sur son front.

Emily avait pris son bain, et Lizzy l'avait fait rire en prétendant que de grosses pommes de terre poussaient derrière ses oreilles. Chaque fois qu'elle passait du temps avec Emily, elle la trouvait de plus en plus adorable.

— J'aime quand c'est toi qui me bordes, lui dit Emily.

— J'aime aussi ça, mais je ne l'ai jamais fait. Tu peux peut-être m'expliquer comment faire.

— Papa et moi, on se raconte des histoires à tour de rôle. Tu veux que je te raconte une histoire ? demanda Emily.

— Bien sûr, j'aimerais beaucoup, répondit Lizzy, soulagée de ne pas avoir à le faire elle-même.

Emily lui raconta une histoire sur une mignonne petite chienne, nommée Fifi, qui explorait une ferme. Elle dansait dans le foin puis pourchassait un lapin de tous côtés. Elle allait pêcher dans l'étang et attrapait un énorme poisson, puis courait en cercles après sa queue. Finalement, Fifi rentrait à la maison, allait directement à son panier et s'endormait, ce qui était ce que le chiot faisait au moment même.

— C'est une très jolie histoire, Emily, dit Lizzy.

— Merci.

Emily bâilla.

— J'aime raconter des histoires et je t'aime, mademoiselle Lizzy, ajouta-t-elle.

— Je t'aime aussi, ma chérie.

Lizzy se pencha et déposa un baiser sur le front de la petite fille.

— Et maintenant, endors-toi et fais de beaux rêves.

Emily hocha la tête, fermant les yeux. Lizzy resta quelques instants à ses côtés, s'assurant qu'elle dormait bien avant de quitter la chambre.

Clint avait appelé quelques minutes auparavant pour lui dire que Reggie n'avait pas encore été examiné et qu'il saignait toujours. Il s'était excusé de ce délai, mais elle lui avait de nouveau confirmé que tout allait bien. Elle pourrait dormir sur le canapé jusqu'à son retour.

Mais il était bien trop tôt pour ça. Elle décida d'aller se faire un café à la cuisine. Elle se souvenait où Clint rangeait la boîte et les filtres.

Malheureusement, la cafetière ne prévoyait pas de dose individuelle. Elle en prépara pour deux. Quand Clint rentrerait, il aurait peut-être envie d'une tasse, malgré l'heure tardive.

En attendant que le café passe, elle aperçut un dossier sur le plan de travail. Lizzy n'était pas fouineuse de nature. Mais elle ne put s'en empêcher. Elle décida de jeter un petit coup d'œil pour tromper son ennui. Sans doute était-ce la comptabilité du ranch ou quelque chose comme ça.

En ouvrant la pochette, elle découvrit une coupure de presse sur un meurtre à New York. Intriguée, elle se versa une tasse de café et emporta le dossier sur la table à laquelle elle s'assit pour continuer de lire.

Le deuxième article parlait du même criminel qui, entretemps, avait été surnommé l'Effrayeur Nocturne. On le soupçonnait d'avoir violé et tué six femmes en les poignardant à mort.

Toutes les coupures concernaient les meurtres et l'homme

que la police recherchait. Elle parcourut chacun des articles, peu à peu glacée par ce qu'elle découvrait.

Lorsqu'elle eut fini de lire, elle se leva, les jambes en coton, et alla remettre le dossier sur le plan de travail, là où elle l'avait trouvé. Puis elle se rassit à table, serrant sa tasse entre ses mains, tandis que les questions tourbillonnaient dans son esprit.

Pourquoi Clint avait-il compilé cet affreux dossier ? Aucun des articles ne mentionnait son nom. À moins que... Une vague d'horreur la submergea. À moins... qu'il ne soit lui-même le meurtrier.

Dans ce cas, il avait gardé les coupures de presse pour se réjouir des homicides qu'il avait commis. Elle avait entendu dire que les assassins aimaient revisiter leurs forfaits. Certains allaient dans les cimetières où leurs victimes étaient enterrées, d'autres rôdaient sur les scènes de crime ou interféraient d'une manière ou d'une autre dans l'enquête.

S'était-il installé ici, au milieu de nulle part, pour échapper à une arrestation ? Était-ce devenu trop chaud pour lui de rester à New York ?

Elle avait envie de vomir à cette perspective. Avait-elle fait l'amour avec un monstre ? S'était-elle éprise d'un tueur en série ?

Non, certainement pas. Son cerveau se rebellait à cette seule idée. Clint était un père affectueux. Il s'était toujours montré gentil et attentionné avec elle. Il ne pouvait pas être un meurtrier en série... N'est-ce pas ?

Mais elle avait regardé récemment un documentaire sur Dennis Rader, un tueur en série surnommé BTK parce qu'il ligotait et torturait ses victimes avant de les assassiner. Il avait exécuté au moins dix personnes tout en étant par ailleurs un bon mari, un bon père et un paroissien assidu.

Donc, c'était possible. Clint pouvait aimer tendrement sa fille et assassiner des femmes de façon atroce. En outre, beaucoup de meurtriers en série espaçaient leurs crimes. Clint était-il simplement en sommeil ? Finirait-il par s'en prendre à une autre femme ? Au nom du ciel, pourquoi avait-il gardé ces coupures de journaux ?

Des larmes lui montèrent aux yeux. Des larmes de peur, d'incertitude et de chagrin. Elle ne savait que penser. Il fallait que Clint le lui explique, et pas par téléphone depuis les urgences. Elle voulait l'avoir face à elle. Mais il n'était pas question d'avoir cette conversation seule à seul. Elle l'inviterait quelque part où ils pourraient parler parmi d'autres gens.

Elle se sentait perdue. Qui, exactement, était Clint Kincaid ?

Avant qu'elle puisse former une seconde pensée cohérente, quelque chose s'abattit à l'arrière de sa tête. La douleur se propagea dans son crâne et un million d'étoiles dansèrent devant ses yeux. Puis tout devint noir.

— Prenez quelques jours de congé, dit Clint à Reggie lorsqu'ils quittèrent enfin les urgences.

Il avait fallu lui poser quinze points de suture au bras, et le médecin lui avait prescrit des médicaments.

— Aussi longtemps que vous en aurez besoin pour guérir. Prenez votre temps.

— Ça me rend malade, répondit Reggie d'un ton misérable. J'ai l'impression de vous laisser tomber.

— Ne soyez pas ridicule. Vous vous êtes blessé.

Les deux hommes montèrent dans le pick-up de Clint.

— Oui, mais je sais combien vous teniez à faire sortir ce foin de la grange, dit Reggie quand ils eurent attaché leurs ceintures.

— Ça peut attendre et, d'ailleurs, je peux le faire moi-même, répliqua Clint.

Il démarra et sortit du parking de l'hôpital.

— Malheureusement, il est trop tard pour passer chercher vos médicaments à la pharmacie.

— Ça ne fait rien, j'irai demain, si j'en ai besoin. Pour l'instant, ça ne fait pas trop mal.

— C'est parce que le médecin vous a anesthésié pour vous recoudre. Une fois l'anesthésie dissipée, vous allez probablement avoir très mal.

— Tout ira bien, répondit Reggie. Désolé d'avoir été un peu dans le cirage. La vue du sang me fait toujours cet effet. Ça a toujours été le cas. Mon frère aîné se moquait de moi à cause de ça quand nous étions petits.

— Je vous promets de ne dire à personne que vous vous transformez en mauviette quand vous voyez du sang, dit Clint, ce qui fit rire Reggie. Vous êtes sûr que vous pourrez rentrer chez vous ? demanda-t-il en reprenant son sérieux. Je vous ramènerai volontiers si ce n'est pas le cas.

— Merci pour l'offre, mais je vais y arriver. Tout ira bien, répéta Reggie. Je vous suis très reconnaissant de m'avoir emmené aux urgences. Certains patrons ne l'auraient pas fait.

— Pas de souci.

Mais Clint était impatient de retourner chez lui. Il était plus de minuit. Il supposait que Lizzy était endormie sur le canapé. Il devrait la réveiller en rentrant, mais il n'y avait pas moyen de faire autrement.

Peut-être finirait-elle la nuit avec lui. Il adorerait se blottir contre son corps chaud pendant qu'ils sombreraient tous les deux dans le sommeil.

Les deux hommes bavardèrent jusqu'à leur arrivée au ranch. Clint s'arrêta et se gara, puis tous les deux descendirent du pick-up.

— Appelez-moi quand vous serez prêt à reprendre le travail, dit Clint en raccompagnant Reggie à son véhicule.

— Je le ferai, répondit Reggie. Je ne devrais pas avoir besoin de plus d'un ou deux jours. Je serai là lundi.

— C'est parfait.

Clint attendit que Reggie soit monté dans son pick-up et s'engage sur le chemin d'accès, puis il tourna les talons pour rentrer.

Avant qu'il atteigne la porte d'entrée, l'arrivée d'un texto fit vibrer son portable. Stoppé dans son élan, il tira son mobile de sa poche. Il recevait rarement des messages écrits. Même Lizzy préférait les appels.

Coucou. Je te vois.

Clint fixa les mots sur l'écran. Qu'est-ce que cela signifiait ? Il ne reconnaissait pas le numéro de téléphone. Il regarda autour de lui, mais ne repéra personne.

Un peu mal à l'aise, il ouvrit la porte d'entrée, fila directement au salon et fut surpris de ne pas voir Lizzy sur le canapé. Peut-être était-elle allée se coucher dans son lit, pensa-t-il.

Il parcourut le couloir jusqu'à sa chambre, mais Lizzy n'était pas là non plus. Une touche d'anxiété le saisit. Elle devait bien être quelque part. Son pick-up était encore dehors. Lorsqu'il jeta un coup d'œil dans la chambre d'Emily, la terreur s'empara de lui. Sa fille n'était pas là. Son lit était vide.

— Lizzy ? cria-t-il.

Il attendit une réponse, en vain.

— Lizzy ? hurla-t-il plus fort.

Où étaient-elles ? Ou pouvaient-elles être ? Bonté divine, que se passait-il ?

Une vibration dans sa poche lui fit sortir son téléphone.

Bienvenue dans ton cauchemar.

Figé sur place, Clint contempla les mots. Un frisson glacé remonta le long de sa colonne vertébrale. Les deux personnes les plus chères à son cœur avaient disparu. Il savait désormais qu'elles avaient été enlevées. Elles étaient en danger. La peur le submergea. Où étaient-elles maintenant ?

Dallas… Il devait alerter immédiatement la police. Il composa le 911. En attendant Dallas, il fit le tour de la maison, cherchant quelque chose… n'importe quoi qui puisse lui fournir un indice.

Son sang se figea à nouveau lorsqu'il découvrit l'effraction. Quelqu'un était passé par sa fenêtre pour enlever Lizzy et Emily. Où étaient-elles maintenant ?

Les minutes s'écoulaient, atroces de lenteur et d'incertitude. Que leur était-il arrivé ? Où était Dallas ? Il avait envie d'appeler le FBI, les US Marshals, la CIA… Il voulait que le monde entier cherche Lizzy et Emily.

Il se posta à la porte, attendant Dallas. Qu'est-ce qui lui prenait si longtemps ? Il lui semblait qu'il y avait des heures qu'il avait téléphoné. Enfin, il aperçut un gyrophare bleu et rouge sur la route. Dallas s'arrêta le premier, suivi de plusieurs autres voitures de patrouille remplies d'agents.

Clint les fit entrer vivement.

— Elles ont disparu. Lizzy et Emily ont été enlevées, lâcha-t-il dès que les hommes furent à l'intérieur. Et j'ai reçu deux textos bizarres juste avant d'entrer dans la maison. Dallas, nous devons les retrouver aussi vite que possible. Il faut organiser les recherches. Elles sont en danger.

— Waouh, Clint, ralentissez. Je sais que vous êtes affolé, mais revenons un peu en arrière. Où étiez-vous quand tout ça est arrivé ?

Il expliqua rapidement qu'il avait dû emmener Reggie aux urgences et que Lizzy était venue garder Emily.

— Quand je suis rentré, j'ai découvert qu'elles avaient disparu. Il y a une vitre cassée dans ma chambre, c'est par là qu'il a dû entrer.

Il soupira d'exaspération. Chaque minute qu'ils passaient à parler était une minute durant laquelle on ne cherchait pas Emily et Lizzy. Il devait les retrouver avant qu'il leur arrive du mal. Il refusait absolument de se dire qu'il était déjà trop tard.

— Vous avez parlé de textos bizarres.

Clint hocha la tête et prit son téléphone pour les lui montrer.

— Et vous ne reconnaissez pas le numéro de téléphone ?

— Non, pas du tout.

— Vous avez une idée de qui a pu vous les envoyer ? questionna Dallas.

— Aucune, répondit Clint.

Son cœur battait à un rythme frénétique, et l'adrénaline inondait son corps. La terreur l'agrippait à la gorge, l'empêchant presque de respirer. Où étaient les deux personnes qu'il aimait plus que tout au monde ?

Dallas se tourna vers les quatre agents arrivés avec lui.

— Fouillez la propriété, leur dit-il. Inspectez tous les bâtiments.

— Compris, dit l'un des hommes.

Tous les quatre sortirent.

— Je vais examiner cette fenêtre, dit Dallas en se dirigeant vers les chambres.

Clint resta dans le salon, le cœur battant si fort qu'il en avait presque la nausée. Il imaginait sa petite fille terrifiée, appelant à l'aide en pleurant, et lui qui n'était pas là pour la réconforter.

Était-il possible que cela ait à voir avec ses antécédents ? Qu'est-ce que cela pouvait être d'autre ? L'avait-on finalement retrouvé ? Ou n'était-ce que le présent ? La personne qui avait fait ça était-elle la même que celle qui avait laissé les merles et tiré sur lui ? Inutile de révéler son identité s'il ne s'agissait pas du passé.

Mais il n'hésiterait pas s'il croyait que cela pouvait sauver Lizzy et Emily. Sa petite fille… Qu'éprouvait sa douce Emily en ce moment même ?

Il se sentit malade d'angoisse à l'idée qu'elle soit aux mains d'un fou. Et puis, il y avait Lizzy. Seigneur, ça ne pouvait pas recommencer. Il ne pouvait pas perdre encore une fois une femme qu'il aimait. Ce n'était pas possible !

Dallas revint au salon.

— L'effraction ne nous dira pas grand-chose. J'ai demandé à un de mes hommes de relever les empreintes, mais je n'ai vu aucune fibre de vêtement, rien qui puisse nous fournir un indice.

— S'il est assez malin pour manigancer une chose pareille, il est sans doute assez malin pour porter des gants, répondit misérablement Clint.

— Je vais appeler des renforts pour qu'on élargisse les recherches, dit Dallas. Il n'y a pas beaucoup d'endroits dans cette ville où on peut cacher une femme et une enfant. Avec un peu de chance, nous les retrouverons avant la fin de la nuit.

— Je veux qu'on les retrouve tout de suite, répliqua Clint avec emportement. Je vous jure que j'ignore ce qui se passe. Je ne peux pas imaginer qui ferait une chose pareille.

— Il faut fouiller toute la maison. Si vous voyez quelque chose de bizarre dans l'une des pièces, dites-le-moi.

— Nous perdons un temps précieux, protesta Clint. Nous savons qu'elles ne sont pas là.

— Mais nous ne savons pas ce qui s'est passé. Nous pourrions découvrir un indice majeur dans l'une des pièces. Il faut les inspecter pour nous assurer que nous n'avons rien manqué qui pourrait nous aider dans nos recherches, répondit Dallas avec fermeté.

Durant les vingt minutes suivantes les deux hommes fouillèrent toute la maison. Ils ne découvrirent aucun indice.

Il était impossible de dire si Emily était au lit lorsqu'on l'avait enlevée. À moins qu'elle ait fait un cauchemar et que Lizzy l'ait réconfortée en la prenant avec elle sur le canapé. Ou peut-être étaient-elles toutes les deux dans son lit, et le ravisseur les avait trouvées là. Comment était-ce arrivé ?

Comment quelqu'un avait-il réussi à maîtriser à la fois Lizzy et Emily et à les emmener ? Il devait forcément avoir une arme. Le pistolet qui était censé protéger Lizzy était probablement encore dans son sac, lequel était sur la petite table du salon.

Il y avait tant d'inconnues. Pour cette raison, Dallas qualifia toute la maison de scène de crime. D'autres agents arrivèrent, et il leur ordonna de continuer à fouiller la propriété de Clint.

Ils venaient juste de revenir quand le téléphone de Clint vibra à l'arrivée d'un nouveau texto.

C'est la Nuit où je suis. J'ai envie d'Effrayer.

Clint fixa les mots. Son estomac se noua et son cœur sombra, battant d'une terreur frénétique. Maintenant, il le savait, son passé l'avait rattrapé. Ces mots faisaient directement allusion à l'Effrayeur Nocturne.

Dallas lut le message et, les sourcils froncés, dévisagea Clint.

— Ça veut dire quelque chose pour vous ? interrogea-t-il.

— Oui, ça veut dire que je dois vous parler tout de suite.

L'heure était venue pour Clint de tout avouer, car c'était peut-être le seul moyen de sauver Lizzy et Emily. Il se laissa tomber dans son fauteuil et désigna le canapé à Dallas.

— Ça s'est passé il y a quatre ans, commença-t-il, malgré l'horloge qui cliquetait dans sa tête. J'étais allé boire un verre après le travail avec des collègues. Il était 20 h 30 et la nuit était tombée quand je suis rentré chez moi, où je vivais avec ma femme et ma fille.

Il sentit sa gorge se nouer en évoquant cette époque affreuse.

— Je… j'ai franchi la porte et j'ai immédiatement entendu des bruits de lutte et des grognements en provenance de la chambre. En même temps, Emily hurlait dans son berceau, dans la nursery.

Clint ravala l'émotion qui montait en lui. Le traumatisme revenait. Un véritable cauchemar.

— Je… je suis entré dans la chambre et j'ai vu un homme au-dessus de ma femme, Samantha, qui la poignardait tant et plus. Le sang… Oh Seigneur, Dallas, il y avait tant de sang ! Il dégoulinait des murs et des rideaux. De toute façon, Samantha était déjà morte. Son assaillant a sauté par la fenêtre et a disparu, mais pas avant que je l'aie bien vu. Il avait déjà violé et tué six femmes, et on le surnommait L'Effrayeur Nocturne.

Clint inspira profondément, puis continua :

— Deux mois après, la police m'a appelé pour que j'identifie un suspect. Ils m'ont montré une dizaine de photos, et j'ai immédiatement reconnu le tueur.

Il se redressa sur sa chaise.

— Dallas, il faut les chercher *maintenant*.

— Mes hommes le font en ce moment même. Ce que vous devez faire, c'est finir de me raconter ce qui s'est passé pour que j'aie des outils pour les retrouver, dit fermement Dallas.

— Pour résumer, son nom est Wayne Lee Gossage, il a été jugé et condamné à la perpétuité incompressible. J'étais le témoin clé du procureur. Au procès, Gossage a proféré des menaces ignobles non seulement contre moi, mais aussi contre ma fille de deux ans.

Clint se leva et alla à la cuisine chercher le dossier où il avait rangé tous les articles relatifs à l'homme qui avait tué sa femme. Il le tendit à Dallas.

— Les années suivantes, j'ai tenté de reconstruire ma vie à New York. Mais le FBI m'a contacté parce que Gossage s'était évadé de prison et qu'avant de le faire il m'avait de nouveau menacé, ainsi qu'Emily. Ils m'ont offert le programme de protection des témoins, et c'est ainsi que j'ai atterri ici. Mon vrai nom est Joe… Joe Masterson, et je crois qu'on peut tenir pour certain que Gossage détient maintenant ma fille et Lizzy, et qu'il finira par s'en prendre à moi.

L'horreur et le chagrin se mêlaient en lui.

— Dallas, ce type est l'homme le plus dépravé et le plus immoral que vous ne rencontrerez jamais. Je suis sûr maintenant que c'est lui qui a mis les merles dans ma grange et qui m'a tiré dessus.

— Mais comment peut-il opérer ici ? Il a un véhicule ? Il possède une maison ?

Dallas fronçait les sourcils, manifestement irrité.

— Il doit bien loger quelque part et, pour ça, il faut de l'argent.

— Tout ce que je peux vous dire, c'est qu'il vient d'une famille fortunée, et que ses parents croient toujours à son innocence. Alors il obtient sûrement de l'argent par ce canal, répondit Clint. Il faut que j'y aille, Dallas. Il faut que je fasse quelque chose pour les retrouver.

Galvanisé par l'adrénaline, il bondit une fois de plus de son fauteuil.

— Clint, le mieux que vous pouvez faire est de rester ici et de laisser mes hommes effectuer les recherches. Si vous voulez vous rendre utile, préparez du café. J'ai le sentiment que la nuit va être très longue.

Wayne Lee Gossage était assis dans son pick-up, garé derrière la vieille maison abandonnée.

Il l'avait fait.

Après avoir assommé Lizzy, il lui avait administré un sédatif, puis s'était faufilé dans la chambre de la gosse qui dormait profondément, et l'avait également droguée.

Conscient que le temps passait et qu'il ignorait la durée de l'absence de Joe, il avait vivement transporté la petite dans son véhicule. Il l'avait laissée là puis s'était hâté d'aller chercher Lizzy.

En s'éloignant du ranch de Joe, il avait été pris d'un vertige d'excitation. Il l'avait fait. Il l'avait vraiment fait. Il s'était débrouillé pour s'emparer sous le nez de Joe des deux personnes les plus importantes pour ce dernier.

Emily et Lizzy étaient maintenant solidement ligotées sur

deux chaises à dos droit dans la cuisine. Il soupçonnait qu'elles allaient rester inconscientes jusqu'au lendemain matin.

Joe devait être fou d'inquiétude. Il avait dû faire une crise d'hystérie en découvrant qu'elles avaient disparu. Wayne espérait qu'il éprouvait une terreur sans nom, qu'il était au fin fond de l'accablement en ayant compris que c'était lui qui les avait, et que toute la nuit s'écoulerait sans réponse.

Wayne prit un oreiller sur le siège passager et ajusta son dossier afin de s'installer confortablement pour dormir. Il resterait dans le pick-up de crainte qu'on le trouve dans la maison. S'il sentait une présence aux alentours, il pourrait démarrer et filer à l'anglaise.

La dernière chose qu'il voulait, c'était retourner en centre pénitentiaire. Il était tellement plus futé que les prisonniers ou les gardiens. Il méritait mieux qu'une vie derrière les barreaux. Quant aux femmes qu'il avait tuées, elles méritaient de mourir. Elles étaient faibles et inutiles, tout comme sa mère.

Entre-temps, il allait bien s'amuser. Il avait une femme et une enfant impuissantes entre les mains, qu'il allait torturer et assassiner, mais seulement quand Joe serait là pour le voir.

Ensuite, il s'occuperait de Joe… l'homme qui l'avait envoyé en prison à perpétuité, sans possibilité de liberté conditionnelle.

12

La nuit s'écoula avec une lenteur atroce. La cuisine de Clint s'était transformée en centre opérationnel. Un plan de la région était étalé sur la table, et des agents entraient et sortaient, chargés de consignes pour élargir les recherches.

Clint versait tasse de café sur tasse de café aux hommes et faisait les cent pas. Son cerveau était engourdi, incapable de supporter l'horreur, la véritable horreur qui menaçait de le consumer tout entier.

Le fait que Wayne Lee Gossage soit à l'origine des enlèvements accroissait l'angoisse qui le tenaillait. Clint savait à quel point Gossage était dépravé et dépourvu d'âme, et il n'arrivait pas à croire que c'était lui qui détenait sa fille et la femme qu'il aimait. Mais peu importe que cela soit dur à croire, c'était la vérité.

Les minutes devinrent des heures, toujours sans nouvelles. Quelqu'un commanda de la pizza, mais cette seule odeur rendit Clint nauséeux. Comment pouvait-il même penser à manger alors qu'il ignorait où était Emily ? Où était Lizzy ?

À chaque minute qui passait, l'espoir de les retrouver saines et sauves s'affaiblissait. Les agents n'avaient pas uniquement inspecté tous ses bâtiments, mais aussi ceux de Lizzy. Maintenant, ils s'éparpillaient dans différentes directions pour poursuivre les recherches.

Ils avaient parlé à Gladys, qui possédait la maison située

de l'autre côté de la ferme de Lizzy, pour savoir si elle avait vu ou entendu quelque chose mais, malheureusement, elle n'avait aucune information à leur donner.

Il n'y avait aucune habitation proche de l'autre côté de la propriété de Clint. Seulement des pâtures. Ainsi n'y avait-il pas de raison de croire que son premier voisin pourrait avoir remarqué quelque chose. Pourtant, Dallas s'assura que ce voisin-là avait aussi été interrogé.

Clint retourna dans la chambre d'Emily et se laissa tomber sur le rocking-chair placé dans l'angle. Lorsqu'elle était plus jeune, il avait passé de nombreuses nuits à la bercer dans ses bras. Il lui fredonnait *You Are My Sunshine* jusqu'à ce qu'elle s'endorme.

Maintenant, ses bras étaient douloureusement vides. Mais l'odeur d'Emily persistait dans la pièce, un parfum de fraise, d'enfance et d'innocence. Les larmes lui montèrent aux yeux. Il les essuya, mais elles continuaient à rouler sur ses joues. De plus en plus vite, jusqu'à ce qu'il sanglote d'émotion. La peur couplée au chagrin pesait sur sa poitrine.

Il se leva et trouva Mlle Sparkles sur le lit. C'était un nounours blanc en tutu rose semé de paillettes. Mlle Sparkles était la peluche préférée d'Emily, et le doudou dormait toujours avec elle.

Mais, ce soir, elle était quelque part dans la nuit noire, seule et effrayée, sans Mlle Sparkles à ses côtés… sans lui. Une nouvelle vague de chagrin monta dans sa poitrine, et d'autres larmes coulèrent de ses yeux. Il retourna au rocking-chair, le nounours dans les bras.

Sans savoir combien de temps il était resté assis à pleurer, il finit par se reprendre. Il inspira plusieurs fois à fond, luttant contre l'épuisement qui s'emparait de lui.

Il ne pouvait pas se permettre d'être épuisé. Il ne pourrait pas se reposer avant qu'Emily soit de retour. Il ne pourrait pas dormir avant d'être certain que les deux personnes les plus importantes de sa vie étaient saines et sauves.

Il dut pleurer encore quelque temps car, quand il émergea de son chagrin, il fut surpris de voir que le soleil s'était levé.

Cette longue nuit obscure s'était achevée sans réponses, mais l'aube renouvela son espoir de les retrouver ce jour-là. Ce serait bien plus facile de les chercher à la lumière du jour.

Était-il trop tard ? Il refusait de laisser ces mots s'attarder dans son esprit. Il ne pouvait pas être trop tard. Il ne serait plus capable de vivre s'il était trop tard.

— Bonjour, dit Dallas.

Le policier avait l'air aussi épuisé que Clint.

— Je suppose qu'il n'y a rien de nouveau, dit Clint en se dirigeant vers le plan de travail pour se servir un café.

— Rien pour l'instant, répondit Dallas. Nous élargissons les recherches. S'il est à Millsville, nous le trouverons.

Il y avait un accent de détermination dans sa voix. Clint emporta sa tasse à table et s'assit.

— Rosa est passée ce matin, mais je l'ai renvoyée chez elle. Elle m'a dit qu'elle avait appris la nouvelle et qu'elle voulait vous soutenir, reprit Dallas.

— C'est très gentil de sa part, répondit Clint, touché.

Pourtant, il était content que Dallas l'ait renvoyée. Il n'y avait rien qu'elle pourrait faire, et moins ils avaient de gens dans les jambes, mieux ce serait.

— Laissez-moi vous montrer les zones que nous avons déjà couvertes, dit Dallas, en désignant la carte. Tous les lieux marqués en rouge ont été fouillés, expliqua-t-il.

Même si Clint était découragé par le manque de résultats, il devait reconnaître l'étendue des investigations. Apparemment, les policiers avaient été à pied d'œuvre toute la nuit.

Dallas avait demandé à un agent de retourner au commissariat pour trouver une bonne photo de Wayne Lee Gossage et en faire cinquante copies afin que tous ceux qui participaient aux recherches sachent de qui il s'agissait.

Les exemplaires étaient désormais sur la table, mais Clint éprouvait de la difficulté à les regarder. Il avait espéré ne plus jamais croiser ce visage déformé par la haine.

Il ne voulait pas voir l'homme qui l'avait anéanti autrefois, qui avait la possibilité de le ravager et de détruire sa vie encore une fois.

La pizza de la veille avait disparu, remplacée par plusieurs boîtes de donuts. Une fois encore, Clint se surprit à faire les cent pas, tandis que les agents continuaient d'entrer et sortir de la maison.

Vers 9 heures, un coup retentit à la porte. Clint alla ouvrir, Dallas sur les talons. Il découvrit une dizaine de personnes dehors. Walt se tenait parmi elles.

— Nous avons entendu parler de la disparition de Lizzy et de votre petite fille, et nous sommes là pour vous aider à les chercher, dit-il.

Clint reconnut Harper Brennan de la pâtisserie Sweet Tooth, Bailey du salon de manucure, et plusieurs des hommes qu'il avait rencontrés au Farmer's Club. Il y avait aussi beaucoup de gens dont il ne connaissait pas le nom, mais qu'il avait aperçus en ville.

Durant un instant, Clint eut la gorge si serrée qu'il ne put prononcer un mot. Ces gens étaient venus l'aider sans que personne ne les force. Ils étaient là par pure bonté d'âme, et cela en disait long sur l'amour qu'inspirait Lizzy. Cela en disait long sur une communauté à laquelle il n'avait pas compris qu'il appartenait.

— Merci… merci à vous tous, réussit-il finalement à articuler.

Il était gêné par les larmes qui lui piquaient les yeux.

— Je suis sûr que Lizzy serait très heureuse de savoir que vous êtes venus pour elle.

— Bon sang, Clint, on n'est pas seulement là pour Lizzy !

Vous êtes l'un des nôtres maintenant, nous sommes venus pour vous aussi, dit Walt. Maintenant, dites-nous comment nous pouvons vous aider.

— Je laisse ça à Dallas, dit Clint, toujours ému au point d'avoir du mal à respirer.

Le policier s'avança d'un pas pour s'adresser aux habitants réunis.

Clint écouta à peine ce qu'il leur disait. C'était une belle journée d'automne tiède, mais tout ce qu'il voyait dans les branchages colorés, c'était la mort. Des feuilles mortes tombaient sur le sol en tourbillonnant. Il songea que lui aussi tombait en tourbillonnant vers la mort.

Il ferma les yeux un long moment. Combien de temps devrait-il continuer à exister dans ces limbes, ne sachant pas où étaient Lizzy et Emily, ne sachant pas si elles étaient mortes ou vivantes ? Il était certain que Gossage allait le recontacter mais quand ? Combien de temps le criminel voulait-il le faire attendre ?

Dallas transmit ses ordres aux volontaires, puis Clint et lui retournèrent à la cuisine. Ils n'étaient là que depuis quelques minutes quand un agent entra, demandant à parler à Dallas en privé.

Le chef de la police l'escorta dans le couloir, où tous les deux chuchotèrent un long moment. Que se passait-il ? s'interrogea Clint. Était-il arrivé quelque chose ? Il sentit son estomac se nouer douloureusement.

Les deux hommes revinrent à la cuisine.

— Il faut que j'aille vérifier quelque chose, dit Dallas.

Il avait l'air plus tendu que Clint ne l'avait jamais vu.

— Quoi ? questionna Clint, saisi d'appréhension.

— Ce n'est rien, répondit Dallas sans le regarder.

— Dallas, ne jouez pas avec moi ! Qu'est-ce qui se passe ? insista Clint.

Le policier poussa un profond soupir.

— Le corps d'une femme a été découvert au pied de l'un des silos. Ce sont des fermiers qui l'ont trouvé.

— Pourquoi essayiez-vous de me le cacher ? lança Clint avec colère.

— J'allais seulement vérifier avant de vous en parler. Tout ce que nous savons pour l'instant, c'est qu'elle est blonde... et qu'elle est morte.

Clint le dévisagea avec horreur.

— Est-ce... est-ce Lizzy ? réussit-il à articuler.

— Je ne sais pas. Elle n'a pas encore été identifiée, parce qu'elle est couchée sur le ventre. Je dois y aller avec quelques hommes.

— Et avec moi, dit fermement Clint.

— Ce serait mieux que vous restiez ici, Clint, protesta Dallas.

— Pas question. Si... si c'est Lizzy, je dois être là. Soit j'y vais avec vous, soit je prends mon propre véhicule. Je sais où sont les silos.

Dallas le fixa un long moment.

— D'accord, allons-y.

Clint prit son téléphone et suivit Dallas jusqu'à sa voiture de patrouille. Il s'installa sur le siège passager, le cœur battant d'une frayeur mortelle.

— Vous savez ce que portait Lizzy quand elle a été enlevée ? demanda Dallas en démarrant.

— Non, je l'ignore. La situation était tellement chaotique, avec Reggie qui était blessé et devait aller à l'hôpital, que je n'y ai pas prêté attention.

Mais il aurait dû. Il aurait dû savoir ce que portait son amante lorsqu'elle était venue garder Emily. Oh Seigneur, ça ne peut pas être Lizzy, pensa-t-il. *S'il vous plaît, faites que ce ne soit pas Lizzy.* Il sentait littéralement son cœur se briser. Et si c'était Lizzy, où était Emily ?

Une voiture de patrouille suivait de près le véhicule de

Dallas. Clint aurait voulu qu'ils roulent plus vite. Il avait besoin de savoir si Lizzy était vraiment morte.

Dans le ciel bleu, le soleil lui faisait l'effet d'un affront personnel. Le temps aurait dû être sombre et maussade quand la mort passait. *Je vous en prie, faites que ce ne soit pas Lizzy*, supplia-t-il encore mentalement.

La silhouette des trois silos se rapprochait de plus en plus, et Clint sentait sa frayeur croître à chaque kilomètre parcouru.

— Peut-être était-ce un faux signalement, dit-il tout haut.

— Ce serait bien, mais j'en doute, répondit Dallas. Les deux hommes qui l'ont trouvée sont crédibles. Vous devez vous préparer, Clint. Il est possible que ce soit Lizzy.

Pas encore une fois, pensa Clint. Il ne pouvait pas supporter l'idée de perdre encore une fois la femme qu'il aimait. Son cœur appartenait à Lizzy, et il avait espéré qu'elle serait son avenir. Et maintenant, elle était probablement morte.

Enfin, ils arrivèrent au parking des silos. Clint sauta de voiture et vit immédiatement le corps au pied de l'un d'eux. La femme portait un jean et un corsage bleu, exactement le genre de vêtements qu'appréciait Lizzy.

Elle avait le visage pressé contre le sol, les cheveux étalés autour de sa tête. Tandis qu'ils approchaient du cadavre, Clint eut l'impression qu'il allait vomir.

Il voulait qu'on la retourne aussi vite que possible, mais Dallas le freina.

— Il y a des choses à faire avant de la déplacer, dit-il. Restez où vous êtes pour l'instant.

Clint eut envie de hurler, mais il réussit à se contenir tandis que l'un des agents prenait des dizaines de photos, et un autre vérifiait la zone autour du corps avec Dallas.

Clint fixa la femme. Ses jambes n'étaient-elles pas plus minces que celles de Lizzy ou se racontait-il des histoires ? *Je ne veux pas que ce soit elle*, cria son cœur. *S'il vous plaît, faites que ce ne soit pas elle.* Mais il n'y avait pas de doute que cela *pouvait* être elle.

Finalement, le moment de vérité arriva. Dallas fit doucement rouler le corps sur le flanc, et Clint tomba à genoux en sanglotant. Ce n'était pas Lizzy.

La femme était plus jeune et incontestablement plus mince. La cause de la mort semblait être une overdose, car elle avait encore une seringue plantée dans le bras. Dallas appela Josiah Mills – qui était à la fois le médecin légiste et l'entrepreneur de pompes funèbres – pour lui demander de venir, puis se tourna vers l'agent Joel Penn et lui ordonna de garder la scène.

— Appelez si vous avez besoin d'aide. Je retourne chez Clint, dit-il.

Il fit signe à Clint de le suivre jusqu'à sa voiture. Pendant quelques minutes, ils roulèrent sans dire un mot.

— Elle s'appelle Regina Wells, dit finalement Dallas, rompant le silence entre eux. Elle est héroïnomane depuis longtemps. J'imagine que c'est ce qui l'a tuée.

— C'est tellement triste, dit Clint.

— C'est triste, en effet. Beaucoup de gens ont essayé de l'aider, mais je suppose que le démon de la drogue a fini par gagner.

— En parlant de démon, la question demeure : où sont Lizzy et ma fille ?

Lizzy revint à elle lentement, le crâne martelé par la migraine. Elle voulut porter la main à la tête et s'aperçut qu'elle ne le pouvait pas. Son bras devait être emmêlé entre les draps. Elle essaya encore de bouger, sans succès.

Reprenant graduellement connaissance, elle ouvrit les yeux et resta bouche bée. Que se passait-il ? Qu'est-ce que c'était que ça ? Elle était ligotée à une chaise, dans ce qui ressemblait à une cuisine abandonnée.

Elle voulut hurler, mais avant qu'un son puisse sortir de sa bouche, elle tourna la tête et vit Emily également ligotée à côté d'elle.

L'horreur l'envahit à la vue de la petite fille apparemment inconsciente. Elle ne la réveilla pas. Moins Emily passait de temps dans ce… ce cauchemar, mieux cela valait.

Et c'était un cauchemar. Doux Jésus, qui leur avait fait ça ? Où était cet homme, s'il s'agissait bien d'un homme ? Malgré la migraine qui lui donnait la nausée, elle fronça les sourcils et repensa à la veille au soir.

Il y avait eu un accident, et Clint avait emmené son ouvrier à l'hôpital. Elle avait mis Emily au lit, puis… puis elle avait regardé dans le dossier posé sur le plan de travail dans la cuisine.

Clint. Était-ce lui, le monstre qui les avait amenées ici ? Avait-il tué toutes ces femmes et avait-il déménagé à Millsville pour échapper à la police ? Sa pulsion meurtrière avait-elle resurgi ?

Elle repensa à toutes les fois où elle avait perçu des incohérences chez lui. Le fait qu'il n'était jamais monté à cheval auparavant… Emily disant qu'elle s'appelait Natalie autrefois. Désormais, ces détails lui paraissaient bien plus importants. Elle se souvint de l'ombre qui assombrissait le regard de Clint quand elle l'interrogeait sur son passé.

Était-ce Clint qui avait disposé les merles dans sa grange ? Était-ce lui qui avait tiré sur son propre véhicule le soir du Farmer's Club ? Avait-il feint qu'on lui en voulait pour pouvoir les enlever, Emily et elle ? Cela semblait grotesque, et pourtant le dossier qu'elle avait lu chez lui l'inclinait à penser que tout était possible.

Peut-être considérait-il Millsville comme un nouveau terrain de chasse, où Lizzy et Emily seraient ses premières victimes. Mais pourquoi aurait-il souhaité tuer la petite Emily maintenant ?

Tout cela n'avait pas de sens. L'homme qu'elle avait fini par découvrir, l'homme qu'elle avait vu s'occuper de sa fille… ne lui paraissait pas receler le mal en lui…

Pourtant, elle revenait sans cesse à la même question. Qui était le vrai Clint Kincaid ? Il n'y avait pas de doute qu'elle avait parfois aperçu des ombres dans le regard de cet homme. Toutefois, elle avait l'impression de connaître son cœur, de n'y avoir trouvé que de la bonté. Mais était-il envisageable qu'il soit un psychopathe ? Ou peut-être un schizophrène ? À ce stade, tout était possible, supposa-t-elle.

Elle joignit les mains afin d'essayer de se débarrasser de la corde qui les ligotait. Elle tira de toutes ses forces et dans tous les sens, sans résultat.

Elle s'arrêta finalement, hors d'haleine, sentant ses poignets brûler. Elle regarda autour d'elle dans l'espoir de trouver quelque chose qui pourrait l'aider à se libérer.

Les placards de la cuisine étaient à moitié cassés, et une épaisse couche de poussière recouvrait les plans de travail. Elles étaient manifestement dans une des maisons abandonnées qui parsemaient la région.

Si Clint était derrière tout ça, alors personne ne les chercherait. Personne ne saurait même qu'elles avaient disparu. Les questions qui tourbillonnaient dans son cerveau ne faisaient qu'accentuer sa migraine.

À cet instant, Emily revint à elle. Elle regarda autour d'elle d'un air égaré, puis posa les yeux sur Lizzy.

— Mademoiselle Lizzy, c'est quoi… tout ça ? Pourquoi on est attachées ?

Elle se mit à pleurer.

— Qu'est-ce qui se passe ? J'ai peur, mademoiselle Lizzy, j'ai trop peur…

— Ne pleure pas, chérie, dit Lizzy, souhaitant pouvoir

prendre Emily dans ses bras. C'est un jeu, Emily. Juste un jeu idiot.

Elle ne savait quoi dire d'autre pour apaiser la peur de la petite fille.

— Je n'aime pas ce jeu, dit Emily entre ses larmes. Je ne veux pas jouer.

— Je ne l'aime pas non plus, mais il faut espérer que quelqu'un va venir bientôt nous détacher, dit Lizzy, essayant de feindre la légèreté.

Emily continua de pleurer. Ses sanglots déchiraient le cœur de Lizzy. Elle aussi avait envie de pleurer. Mais elle se devait de rester forte pour la fillette. Emily sanglota un petit moment puis, heureusement, se rendormit.

Le soleil matinal se faufila par une fenêtre sale, illuminant des particules de poussière dans l'air. Lizzy s'efforça à nouveau de se détacher les mains. Elle tira encore et encore jusqu'à ce que des gouttes de sueur se forment sur son front, et que ses poignets lui fassent mal.

Elle devait se libérer avant que celui qui les retenait captives revienne. Elle sentait que la maison était vide autour d'elles et qu'elles étaient seules, mais pour combien de temps ?

Un sanglot lui échappa, et elle dut arrêter ses manœuvres. Ses poignets étaient à vif, elle n'aurait pas été surprise qu'ils saignent. Et pourtant, la corde ne cédait pas.

Des larmes sillonnaient ses joues. Elle s'efforça de pleurer le plus silencieusement possible. Plus longtemps Emily dormirait, mieux ce serait. C'était une manière de se protéger de cela… de cette horreur.

Elle se raidit en entendant des pas sur le gravier, dehors. Quelqu'un venait. Clint ? S'il franchissait maintenant le seuil, elle serait absolument anéantie. Son cœur serait dévasté. Et pourtant, qui cela pouvait-il être d'autre ?

Les pas se rapprochaient, une porte s'ouvrit puis se

referma en claquant. Elle eut un hoquet lorsque l'individu entra dans la cuisine.

— Tristen...

Elle dévisagea l'homme qu'elle connaissait sous ce nom.

— Tristen, pour l'amour du ciel, que se passe-t-il ? Pourquoi nous avez-vous fait ça ? S'il vous plaît, laissez-nous partir. Si vous nous laissez partir maintenant sans nous faire de mal, je n'en parlerai à personne.

Tristen sourit, un sourire qui lui glaça le sang. Un sourire qui ne réduisait en rien la noirceur de son regard.

— Et pourquoi vous laisserais-je partir après tout le mal que je me suis donné pour vous amener ici ?

— Pourquoi ? Pourquoi faites-vous ça ?

Elle le scruta avec attention.

— Qu'est-ce que nous vous avons fait ?

— Vous ne représentez rien pour moi, répondit-il. Vous n'êtes qu'un moyen en vue d'une fin.

— Quelle fin ? cria Lizzy, submergée par la frayeur et l'exaspération.

Elle déglutit avec force pour reprendre le contrôle d'elle-même. Il ne fallait pas qu'elle réveille Emily et, dans tous les cas, elle devait garder son sang-froid pour convaincre Tristen de les laisser partir.

— Vous devriez demander à Joe, répliqua-t-il.

Elle fronça les sourcils.

— Qui est Joe ?

De quoi diable parlait-il ?

— Ah, je pensais que le petit Clint vous l'avait déjà dit. Il ne s'appelle pas Clint mais Joe... Joe Masterson. C'est un tueur en série, et il a tué ma femme. Je suis ici pour l'empêcher de tuer à nouveau.

Elle continua de le dévisager sans savoir si elle devait le croire ou non. Elle n'avait lu nulle part le nom de Joe Masterson dans les coupures de journaux.

— Mais qu'est-ce que cela a à voir avec Emily et moi ?

— Vous devez mourir parce que Joe vous aime, déclara-t-il avec un de ses sourires tordus. C'est la seule manière de le punir comme il le mérite.

— Tristen, il faut trouver un autre moyen de le punir, dit-elle avec affolement. Cela ferait de vous un tueur, comme lui. En outre, me tuer ne lui fera pas de mal. Il a... euh, il a rompu avec moi il y a deux jours. Il m'a dit qu'il se fichait de moi désormais. Et en ce qui concerne Emily, il est vraiment fatigué de devoir s'occuper d'elle. Il m'a demandé si moi ou quelqu'un d'autre voudrions l'adopter.

Elle jeta un coup d'œil à Emily et eut envie de pleurer en voyant la petite fille la fixer avec horreur. Oh ! elle espérait avoir l'occasion de dire à l'enfant qu'elle mentait, et que son père l'aimait de tout son cœur.

— Pourquoi ne relâchez-vous pas Emily ? Ce n'est qu'une petite fille. Vous pourriez la libérer, vous m'auriez encore, moi, ajouta-t-elle avec frénésie. Détachez-la et laissez-la fuir. Je ne sais pas où nous sommes, mais j'imagine qu'il lui faudra du temps pour trouver un adulte, et elle ne pourra jamais le conduire jusqu'ici. Laissez-la partir, Tristen.

— Bien pensé, mais ça ne va pas se passer comme ça. Et maintenant, je vais sortir profiter de ce beau temps.

Il se mit à rire.

— C'est un beau jour pour mourir.

Franchissant la porte de la cuisine, il disparut.

— C'est un méchant bonhomme, s'exclama Emily.

— Tu as raison, ma chérie. C'est un très méchant homme, mais pendant qu'il est parti, je veux que tu saches que j'ai menti à propos de ton papa. Ton papa t'aime beaucoup, beaucoup, et il ne te donnera jamais à quelqu'un d'autre. Mais, chérie, il faudra encore que je mente au méchant homme, et tu ne devras pas croire ce que je dis ni le prendre au sérieux, d'accord ?

— D'accord, répondit-elle.

Sa lèvre inférieure tremblait.

— Je veux rentrer à la maison, mademoiselle Lizzy.

— Moi aussi, chérie. Moi aussi. Regarde si tu peux te détacher les mains.

Elle espérait que les cordes d'Emily étaient moins serrées que les siennes. Qu'elle pourrait se libérer et l'aider ensuite à faire de même.

— Mais quand le méchant rentrera, il faudra rester très tranquille sur ta chaise. Pendant que tu essayes, je vais te raconter une histoire, ajouta Lizzy, désirant distraire Emily de sa frayeur.

Elle lui raconta l'histoire d'un petit chien nommé Fifi qui allait visiter la ville. Elle la fit aussi bébête que possible et fut récompensée par les gloussements d'Emily.

Lizzy savait qu'il était important de garder son sang-froid, mais elle n'avait jamais connu pareille terreur de toute sa vie.

Clint arpentait le salon dans un sens puis dans l'autre. Ses yeux le brûlaient par manque de sommeil, il avait des courbatures, et son cœur lui faisait plus mal que jamais.

Des policiers et des habitants entraient et ressortaient après avoir pris leurs instructions auprès de Dallas. Deux agents du FBI étaient arrivés un peu plus tôt et conféraient maintenant avec le chef de la police.

Le soleil était haut dans le ciel et, pour la première fois depuis qu'elles avaient disparu, Clint sentit s'évanouir son espoir de les revoir vivantes.

Leurs corps allaient-ils être retrouvés dans des tombes superficielles quelque part ? Ou dans une grange, à demi recouverts de foin ? Quand ce genre de pensées se frayaient un chemin dans sa tête, il s'efforçait de les repousser aussi vite que possible. Mais il était de plus en plus difficile d'ignorer ces images, tandis que le soleil continuait d'escalader le ciel.

En début d'après-midi son téléphone sonna. Il courut à la cuisine et vit qu'il s'agissait d'un appel anonyme. Il répondit d'un allô bref.

— Alors, on s'amuse, maintenant ? lança une voix grave.

Un frisson glacé parcourut Clint. C'était Wayne Lee Gossage.

— Où sont-elles ?

Le désespoir lui faisait la voix rauque.

— Pas d'inquiétude, elles vont bien... pour l'instant, rétorqua Gossage.

— Qu'est-ce que vous voulez ?

— Je veux que vous soyez là. Que vous soyez là quand je vais les torturer. Quand je les tuerai finalement et que je vous tuerai aussi.

Gossage avait grogné ces mots.

— Laissez-les partir, Gossage. Elles sont innocentes de tout ça. C'est moi que vous voulez... Laissez-les partir.

Gossage se contenta de rire, un son qui déchira Clint.

Dallas gribouilla une question sur un bloc-notes et le montra à Clint.

— Comment est-ce que je sais qu'elles ne sont pas déjà mortes ? J'ai besoin d'une preuve, dit-il après avoir lu.

— Moi aussi, je veux une preuve de votre part, répliqua Wayne.

— De quoi diable parlez-vous ?

Clint aurait voulu se faufiler dans le téléphone et serrer le cou de Wayne entre ses mains. Il aurait voulu presser la dernière goutte de vie hors de son corps, mais pas avant de savoir où étaient Emily et Lizzy.

— Je veux la une du journal. Je suis bien plus intelligent que ce stupide Tueur à l'Épouvantail et je veux que toute la ville le sache, dit Wayne avec arrogance.

— Je ne peux pas faire ça avant demain matin. C'est

maintenant que je veux une preuve de vie, répliqua fermement Clint.

— Attendez…

Il y eut quelques instants de silence.

— Papa, s'il te plaît, viens me chercher. Un méchant bonhomme nous a attachées, et j'ai peur…

La petite voix d'Emily sortit du téléphone, lui transperçant la poitrine. Il faillit tomber à genoux, incapable qu'il était de la réconforter.

— Il t'a fait du mal, bébé ?

Son cœur battait à cent mille à l'heure.

— Non, mais les cordes sont serrées, dit-elle en pleurant. J'aime pas ça, ici. Je veux rentrer à la maison, papa !

— Vous avez votre preuve, dit Wayne.

— Maudit soyez-vous, Gossage ! Laissez partir Emily. Ce n'est qu'un bébé ! cria Clint.

— Elle va rester ici avec moi.

— Et Lizzy ? Je veux savoir si elle est en vie aussi.

Il y eut un autre moment de silence.

— Clint, nous sommes dans une maison abandonnée, dit vivement Lizzy.

Emily poussa un hurlement, puis la ligne fut coupée.

13

— Il faut fouiller toutes les maisons abandonnées de la région, lança fiévreusement Clint.

Le bruit de la gifle, le hurlement d'Emily, tout tourbillonnait dans sa tête en un crescendo qui le rendait fou.

— Vous ne comprenez pas à quel point il est mauvais. Les menaces qu'il a proférées contre Emily étaient… immondes.

Un sanglot lui échappa.

— Il faut le trouver maintenant, avant qu'il les mette à exécution !

Il espérait qu'il n'était pas trop tard, et que Wayne n'avait pas touché à sa petite fille.

— Il nous faut un plan, intervint Derrick Larans, un des agents du FBI. Si nous tombons sur la bonne maison sans être préparés, il pourrait y avoir des morts.

— Alors élaborez-le, votre fichu plan ! lança Clint.

Il inspira profondément pour se calmer.

— Désolé, je ne voulais pas vous hurler dessus.

— Ce n'est pas grave, dit Dallas. Je suis surpris que vous n'ayez pas encore craqué. Écoutez, je ne veux pas que cette information se répande. La dernière chose qu'il faudrait, c'est que les volontaires tombent sur la maison par hasard. La situation pourrait dégénérer en un éclair.

— Il faudrait peut-être annuler les recherches, excepté celles de vos hommes et des nôtres, dit Derrick.

— Combien de temps ça va prendre ? questionna Clint, exaspéré. Chaque minute compte. Nous savons qu'elles sont vivantes, mais ça pourrait changer en un clin d'œil.

— Ça ne prendra pas longtemps. Je préfère prendre quelques minutes maintenant et faire les choses bien, plutôt que d'agir dans la précipitation et nous retrouver avec une tragédie sur les bras, répondit Dallas.

Il prit sa radio et rappela tous ses hommes.

Clint se surprit encore à faire les cent pas. Maintenant, ils avaient un indice, mais il ne voulait pas penser au prix que Lizzy avait payé pour avoir lâché cette miette d'information. Il avait entendu une gifle, combien d'autres avaient suivi ?

Les agents commencèrent à arriver un par un. Walt fit aussi son apparition, si bien que Dallas put lui dire que les recherches étaient abandonnées.

— Il faut que les habitants se tiennent tranquilles, maintenant. C'est important, Walt. Il faut les rappeler.

— Je m'en occupe, les assura Walt.

— Combien de maisons abandonnées y a-t-il dans la région ? questionna Clint lorsque Walt fut parti.

— Pas plus d'une dizaine, dit Dallas.

Avant qu'ils puissent planifier de nouvelles investigations, le téléphone de Clint sonna.

Il s'en empara.

— Je suis impatient de vous revoir, dit Gossage.

— Je suis aussi impatient que vous, répondit Clint. Dites-moi simplement où vous êtes.

— Nous allons nous rencontrer à 17 heures. Je vous donnerai l'adresse quand nous y serons. Venez seul, Joe. Si je vois un flic, Emily et Lizzy mourront. Si je flaire la présence d'un flic, toutes les deux mourront de façon particulièrement réjouissante. Venez seul et sans arme, et peut-être qu'on pourra trouver un moyen pour qu'elles survivent. Compris ?

— Compris, répondit Clint.

La ligne fut immédiatement coupée.

— J'irai seul, déclara Clint. C'est moi qu'il veut tuer. Avant qu'il le fasse, je pourrai peut-être le pousser à libérer Lizzy et Emily.

— Je ne vous laisserai pas vous sacrifier, Clint, répliqua Dallas. Mes hommes savent se dissimuler et se déplacer sans être détectés. Une fois qu'on connaîtra le lieu, ils se mettront en position d'abattre ce type et, avec un peu de chance, personne ne sera tué.

Une boule d'angoisse emplissait la poitrine de Clint. Les hommes de Dallas pouvaient-ils vraiment faire ce qu'il disait ? Arriver en renfort discrètement ? Sa plus grande crainte était de pénétrer dans la maison abandonnée et de s'apercevoir que Lizzy et Emily étaient déjà mortes. Et pourtant, il savait que cela aurait ôté du plaisir à Wayne. Il était évident que le tueur voulait qu'il voie les deux femmes agoniser.

Il jeta un coup d'œil à l'horloge suspendue au mur de la cuisine. Il était 13 heures. Quatre longues heures à attendre.

— Je ne veux plus qu'on fasse de recherches jusqu'à ce que j'aie des nouvelles de Gossage, dit Clint. Il ne faut pas que vos hommes tombent sur cette maison avant qu'il m'explique comment m'y rendre.

— Vos agents pourraient sûrement fouiller certains des bâtiments, dit Derrick à Dallas.

— Je ne veux pas de ça, protesta Clint avec emportement.

Il suffisait d'une erreur pour que Gossage tue Lizzy et Emily sans plus réfléchir.

— Il faut suspendre les recherches !

— Je penche de votre côté, Clint, répondit Dallas. Je pense que nous devrions faire une pause et nous reposer avant 17 heures. Je sais que tout le monde est épuisé, et il ne faudrait pas que cet épuisement nous fasse faire une erreur.

La plupart des hommes avaient travaillé toute la nuit. Dallas était au-delà de l'épuisement, et Clint savait que lui-même devait avoir l'air hagard. Non qu'il se fiche de l'allure qu'il avait. Comment aurait-il pu dormir alors que les deux personnes qu'il aimait le plus au monde étaient détenues par un tueur en série ? Il n'arrivait pas à croire qu'ils attendaient les instructions de Gossage, mais c'était exactement ce qu'ils faisaient.

En moins d'une heure, les agents s'éparpillèrent dans la maison. Deux d'entre eux firent la sieste sur le canapé, et l'un d'eux s'assoupit dans son fauteuil. Deux autres occupaient sa chambre, et un troisième la chambre d'amis.

Heureusement, personne n'était entré dans la chambre d'Emily. Clint y retourna et reprit le rocking-chair. Fermant les yeux, il pensa à sa fille.

Elle lui avait littéralement sauvé la vie. Quand Samantha avait été assassinée, c'était cette petite fille de deux ans qui l'avait forcé à faire son deuil et à assumer les responsabilités d'un père célibataire.

Sans Emily, il se serait noyé dans le chagrin. Il aurait pu sombrer dans l'alcool ou la drogue pour engourdir cette souffrance dévastatrice.

Et maintenant, il y avait Lizzy qui lui avait fait comprendre qu'il pouvait aimer à nouveau. Mais même si elle s'en sortait vivante, elle le haïrait probablement pour toujours. Non seulement il lui avait menti sur lui-même mais, en la chérissant, il avait attiré ce danger monstrueux dans son existence.

Il devait avoir somnolé parce qu'il se réveilla en sursaut. Son cœur battait à un rythme effréné. Quelle heure était-il ? Avait-il dormi si longtemps qu'il avait manqué l'appel ? Il se leva d'un bond et traversa le salon pour entrer dans la cuisine. Son regard vola vers l'horloge. Dieu merci, il n'était que 15 h 30.

Dallas était assis à table avec une tasse de café.

— Vous en voulez ?

— Bien sûr.

Clint prit une tasse et la remplit de café frais. Puis il se laissa tomber sur une chaise face à Dallas.

— Longue journée, dit celui-ci.

— La plus longue de ma vie, répondit Clint.

Il but une gorgée de café.

— Je croyais que le meurtre de ma femme était la pire chose qui m'était arrivée, mais ceci… est bien pire.

— Vous auriez dû m'en parler, dit doucement Dallas. Vous auriez dû venir me voir quand vous vous êtes installé ici et me dire que vous étiez dans le programme de protection des témoins.

— Peut-être, mais je ne crois pas que ça aurait changé grand-chose au déroulement des événements.

— Ce que je ne comprends pas, c'est comment ce type a pu rester incognito. Les habitants de cette ville remarquent en général les étrangers.

— Moi-même, je ne saurais pas dire qui est étranger ou ne l'est pas, répondit Clint.

Il fronça les sourcils lorsqu'une pensée lui traversa l'esprit.

— Lizzy a récemment engagé deux ouvriers agricoles. Elle m'a dit que l'un d'eux était nouveau dans la région. Il s'appelle Tristen, mais du diable si je me souviens de son nom de famille.

Son cœur se serra. Il n'avait jamais rencontré Tristen. Était-il possible que ce soit Wayne ? En travaillant dans la propriété voisine, il aurait pu surveiller les allées et venues. Avait-il été tout près tout ce temps ? Cette idée le rendit malade. Il aurait immédiatement reconnu Wayne s'il l'avait vu en personne.

— Je n'ai jamais rencontré personne du nom de Tristen, répondit Dallas.

— Je pense qu'il est très possible que Tristen soit Wayne, non que cela ait de l'importance désormais.

Clint reprit une gorgée de café.

— J'espère que nous n'avons pas commis une erreur en annulant les recherches ce matin.

— Oui, moi aussi, dit Dallas. Cela va contre tout ce que j'ai appris dans la police. Mais ça me semblait le meilleur moyen d'opérer. Maintenant, espérons que Gossage appelle et vous donne l'adresse où il se terre.

À 16 heures, Dallas rassembla ses agents et s'assura qu'ils étaient bien réveillés. Une lourde tension plombait l'atmosphère, tandis que les minutes s'écoulaient lentement.

La plus grande crainte de Clint était que Wayne n'appelle pas, et qu'ils aient perdu tout l'après-midi à se reposer au lieu de poursuivre les recherches. Il espérait se trouver finalement face à l'homme qui hantait ses cauchemars et le convaincre de laisser partir Lizzy et Emily sans leur faire de mal.

Enfin, à 16 h 45, son téléphone sonna.

— Prenez la direction nord sur Main Street pour sortir de la ville, lui ordonna Wayne sans préambule. Faites environ un kilomètre et demi et tournez dans Locust Street. Continuez sur Locust jusqu'à Oak Street. Tournez à droite dans Oak et continuez jusqu'au croisement avec K Highway. La maison est au coin de K et Oak. Rappelez-vous, pas de flics. Si je vois un flic, quelqu'un mourra. Venez seul et sans arme. Nous vous attendons.

Il raccrocha.

— Je connais cet endroit, dit Dallas. C'est l'ancienne maison Meuller. Elle est située sur un terrain arboré avec un épais bosquet qui devrait nous faciliter les choses, expliqua-t-il à ses hommes.

— Vous en êtes sûr de ce que vous allez faire ? questionna Clint.

Une seule erreur pouvait signifier la vie ou la mort.

— Affirmatif. Je me fie totalement à mes hommes, et il est hors de question que je vous laisse entrer dans cette maison sans renforts, répliqua Dallas. Mais ils n'iront pas tous.

Il énuméra cinq noms.

— Entre nous six, nous devrions être capables de gérer ça.

— Où sont les agents du FBI ? demanda Clint, s'apercevant de leur absence.

— Ils sont retournés se reposer au motel et ils ne sont pas encore revenus, répondit Dallas. On peut faire ça sans eux. Je ne veux pas qu'ils fichent tout en l'air. Je sais ce que je fais.

— Alors allons-y, dit Clint.

Il brûlait de désir d'en finir. Il donnerait volontiers sa vie pour sa fille. Il ferait de même pour Lizzy. Il était temps pour lui de voir s'il pouvait effectivement négocier avec le diable.

Quelques minutes plus tard, il était dans son pick-up, en route pour la ville. L'anxiété lui tordait l'estomac, et ses mains étaient moites de transpiration. Il jeta un coup d'œil au rétroviseur et aperçut Dallas à peu de distance derrière lui. Heureusement, ils avaient pu se procurer des voitures banalisées. Aux yeux d'un badaud, il n'y avait pas de policiers en vue.

Il ignorait ce qu'il trouverait en entrant dans la maison abandonnée. Mais il présumait que ce serait sa mort. Il espérait seulement que Lizzy s'en sortirait vivante et qu'elle adopterait Emily. Il savait qu'elle ferait une bonne mère, affectueuse et attentive. Il savait qu'Emily s'épanouirait sous sa garde.

Il savait aussi qu'il ne serait pas tué à la minute où il franchirait la porte. Wayne voudrait le voir se tordre d'angoisse. Il voudrait lui rappeler combien il était intelligent. Il voudrait se vanter d'avoir réussi à monter tout ça.

Lorsqu'il atteignit l'autre bout de la ville, il décéléra, incertain de la direction à prendre. La voiture de Dallas et la suivante le doublèrent. Elles parcoururent quelque distance, puis ralentirent et mirent leurs clignotants.

Mais elles ne bifurquèrent pas à droite, bien que ce soit la route indiquée. Elles filèrent tout droit, tandis que Clint tournait. Il se demanda s'il reverrait un jour Dallas ou ses hommes.

S'il vous plaît, faites qu'elles soient saines et sauves. Chaque fois qu'il pensait à Lizzy et Emily, les mêmes mots lui revenaient en tête. Il répétait ce mantra de plus en plus vite à mesure qu'il approchait de sa destination.

S'il en avait l'occasion, il s'emparerait de Gossage. S'il en avait la possibilité, il le tuerait. Il resserra les doigts sur le volant, imaginant qu'il étranglait Gossage. Il le liquiderait avec plaisir, sans le moindre sentiment de culpabilité.

Il roula lentement sur plusieurs kilomètres, cherchant Oak Street. Lorsqu'il l'eut finalement en vue, il découvrit une route étroite, bordée d'arbres et de champs de maïs et de blé.

Il continua et finit par l'apercevoir : la maison abandonnée au coin de Oak Street et de K Highway. Il s'engagea sur le chemin d'accès encombré de buissons et de mauvaises herbes. Il coupa le moteur et prit un instant pour considérer les alentours, le cœur battant.

Dallas et ses hommes étaient-ils déjà dans les parages ? Il regarda autour de lui, mais ne vit personne. S'ils étaient là, Dallas avait raison, ils étaient vraiment doués pour planquer.

Il posa son attention sur la porte d'entrée et inspira plusieurs fois à fond pour se donner du courage. Il fallait qu'il ait la force d'affronter ce qu'il allait trouver à l'intérieur.

L'habitation semblait déserte. La véranda penchait vers la gauche, et les marches étaient à moitié défoncées. Une peinture beige sale délavée recouvrait l'ensemble. Il n'y avait aucun véhicule en vue.

Était-ce la bonne maison ? Il le fallait.

Les nerfs tendus comme des cordes de guitare, gorgé d'adrénaline, il ouvrit sa portière. Inspirant encore à fond, il descendit de son pick-up. Qu'allait-il voir en poussant la porte ?

S'il vous plaît, faites qu'elles soient saines et sauves.

Il se dirigea vers la véranda délabrée. Dallas avait voulu

l'équiper d'un pistolet, mais il avait refusé. La dernière chose qu'il souhaitait, c'était que Wayne trouve une arme sur lui et, de colère, s'en prenne à l'une ou l'autre de ses captives.

Il atteignit la porte d'entrée et, après un instant d'hésitation, l'ouvrit. Il pénétra dans un petit salon meublé uniquement d'un fauteuil cassé.

L'air était confiné et sentait le moisi. Il n'entendit rien et ne vit personne.

— Il y a quelqu'un ? cria-t-il.

— On t'attend ici, répondit Wayne depuis ce que Clint supposa être la cuisine.

Clint suivit la direction de la voix, et la première chose qu'il vit fut Lizzy et Emily ligotées à des chaises.

— Papa ! hurla Emily en le voyant. Papa, s'il te plaît, détache-moi et ramène-moi à la maison. Ramène-moi, papa !

Son premier réflexe fut de courir vers Emily, mais avant qu'il puisse faire un pas vers elle, le canon d'une arme se pressa dans son dos.

— Bienvenue dans ton cauchemar, dit Wayne. J'espère que ça ne te dérange pas, mais je dois m'assurer que tu es venu sans rien. Si tu fais un geste pendant que je te fouille, je mets une balle dans la tête de ta fille.

Il le palpa avec soin, et Clint se félicita de ne pas avoir pris d'arme. Quand la fouille prit fin, Wayne lui fit signe de prendre place sur une troisième chaise de cuisine, face à Lizzy et Emily.

Pour la première fois, Clint put regarder son amante et sa fille. L'une des joues de Lizzy était rouge vif. Elle devait avoir été giflée à plusieurs reprises pour qu'elle soit aussi enflammée. Les yeux d'Emily étaient gonflés, mais il pensait que c'était dû uniquement à ses larmes.

Dieu merci, elles paraissaient en majeure partie intactes.

— Laisse-les partir, dit-il à Wayne. Elles n'ont rien à voir avec tout ça. C'est moi que tu veux. C'est strictement entre toi et moi.

Gossage semblait différent de ce qu'il était des années auparavant. Son visage était plus mince, et il portait une barbe noire bien taillée.

— Je te le dis, Gossage, elles n'ont pas d'importance.

— Si, elles sont importantes, parce que je veux que tu les regardes mourir avant que je te tue, hurla Wayne.

— Non, elles n'ont pas d'importance. C'est entre toi et moi, répéta Clint avec force.

Wayne éclata de rire, un son grinçant comme aurait pu en produire l'hilarité du diable.

— Excuse-moi, mais c'est moi qui décide de ce qui se passe. Si tu bouges de cette chaise, je tire sur ta fille.

Le tueur avança vers lui et sourit.

— Tu veux que je t'explique comment je vais les torturer avant de te tuer ?

— Je ne crois pas que ce soit nécessaire, répondit Clint, en réfléchissant au moyen de prendre le dessus.

Il sentait la rage monter en lui, mais savait qu'il devait garder son sang-froid.

Wayne s'approcha de Lizzy et lui caressa les cheveux. Lizzy rejeta la tête en arrière comme pour échapper à son contact. Wayne se mit à rire et lui saisit une mèche de cheveux, tirant jusqu'à ce qu'elle tressaille de douleur.

Clint se leva à demi mais, voyant Gossage pointer son pistolet sur Emily, il se rassit. La colère bouillonnait en lui, atteignant un point qu'il n'avait jamais ressenti de sa vie.

— Oh ! ça va être tellement chouette, dit Gossage.

Il décocha un coup de poing dans le ventre de Lizzy, et Clint vit rouge. Sans plus réfléchir, mû par la rage, il bondit et se jeta sur le monstre.

Un coup de feu retentit au moment où il heurtait Wayne de plein fouet. Celui-ci tomba à la renverse, et Clint sauta sur lui. Il lui martela la figure de coups tandis que l'autre essayait de se relever ou, au moins, d'éviter ses poings. Wayne tenta d'atteindre l'arme qui lui avait échappé et se trouvait hors de portée.

— Espèce de salopard ! hurla Clint en continuant de le frapper. Espèce de sale tordu !

À cet instant, Dallas et ses hommes firent irruption dans la pièce.

— Ça suffit, Clint, dit le chef de la police. Laissez-le, maintenant.

Joignant le geste à la parole, il l'écarta de Wayne.

Recouvrant un peu ses esprits, Clint regarda sa fille qui sanglotait, mais ne semblait pas avoir été blessée. Puis il contempla Lizzy qui pleurait aussi et paraissait également intacte.

C'était fini. Enfin, le cauchemar était terminé. Emily et lui allaient pouvoir reprendre le cours de leur existence. Mais serait-ce avec Lizzy ou non ? Serait-elle capable de lui pardonner ses mensonges et l'horreur qu'il avait amenée dans sa vie ?

Lizzy eut l'impression qu'il fallait une éternité pour qu'on la détache. Mais ensuite, on la plaça sur une civière et on la fit rentrer dans une ambulance. Il y en avait une seconde pour emmener Emily à l'hôpital.

Elles n'avaient ni mangé ni bu depuis leur enlèvement, mais en dehors d'un estomac douloureux, d'une joue brûlante et de ses poignets à vif, elle se sentait à peu près bien.

Elle était néanmoins accablée par tout ce qui s'était passé. En la détachant, Dallas lui avait expliqué que Clint avait intégré le programme de protection des témoins du FBI. La nouvelle l'avait stupéfiée, et elle s'était demandé une fois encore ce qu'il y avait de réel entre eux.

Deux heures plus tard, elle était couchée dans une chambre d'hôpital. On lui avait permis de se doucher avant d'enfiler une blouse médicale. Le docteur voulait la garder en observation au moins une nuit. On l'avait mise sous perfusion pour l'hydrater, et elle avait pris un repas léger.

Elle se sentait engourdie, comme si son cerveau avait cessé de fonctionner du fait de l'excès d'informations. Dallas l'avait renseignée sur le passé de Clint. Elle avait du mal à tout assimiler. Elle était trop fatiguée et trop traumatisée pour pouvoir absorber tout cela.

Bailey fut la première à venir la voir.

— Alors, je m'absente une minute, et regarde dans quels ennuis tu t'es mise, lança-t-elle en s'asseyant au pied du lit de Lizzy.

Lizzy ouvrit la bouche pour répliquer avec humour mais, à sa grande horreur, elle éclata en sanglots. Une tornade d'émotions s'échappait d'elle.

— Oh ! copine ! dit doucement Bailey en s'approchant pour l'enlacer.

Elles mêlèrent leurs larmes un bon moment avant de réussir à reprendre le contrôle d'elles-mêmes.

Après cela, Bailey s'assit sur une chaise au chevet de Lizzy.

— Tu es sûre que ça va ? Tu n'es pas blessée ? demanda-t-elle.

— Pas vraiment. J'ai mal à la figure d'avoir reçu des gifles, et mes poignets me font mal là où j'ai essayé de me débarrasser de la corde mais, en dehors de ça, ça va. Le plus important est qu'Emily soit sauve.

— J'ai eu tellement peur pour toi, Lizzy. Je n'arrive pas à croire à ce qui t'est arrivé. Toute la ville en parle. J'étais malade d'angoisse pour toi. Et Clint et toi, comment ça se passe ? Tu as pu lui parler ?

— Il n'y a plus de « Clint et moi ». Je ne sais pas quoi penser en ce qui le concerne. Il ne s'appelle même pas Clint. Comment savoir ce qui était vrai ou non de sa part ?

Les larmes lui remontèrent aux yeux quand elle pensa à l'homme qu'elle avait aimé. Avait-il vraiment eu de l'affection pour elle ou s'était-il tout simplement servi d'elle pour s'adapter à sa nouvelle vie ? Il lui avait même menti sur sa femme. Elle n'était pas toxicomane du tout. Elle avait été victime de Tristen, lequel était un abominable tueur en série.

— Bailey, je te remercie d'être passée, mais je suis vraiment épuisée, dit finalement Lizzy.

— Oui, bien sûr.

Bailey se leva.

— J'avais juste besoin de m'assurer par moi-même que tu allais bien.

— J'irai bien, répondit Lizzy.

Toutes les deux se dirent au revoir, puis Lizzy reposa la tête sur l'oreiller et ferma les yeux. Elle n'avait envie de parler à personne pour le moment. Elle ne voulait pas non plus se rejouer l'horreur d'être ligotée et de ne pas savoir si elle serait tuée… si la petite Emily serait tuée.

Tout ce qu'elle désirait, c'était l'oubli miséricordieux du sommeil. Elle avait appris trop de choses sur Clint qui l'avaient giflée en pleine figure. Elle avait éprouvé trop d'émotions pour pouvoir les trier ce jour-là. Il faudrait qu'elles attendent le lendemain matin. Peut-être qu'après une bonne nuit de repos, elle serait davantage prête à affronter tout cela.

Quand elle se réveilla, les rayons du soleil filtraient par la fenêtre. Ce qu'elle désirait désormais, c'était rentrer chez elle. Elle avait envie d'être entourée de ses affaires. Elle avait absolument besoin de sa propre maison. Elle espérait que le médecin la laisserait sortir d'ici quelques heures.

Au moins, elle avait dormi sans faire de rêves. Elle avait craint d'avoir de terribles cauchemars après le traumatisme enduré mais, heureusement, cela ne s'était pas produit. Elle se demanda si elle allait voir Clint ce jour-là.

Son cœur se serra à cette seule idée. Voudrait-il même la voir ? À ce stade, elle se demandait surtout ce qu'il éprouvait pour elle. Mieux valait ne pas y penser.

Deux heures après, elle avait pris son petit déjeuner, et le médecin était passé. Il avait accepté de la libérer, puisqu'elle n'avait pas d'autres blessures qu'aux poignets qui guériraient avec le temps.

Elle appela Bailey pour qu'elle la raccompagne et, vingt minutes plus tard, elle était dans la voiture de son amie, en route pour chez elle.

— Je sais que ton pick-up est garé chez Clint. Tu veux que j'aille le chercher ? demanda Bailey.

— Non, j'irai dans un jour ou deux. Je n'ai pas l'intention de sortir de chez moi les prochains jours, de toute façon.

— Ça va aller pour toi, toute seule ? s'inquiéta Bailey. Tu sais que je peux m'installer chez toi si tu en as besoin.

Lizzy lança un regard affectueux à Bailey.

— Merci, Bailey, mais tout ira bien.

En vérité, elle avait besoin d'être seule. Elle ne voulait pas avoir à faire bonne figure. Si elle avait envie de pleurer, elle préférait le faire sans retenue. Si elle avait envie de crier, elle pourrait hurler les émotions qui tourbillonnaient en elle.

Bailey s'arrêta devant la maison et, après lui avoir dit au revoir, Lizzy se dirigea vers l'entrée. Son sac avec ses clés était toujours chez Clint. Heureusement, elle rangeait le double de la clé derrière l'une des lampes du garage.

Elle alla la prendre, ouvrit la porte, puis la verrouilla derrière elle. Jetant celle-ci sur la table basse, elle se laissa tomber sur le canapé.

Elle était encore épuisée par son épreuve, à la fois physiquement et mentalement. Elle avait eu terriblement peur pour elle-même, mais avait été absolument terrifiée pour la petite Emily.

Wayne s'était amusé à les effrayer avec la description

de ce qu'il allait leur faire une fois Clint arrivé. Ces paroles avaient été affreuses et perverses, et elle espérait qu'Emily n'entendrait plus jamais des choses pareilles. Elle espérait aussi que la fillette pourrait mettre tout ça derrière elle et ne pas en rester traumatisée.

Durant les deux jours suivants, elle mangea et dormit. Elle pleurait et s'efforçait de se retrouver. Elle reçut un magnifique bouquet de fleurs du conseil municipal, et Elijah passa pour lui apporter un gâteau dont Harper avait fait don à la banque alimentaire.

La seule personne qui n'appela pas et ne vint pas la voir fut Clint. En ce qui la concernait, c'était le signe qu'il n'avait plus rien à faire avec elle. Rien n'avait été vrai entre eux.

C'était ce qui la faisait pleurer le plus. Elle croyait avoir trouvé son M. Parfait, et il n'avait été qu'un mirage. Alors que ses propres sentiments étaient réels, ceux de Clint, apparemment, ne l'étaient pas.

Le troisième jour sans nouvelles de lui, elle sentit la colère naître en elle. Elle ne reprochait pas à Clint l'épreuve qu'elle avait subie. Il ignorait que le monstre était tout près d'eux. En fait, elle l'avait engagé dans son ranch, ce fichu monstre. Non, elle ne reprochait rien de tout ça à Clint.

Elle était en colère parce qu'elle méritait que, les yeux dans les yeux, il lui avoue avoir menti. À tout le moins, elle méritait un appel téléphonique pour prendre de ses nouvelles. Elle ne savait désormais plus exactement de qui elle était tombée amoureuse.

Elle repensa à tout ce qu'elle avait fait pour lui, pour l'aider à s'adapter à sa nouvelle vie. N'avait-il fait que l'utiliser ? Avait-il feint de l'aimer alors qu'il se servait d'elle, des contacts qu'elle avait dans la petite ville ?

Plus elle y songeait, plus elle était en colère. Elle méritait des explications de sa part.

Le quatrième jour, toujours sans nouvelles, elle sortit en début d'après-midi pour se rendre chez lui.

Il lui fallait de toute façon reprendre ses affaires et sa voiture. Elle espérait aussi avoir une conversation avec lui, durant laquelle elle pourrait exprimer sa colère. On était mercredi, et Emily devait être à l'école, donc elle pourrait vider son sac sans retenue.

Elle marcha d'une allure vive. Le vent frais véhiculait des parfums d'automne… Feu de cheminée, pommes mûres, feuilles mortes. À chaque pas qu'elle faisait, son cœur battait plus vite, et l'anxiété montait en même temps que la colère.

Le fait que Clint n'ait pas essayé de la contacter depuis qu'elle avait quitté l'hôpital lui prouvait que la relation entre eux n'avait jamais été réelle et que c'était fini. Son silence lui disait aussi qu'il n'avait fait que l'utiliser pour s'intégrer dans leur communauté.

En arrivant chez lui, elle frappa à la porte avec plus de force qu'elle n'en avait l'intention. Il ouvrit. Il ne lui avait jamais paru plus beau, bien que ses yeux aient une expression légèrement égarée.

— Lizzy, dit-il en souriant.

C'était le sourire qui l'avait toujours émue et réchauffée.

— Je suis content de te voir.

— Bonjour, Clint… ou dois-je dire Joe ? Je suis juste venue récupérer mon sac et ma voiture, dit-elle avec raideur, sentant la colère frémir juste sous la surface.

Le sourire de Clint s'évanouit.

— Lizzy, je sais que tu dois me détester pour avoir mis ta vie en danger, mais pourrais-tu entrer et me laisser t'expliquer certaines choses ?

— Je ne suis pas sûre que nous ayons grand-chose à nous dire, répliqua-t-elle en détournant le regard.

— Mais moi, j'ai tant de choses à te dire.

— Tu n'étais pas pressé de me les dire, en tout cas, riposta-t-elle d'un ton plein de colère.

— Lizzy, s'il te plaît, entre.

Elle commit l'erreur de le regarder dans les yeux et y lut une supplication sincère.

— D'accord, dit-elle après un instant d'hésitation.

Il la conduisit au salon, où elle s'assit à un bout du canapé et lui à l'autre.

— Comment va Emily ? demanda-t-elle.

— Elle va bien, si on considère ce qu'elle a enduré. Elle s'accroche à moi, mais elle était impatiente de retourner à l'école ce matin. Je voulais te remercier d'avoir été si forte pour elle. Elle m'a raconté comment tu lui parlais et que tu lui racontais des histoires chaque fois que tu le pouvais.

— C'était pour apaiser sa frayeur autant que possible. Et, à propos, je ne te déteste pas à cause de la manière dont les choses ont tourné avec Gossage.

— Je craignais que ce soit le cas, et c'est pourquoi je ne t'ai pas contactée. Je me suis dit que si tu voulais me voir ou me parler, tu me le ferais savoir.

Il scruta les traits de Lizzy, comme en quête de réponse.

— Mais tu es en colère contre moi, conjectura-t-il.

— En effet. D'abord, je suis en colère que tu ne m'aies pas appelée pour savoir comment j'allais. J'ai beaucoup souffert, et pourtant tu n'as pas pris de mes nouvelles.

— Quand j'étais à l'hôpital, j'ai interrogé ton médecin pour savoir comment tu allais. Lizzy, j'ai eu envie de t'appeler chaque jour. Je voulais venir te voir, mais je pensais que tu ne m'accueillerais pas bien. Je me suis dit que j'allais te laisser prendre l'initiative parce que j'étais persuadé que tu me détestais pour avoir mis ta vie en danger.

— Je t'ai dit que je ne te le reprochais pas. Tu ne pouvais pas savoir que ta fille et moi serions enlevées par ce dingue. Je suis en colère parce que je ne sais pas vraiment qui tu es. Tu m'as menti sur tant de choses que je ne sais plus que croire, dit-elle avec feu.

— Lizzy, je t'ai beaucoup menti pour protéger mon identité, mais la seule chose sur laquelle je n'ai pas menti, ce sont mes sentiments pour toi.

Se penchant vers elle, il lui enserra une main.

— Peu importe mon nom et mon passé, je suis amoureux de toi, Lizzy. Je suis désespérément amoureux de toi, et c'est quelque chose sur lequel je ne mentirai jamais.

Elle retira sa main. Elle avait espéré cela avec ferveur, elle avait attendu d'entendre les mots qu'il venait de prononcer. Mais quelque chose clochait. Elle ne pouvait lui rendre la pareille.

— Peut-être qu'il faut tout reprendre à zéro, finit-elle par dire. J'ai besoin d'apprendre à connaître Joe, au lieu de Clint.

— Nous sommes le même, Lizzy. Si on excepte mon nom et les mensonges que j'ai dû te dire, mon cœur sait très bien ce qu'il veut et, ce qu'il veut, c'est toi.

Ses yeux l'imploraient de comprendre, d'accepter.

La colère de Lizzy s'était évanouie, mais elle ne se sentait toujours pas prête à foncer tête la première pour reprendre les choses où elles en étaient restées.

— Je dis quand même que j'ai besoin d'apprendre à connaître Joe d'abord.

Elle se leva, sentant des larmes brûlantes se presser sous ses paupières. Qu'est-ce qui n'allait pas chez elle ?

— Si je peux reprendre mon sac, je vais te laisser pour l'instant.

— Bien sûr, je vais aller te le chercher, il est dans la cuisine.

Il revint un instant plus tard, son sac dans les mains.

— Réfléchis à ce que je t'ai dit, Lizzy. Mais si tu te sens mieux en recommençant à zéro, je suis prêt à le faire. Tout ce qui peut me valoir de regagner ton amour, j'y suis prêt.

— Merci, Clint... Euh, je veux dire Joe.

Ses larmes menaçaient de tomber, mais elle réussit à quitter la maison avant qu'il les voie.

Une fois de retour chez elle, ses pleurs s'estompèrent, et elle se demanda à nouveau ce qui n'allait pas dans son esprit.

La vérité, c'était qu'elle avait peur de croire Clint. Elle avait peur d'accepter cette déclaration, parce qu'elle pouvait ne pas être vraie. Et pourtant, pourquoi ne pourrait-elle pas être réelle ? Quelle raison aurait-il de lui mentir maintenant ?

Venait-elle de repousser l'amour de sa vie ? Clint... Joe voudrait-il d'elle maintenant qu'elle avait refusé de lui dire qu'elle partageait ses sentiments ? Elle regrettait de ne pas le lui avoir dit. Il aurait fallu accepter avec simplicité.

Elle décida qu'il était temps de cesser de penser, et de s'activer. Heureusement, Rory avait pris soin du ranch en son absence. Mais elle désirait inspecter le travail par elle-même. Durant les quatre derniers jours, elle avait pataugé dans les émotions, maintenant, il fallait revenir dans le monde des vivants.

Mais avant qu'elle sorte, un coup retentit à la porte. Peut-être un autre visiteur venu lui souhaiter un bon rétablissement. Elle ouvrit et vit Clint... Joe, debout sur le seuil. Il retira son chapeau noir d'un grand geste et lui sourit.

— Salut, m'dame. Je m'appelle Joe Masterson. Ma fille Emily et moi venons d'emménager dans la maison voisine, et je me demandais si vous aimeriez venir dîner un soir afin que nous puissions faire connaissance.

Elle le dévisagea et sentit tout l'amour qu'elle avait pour lui revenir. Elle lui prit la main, lui fit franchir le seuil et noua les bras autour de son cou.

— J'adorerais dîner ce soir avec ta fille et toi, répliqua-t-elle. J'adorerais manger un tas de repas avec toi, parce que, quel que soit ton nom, je t'aime de tout mon cœur.

Le visage de Clint s'illumina soudain.

— Lizzy, c'est vrai ?

— Oui, répondit-elle.

— Oh ! Lizzy ! C'est le mot que j'aimerais t'entendre dire devant un pasteur dès que possible parce que je veux que tu sois ma femme pour toujours. Je veux que tu sois la mère d'Emily qui t'aime déjà tellement.

— J'adorerais être ta femme et la maman d'Emily que j'aime tendrement. Je pense que nous allons la rendre très heureuse.

Elle ne put en dire plus, car il prit possession de sa bouche en un baiser qui scella ses sentiments pour lui.

Il était impossible qu'un homme qui l'embrassait avec tant d'amour joue avec son cœur. Il n'y avait rien de faux dans son étreinte, et elle savait désormais qu'elle allait avoir une vie merveilleuse avec le cow-boy de la maison voisine.

Le Tueur à l'Épouvantail était assis au sous-sol de son domicile. Il avait été très en colère ces derniers temps. Chaque jour, le journal avait fait sa une sur ce pathétique assassin venu de New York qui s'était incrusté sur son territoire.

L'Effrayeur Nocturne… Quel nom stupide. On aurait dit une sorte de limace nocturne. Chaque fois que le Tueur à l'Épouvantail voyait une limace, il versait du sel et la regardait agoniser en se tortillant.

Dieu merci, le tueur en série avait été arrêté et ramené à New York où il pourrirait en prison pour le restant de ses jours. Il avait le sentiment que le type ne s'évaderait pas de sitôt.

Mais il lui fallait récupérer la une des journaux. Il ne voulait pas que les habitants de Millsville l'oublient.

Il contempla sa pile de petits cadeaux. Il y avait des piquets, de vieux chapeaux et de vieux vêtements pour habiller sa prochaine victime. Ainsi que le fil noir dont il se servirait pour lui coudre la bouche, et les outils chirurgicaux dont il avait besoin pour lui ôter les yeux.

Il observa l'étagère où deux paires de globes oculaires lui rendirent son regard. Une excitation sauvage le parcourut. Oh ! oui, il était grand temps de refaire la une des journaux ! Et le seul moyen était d'assassiner une nouvelle femme et de la transformer en épouvantail.

Il rit, et son rire résonna contre les murs de béton. Il était temps… il était plus que temps que le Tueur à l'Épouvantail tue à nouveau.

JENNIFER MOREY

Le frisson de la peur

Traduction française de
HÉLÈNE COLOMBEAU

BLACK ROSE

HARLEQUIN

Titre original :
A BABY FOR AGENT COLTON

1

— Ce n'est pas elle.

Trevor Colton observait le corps étendu au pied du lit sur le tapis imprégné de sang. La chambre portait les stigmates d'une lutte violente : lampe et chaise renversées, cadre brisé, stylos et papiers balayés de la surface du petit bureau... Et parmi tous les objets éparpillés par terre se trouvait celui qui avait poussé les policiers à prévenir le FBI : un marqueur indélébile rouge. La présence de ce marqueur et la première lettre du prénom de la victime laissaient en effet penser que cet assassinat avait été commis par la « Tueuse de l'Alphabet » qui sévissait depuis des mois à Granite Gulch, au Texas. Néanmoins, dès le premier coup d'œil, Trevor avait eu la certitude qu'ils étaient devant l'œuvre d'un autre meurtrier.

Comme sa jeune collègue ne répondait pas, il se retourna et vit Jocelyn Locke les yeux rivés sur le cadavre, un poing serré contre sa bouche.

Depuis quand les scènes de crime lui donnaient-elles la nausée ? Certes, le corps tailladé de Jane McDonald et la mare de sang dans laquelle il reposait auraient rendu malade n'importe quelle personne extérieure au métier, mais Jocelyn était une agente qualifiée. Elle avait beau être nouvelle dans l'équipe, ce n'était pas son premier meurtre.

Se sentant observée, elle laissa retomber sa main.

— Quoi ? demanda-t-elle, sur la défensive.

— Ce n'est pas notre suspecte qui a fait ça. C'est quelqu'un qui aimait la victime. Un homme. Son mari ou son amant.

Il désigna les blessures par arme blanche.

— Regardez, il l'a poignardée plus d'une vingtaine de fois. Son torse est complètement lacéré.

La jeune femme porta de nouveau son poing à ses lèvres. Puis elle déglutit avec peine et se dirigea prestement vers la porte.

Trevor la suivit, les sourcils froncés. Quelle mouche l'avait piquée ? Il n'avait pas le souvenir qu'elle avait aussi mal réagi les autres fois. Mais peut-être n'avait-il pas fait attention. En règle générale, il essayait de se concentrer sur son travail, conscient du danger qui le guettait s'il s'intéressait trop à elle. Car Jocelyn était jolie. Très jolie. Elle portait des jeans skinny qui moulaient délicieusement ses courbes féminines – et elle parlait tout le temps de bébés. Trevor ne comprenait pas pourquoi elle avait choisi d'intégrer le FBI. Il l'imaginait bien plus heureuse à la maison avec trois ou quatre enfants.

Dehors, elle s'arrêta sous un lampadaire et prit quelques profondes inspirations dans l'air nocturne de juin.

— Ça va ? s'enquit-il.

Elle tourna la tête, balançant sa longue queue-de-cheval brune par-dessus son épaule.

— Oui, oui. C'est juste que… je crois que je ne m'y habituerai jamais.

— Il faut apprendre à vous détacher émotionnellement. Votre but, c'est d'aider les victimes et leur famille. C'est ça, votre boulot. Leur rendre justice.

D'un geste du pouce, il montra la maison où le crime avait eu lieu.

— Dans cette chambre, c'est juste un corps, vous n'avez pas à être triste pour lui. Soyez triste pour la vie qui l'a quitté. Et trouvez la motivation nécessaire pour venger cette femme.

Jocelyn acquiesça brièvement.

— Je sais tout ça. Seulement, c'est...

— Difficile. Je suis d'accord. Mais essayez de rester concentrée sur l'enquête.

Elle lui coula un regard étrange avant de fermer les yeux et de pousser un soupir. Elle le fixait comme ça chaque fois qu'il lui donnait des conseils. Est-ce qu'il en faisait trop ?

— En restant concentré, on évite de s'impliquer personnellement, insista-t-il.

— Et tout le monde sait à quel point cela vous tient à cœur, répliqua-t-elle avec une lueur de malice dans le regard.

Qu'entendait-elle par là ?

— J'estime qu'il ne faut pas mélanger le personnel et le professionnel, c'est tout.

— On ne travaille pas tout le temps. Ça nous arrive d'avoir des conversations personnelles, vous savez. Comme maintenant.

— Vous trouvez que c'est une conversation personnelle ?

— Vous me donnez des conseils généraux qui n'ont pas forcément de rapport avec l'affaire en cours.

— Je suis censé vous former. Ces conseils vous aideront à devenir une bonne enquêtrice.

— En me coupant du reste du monde ?

— Ce n'est pas en se laissant distraire qu'on attrape les meurtriers.

— Parce que vous ne vous laissez jamais distraire, vous ?

— Je n'ai pas dit ça.

Avec un soupir exagéré, elle se mit en marche vers le SUV de Trevor.

— N'allez pas imaginer que vous êtes meilleur que moi simplement parce que ce meurtre m'a donné envie de vomir, lâcha-t-elle.

Que lui reprochait-elle exactement ? D'être capable de garder son sang-froid ? De rester professionnel en toutes circonstances ?

— Vous êtes une jeune recrue, je vous rappelle, lui dit-il.

— La meilleure que vous n'aurez jamais sous vos ordres, rétorqua-t-elle en lui lançant un sourire.

Bon sang, elle savait user de son charme...

— Je vois que vous vous êtes remise de vos émotions. Vous avez retrouvé votre bonne humeur habituelle.

— Vous devriez essayer, de temps en temps.

— Vous sous-entendez que je suis un rabat-joie ?

— Je dis juste que vous êtes très sérieux.

— Les morts ont cet effet-là sur moi, désolé.

Le regard de Trevor s'égara malgré lui sur la silhouette svelte de la jeune femme, moulée dans un jean noir et un T-shirt blanc par-dessus lequel elle portait sa veste du FBI ouverte. Peut-être bien qu'il se laissait distraire par la féminité de Jocelyn... Mais il avait pour principe de ne pas nouer de relations intimes avec ses collègues, et encore moins avec ses subordonnés.

— Vous aussi vous êtes sérieuse, fit-il remarquer. Vous avez un chat.

Elle éclata de rire. De toute évidence, elle adorait quand ils se chamaillaient. En revanche, Trevor avait du mal à savoir si elle pensait tout ce qu'elle disait de lui. Le trouvait-elle vraiment trop sérieux ? Il ne l'était quand même pas tout le temps, si ?

— Vous êtes un homme, souligna-t-elle. Les hommes n'aiment pas les chats.

— Seulement ceux qui ont des chiens.

De nouveau, elle rit aux éclats.

Elle avait un joli rire. Encore une chose qu'il aimait bien chez elle.

— Plaisanteries à part, dit-elle, la Tueuse de l'Alphabet essaye peut-être de brouiller les pistes. Rappelez-vous, elle s'inspire des méthodes de Matthew Colton. Ne l'éliminez pas trop vite de la liste des suspects. Attendez les résultats des tests ADN.

Elle avait peut-être raison – seules les preuves révéleraient la vérité. Cependant, Trevor avait plus d'expérience qu'elle et il était convaincu qu'ils avaient affaire à un autre meurtrier.

— On a de la compagnie, sur ma droite, murmura-t-elle soudain.

Du coin de l'œil, il repéra une voiture garée le long du trottoir, moteur allumé. Éclairé par les lumières du tableau de bord, l'homme au volant observait les allées et venues de la police.

— Serait-ce le coupable, de retour sur le lieu de son crime ? glissa Jocelyn.

— Je croyais que vous étiez persuadée que le meurtre avait été commis par notre tueuse en série.

— Je n'en suis pas persuadée, je reste juste ouverte aux différentes possibilités. Et l'une d'elles est que l'auteur du crime soit le mari ou l'amant de Jane McDonald, comme vous le pensez.

Trevor regarda la voiture à la dérobée.

— C'est peut-être aussi un simple curieux.

Ils venaient d'arriver devant son SUV. Alors qu'il s'apprêtait à lui ouvrir la portière du côté passager, elle chassa sa main d'un geste agacé.

— Arrêtez ça, Colton.

Depuis qu'ils se connaissaient, il ne pouvait s'empêcher de se montrer galant avec elle. Parfois, elle le rabrouait sèchement ; d'autres fois, elle le taquinait et, dans ces moments-là, il se demandait si elle ne flirtait pas. Peut-être ressentait-elle comme lui une attirance qui la mettait mal à l'aise. Elle se plaignait de son professionnalisme, mais elle aussi avait des principes.

Trevor s'installa au volant et démarra le moteur. D'un

coup d'œil dans le rétroviseur, il constata que la voiture n'avait pas bougé.

— Attachez-vous.

— Arrêtez ! répéta-t-elle, excédée.

— Arrêter quoi ?

— D'être aussi… prévenant.

— Je veux juste m'assurer que vous mettez bien votre ceinture. Vous préférez que je vous laisse traverser le pare-brise en cas d'accident ?

Il fit demi-tour et s'approcha de l'autre véhicule.

— J'allais la mettre, ma ceinture, répliqua-t-elle en bouclant celle-ci d'un coup sec. Vous ne m'avez même pas laissé le temps de le faire.

— Vous êtes grognon quand vous n'avez pas mangé. Vous le saviez, ça ?

— Parlez pour vous !

— Moi, je suis grognon ?

Jocelyn n'eut pas le temps de répondre : ils venaient de s'arrêter à côté de la voiture. Elle baissa sa vitre et fit signe au conducteur d'en faire autant. Celui-ci écarquilla les yeux comme un lapin pris dans les phares, puis il enfonça la pédale d'accélérateur.

— Ce n'était donc pas un simple curieux, marmonna Jocelyn en remontant sa fenêtre.

Trevor fit à nouveau demi-tour dans un crissement de pneus. Tout en allumant le gyrophare, il s'élança à la poursuite de la voiture. Le moteur puissant du SUV n'eut aucun mal à rattraper la Prius, mais celle-ci tourna à droite et fila vers la rue principale de Granite Gulch. Trevor enclencha la sirène. À cette heure de la soirée, ils n'auraient pas dû être gênés par la circulation ; la malchance voulut cependant qu'une camionnette surgisse d'une rue latérale, manquant percuter l'arrière de la Prius. Trevor fit une embardée pour l'éviter.

La voiture fonça dans la devanture d'un magasin de vins,

faisant exploser la vitrine et démolissant une partie du mur. Trevor freina brusquement et bondit du SUV en dégainant son arme. Jocelyn l'imita.

Devant eux, le conducteur avait abandonné son véhicule et courait vers le fond de la boutique. Il ouvrit d'un coup de pied la porte métallique et fila dans la ruelle à l'arrière.

— FBI ! Arrêtez-vous ! cria Trevor en sautant par-dessus les débris pour le suivre.

Il sentit son sang se glacer dans ses veines en voyant apparaître Jocelyn au bout de la ruelle. Le suspect brandit un pistolet et tira. La jeune femme s'abrita à temps derrière l'angle du bâtiment… avant de réapparaître, l'arme pointée devant elle.

— FBI ! Arrêtez-vous !

L'homme fit feu une nouvelle fois – Dieu merci, il manqua sa cible. Trevor devait absolument le rattraper. Un type qui était prêt à tuer des policiers n'avait plus rien à perdre. Il accéléra tandis que le suspect virait à gauche pour éviter Jocelyn et s'engageait dans une rue animée. Il le vit renverser plusieurs chaises sur la terrasse d'un café, puis pousser violemment une jeune femme qui se trouvait sur son passage.

Rapidement, Trevor vérifia que Jocelyn n'était pas blessée avant de se précipiter de nouveau derrière le rustre qui avait fait tomber cette dernière. Petit à petit, il réussit à gagner du terrain, jusqu'à ce qu'il puisse empoigner le T-shirt du fuyard pour le mettre à terre. L'individu roula sur le dos et tenta d'ajuster son tir, mais Trevor l'en empêcha en le frappant au poignet, puis au visage.

Alors qu'il était presque arrivé à le désarmer, l'homme se débattit comme un diable et parvint à lui échapper. Trevor bondit au même moment où une ombre le dépassait à toute vitesse : Jocelyn. Il s'élança derrière elle en se maudissant d'avoir laissé partir le suspect.

Celui-ci filait à présent dans une rue commerçante

heureusement déserte à cette heure tardive. De temps en temps, il se retournait pour tirer en direction des deux agents. Chaque fois, Trevor et Jocelyn se jetaient au sol pour éviter les balles et perdaient un temps précieux à se relever et à reprendre leur course.

Plus loin, des employés d'un magasin étaient en train de décharger un camion de livraison. L'homme dégagea le chauffeur de sa cabine, puis pointa son pistolet vers Jocelyn qui n'était plus qu'à quelques mètres. Saisi de frayeur, Trevor plongea sur elle pour la protéger. Il entendit la balle s'enfoncer dans une benne à ordure juste derrière eux.

Alors que le suspect refermait la portière du camion, Trevor se redressa pour tirer dans les pneus. Il courut ensuite jusqu'à la cabine.

— Descendez ! Tout de suite ! hurla-t-il, l'arme braquée sur la tête de l'individu.

Ce dernier sembla hésiter un instant. Se sachant pris, il finit par lever les mains en l'air.

Trevor ouvrit la portière.

— Sortez, ordonna-t-il. Pas de gestes brusques.

— Ce n'est pas moi qui l'ai tuée, lâcha le type en descendant du marchepied.

— Personne n'a dit que c'était vous.

— Tournez-vous, les mains sur la tête, intervint Jocelyn, qui avait brandi ses menottes. Vous êtes en état d'arrestation pour tentatives de meurtre sur personnes dépositaires de l'autorité publique.

Elle entreprit de lui lire ses droits.

— Est-ce que vous avez bien compris ?

— Je n'ai pas tué ma femme.

— Personne n'a dit que vous l'aviez tuée, répéta Trevor.

L'homme le regarda par-dessus son épaule.

— Pourquoi vous m'arrêtez, alors ?

— Vous vous êtes enfui quand on s'est approchés de vous,

et ensuite vous nous avez tiré dessus, répliqua Jocelyn. C'est une attitude normale, pour vous ?

— Je savais ce que vous alliez penser. Tout le monde croit toujours que c'est le mari qui a commis le meurtre.

— Vous parlerez de tout ça au poste, le coupa Jocelyn en le prenant par le bras pour l'éloigner du chauffeur du camion et des employés du magasin encore sous le choc.

— Je veux un avocat.

Trevor appela la police pour signaler l'arrestation. Quelques minutes plus tard, une voiture de patrouille se garait dans la rue et deux agents embarquaient le tireur.

Dès qu'ils furent repartis, Trevor se tourna vers Jocelyn.

— Ne refaites plus jamais ça, lui dit-il.

— Quoi donc ?

— Prendre en chasse un suspect armé.

Elle le dévisagea, bouche bée.

— Moi aussi, j'étais armée.

— Vous avez failli vous faire tuer.

Jocelyn secoua la tête et fila d'un pas furieux. Trevor la suivit en se demandant pourquoi elle prenait si mal ses remarques.

— Qu'est-ce qui vous a poussée à intégrer le FBI ? s'enquit-il. Vous n'avez pas vraiment le profil pour ce boulot. Je veux dire, vous êtes suffisamment garçon manqué, mais...

— Arrêtez tant qu'il n'est pas trop tard, agent Colton. Cette conversation prend un tour bien trop personnel.

Il ignora son commentaire.

— Pourquoi ne pas vous marier et faire des enfants, plutôt ?

— Vous trouvez que j'ai l'air d'une femme au foyer ?

— Pas dans le sens où vous l'entendez.

Elle lui lança un regard indigné.

— Vous vous mêlez de ce qui ne vous regarde pas.

Elle avait raison, bien sûr. Trevor transgressait ses propres règles en lui posant ces questions. Mais c'était plus fort que lui.

Il ignorait si Jocelyn ferait une bonne femme au foyer ; une bonne épouse, par contre, il en était certain. Son mari ne serait jamais rassasié d'elle et, pour cette raison, ils auraient beaucoup d'enfants. L'idée séduisait Trevor tout autant qu'elle le terrorisait. Il préféra ne plus y penser.

Lorsqu'ils regagnèrent le SUV, il la vit hausser les sourcils alors qu'il tendait la main pour lui ouvrir la portière.

— Pas étonnant que vous soyez encore célibataire, dit-elle.

— Parce que je suis galant avec les femmes ?

Elle ne répondit pas, se contentant de sourire en montant dans le véhicule.

— Je n'ai pas envie de rentrer chez moi, confia Jocelyn. Ça vous dit de manger un morceau quelque part ?

— Il est 1 heure du matin, répliqua-t-il, étonné.

— Oui, mais on n'a pas dîné. On a été appelés à 19 heures sur ce meurtre.

— Dans ce cas, achetons quelque chose et allons le manger chez vous. C'est plus près d'ici que chez moi.

Un peu plus tôt, Jocelyn avait eu l'impression qu'il flirtait avec elle. Peut-être n'avait-elle pas rêvé…

— Il est tard, je suis fatigué et je n'ai pas très envie de voir du monde, ajouta-t-il. En plus, je dois commencer à sentir mauvais, à cette heure-ci.

Il fit semblant de se renifler une aisselle.

Pour quelqu'un de si sérieux, il paraissait avoir un certain sens de l'humour. Que risquait-elle en l'accueillant chez elle ? La journée et la soirée avaient été longues, et elle redoutait de se retrouver seule. Elle avait beau adorer son chat, il manquait tout de même un peu de conversation.

— Allons chez moi directement, dit-elle. Je nous trouverai bien quelque chose à grignoter.

Cela lui parut étrange d'entrer dans son duplex avec un homme, a fortiori Trevor. Il semblait différent, en dehors du travail. Jusque-là, elle s'était interdit de le considérer sous cet angle – celui du beau brun au regard sombre qui devait faire craquer bien des femmes.

Elle le conduisit dans la pièce à vivre où un canapé gris, décoré de coussins jaunes et blancs, faisait face à la télévision à écran plat. Derrière le sofa s'élevait un mur de pierres dans différents tons de gris ; un vase de lis jaunes posé sur la table basse complétait l'ensemble.

Le chat noir de Jocelyn les accueillit d'un miaulement et s'approcha d'un pas nonchalant.

— Sigmund, je te présente Trevor Colton. Trevor, voici Sigmund.

— Enchanté.

Il s'accroupit pour caresser l'animal qui, à la grande surprise de Jocelyn, se laissa faire.

— Je suis impressionnée. Vous savez, il n'accepte pas ça de n'importe qui. C'est qu'il vous aime bien.

— J'avais un chien quand j'étais petit, confia Trevor en se redressant.

— Je comprends mieux votre remarque de tout à l'heure sur mon chat.

Il eut un petit rire.

— Je l'avais appelé Platon.

— Vous lisiez Platon quand vous étiez gamin ?

— Non, mais je trouvais que ce nom était cool. Et vous, vous lisez Freud ?

— Pas du tout.

Elle s'avança vers le coin cuisine – carrelage gris clair, meubles blancs, plans de travail en granit et électroménager chromé.

— C'est chouette chez vous, observa-t-il en levant les yeux vers le plafond voûté.

— Merci. J'ai tout refait toute seule.

— On retrouve bien votre côté garçon manqué.

— Que voulez-vous dire par là ?

— En dehors des fleurs, il n'y a aucune touche personnelle. Pas de photos. Pas de bougies.

— C'est vrai. Mais l'architecture suffit à créer l'ambiance. Vous aimez la cuisine mexicaine ?

— J'ai tellement faim que je mangerais n'importe quoi.

— Asseyez-vous.

Tandis qu'il s'installait sur un tabouret devant l'îlot central, Jocelyn réchauffa un reste de chili con carne. Quelques minutes plus tard, elle déposait des burritos fumants sur la table.

— Après une journée comme celle-ci, j'aime bien boire un peu de vin, dit-elle. Ça m'aide à dormir. Vous en voulez ?

— Non, merci.

Elle se servit un verre et s'assit en face de Trevor en espérant que l'alcool léger calmerait un peu sa nervosité.

— Vous ne parlez jamais de votre famille, Jocelyn.

Pourquoi était-il si curieux, tout à coup ? Parce qu'elle n'avait pas de photos chez elle ? Elle reposa sa fourchette.

— Je n'ai plus de famille. Mon père et mon frère sont tous les deux morts en service.

— C'est vrai ?

Il se pencha en avant, comme pour mieux l'étudier.

— Ils étaient policiers ?

— Oui. À la brigade des stups.

Elle détourna le regard. Ce n'était pas facile pour elle d'évoquer ce sujet.

— Je ne savais pas. Je suis désolé.

Il posa une main sur celle de la jeune femme. Jocelyn observa cette main masculine et bronzée qui lui communiquait sa chaleur. Lorsqu'elle releva les yeux, elle vit dans ceux de Trevor une compassion sincère.

— Quand est-ce arrivé ? s'enquit-il.

— Il y a deux ans. J'étais à la fac.

De nouveau, elle regarda ailleurs. Elle n'avait pas envie d'en parler. Les visages de son père et de son frère lui revenaient en mémoire aussi nettement que s'ils étaient encore de ce monde, et de savoir qu'elle ne les reverrait jamais l'accablait de chagrin.

— Qu'est-ce que vous faisiez comme études ?

Jocelyn tourna la tête vers lui, surprise. Avait-il volontairement changé de sujet, par prévenance ? L'idée la toucha.

— Les sciences de l'éducation, répondit-elle. Je voulais devenir prof.

— Mais vous êtes partie sur tout à fait autre chose.

— Oui.

Elle plissa les yeux. Pourquoi insistait-il sur ce point ? Peut-être n'avait-il pas changé de sujet, finalement...

— Maintenant, je comprends ce que vous faites au FBI, lâcha-t-il.

Il venait de gâcher un beau moment. Elle retira sa main.

— À vous entendre, je n'ai pas ma place dans votre équipe.

— Je ne voulais pas dire ça. Je pense juste que vous portez un flambeau que personne ne vous demande de porter. J'ai toujours eu l'impression que vous mettiez bien plus d'énergie que nécessaire dans votre travail. Je n'arrivais pas à mettre le doigt sur ce qui clochait chez vous.

— Êtes-vous obligé de vous montrer aussi insultant ?

— Ne me dites pas que c'est ce que vous avez envie de faire toute votre vie. Je ne vous croirais pas.

Comment pouvait-il la connaître aussi bien ? s'interrogea-t-elle. Ils ne parlaient jamais de leur vie privée et, subitement, voilà qu'ils abordaient des questions très intimes...

Dernièrement, elle s'était fait la réflexion que le métier qu'elle avait choisi commençait à lui peser. Habiter seule, passer autant de temps au travail et en compagnie des autres agents... Avant la mort de son père et de Nathan, son rêve était d'enseigner l'anglais ou l'histoire. D'épouser quelqu'un de bien, d'élever deux ou trois enfants avec lui. D'organiser des fêtes d'anniversaire et des barbecues...

— Comment ont-ils été tués ? demanda Trevor.

— Une descente de police qui a mal tourné. Mon père s'est fait tirer dessus. Mon frère a été abattu alors qu'il essayait de l'aider à sortir de l'immeuble.

— C'est terrible. Est-ce que leurs meurtriers sont en prison ?

— Oui, pour le restant de leurs misérables jours.

Jocelyn avala une longue gorgée de vin.

— Il serait peut-être temps de tourner la page, vous ne croyez pas ? suggéra Trevor. De faire ce que vous avez envie de faire. Pour *vous*, pas pour eux.

— Pourquoi ce que j'ai envie de faire vous intéresse autant ? Vous trouvez que je ne suis pas une bonne policière ?

— Vous êtes parmi les meilleurs. Mais je vois bien que votre cœur n'y est pas totalement. C'est mon boulot d'analyser les gens. Ne le prenez pas mal.

— Et vous, qu'attendez-vous de votre vie ? rétorqua-t-elle. Pourquoi êtes-vous entré au FBI ? Est-ce à cause de votre père ?

Matthew Colton était un tueur en série. Il avait fait de nombreuses victimes, dont sa propre femme, la mère de Trevor et de ses frères et sœurs. Jocelyn connaissait l'histoire grâce à l'enquête : leur suspect imitait le mode opératoire de Matthew Colton.

— On travaille tous dans le maintien de l'ordre à cause de lui, répondit Trevor. C'est à la fois un honneur et un devoir pour moi de protéger la population de monstres comme lui.

— Eh bien, nous avons cela en commun, agent Colton. C'est aussi un honneur et un devoir pour moi de protéger mes collègues de monstres comme ceux qui ont tué mon père et mon frère.

Ils se fixèrent un long moment, troublés par la découverte de ce nouveau lien.

— Qu'auriez-vous fait si votre père n'avait pas assassiné votre mère ?

— Je ne sais pas. J'ai toujours eu soif de justice.

Cette détermination, ce besoin instinctif d'arrêter des meurtriers – et la finesse avec laquelle il y parvenait – faisaient partie des choses qu'elle trouvait si sexy chez lui.

Attends une seconde, se dit-elle. Avait-elle vraiment invoqué le mot *sexy* à son sujet ? Elle jeta un coup d'œil soupçonneux sur son verre presque vide.

— J'aimerais bien fonder une famille, un jour, ajouta-t-il. Mais cela restera sans doute un rêve. Ce n'est pas fait pour moi.

— Pourquoi donc ? s'enquit-elle, une fois passé le choc de cette confession.

— Je crois que vous le savez.

Son sourire intelligent et son ton amical l'envoûtaient. Depuis qu'ils travaillaient ensemble, l'attirance physique avait toujours été présente en filigrane ; mais, à cet instant, il lui semblait qu'une entente profonde s'établissait entre eux.

— Moi, j'aimerais faire de ce rêve une réalité, avoua-t-elle.

Elle ne s'en était jamais ouverte à personne auparavant. Pourquoi maintenant ? Pourquoi à lui ? Certes, elle parlait beaucoup de bébés, mais c'était de ceux des autres…

Trevor se tenait là, tout près d'elle, et ses yeux bruns laissaient entrevoir l'homme qu'il était sous sa carapace d'acier. Un être doux, sensible. En définitive, il attendait la même chose qu'elle de la vie. Il s'était juste mis en tête qu'il n'y avait pas droit.

Le fantasme d'une existence plus heureuse, plus paisible, s'insinua soudain dans son esprit. Elle se laissa imprégner par la joie et la lumière que cette image véhiculait. Captivée par la beauté de Trevor, elle se pencha vers lui, le menton dans la main.

— Qui aurait cru que derrière le regard sombre et intimidant de l'agent Colton se cachait un homme de famille ?

— Vous aimez bien me taquiner.

— Vous pensez que je vous taquine ?

— Quand vous parlez comme ça, oui.

— Je suis surprise, c'est tout. Agréablement surprise.

Il baissa les yeux, déposant une caresse invisible sur les lèvres de Jocelyn. Lorsqu'il les releva, elle sentit un flot de désir la submerger.

Sans réfléchir, elle se laissa glisser de son tabouret, prit le visage de Trevor dans les mains et pressa la bouche sur la sienne.

2

— Qu'est-ce qui nous arrive ? murmura-t-il.

Jocelyn avait fermé les yeux et respirait plus fort, les joues rosies par l'émotion.

— On s'implique personnellement, répondit-elle tout contre la bouche de Trevor.

Elle attrapa la lèvre inférieure de Trevor entre les siennes et la mordilla, attisant le feu qui brûlait déjà en lui.

— Ça, j'avais compris, dit-il avec un sourire.

— J'adore ta bouche. Elle est si virile…

Elle l'embrassa comme on croque dans une pêche juteuse, tout en venant s'asseoir à califourchon sur lui.

Trevor sentait son cœur cogner dans sa poitrine. Le premier baiser avait eu un effet immédiat sur son anatomie et, à présent, elle menaçait de lui faire perdre totalement la raison en remuant lentement les hanches.

— Pourquoi tu fais ça ? demanda-t-il, tentant de se raccrocher aux derniers fragments de logique qui lui restaient.

— Je ne sais pas. Parce que j'en ai envie. Parce que c'est bon.

— C'est vrai que c'est bon.

Elle lui ôta sa chemise. Il lui retira son T-shirt. Puis elle dégrafa son soutien-gorge, le regard rivé à celui de Trevor.

Elle travaille sous tes ordres, lui rappela une petite voix. Trevor la fit taire. À cet instant, Jocelyn n'était pas une agente du FBI. Elle était une femme qu'il désirait ardemment.

— Tu es tellement belle, murmura-t-il en posant les paumes sur les globes des seins de Jocelyn.

— Tu n'es pas mal non plus.

Elle reprit possession de la bouche de Trevor et fit courir les mains sur son torse, sur ses abdominaux. Elle aventura l'une d'elles dans son jean, et Trevor crut mourir sous l'exquise torture. Il libéra les cheveux de la jeune femme de l'élastique qui les retenait, et ses longues mèches soyeuses vinrent lui chatouiller la poitrine. Lorsqu'elle mit fin à leur baiser, il glissa les doigts dans la chevelure de Jocelyn et plongea le regard dans ses yeux noisette embrumés de désir.

Elle se remit à balancer les hanches d'avant en arrière, jusqu'à ce qu'il n'y tienne plus. D'un mouvement leste, il se leva et la porta jusqu'à la chambre où il la déposa sur le lit. Il la débarrassa de son jean, puis retira le sien. Lorsqu'ils furent tous les deux nus, elle s'allongea et l'attira au-dessus d'elle.

Trevor serra les mâchoires quand elle referma les doigts autour de son membre douloureusement tendu. Il dut faire appel à tout son self-control pour ne pas prendre Jocelyn sur-le-champ. À la place, il lui glissa une main entre les cuisses pour caresser sa moiteur brûlante. Un soupir s'échappa des lèvres entrouvertes de Jocelyn.

— Trevor...

La voir si impatiente ne fit que décupler son désir. Répondant à sa supplique, il la pénétra lentement, jusqu'à ce qu'elle l'entoure complètement de sa chaleur. Là, il s'immobilisa, incapable de réprimer un grognement.

Quand il se mit à bouger en elle, elle accompagna chacun de ses mouvements, cherchant sans honte son propre plaisir. Elle glissa les mains dans le dos de Trevor, sur ses fesses, l'attira plus près, l'encouragea à accélérer le rythme. Trevor sentit la sueur perler sur sa peau tandis qu'il obéissait à Jocelyn. Le bruit de leurs souffles saccadés emplissait la chambre.

— Jocelyn, parvint-il à articuler. Tu es avec moi ?

Elle se cambra en arrière, les yeux clos.

— Oui !

Il lui prit les deux mains et les lui ramena au-dessus de la tête, tout en continuant à aller et venir en elle de plus en plus fort.

— Oh ! oui...

Un long gémissement remonta de la gorge de la jeune femme. Puis elle poussa un cri alors qu'un violent frisson la parcourait. Une seconde après, Trevor la rejoignait dans l'extase.

Le soleil était déjà haut dans le ciel quand Jocelyn se réveilla. Elle s'étira en soupirant. Sans laisser à son esprit le temps d'analyser ce qui s'était passé la veille, elle se redressa sur un coude pour poser doucement la main sur le torse de Trevor, encore émerveillée par les sensations qu'il lui avait procurées.

Il ouvrit les paupières et tourna la tête vers elle.

Aussitôt, il lui sourit et roula sur le côté, l'obligeant à basculer sur le dos. Puis il captura les lèvres de Jocelyn.

Seigneur...

De ses phalanges repliées, il effleura la pointe d'un des seins de Jocelyn. Elle poussa un gémissement qu'il étouffa en l'embrassant plus fort. Il abandonna la poitrine de la jeune femme et descendit plus bas, sur son ventre, tout en éloignant la couette en chemin. Il interrompit leur baiser pour pouvoir la regarder. Jocelyn se sentait délicieusement exposée, et cette sensation s'accentua lorsqu'il l'obligea à écarter les jambes.

Une onde de chaleur se concentra au bas du son ventre de Jocelyn tandis qu'il remontait la main le long de sa cuisse. Quand il atteignit le cœur de sa féminité, elle souleva inconsciemment les hanches pour aller à la rencontre de Trevor.

Le regard brûlant, Trevor se dressa au-dessus d'elle, plaqua la bouche sur la sienne et s'enfonça en elle d'un seul coup de reins. Jocelyn rejeta la tête en arrière. Il l'emplissait entièrement, il était presque trop large pour elle. Lorsqu'il commença ses va-et-vient, il l'entraîna tout droit vers les étoiles, là où aucun homme ne l'avait jamais conduite. En appui sur les mains, il plongeait et replongeait en elle, chaque fois plus fort. Jocelyn atteignit l'orgasme en un temps record, agrippée aux bras musclés de son partenaire. Une dernière poussée, et il laissa échapper un cri guttural.

— Waouh... je n'avais donc pas rêvé, murmura-t-elle quand il retomba sur elle, à bout de souffle.

Il rit doucement, puis lui planta un baiser sur les lèvres.

— Bonjour, au fait, dit-elle. Voilà une journée qui commence bien.

— Il est déjà presque midi, répliqua-t-il en attrapant son téléphone. On ferait mieux d'y aller. Le coroner a appelé. Je file prendre une douche chez moi et je reviens te chercher.

— OK.

Jocelyn sentit sa bonne humeur s'envoler. Parviendrait-elle aussi facilement que lui à le traiter de nouveau comme un simple collègue ? Son instinct lui soufflait que non.

Trevor sortit du bureau du coroner sans être davantage convaincu que le meurtre de Jane McDonald avait quelque chose à voir avec la Tueuse de l'Alphabet. L'enquête était au point mort et ne laissait espérer aucune avancée. Peut-être devrait-il retourner questionner son père... *Son géniteur*, se corrigea-t-il. L'idée d'être biologiquement lié à Matthew le rendait malade. Quel ADN transmettrait-il à ses enfants, s'il en avait un jour ?

Il lança un coup d'œil vers Jocelyn qui marchait à côté de lui. Elle n'avait pas cessé de l'observer à la dérobée depuis qu'il était repassé la prendre. De son côté, il avait eu tout le temps de réfléchir aux événements de la nuit.

Le sexe avait été phénoménal. Ils s'étaient tous les deux laissés emporter par la passion sans penser aux conséquences. Trevor ne regrettait rien. Après la soirée éreintante qu'ils avaient vécue, ce n'était pas étonnant qu'ils aient cédé à l'attirance qu'ils ressentaient l'un pour l'autre depuis le début.

Mais il devinait que Jocelyn ne voyait pas les choses de cette façon. Elle avait eu l'air de plus en plus agacée au fil de la journée.

— Il faut qu'on parle, lâcha-t-il en s'arrêtant devant son SUV.

La voiture de la jeune femme se trouvait encore à l'antenne du FBI de Fort Worth où leur marathon avait commencé la veille. Il comptait la raccompagner là-bas avant de prendre son courage à deux mains et de rendre visite à Matthew.

— D'accord. Je t'écoute.

Elle lui fit face, une main sur la hanche, révélant l'insigne clipsé à sa ceinture. Au-dessus, son Glock 22 dépassait d'un holster d'épaule. Pantalon noir, T-shirt noir, chaussures noires, cheveux noirs attachés en queue-de-cheval. Elle était diablement sexy.

Sans la veste du FBI, sa silhouette féminine était davantage mise en valeur. Ou peut-être y faisait-il plus attention, maintenant qu'il savait à quoi elle ressemblait nue.

— Bon... dit-il, mal à l'aise. Pour commencer, je ne sais pas trop comment on s'est retrouvés au lit.

— Je t'ai embrassé et tout s'est enchaîné très vite. Tu t'en souviens, maintenant ?

Sa colère le surprit. Pourquoi réagissait-elle aussi vivement ? Espérait-elle autre chose de leur nuit de passion ?

— Oui, j'aurais du mal à l'oublier, répondit-il. C'est juste que... je ne m'attendais pas à ce que ça arrive.

— Moi non plus, mais c'est arrivé.

Trevor ne savait pas comment lui dire ce qui devait être dit sans la blesser. Visiblement, elle accordait plus d'importance que lui à ce qui s'était passé.

— Tu sais, je t'aime bien, mais…

— Oh ! je t'en prie, Trevor. Abrège. Tu regrettes d'avoir couché avec moi. Tu penses que c'était une erreur. J'ai compris.

— Une erreur ? Je n'irais pas jusque-là. Et je ne regrette pas du tout d'avoir couché avec toi.

Cette nuit avait été mémorable. Il savait qu'il y repenserait souvent, y compris à des moments parfaitement inopportuns.

— Ce que j'essaye de te dire, c'est que je ne mélange pas travail et… plaisir.

— Eh bien moi, je ne m'interdis pas de coucher avec qui je veux. Généralement, si un homme me plaît et que j'en ai envie, je fonce. C'est aussi simple que ça. C'est toi qui compliques les choses.

Trevor poussa un soupir.

— Est-ce qu'on peut au moins s'accorder sur le fait que ce n'était pas prévu ?

— Peut-être, et alors ?

— Tu ne t'y attendais pas. Moi non plus. On a passé un très bon moment et, maintenant, on doit reprendre une relation purement professionnelle.

— C'est ce que tu veux, toi. Rien ne nous y oblige.

Il se frotta le visage. Cela ne l'étonnait pas qu'elle fasse tout pour lui rendre la tâche difficile.

— Écoute, Jocelyn, ces histoires ne marchent jamais. Les liaisons au travail sont vouées à l'échec.

— On dirait que tu parles en connaissance de cause.

— C'est le cas.

— Tu es déjà sorti avec une collègue ? demanda-t-elle, stupéfaite.

— Oui. Il y a cinq ans. C'était une agente, elle aussi.

— Ah, d'accord. J'imagine que je lui ressemble.

Il lâcha un petit rire.

— Pas du tout. Rien à voir. Tu ne te laisses pas marcher sur les pieds, tu dis ce que tu penses et tu n'as pas peur de...

Il s'interrompit, gêné.

— Je n'ai pas peur de quoi ?

— De prendre ton pied au lit.

— Je vois, dit-elle en acquiesçant lentement.

Trevor réprima un grognement. Tout ce qu'il avait réussi à faire, c'était à l'énerver davantage.

— Jocelyn, je dis juste...

— Qu'on travaille ensemble et que, par conséquent, tu n'as pas l'intention de nouer une relation avec moi.

— Voilà. C'est exactement ça.

— Mais pour un coup d'un soir, ça va.

— Non ! D'accord, c'était peut-être une erreur. J'aurais dû t'arrêter tout de suite quand tu m'as embrassé.

Elle resta silencieuse un moment, et il crut qu'il avait réussi à clore cette conversation embarrassante. Mais elle revint à la charge :

— Parle-moi de cette femme avec qui tu as eu une liaison.

— Écoute, je comprends que tu te sentes blessée...

— Que s'est-il passé entre vous ? le coupa-t-elle.

Trevor soupira.

— Elle a couché avec moi pour se venger d'un collègue. Elle m'a menti. Et elle a continué à me voir alors qu'elle s'était réconciliée avec l'autre.

— Une blessure d'orgueil, donc... Et depuis, tu as du mal à faire confiance aux femmes.

— Je ne veux pas entretenir de relation intime avec une collègue de travail, c'est tout, dit-il sèchement, lassé par l'agressivité de Jocelyn.

Elle détourna les yeux.

— C'est bon, Trevor. Je respecterai ton choix. De toute façon, je ne cherchais pas de relation à long terme.

Vraiment ? songea-t-il. Juste quand il s'apprêtait à lui demander pourquoi elle avait ressenti le besoin de lui débiter ce mensonge, le portable de Jocelyn se mit à sonner.

— Agente Locke, dit-elle en décrochant.

Elle écouta un instant, puis claqua des doigts à l'attention de Trevor.

— Il me faut de quoi écrire.

Il sortit son calepin de la poche intérieure de sa veste. Jocelyn prit le stylo qui y était suspendu, et il lui tint le carnet pendant qu'elle griffonnait des informations au sujet d'une certaine Caressa Franklin.

— Merci, dit-elle à son interlocuteur avant de raccrocher et de ranger son téléphone.

Elle leva les yeux vers Trevor.

— Caressa Franklin connaissait Erica Morgan. Apparemment, elles se sont brouillées un an avant que cette dernière soit tuée. Caressa s'est installée à Fort Worth il y a quelques mois. Elle n'était pas au courant pour son ancienne amie.

Erica Morgan était la cinquième victime de leur tueuse en série.

— Pourquoi se sont-elles brouillées ?

— C'est ce qu'on va essayer de découvrir, répliqua Jocelyn en agitant le morceau de papier sur lequel elle avait noté l'adresse de Caressa.

— Comment as-tu eu cette info ?

Elle lui décocha un sourire en coin des plus charmants.

— Par un contact.

— Beau travail. Et qui est ce contact ?

Elle sembla hésiter à lui répondre. Mais ils travaillaient ensemble, et l'enquête l'emportait sur leurs différends personnels.

— Un détective privé, lâcha-t-elle d'un ton faussement détaché.

— Tu as contacté un privé sans m'en parler ?

— Je lui ai juste demandé de faire quelques recherches sur Erica, au cas où l'on aurait raté quelque chose. J'ai bien fait, visiblement.

Elle grimpa dans le SUV. Trevor s'installa au volant.

— D'où connais-tu ce détective ? s'enquit-il en s'efforçant de masquer la pointe de jalousie qui perçait dans sa voix.

— Je suis sortie avec lui il y a quelques années. Il aimerait qu'on se remette ensemble. Je me sers de lui de temps en temps pour les enquêtes.

— Comment ça, tu te sers de lui ?

— Je le paye. Et puis… je connaissais Erica.

— Je n'avais pas compris que vous étiez proches, toutes les deux.

— Nos mères étaient amies.

Elle détourna les yeux, troublée.

— Quand ma mère est morte, la sienne est restée en contact avec mon père. Puis avec moi quand il a été tué. Je les connaissais assez bien, Erica et elle.

— Assez bien à quel point ?

— On a déjeuné ensemble quelques fois après la mort de mon père et de mon frère. Ce n'étaient pas vraiment des amies, mais j'étais attachée à elles. La maman d'Erica parlait beaucoup de ma mère et, sans elle, je crois que je n'aurais pas su grand-chose d'elle. Je lui en serai toujours reconnaissante.

Elle poussa un long soupir.

— C'est seulement à la mort d'Erica que j'ai appris que sa mère avait été tuée dans un accident de voiture. Erica ne me l'a jamais dit – on s'était perdues de vue.

— Qu'est-il arrivé à ta maman ? demanda Trevor.

— Elle est décédée peu après ma naissance.

Il ne répondit pas, sidéré par les tragédies qu'elle avait

traversées. Elle n'avait plus de famille. Même la dernière personne qui la reliait à sa mère n'était plus... Et pourtant, Jocelyn débordait d'énergie et d'optimisme – du moins, c'était l'impression qu'elle donnait. À quoi aurait ressemblé sa vie si elle n'avait pas perdu tous ses proches ?

Jocelyn et Trevor avaient décidé de rendre visite à Caressa Franklin sans la prévenir. Celle-ci ignorait tout de l'implication du FBI dans l'enquête sur le meurtre d'Erica, ainsi que des soupçons qui pesaient sur la Tueuse de l'Alphabet dans cette affaire.

Quand ils sonnèrent à sa porte, Caressa ne répondit pas, alors même qu'ils l'avaient aperçue derrière une des fenêtres.

— Elle doit nous prendre pour des démarcheurs, marmonna Jocelyn.

— Attendons un peu. Elle finira bien par sortir.

Une heure plus tard, en effet, Caressa prit sa voiture pour se rendre au supermarché. Ils la suivirent jusqu'au parking et l'accostèrent alors qu'elle se dirigeait vers l'entrée du magasin.

— Caressa Franklin ? lança Jocelyn.

La femme d'une quarantaine d'années se retourna. En découvrant les insignes que lui montraient les deux agents, ses yeux s'écarquillèrent.

— Il est arrivé quelque chose ?

Elle semblait crispée. Acculée ? *Non*, songea Jocelyn. Mais pas vraiment surprise de les voir.

— Nous voudrions vous parler d'Erica Morgan, lui dit-elle.

Caressa baissa le regard, l'air résigné.

— Nous avons sonné chez vous tout à l'heure, ajouta Trevor. Pourquoi n'avez-vous pas répondu ?

— Je n'ouvre jamais aux inconnus. Je vis seule.

Jocelyn la crut.

— Pourquoi voulez-vous me parler d'Erica ? Je ne l'ai pas vue depuis des années.

— D'après un de ses amis, elle est venue chez vous deux jours avant sa mort. Qu'avez-vous à dire à ce sujet ?

Jocelyn avait caché à Trevor cette information que le détective privé lui avait communiquée au téléphone. Peut-être avait-elle voulu le punir d'avoir transformé leur nuit d'amour en vulgaire aventure sans lendemain... Au fond d'elle, elle avait espéré qu'ils se verraient au moins pendant quelque temps pour explorer cette alchimie sexuelle qui avait opéré entre eux. Elle sentit qu'il lui lançait un coup d'œil étonné.

— J'ai refusé de la recevoir, confia Caressa. Je ne lui ai même pas ouvert ma porte.

— Vous étiez amies, n'est-ce pas ? Comment vous êtes-vous connues ?

— C'était une copine de ma sœur. Au début, tout allait bien. Très bien, même. On avait beaucoup de choses en commun. Erica était tellement sympa, tellement bavarde ! C'était une belle personne... du moins, c'est ce que je pensais.

Caressa se perdit dans ses souvenirs.

En l'observant, Jocelyn se demanda si cette femme avait été heureuse un jour. Elle n'avait pas beaucoup de rides de sourire autour des yeux. Et même si n'importe qui aurait été ébranlé par le meurtre d'une ancienne connaissance, Caressa semblait réagir de façon exagérée. Peut-être se sentait-elle coupable d'avoir rejeté son amie.

Jocelyn coula un regard vers Trevor. Le profiler ne laissait rien paraître de ce qu'il pensait de l'attitude de Caressa. En revanche, il lui lança un clin d'œil qui ne manqua pas de la troubler – d'autant plus qu'une petite brise avait décidé d'ébouriffer ses cheveux au même instant...

Comment devait-elle interpréter ce geste ? Comme une tentative d'apaisement ? Ou était-ce simplement qu'il en pinçait pour elle et n'arrivait pas à contrôler ses actions ?

— Vous avez quelque chose à me reprocher ? s'enquit Caressa, tirant Jocelyn de ses pensées.

— Nous essayons de reconstituer les derniers jours d'Erica, expliqua Trevor. Vous êtes l'une des dernières personnes à l'avoir vue vivante.

— Vue ? Je l'ai seulement aperçue à travers la vitre de la porte...

Elle se couvrit la bouche, étranglée par l'émotion.

— Ma sœur a essayé de m'appeler pour m'annoncer sa mort, mais je n'ai pas répondu. Je croyais qu'elle voulait me reprocher d'avoir refusé de parler à Erica. C'est quand je me suis enfin décidée à décrocher le téléphone que j'ai appris qu'elle avait été tuée.

Ses yeux s'emplirent de larmes.

— Je ne le savais pas.

De toute évidence, la mort d'Erica l'avait beaucoup affectée. Et elle devait avoir conscience que leur brouille la désignait comme une suspecte possible.

— Nous sommes désolés, murmura Jocelyn.

— Pourquoi Erica et vous étiez-vous en froid ? s'enquit gentiment Trevor.

— Elle a couché avec mon mari. Notre couple battait de l'aile, je l'admets. C'est dur de faire vivre une relation quand vous n'êtes pas faits l'un pour l'autre. Pris dans la routine, vous ne vous rendez pas compte qu'il n'y a plus d'amour. Mais je ne pensais pas que ma meilleure amie serait capable de me poignarder dans le dos comme ça.

Caressa avait dû savoir au fond d'elle que cela n'allait plus avec son mari, mais elle n'avait pas voulu le reconnaître avant d'y être forcée. Jocelyn comprenait qu'elle se soit sentie trahie.

Trevor sortit de son portefeuille une photo de Regina Willard, leur principale suspecte dans l'affaire.

— Connaissez-vous cette femme ? demanda-t-il à Caressa.

— Non. Qui est-ce ?

Elle semblait sincère.

— Erica vous a-t-elle déjà parlé de Regina Willard ?

— Non.

— Vous êtes sûre ? insista Jocelyn.

— Oui, j'en suis sûre.

Caressa regarda de nouveau la photo.

— Qui est-elle ?

— Si vous suivez les informations, vous avez sûrement entendu parler de la Tueuse de l'Alphabet, répondit Trevor. Une des victimes a formellement identifié Regina Willard avant de mourir. Nous n'avons pas encore de preuves, mais nous pensons que c'est elle qui a tué Erica.

— Vous devez faire erreur. Erica ne connaissait personne répondant à ce nom.

— Nous en sommes presque certains, lui assura Jocelyn.

— Et Josie Colton ? N'est-ce pas plutôt elle que vous devriez rechercher ?

— Josie Colton est innocente, affirma Trevor.

— C'est la sœur de l'agent Colton, précisa Jocelyn.

Josie avait disparu pendant plusieurs années ; les gens avaient été nombreux à la soupçonner d'être la Tueuse de l'Alphabet. Après tout, n'était-elle pas la fille d'un serial killer ?

Comme Caressa la regardait sans comprendre, Jocelyn montra Trevor d'un signe de tête.

— Oh ! mon Dieu. Je suis désolée, je ne voulais pas vous manquer de respect. Mais avec toutes ces rumeurs qui circulent…

— Il n'y a pas de mal, dit Trevor en levant la main. La femme que nous recherchons s'appelle donc Regina Willard. La plupart des victimes semblent l'avoir rencontrée dans un restaurant. Nous pensons qu'elle travaille comme serveuse sous de fausses identités.

Caressa assimila ces informations en silence.

— Vous n'imaginez pas à quel point la mort d'Erica me bouleverse, murmura-t-elle au bout d'un moment.

— Vous ne pouviez pas deviner, répondit Jocelyn en lui touchant le bras. Elle a essayé d'entrer en contact avec vous. Cela veut dire qu'elle cherchait à obtenir votre pardon. Elle tenait à vous.

Caressa étouffa un sanglot.

— Oui. Mais elle est morte en pensant que je ne la pardonnerais jamais.

Jocelyn laissa retomber la main. Caressa allait devoir vivre avec ses regrets.

— Y a-t-il quelqu'un à qui Erica aurait pu parler de Regina ? demanda Trevor, soucieux de revenir au sujet qui les intéressait. Votre sœur, peut-être ?

— Non. Je m'en souviendrais. Par contre, elle m'a dit qu'Erica avait eu un petit copain qu'elle avait caché à tout le monde. J'ai trouvé ça bizarre.

Jocelyn était bien d'accord. Pourquoi taire cette relation ? Erica avait-elle eu peur que ses amis et sa famille désapprouvent son choix ?

— J'ai une photo de lui, ajouta Caressa en fouillant dans son sac à main pour en sortir son téléphone.

Jocelyn croisa le regard de Trevor. À l'évidence, il s'impatientait. Quand Caressa leur montra le cliché, il n'y accorda qu'un bref coup d'œil.

— Je crois qu'on va s'arrêter là pour aujourd'hui, déclara-t-il. Nous vous sommes reconnaissants d'avoir accepté de nous parler.

— Oui, merci pour votre coopération, renchérit Jocelyn.

— Mais...

— Nous vous tiendrons informée s'il y a du nouveau.

Trevor tourna les talons et se dirigea vers le SUV.

— Pourquoi as-tu écourté la conversation ? s'enquit Jocelyn à voix basse. Le petit copain sait peut-être quelque chose.

— C'est seulement un ex, souligna Trevor. Et c'est un homme.

— C'est vrai, il ne correspond pas au profil, mais on devrait quand même l'interroger. Il a peut-être vu Erica avant sa mort, et elle lui a peut-être parlé de Regina.

— J'aime quand tu réfléchis comme une bonne enquêtrice. On en reparlera plus tard.

Et il lui lança un autre clin d'œil.

3

En pénétrant dans la prison, Trevor s'efforça de se concentrer sur les points positifs de cette visite. D'une part, elle lui permettrait de s'éloigner un moment de Jocelyn et, d'autre part, il réussirait peut-être à soutirer de nouvelles informations à Matthew. Celui-ci prenait un malin plaisir à jouer avec les nerfs de ses enfants qui désiraient plus que tout retrouver le corps de leur mère. Étant le seul à savoir où il l'avait enterrée, il se délectait du petit pouvoir qu'il détenait sur eux, choisissant quand et comment il leur révélait ses indices – un pour chacun d'eux. Josie était la dernière à attendre le sien. L'unique fois où elle était venue voir Matthew, il ne lui avait rien dévoilé et, à présent, elle refusait d'y retourner. C'était trop difficile. Trevor la comprenait : pour lui aussi, c'était une torture.

— Bonjour, monsieur Colton, lança le surveillant pénitentiaire qui l'avait déjà accueilli les fois précédentes.

— Bonjour, Mac.

— Venez. On l'a conduit dans le parloir collectif, comme vous nous l'avez demandé.

Trevor espérait que la présence d'autres personnes atténuerait le malaise d'avoir à affronter son père… Il suivit le surveillant dans un long couloir blanc dépourvu de fenêtres et éclairé de néons qui grésillaient.

— Comment va-t-il ?

— On a dû le réhydrater après sa dernière chimio, mais ça va mieux. Il se porte plutôt bien, vu les circonstances.

Matthew Colton souffrait d'un cancer en phase terminale... Trevor n'éprouvait aucune pitié pour lui.

— Tant qu'il peut parler, marmonna-t-il.

— Pour ça, il n'est jamais en reste ! répliqua Mac.

Il ouvrit la porte de la grande salle ronde.

— Faites signe au gardien quand vous voudrez partir.

— D'accord, merci.

Trevor se dirigea vers la table où l'attendait son père. Trois autres étaient occupées par des détenus et leurs proches.

— Trevor... quel plaisir de te voir, lâcha Matthew avec une pointe d'ironie.

— Plaisir non partagé, rétorqua Trevor en s'asseyant en face de lui.

— Tu devrais te montrer plus charitable envers un vieil homme qui veut seulement t'aider.

Matthew avait perdu beaucoup de poids depuis l'apparition de sa maladie. Sa peau était fripée, son teint livide, et ses yeux mauvais semblaient enfoncés dans leurs orbites.

— Et si on parlait de Regina Willard, aujourd'hui ? suggéra Trevor.

— Toutes mes admiratrices méritent qu'on parle d'elles.

— As-tu reçu d'autres lettres ?

Qu'une femme puisse correspondre avec un monstre pareil le dépassait... Cependant, il était persuadé que son père possédait des informations sur la Tueuse de l'Alphabet grâce aux courriers que celle-ci lui envoyait. Jusque-là, il avait refusé de lui livrer le moindre détail.

— Qu'est-ce que je gagne en échange si je te le dis ?

— Une conscience apaisée ? répliqua Trevor.

Matthew se laissa aller en arrière sur sa chaise et observa Trevor un long moment.

— Tu étais déjà rebelle quand tu étais gamin. Tu m'obligeais à employer la manière forte, tu te souviens ? Et, aujourd'hui, tu te prends pour le meilleur profiler du FBI alors que tu n'arrives même pas à retrouver la tombe de ta mère.

— Tu insultes sa mémoire en qualifiant de tombe le trou où tu l'as balancée.

— Ne parle pas comme ça. Saralee était une bonne épouse, je tenais à elle.

Pendant toutes ces années, elle l'avait supporté et même aimé. Il avait réussi à lui cacher ses tendances meurtrières jusqu'au jour où elle l'avait démasqué. Alors, il l'avait tuée, purement et simplement.

— Dis-moi, quel est mon profil psychologique, selon toi ? s'enquit Matthew d'un ton moqueur.

Trevor réprima un sourire. Son père n'allait pas être déçu.

— Tu n'as pas confiance en toi, et c'est ce qui t'a poussé à commettre ton premier meurtre. Tu n'as jamais fait le poids face à ton frère, Big J Colton. Il a tellement mieux réussi que toi !

Le visage de Matthew s'empourpra, mais il ne fit aucun commentaire.

— Tu n'as pas digéré le fait qu'il ait racheté ta part du ranch familial, continua Trevor. Tu as eu l'impression qu'il ne te laissait pas le choix. Blessé dans ton amour-propre, tu as fui l'Oklahoma pour t'installer au Texas. Mais ça n'a rien changé. Tu n'as jamais pu égaler Big J.

— Tu étais déjà insolent quand tu étais petit, siffla Matthew. J'aurais dû te frapper plus souvent, ça t'aurait fait ravaler ton arrogance.

Trevor lui répondit d'un grand sourire.

— Tu détestais Big J. Ce n'est pas un secret. C'est à cause de ça que tu as tué tous ces hommes. Ils te faisaient penser à lui. Tu as compensé ta faiblesse en tuant ton frère encore et encore.

Matthew aimait cette analogie. Trevor le devinait à la petite flamme qui s'était allumée dans son regard, comme s'il revivait chacun des meurtres où il avait eu l'impression d'éliminer son frère détesté.

— Sauf qu'aujourd'hui tu ne peux plus faire de mal à personne. Tu ne peux pas tuer Big J. En vérité, il se porte comme un charme. Il est plus riche que jamais, aussi heureux qu'on puisse l'être. Rien de ce que tu as fait ne l'a empêché de prospérer.

Matthew commença à se lever.

— Espèce de fils de...

Il se rassit en voyant le gardien s'avancer, la main sur son arme.

— Tu m'as demandé de dresser ton profil, se défendit Trevor avant de regarder l'heure sur son téléphone. Je vais devoir y aller. Encore une visite gâchée.

— Attends.

Matthew s'était calmé. Il ne voulait pas retourner dans sa cellule. Ces entrevues, aussi courtes soient-elles, lui permettaient d'échapper à la monotonie de ses journées.

— Est-ce que tu peux convaincre Josie de venir me voir ?

— Elle est déjà venue.

— Si tu veux un autre indice, reviens avec Josie.

— Elle pense que tu bluffes. Tu ne lui as rien dit la dernière fois. Donne-moi son indice.

— Ce serait beaucoup trop facile !

— Tu ne crois pas que tu te sentirais davantage en paix si ta femme avait enfin droit à une vraie sépulture ?

— En paix ? répéta Matthew avec dédain. Tu as oublié ça dans ton profil : je *suis* en paix.

Le vieux monstre ne céderait pas. Il ne révélerait plus aucune information tant que Josie n'aurait pas accepté de le revoir.

— Si vous voulez savoir où votre mère est enterrée, faites ce que je vous demande. Amenez-moi ma fille.

Lorsque Trevor regagna son bureau, il se sentait émotionnellement épuisé. Assis dans son fauteuil, il soupira et ferma les yeux, tentant de chasser de son esprit l'image de Matthew. Sa peau grisâtre. Son regard vide. Son corps frêle. Sur le chemin du retour, bien malgré lui, il avait éprouvé un soupçon de compassion pour le vieil homme. Celui-ci allait mourir en prison, terrassé par le cancer.

Trevor sourit. Ce n'était que justice. Matthew aurait la punition qu'il méritait. Bientôt, il disparaîtrait de la surface de la Terre, et ses enfants n'auraient plus jamais à se préoccuper de lui.

Il rouvrit les paupières en entendant frapper à la porte qu'il laissait d'habitude grande ouverte. Son jeune frère, Chris, s'avança dans la pièce.

— Tu as l'air content, lança-t-il. Vous avez arrêté la Tueuse de l'Alphabet ?

— Malheureusement, non.

Avec sa carrure d'athlète, ses cheveux blond foncé et ses yeux d'un bleu perçant, Chris en imposait. Il avait embrassé une carrière de détective privé, ce dont Trevor se félicitait. Hélas, malgré leurs points communs, Chris restait sur la réserve avec lui.

— Qu'est-ce qui t'amène ? demanda Trevor en se levant. Tu ne viens pas souvent me voir ici.

— Je sais.

Chris referma la porte du bureau. Quelque chose semblait le tracasser.

— J'ai une question à te poser, à laquelle j'aimerais que tu répondes sincèrement. J'ai besoin de connaître la vérité.

— Bien sûr. Qu'est-ce que tu veux savoir ?

Ce ton sérieux venant de son frère d'ordinaire si décontracté l'inquiétait.

Ce dernier baissa les yeux, visiblement mal à l'aise.

— Eh, fit Trevor en posant une main sur l'épaule de Chris. Quel que soit le problème, on trouvera une solution, d'accord ?

Chris sembla se détendre. Il hésita encore quelques instants avant de se lancer :

— J'aimerais savoir pourquoi tu as essayé d'adopter Josie et pas moi. Ni les autres.

Trevor laissa retomber la main, stupéfait.

— Quoi ? C'est faux ! J'ai essayé de récupérer la garde de chacun d'entre vous.

— Vraiment ?

— Oui, vraiment !

— Combien de fois ? Une fois ? Deux fois ?

— Chris...

Il n'arrivait pas à croire que son frère puisse douter de lui.

— Depuis combien de temps tu rumines ça ?

— Ça ne devait pas être si dur de nous adopter. Tu aurais pu le faire. Pourquoi Josie ?

Chris avait élevé la voix et le défiait du regard. Trevor était sidéré. Pourquoi ne lui en avait-il pas parlé plus tôt ? Il le prit gentiment par le bras et le guida vers un des deux fauteuils placés devant son bureau.

— Assieds-toi, Chris. On a beaucoup de choses à se dire, apparemment.

Son frère se dégagea de son étreinte et se laissa tomber sur le siège, la mine renfrognée. Trevor avait l'impression de le revoir plus jeune, lorsqu'ils se disputaient. Son cœur se serra. Tout ça, c'était encore à cause de Matthew. Qu'il aille au diable !

— Tu sais qu'on a été placés dans plusieurs familles d'accueil par l'intermédiaire de différentes agences privées ? commença-t-il.

— Oui, je sais.

— Les travailleurs sociaux n'aiment pas confier les enfants à leur frère ou à leur sœur. Ils préfèrent les grands-parents ou les oncles et tantes. Et, dans tous les cas, ils mènent une enquête approfondie sur le mode de vie et la situation économique du requérant. Moi, je n'étais pas marié, je n'avais pas de boulot et je déménageais souvent.

Chris acquiesça imperceptiblement.

— Le juge des affaires familiales a considéré qu'il valait mieux nous placer dans des foyers différents. Il pensait qu'on aurait ainsi plus de chances de connaître une enfance normale. J'avais le droit de vous rendre visite, mais ce n'était pas suffisant. J'ai essayé de le dire à de nombreuses reprises ; on ne m'a pas écouté. Je n'avais aucune stabilité financière. J'étais encore étudiant, sans salaire fixe. Et le fait de devoir traiter avec plusieurs agences ne m'a pas aidé.

Trevor se passa une main dans les cheveux en se rappelant la frustration qu'il avait ressentie à l'époque, l'impression de se heurter à un mur chaque fois qu'il entreprenait une démarche.

— Au fil des années, plusieurs assistantes sociales ont été mutées ou ont démissionné. Les dossiers se sont perdus. Et quand elles apprenaient que j'étais étudiant et célibataire, elles ne voulaient même pas me parler. Elles me considéraient trop jeune, forcément irresponsable. Tu n'imagines pas comme je me suis arraché les cheveux.

Il posa une main sur l'épaule de Chris.

— J'ai fait tout ce que j'ai pu pour nous réunir. Je te le promets.

Penché en avant, les coudes sur les genoux, Chris opina. Avait-il vraiment compris ou doutait-il encore ? Trevor ne pardonnerait jamais à son père le mal qu'il leur avait fait.

— Tu me crois ? demanda-t-il.

Après un moment de réflexion, Chris sembla accepter de se débarrasser du fardeau qu'il portait depuis si longtemps. Il tourna la tête et esquissa un sourire.

— Oui, je te crois. J'aurais dû penser à vérifier les règles d'adoption.

— On est ensemble, maintenant. C'est tout ce qui compte.

Ça et arrêter la Tueuse de l'Alphabet, songea-t-il. Et aussi enterrer Matthew Colton.

— Josie m'a dit que vous enquêtiez sur un nouveau meurtre qui pourrait avoir été commis par l'imitatrice ?

— On attend les résultats des tests ADN. Selon Jocelyn, il ne faut pas éliminer trop vite Regina Willard de notre liste de suspects.

— Parce que tu penses que ce n'est pas elle qui a tué la victime ?

— Oui. Mais Jocelyn n'est pas d'accord, répondit Trevor avec un petit sourire.

— Jocelyn, Jocelyn... C'est ta nouvelle partenaire sexy, c'est ça ? Ça se passe bien avec elle ?

— Ce n'est pas ma partenaire. Elle vient d'intégrer mon équipe et elle débute dans le métier.

— Je l'ai vue. Elle est canon. Ne me dis pas que tu ne t'en es pas rendu compte.

Chris lui donna un coup de coude.

— Tu t'en es rendu compte, pas vrai ?

— Oui, évidemment, marmonna Trevor.

Mais ça ne voulait pas dire qu'il pouvait céder à l'attirance qu'il ressentait pour elle. Il avait du travail.

À peine cette pensée s'était-elle formée dans son esprit qu'il crut entendre la jeune femme lui répondre : *Quel travail, agent Colton ? Celui de rabat-joie professionnel ?*

Il se mit à rire dans sa barbe. Chris l'imita, interprétant de travers la raison de sa bonne humeur. C'était agréable de retrouver son petit frère. Trevor n'en fut que plus déterminé à résoudre cette enquête et à chasser pour toujours l'ombre que leur père laissait encore planer sur leur existence.

4

Trois semaines plus tard, les résultats tombèrent : l'ADN retrouvé sur le corps de Jane McDonald et sur l'arme qui avait servi à la tuer ne correspondait pas à celui découvert sur les autres victimes de la Tueuse de l'Alphabet. En revanche, il concordait parfaitement avec l'échantillon prélevé sur le mari de Jane.

— Tu vois, je te l'avais dit, lâcha Trevor.

Jocelyn tourna la tête vers lui, et il ne put s'empêcher d'admirer l'éclat vert que prenaient ses yeux à la lumière du soleil.

— Un bon enquêteur ne tire pas de conclusions hâtives, répliqua-t-elle. Il attend que les preuves confirment ses soupçons. Mais tu es profiler, tu ne le sais peut-être pas.

— Je suis enquêteur quand même. Et j'avais désigné le mari dès le début.

Jocelyn lui fit une grimace, et il explosa de rire.

À cet instant, un agent toqua à la porte.

— Ta sœur Josie est là.

— Josie ?

Trevor ne s'attendait pas à une visite de sa part. Depuis qu'il avait tenté de la convaincre de retourner voir Matthew, elle l'évitait comme la peste.

— Fais-la venir, répondit-il à son collègue.

Il posa le rapport du laboratoire sur sa table en désordre.

Jocelyn s'installa dans le fauteuil de bureau et se laissa aller en arrière contre le dossier. Sans doute réfléchissait-elle à l'enquête… Sa ténacité forçait l'admiration. Trevor avait beau penser qu'elle serait plus heureuse avec un époux, des enfants et un métier ordinaire, il devait reconnaître qu'elle était une bonne policière. En revanche, il n'aimait pas l'imaginer mariée et il préférait ne pas trop se demander pourquoi.

En relevant les yeux, elle le surprit à l'observer et lui décocha un sourire. Trevor eut l'impression d'être cloué sur place, fasciné par sa beauté, et par la tension sexuelle qui saturait soudain la pièce.

Josie apparut dans l'encadrement de la porte. Une expression sérieuse assombrissait son visage délicat.

— Salut.

— Salut, petite sœur.

Trevor s'avança vers elle pour la serrer dans ses bras. Ils avaient passé beaucoup de temps ensemble depuis qu'elle avait quitté le programme de protection des témoins. Des années plus tôt, Josie avait assisté à un meurtre commis par un narcotrafiquant – lequel n'était autre que le frère de l'homme chez qui elle était placée. Ayant accepté de comparaître, elle avait dû changer d'identité, de ville, de vie… Elle ne s'était pas encore tout à fait remise de ce traumatisme.

— Tu te souviens de Jocelyn ? lui dit Trevor.

— Bien sûr.

Les deux femmes se serrèrent la main.

— Alors, il y a du nouveau ? s'enquit Josie. Sam m'a dit que vous aviez eu les résultats des tests ADN pour le dernier meurtre.

— Oui. Aucun rapport avec l'imitatrice.

Josie s'assit en soupirant dans un des fauteuils en face de Jocelyn.

— Bon sang… Quand est-ce qu'on pourra enfin essayer d'oublier papa ?

— On peut commencer dès aujourd'hui, répliqua Trevor. On s'en fout, de lui.

— Est-ce qu'il continue son petit jeu débile avec ses indices ?

— Oui. Il dit qu'il en a un à te donner. Tu devrais aller le voir, peut-être qu'il tiendra sa promesse, cette fois.

— Un indice sur quoi ? s'enquit Jocelyn qui les écoutait avec intérêt.

— Il nous révèle au compte-gouttes des informations sur l'endroit où il a enterré notre mère, expliqua Josie. Mais seulement quand ça lui chante.

— Quel genre d'indices ?

— À Sam, il a donné « Texas ». À Ethan, « colline ». À Ridge, la lettre B, à Annabel, les pêches, et à Chris, le nom Biff, récita Josie. C'est tout ce qu'on a pour l'instant.

— Attendez. Il ne les donne que quand l'un de vous vient le voir ?

— C'est ça. On a essayé de reconstituer le puzzle et on a supposé que maman était quelque part au Texas dans une ville qui commence par « B ». Biff, c'était le nom de son golden retriever quand elle était petite. On pense que Matthew l'a inhumée sur la propriété de nos grands-parents maternels à Bearson. C'est une vieille maison construite sur une colline, loin de tout. Il y a des pêchers dans le jardin, et c'est là que le chien de maman avait été enterré.

La frustration transparaissait dans sa voix et dans sa façon de croiser les bras sur la poitrine. Josie était une battante.

— On est allés cent fois sur place, précisa Trevor. On n'a trouvé aucune trace de tombe.

— Pourquoi ne vas-tu pas voir Matthew ? demanda Jocelyn à Josie. Il faut insister jusqu'à ce qu'il te donne ce fameux indice.

Trevor observa sa sœur du coin de l'œil, conscient du dilemme auquel elle était confrontée. Peut-être déciderait-elle un jour d'y retourner. Dans un cas comme dans l'autre, cela ne leur ramènerait pas leur mère.

— J'ai déjà essayé, répondit-elle. Il ne veut pas non plus fournir d'indice à Trevor. Il nous ment et nous mène en bateau pour qu'on lui rende visite.

— Mais s'il y a le moindre espoir...

— Tu ne connais pas notre père, la coupa Josie.

— Il est mourant, souligna Trevor. Je crois qu'au fond de lui il a envie de renouer avec ses enfants avant que le cancer l'emporte, mais il a une façon très tordue de s'y prendre.

Josie baissa la tête et se mit à se frotter lentement les paumes l'une contre l'autre. Cela l'aidait sans doute à évacuer la tension. Trevor s'approcha d'elle pour lui poser une main sur l'épaule.

— Ça va aller, Josie, murmura-t-il.

— Mais s'il te donnait cet indice ? insista Jocelyn. Vous pourriez enfin savoir où repose votre mère. Je ne comprends pas que tu ne fasses pas tout pour le découvrir.

— Jocelyn... dit doucement Trevor.

Elle leva les yeux vers lui, puis regarda la jeune femme et sembla se rendre compte qu'elle était allée trop loin.

— Pardon, dit-elle, mortifiée.

— Je ne veux plus le voir, déclara Josie, sur la défensive. À quoi nous servent ces indices, de toute façon ? Ils ne veulent rien dire. Quand je lui ai rendu visite, il m'a fait croire tout du long qu'il allait m'en révéler un et, finalement, il ne l'a pas fait. Je pense qu'il n'a pas envie qu'on retrouve notre mère. Elle n'est peut-être même pas à Bearson !

Elle frissonna.

— Rien que de le voir, ça m'a filé la nausée. D'imaginer qu'il a pu tuer maman... Ce type est un monstre.

Trevor pressa l'épaule de Josie.

— On va retrouver son imitatrice. Le fait qu'elle soit encore en liberté ne nous aide pas à tourner la page.

Les traits de Jocelyn s'étaient adoucis pendant qu'elle les écoutait. Trevor lui était reconnaissant d'avoir cessé de poser des questions. C'était une bonne enquêtrice, perspicace, intelligente. Et tellement belle... Plus il travaillait avec elle, plus il lui était difficile de se concentrer. Pas étonnant qu'il ait craqué l'autre nuit...

Son attention s'égara sur la poitrine de la jeune femme, sur l'arrondi de ses hanches moulées dans son pantalon. Elle avait ramené ses cheveux devant son épaule, et dans ses yeux brillait la même chaleur qu'il sentait irradier en lui.

Trevor s'aperçut soudain que Josie les observait, à la fois surprise et amusée.

— Vous travaillez ensemble depuis un moment, tous les deux, non ? demanda-t-elle.

— Oui, un moment, répondit-il, sans parvenir à prendre un ton aussi détaché qu'il l'aurait voulu.

En croisant le regard de Jocelyn, il vit son propre désir s'y refléter. Comme il rêvait de refaire l'amour avec elle ! Voilà l'effet qu'elle produisait sur lui. Toutes les règles qu'il s'était fixées volaient en éclat dès qu'il posait les yeux sur elle.

Josie agita l'index entre eux.

— Vous... vous couchez ensemble ?

Trevor s'écarta du bureau en plongeant les mains dans ses poches. Jocelyn, elle, avait détourné la tête d'un air gêné. Comme ils ne répondaient pas, Josie les regarda l'un après l'autre, bouche bée.

— Vous couchez ensemble ! s'exclama-t-elle. Depuis quand ? Je croyais que tu ne voulais pas mêler travail et plaisir ?

— Ne nous éloignons pas du sujet, marmonna-t-il.

— Quel sujet ? Je n'irai pas voir Matthew. Je ne suis pas prête à revivre cette expérience.

— Je t'ai dit que ce n'était pas grave, Josie. Je suis bien placé pour savoir que c'est difficile. Quand tu seras prête, j'irai avec toi. Tu n'es pas obligée de le voir seule.

— Je sais que je ne suis pas rationnelle. Je suis désolée. Bien sûr que je devrais aller le voir pour récupérer cet indice. C'est juste que…

— Tu as déjà assez souffert. Comme nous tous.

— Je tiens vraiment à m'excuser pour tout à l'heure, intervint Jocelyn. Je n'aurais pas dû te cuisiner comme ça. Je sais ce que c'est de perdre des proches dans des circonstances brutales.

Josie se tourna vers Jocelyn avec un regain d'intérêt.

— C'est vrai ?

Trevor aurait voulu passer cette conversation en accéléré… Cela le déroutait de voir Jocelyn et sa petite sœur tisser des liens.

— Mon père et mon frère ont été tués tous les deux en mission. Ils étaient policiers.

— Oh… je suis désolée.

Josie tendit la main en travers du bureau pour toucher celle de la jeune enquêtrice. Elles partagèrent leur peine en silence.

— Le drame familial que nous avons vécu nous a tous transformés, confia Josie en s'appuyant de nouveau contre le dossier de son fauteuil. Trevor, par exemple. Il est tellement sérieux, tellement enchaîné à son travail…

— J'ai remarqué, répondit Jocelyn. Et il m'accuse d'avoir un chat !

Josie eut un petit rire.

— Il est obsédé par son boulot.

— Ce n'est pas vrai, se défendit Trevor. Pas complètement, en tout cas. Et je vous rappelle que je suis là.

Jocelyn l'ignora :

— Est-ce pour cela qu'il fuit les relations sérieuses ?

— On est vraiment obligés d'aborder ce sujet maintenant ? s'enquit-il en se cachant le visage dans les mains.

— Je crois que c'est d'avoir été placé en famille d'accueil, répondit Josie, pensive. Annabel m'a raconté qu'il s'était rebellé à l'adolescence. Il n'a jamais digéré ce que notre père a fait. Enfin... aucun de nous ne l'a digéré. Comment aurions-nous pu ? Notre papa est un serial killer.

À travers ces mots, Trevor perçut toutes les années de souffrance qu'elle avait endurées – qu'ils avaient tous endurées. Si l'État n'avait pas décidé de les séparer, il n'aurait pas perdu autant de temps à chercher ses frères et sœurs. Et Chris n'aurait pas été rongé par le doute à son sujet.

— Est-ce que vous allez bientôt arrêter la Tueuse de l'Alphabet ? demanda Josie. Quand je pense que c'est la demi-sœur de Jesse Willard...

Jesse était le fiancé de leur sœur Annabel.

— Oui, Regina Willard est notre principale suspecte, répondit-il, soulagé que la conversation revienne sur l'enquête.

— Nous pensons qu'elle travaille comme serveuse, et que c'est comme ça qu'elle rencontre ses victimes, précisa Jocelyn. Les femmes aux longs cheveux bruns déclenchent quelque chose chez elle – surtout celles qui la contrarient. Elles lui rappellent un mauvais souvenir de son passé.

— Un homme ? suggéra Josie.

— Il est possible qu'une femme brune au fort caractère lui ait volé son amoureux, affirma Trevor. Ou qu'elle s'en prenne juste à celles qui se sont mal comportées avec elle.

En voyant Jocelyn se laisser aller en arrière dans son fauteuil, les sourcils froncés, il comprit qu'elle venait d'avoir une idée. Mais ils auraient tout le temps de discuter de l'enquête plus tard. Pour l'heure, il s'inquiétait davantage de Josie qui semblait préoccupée.

— Ça va ? lui demanda-t-il.

Elle mit plusieurs longues secondes à répondre :

— Je ne sais pas si c'est mon imagination, mais j'ai l'impression d'être suivie. Je suis tellement habituée à regarder par-dessus mon épaule que j'ai du mal à m'empêcher de le faire. Je ne me sens pas en sécurité.

Trevor ne s'attendait pas à cela. Se faisait-elle des idées ? Après tout, elle était sortie de la clandestinité depuis peu. Il lui fallait du temps pour se réadapter à une vie normale.

— Tu es sûre de toi ?

— Non. J'ai vu un type, mais je ne sais pas s'il me suit vraiment. Tu me confirmes que Desmond Carlton est bien en prison ?

— Pour le restant de ses jours, oui, lui assura Trevor.

— À quoi ressemblait l'homme en question ? s'enquit Jocelyn en sortant un calepin d'un tiroir du bureau.

— Je n'ai pas vu son visage. En tout cas, je ne l'ai pas reconnu, et sa voiture non plus.

— Tu es certaine que c'était un homme ?

— Euh… je pense, oui.

— Est-ce qu'un détail t'a marquée chez lui ? Une barbe, une casquette ? La longueur de ses cheveux ?

Josie secoua la tête.

— Il était trop loin. Je ne crois pas qu'il avait de barbe, et il portait des lunettes de soleil.

Jocelyn nota ces informations.

— D'accord. Et quel volume occupait-il dans l'habitacle ? Est-ce que sa tête touchait le plafond ?

Josie plissa les yeux, fouillant dans sa mémoire.

— Non. Il était de taille moyenne.

— Où étais-tu quand tu l'as vu ? demanda Trevor.

— La première fois, c'était la semaine dernière, je sortais du supermarché. Et la deuxième, il y a deux jours : il est passé devant chez moi en voiture, mais il n'a pas ralenti.

Elle les regarda tous les deux tour à tour.

— Est-ce que je peux faire confiance au journaliste qui a écrit que toutes les personnes associées à Carlton sont soit mortes, soit incarcérées ?

— Rien n'indique qu'il y a des raisons de t'inquiéter, répondit Trevor.

Josie ferma brièvement les paupières et poussa un soupir. Puis elle se leva.

— Ce n'est sûrement rien. Je suis juste parano.

Trevor la laissa se diriger vers la porte. Il n'avait pas voulu l'effrayer, mais il avait bien l'intention de garder un œil sur elle.

Avant de partir, elle se retourna, un sourire aux lèvres.

— Je vous laisse, les tourtereaux !

Plongée dans ses pensées, Jocelyn n'entendait plus le brouhaha qui régnait dans le petit restaurant à la sortie de Granite Gulch. Leur conversation avec Josie Colton, un peu plus tôt dans la journée, lui avait fait prendre conscience de l'impact qu'avait encore sur Trevor le traumatisme qu'il avait subi l'année de ses quatorze ans. S'il consacrait autant de temps à son travail, ce n'était pas seulement pour racheter les crimes de son père, mais aussi parce que cela lui permettait de ne pas trop s'interroger sur sa propre insécurité affective. Jocelyn n'était pas étonnée que la collègue avec qui il avait eu une liaison quelques années auparavant soit vite retournée dans les bras de son ex ; elle avait dû comprendre qu'il ne servait à rien d'essayer de construire quelque chose avec Trevor, surtout s'il l'avait tenue à distance comme il le faisait avec elle.

Contre toute attente, il avait donc un point faible… Jocelyn ne pouvait pas le lui reprocher. Comment aurait-elle réagi, elle, si son père s'était révélé être un tueur en série après avoir assassiné sa mère ? Personne ne sortait indemne d'un tel choc. Il avait de bonnes raisons d'hésiter à s'impliquer dans une relation sérieuse. Matthew Colton ne lui avait sans doute pas donné le meilleur exemple en matière de modèle familial.

Mais, après tout, qu'en avait-elle à faire ? Il ne voulait pas d'elle, soit ; elle n'avait qu'à passer à autre chose. Sauf qu'elle travaillait avec Trevor. Ils avaient couché ensemble et, inutile de se voiler la face, elle éprouvait des sentiments pour lui.

— Quelque chose te tracasse ?

La voix de Trevor la fit sursauter. Elle s'aperçut que pendant tout ce temps elle avait fixé sans le voir un homme qui déjeunait un peu plus loin avec sa femme. Cette dernière la fusillait du regard.

Elle reporta son attention sur Trevor. Jugeant préférable de ne pas lui révéler la teneur de ses pensées, elle décida de lui soumettre une idée qui lui trottait dans la tête depuis un moment :

— J'aimerais servir d'appât pour coincer Regina.

Trevor haussa un sourcil.

— Pardon ? D'où ça sort, ça ?

— J'ai commencé à y réfléchir quand tu as fait remarquer à Caressa que les victimes étaient toutes allées au restaurant peu de temps avant leur mort. Je suis brune et j'ai les cheveux longs. Regina ne me connaît pas, elle ne sait pas que je suis du FBI. On est assez en retrait dans cette enquête, toi et moi. Personne n'a vu nos têtes dans les médias.

La Tueuse de l'Alphabet devait suivre les informations de près. Elle prenait sûrement plaisir à entendre parler de ses exploits.

— C'est hors de question, décréta Trevor. Hors de question.

— Arrête de me protéger comme ça ! s'exclama Jocelyn en tapant sur la table. Je ne suis pas une petite fille sans défense !

— Tu veux l'appâter parce que tu as les cheveux longs et bruns et que ton prénom commence par un J, vraiment ? Tu es prête à risquer ta vie comme ça ?

— Et toi, tu ne le ferais pas, peut-être ? Je ne risque rien tant que je ne l'énerve pas. On est dans l'impasse, Trevor. Il faut qu'on avance, qu'on tente quelque chose !

Il poussa un long soupir en promenant le regard sur la salle du restaurant.

— Qu'est-ce que tu as en tête ? s'enquit-il en plantant de nouveau ses yeux sombres dans ceux de Jocelyn. J'imagine que tu y as déjà réfléchi en détail.

— Je pourrais me créer une fausse identité et me rendre dans tous les restaurants du coin. On établirait un premier périmètre et on commencerait par les établissements concernés.

— Quelle fausse identité ?

— Celle d'une agente immobilière. Il y a un bâtiment vide à la périphérie de la ville. J'ai contacté le propriétaire, il peut nous le louer.

— Et si Regina fait des recherches sur toi ?

Jocelyn ne répondit pas. Il allait sans dire qu'elle avait besoin d'une couverture solide et du soutien logistique de toute l'équipe. Pour cela, il fallait que Trevor donne son accord, et ce n'était pas gagné…

Il se frotta pensivement le menton.

— Jocelyn… Cette femme est dangereuse.

— Ah, oui ? Je ne savais pas.

— Je ne disais pas ça de manière condescendante.

Il marqua une pause.

— Attends une seconde. Pourquoi « on » ? Tu veux impliquer toute l'équipe ?

— Je suis membre à part entière de cette équipe, je te rappelle. Tu es le seul à être contre moi.

— Je m'inquiète juste de ta sécurité, Jocelyn. Ça me paraît stupide de te mettre volontairement sur le chemin d'une psychopathe.

— Ce n'est pas stupide. Tu me surprotèges. Laisse-moi faire mon travail.

Il l'observa un long moment.

— Tu attends de moi que je les persuade d'organiser une opération, c'est ça ?

— Pourquoi seraient-ils si difficiles à convaincre ?

Elle sentait la rage monter en elle. Trevor pinça les lèvres, signe qu'il perdait patience lui aussi.

— Je ne te laisserai pas mettre ta vie en danger.

— Ce n'est pas à toi d'en décider.

— Je suis ton supérieur hiérarchique.

Jocelyn en avait assez. Elle se leva d'un bond et planta les mains sur la table.

— C'est incroyable comme tu es borné !

— Je ne te laisserai pas faire ça, insista-t-il.

Elle faillit lui jeter quelque chose à la figure. Comment pouvait-elle lui faire entendre raison ? Elle voyait bien que c'était impossible. Il ne changerait pas d'avis.

— Ça ne t'a pas dérangé de me laisser tomber enceinte, par contre, lâcha-t-elle sous le coup de la colère.

Trevor sembla pétrifié.

— Pardon ?

— J'ai du retard. Et je n'en ai jamais.

Elle tourna les talons et se dirigea vers la sortie. Les clients de la table voisine la regardèrent partir, bouche bée.

Ils avaient tout entendu.

Dehors, elle marchait sur le trottoir d'un pas vif. Trevor la rejoignit quelques secondes plus tard, mais elle garda les yeux rivés devant elle.

— Tu n'étais pas sérieuse.

— Si. J'ai vraiment du retard.

— Ça ne veut pas forcément dire que tu es enceinte.

Cette fois-ci, elle s'arrêta pour planter son regard dans celui de Trevor. Il était en plein déni.

— Tu as vu un médecin ? lui demanda-t-il.

— Je n'ai pas besoin d'un médecin. Pas pour ça.

Elle était enceinte, elle le savait. Et, comme lui, elle n'avait pas voulu y croire jusqu'à cet instant.

5

Le soleil d'été réchauffait la terre. Une petite brise effleurait l'herbe haute tandis que les oiseaux faisaient entendre leur chant mélodieux. Un vieux frêne offrait son ombre près de l'écurie. Elle s'y dirigea, laissant traîner sa main sur les brins d'herbe soyeux, le visage levé vers le ciel bleu. Elle dépassa l'écurie et continua à marcher à travers la prairie verdoyante.

Les champs s'étalaient à perte de vue dans ce beau paysage vallonné. Elle avait l'impression qu'elle pourrait marcher ainsi à l'infini sans jamais arriver nulle part. Mais, peu à peu, un mauvais pressentiment se forma au-dessus d'elle comme un nuage de plus en plus dense. Elle voulut faire demi-tour, retourner sous l'arbre où elle s'était sentie en sécurité, mais une force irrésistible la poussait en avant.

Il fallait marcher encore.

Parvenue au sommet d'une colline, elle aperçut une barrière peinte du même bleu que le ciel. Des pâquerettes dansaient dans le vent. Ici, l'herbe avait été tondue.

La barrière se brouilla devant ses yeux. L'air fraîchissait à mesure que les nuages s'amoncelaient. Le danger menaçait.

Tandis qu'elle tentait de se retourner pour s'enfuir en courant, la même main invisible l'arrêta. Elle ne pouvait plus bouger, ses pieds étaient comme vissés au sol parmi les fleurs. Le ciel s'était assombri.

Alors, les pâquerettes commencèrent à se faner. Les pétales noircirent, les tiges perdirent leurs feuilles et se rabougrirent. Le vent froid soufflait et sifflait autour d'elle. Bientôt, elle allait être emportée par cet horrible tourbillon.

Devant elle, un pinceau dégoulinant de peinture bleue apparut, puis se transforma en épée. Le bleu vira au rouge... du sang, qui gouttait par terre. Un visage se dessina, celui d'un homme aux yeux noirs maléfiques. C'est lui qui tenait l'épée ensanglantée. Il la leva et...

Réveillée par son propre cri, Josie s'assit brusquement dans son lit, le cœur battant à tout rompre.

Ce n'était qu'un rêve.

— Merci, Trevor, marmonna-t-elle.

Les discussions autour de leur père l'avaient sans doute perturbée. Et l'inconnu qui la traquait, aussi.

Longtemps après avoir jeté le test de grossesse à la poubelle, Trevor faisait les cent pas dans le salon de Jocelyn. La jeune femme était installée sur son canapé gris adossé contre le mur de pierres, devant la table basse décorée d'un bouquet de lis jaunes.

Les images tournaient en boucle dans sa tête. Jocelyn enceinte. Jocelyn élevant des enfants dans un appartement chaleureux comme celui-ci ou dans une maison avec jardin. Il savait ce qu'il devait faire. Seulement il n'arrivait pas à croire qu'il *allait* le faire.

Brusquement, il s'arrêta et regarda Jocelyn par-dessus les fleurs.

— Il faut qu'on se marie.

Elle le dévisagea, les yeux agrandis de stupeur. Un grognement s'échappa de ses lèvres.

— Tu vas me mettre un flingue sur la tempe ?

Derrière son ton sarcastique, elle aussi devait se poser des questions. Certes, elle semblait avoir accepté la situation beaucoup plus facilement que lui, mais qu'avait-elle l'intention de faire ? Élever cet enfant sans lui ? Il n'imaginait pas une seule seconde se savoir père et ne pas s'impliquer dans l'éducation de son fils ou de sa fille. Sa décision était prise.

— Pour l'instant, l'amour importe peu, dit-il, conscient de la brutalité de ses propos. L'important, c'est le bébé. Hors de question que mon enfant grandisse dans un foyer brisé.

Jocelyn se leva, hors d'elle.

— Parle pour toi ! Il n'y a rien de brisé dans mon foyer. Je ne vais pas me marier juste parce que je suis enceinte. L'amour, c'est important pour moi. Presque autant que cet enfant. Et d'ailleurs, je croyais que tu ne mélangeais pas travail et vie privée ?

— Un bébé, ça change tout. Je ne veux pas être comme mon père. Je ne veux pas détruire la vie de mes enfants. Je veux les soutenir, leur donner les meilleures chances possibles.

— Alors toi, tu es incroyable ! s'exclama-t-elle en contournant la table basse pour faire face à Trevor. On couche ensemble, le lendemain tu me dis qu'on doit rester collègues, et aujourd'hui tu veux me passer la bague au doigt !

— Il y a un bébé dans l'équation, maintenant. Une vie innocente dont on sera responsables dans moins de neuf mois. S'en tenir à une relation de travail n'est plus une option.

Elle l'observa un moment, puis son expression changea.

— Je comprends que ce soit important pour toi après tout ce que tu as vécu, dit-elle d'une voix plus douce. Mais qu'est-ce que tu fais de moi ?

— Tous mes frères et sœurs ont été envoyés dans des foyers différents, expliqua-t-il. Notre famille a implosé quand ma mère est morte et que Matthew a été incarcéré. Je sais que c'est précipité. Je sais qu'on n'a passé qu'une nuit ensemble. Mais est-ce que tu as vraiment envie de partager la garde de notre enfant jusqu'à ses dix-huit ans ? Pense à ce que cela va lui faire, à lui. Pense à notre gamin, Jocelyn.

Comme elle continuait de le regarder d'un air incrédule, il posa les mains sur le haut des bras de la jeune femme.

— On s'est bien entendus, cette nuit-là, non ?

Au bout de plusieurs longues secondes, elle acquiesça en levant ses beaux yeux vers ceux de Trevor.

— Ce n'est pas rien, tu ne crois pas ? ajouta-t-il. Je ne dis pas que notre relation sera uniquement fondée sur le sexe. En fait, si tu n'as pas envie de coucher avec moi, ça m'ira aussi.

Trevor secoua la tête. Il savait qu'il s'y prenait très mal.

— Ce que je veux dire, c'est que je serai un mari fidèle et que je subviendrai aux besoins de notre famille. Je serai toujours là pour notre enfant. C'est très important pour moi d'être un bon père.

Elle l'étudia en silence, ne laissant rien paraître de ses émotions. Puis il vit le moment où elle se décida. Elle plissa les yeux et le fixa d'un regard dur.

— D'accord, Trevor, je veux bien t'épouser. Mais à une seule condition.

— Je t'écoute.

— On se marie sans se faire d'illusions sur notre relation. Notre union sera légale sur le papier, mais elle n'aura aucune réalité. On ne sera pas une vraie famille dans notre cœur. Tu aimeras notre bébé, j'aimerai notre bébé, par contre il n'y aura pas de « nous ». Tu crois qu'il suffit de m'épouser pour qu'on devienne une famille ? Moi, je t'affirme que pour cela il faut de l'amour. Donc, tant que tu ne m'aimeras pas, tant que je ne t'aimerai pas, ce ne sera qu'une mascarade.

Pourquoi fallait-il qu'elle soit si pessimiste ? s'interrogea Trevor. Quel sombre tableau elle peignait de leur avenir ! Autant vivre comme des colocataires...

— Je ne peux pas accepter ça, répondit-il. On sera une vraie famille.

— C'est à prendre ou à laisser.

Quand elle recula d'un pas pour se placer hors de sa portée, il comprit qu'il ne servirait à rien d'essayer de la convaincre. Très bien, songea-t-il. Qu'elle pense ce qu'elle voulait. Lui ne considérerait jamais leur mariage comme une mascarade. Une union forcée, peut-être, mais pas factice. Quoi de plus réel que d'avoir un bébé ?

— D'accord, dit-il.

Elle eut un sourire dans lequel il entrevit le futur qui l'attendait avec elle.

— Alors je vais organiser ça, déclara-t-elle.

En sortant du taxi, Jocelyn se sentait fière d'elle. Trevor n'imaginait pas dans quoi il s'était engagé. Il pensait que le mariage était la réponse à tous ses problèmes. Eh bien, elle lui montrerait que les actes impulsifs avaient des conséquences.

Heureusement que les annulations existaient…

Car c'est à cela qu'ils arriveraient s'ils ne s'aimaient pas sincèrement. Et elle était presque certaine que Trevor ne pourrait jamais l'aimer. Il ne se l'autoriserait pas. Quel esprit tordu il fallait avoir pour épouser une femme dont on n'était pas épris !

Il la rejoignit sur le trottoir tandis qu'elle admirait la splendide façade de l'hôtel-casino Menaggio, sur le Strip de Las Vegas. Trente-six étages de pierre beige pâle. Une musique jazz s'échappait doucement de haut-parleurs invisibles. Un portier vint récupérer leurs bagages – deux petits sacs cabine – dans le coffre du taxi. Pas de lune de miel pour eux. Dès demain ils rentreraient au Texas. Jocelyn avait tout organisé en un jour.

Jusque-là, Trevor s'était plié aux volontés de la jeune femme malgré le sérieux avec lequel il prenait toute l'affaire. Il semblait apprécier l'hôtel, même s'il lui avait confié qu'il aurait préféré l'Italie. « Ça, c'est seulement pour les mariages d'amour », lui avait-elle rétorqué.

Las Vegas convenait parfaitement à leur situation. Un mariage éclair pour ne pas se constituer trop de souvenirs, puis retour au travail et à la vie normale. Jocelyn jeta un coup d'œil sur son téléphone : ils avaient juste le temps de se préparer pour la cérémonie.

La suite qu'elle avait réservée était magnifique : sol de marbre dans l'entrée, vaste pièce à vivre au décor sobre et élégant, grande chambre à laquelle on accédait par une majestueuse double porte... Le raffinement des lieux gâchait presque la mise en scène qu'elle avait voulu faire de l'événement. Elle s'était sans doute un peu laissé emporter. Après tout, c'était là qu'ils allaient passer leur nuit de noces...

En pénétrant dans la chambre, elle sourit en voyant les costumes pendus dans l'armoire. Oui, ils se marieraient déguisés. En Mr et Mrs Smith, les personnages du film éponyme dans lequel les époux sont tous les deux des tueurs à gages à l'insu de leur moitié.

Trevor inspecta sa tenue, puis celle de Jocelyn. Quand elle croisa de nouveau le regard de Trevor, le désir couvait au fond de ses prunelles. Elle fut saisie d'un doute. Peut-être aurait-elle dû choisir d'autres vêtements... L'ensemble gris anthracite et la chemise blanche de Trevor étaient somme toute assez classiques, mais la robe spaghettis noire de la mariée, hyper moulante et fendue jusqu'en haut de la cuisse, lui paraissait soudain bien trop provocante. Au moins, le holster-jarretière ajoutait une touche d'humour.

— Je vais me changer ici, tu peux prendre la salle de bains, murmura-t-il d'une voix rauque.

Jocelyn s'exécuta, l'estomac noué. Finalement, ils auraient tout le temps de se fabriquer des souvenirs.

Trevor attendait Jocelyn dans une petite cour circulaire qui dominait un lac, derrière le casino. Une balustrade en pierre entourait l'espace pavé de marbre, et des plantes aux fleurs parfumées grimpaient le long de la tonnelle sous laquelle le pasteur et lui se tenaient. Jocelyn avait fait les choses dans les règles. Dans moins d'une heure, ils seraient mariés. Trevor se mit soudain à transpirer, et la chaleur du mois de juin n'y était pour rien.

Lorsque la jeune femme apparut, il en eut le souffle coupé. Ses épais cheveux bruns, qu'elle portait presque toujours attachés au travail, tombaient en cascade sur ses épaules. Sa robe noire révélait une longue jambe galbée à chacun de ses pas – ainsi qu'un petit pistolet en plastique en haut de sa cuisse. Sa poitrine semblait prête à s'échapper du corsage.

Trevor se raidit. Et s'il s'était trompé ? Était-il vraiment à la hauteur pour épouser une femme comme elle ?

Elle lui décocha un sourire de félin et glissa une main sous le bras qu'il lui proposait. Ce simple contact l'électrisa. Comme ils faisaient face au pasteur, celui-ci les observa un moment, les sourcils froncés, avant de s'éclaircir la gorge.

— On m'a demandé de faire vite et d'aller droit au but, dit-il en lançant un coup d'œil à Jocelyn.

— Oui, s'il vous plaît.

— Les vœux que vous vous apprêtez à échanger ne sont pas à prendre à la légère. Le mariage est une union fondée sur le respect mutuel et sur l'amour.

Trevor sentit l'espoir renaître en lui. Jocelyn avait choisi un vrai pasteur – lequel avait tout l'air à cet instant de les sermonner.

— Votre vie va changer, vos responsabilités aussi. Vous ne connaîtrez le bonheur que si vous respectez sincèrement et honnêtement votre engagement.

Il aurait juré qu'elle avait écrit elle-même ce discours...

— Trevor Colton, voulez-vous prendre cette femme pour épouse ? Promettez-vous de l'aimer, de la soutenir, de l'honorer et, renonçant à toute autre, de lui rester fidèle aussi longtemps que vous vivrez ?

Une goutte de sueur roula dans le dos de Trevor.

— Oui.

— Jocelyn Smith… Excusez-moi. Jocelyn Locke, voulez-vous prendre cet homme pour époux ? Promettez-vous de l'aimer, de le soutenir, de l'honorer et, renonçant à tout autre, de lui rester fidèle aussi longtemps que vous vivrez ?

Elle hésita. Du coin de l'œil, Trevor voyait le visage de Jocelyn fermé, le regard rivé sur l'homme d'Église. Il posa une main sur la sienne. Alors, elle cligna des paupières et répondit d'une voix terriblement sexy :

— Oui.

Aussitôt, Trevor sentit ses reins s'embraser. Le moment était mal choisi… Il reporta bien vite son attention sur le pasteur qui n'avait rien raté de l'échange et souriait d'un air satisfait.

— Bien. Tenez-vous par les mains, regardez-vous dans les yeux et répétez après moi. Moi, Trevor Colton…

— Moi, Trevor Colton, je te prends, toi, Jocelyn Locke, pour épouse, pour t'avoir et te garder aujourd'hui et pour toujours ; pour le meilleur et pour le pire, dans la richesse et dans la pauvreté, pour t'aimer et te chérir jusqu'à ce que la mort nous sépare.

— Très bien ! Au tour de la jeune femme, maintenant. Moi, Jocelyn Locke…

— Moi, Jocelyn Locke, je te prends, toi, Trevor Colton, pour époux, pour t'avoir et te garder aujourd'hui et pour toujours ; pour le meilleur et pour le pire, dans la richesse et dans la pauvreté, pour t'aimer et te chérir jusqu'à ce que la mort nous sépare.

— Avez-vous des alliances ?

— Oui.

Trevor sortit de sa poche un anneau en labradorite surmonté d'un diamant d'un carat, lequel était entouré de petites pierres bleues taillées en rose. Il eut soudain peur que Jocelyn ne l'aime pas.

— Placez l'alliance sur l'annulaire de la mariée et répétez après moi, dit le pasteur.

Trevor prit la main de Jocelyn et lui glissa la bague au doigt.

— Par cette bague, je m'unis à toi, murmura-t-il en regardant la jeune femme dans les yeux.

— Avez-vous prévu une alliance pour le marié ? demanda le pasteur.

Jocelyn plongea la main dans son corsage et en ressortit un anneau en argent martelé. Elle aussi l'avait choisi avec soin.

— Par cette bague, je m'unis à toi, dit-elle en la passant au doigt de Trevor.

— Que ces alliances soient le symbole de votre affection, de votre sincérité et de votre fidélité mutuelles. En vertu de l'autorité qui m'est conférée par l'État du Nevada, je vous déclare mari et femme.

Jocelyn leva les yeux vers Trevor. Elle avait gardé la main dans la sienne et semblait aussi abasourdie que lui.

— Vous pouvez embrasser la mariée.

Peu importait comment ils en étaient arrivés là. Trevor glissa un bras autour de la taille de Jocelyn et pressa les lèvres sur les siennes. L'embrasement fut immédiat. Physiquement, ils n'auraient jamais de problème pour s'entendre, cela ne faisait aucun doute... Et malgré les efforts déployés par Jocelyn pour en minimiser la valeur, cette cérémonie avait été bien plus authentique qu'ils ne s'y attendaient tous les deux.

Jocelyn n'en avait pas encore fini avec Trevor. Ils avaient déjà couché ensemble. Elle était tombée enceinte, le mal était fait. Qu'avait-elle à perdre ?

De retour dans leur suite luxueuse, elle fila directement dans la chambre tandis qu'il se dirigeait vers le salon en retirant sa veste et en défaisant les premiers boutons de sa chemise. Avant de fermer la porte, elle le vit s'asseoir sur le canapé, la télécommande à la main.

S'il croyait qu'il allait passer leur nuit de noces à regarder la télé, il se fourrait le doigt dans l'œil.

Elle se débarrassa de sa robe et enfila le petit ensemble qu'elle avait prévu pour l'occasion – une guêpière noire transparente qui lui remontait la poitrine de manière indécente, munie de porte-jarretelles et assortie à un string fendu. Lorsqu'elle avait fait cet achat quelques jours plus tôt, il lui avait semblé représenter à merveille le point de départ de leur relation. À présent, elle se demandait si cette tenue était bien appropriée.

Un faux mariage devait-il forcément être consommé ? Non, bien sûr, mais il fallait que Trevor prenne conscience de son erreur. Et plus vite il la comprendrait, plus vite Jocelyn pourrait s'en aller. Car jamais elle n'accepterait une union sans amour. Peut-être son petit jeu de séduction aurait-il l'effet inverse que celui qu'elle recherchait. Peut-être compliquerait-il encore plus les choses...

Elle prit une profonde inspiration, rejeta ses cheveux en arrière et ouvrit la porte de la chambre. Installé devant un documentaire animalier, Trevor était de dos. Tandis que la voix du narrateur murmurait en fond sonore, elle fit le tour du canapé pour entrer dans le champ de vision de Trevor.

Il se figea. Son regard erra lentement sur le corps de Jocelyn, s'arrêta quelques instants sur son entrejambe et remonta jusqu'à son visage.

— Qu'est-ce que tu fais ?

Il n'avait pas bougé.

Jocelyn s'avança vers lui en balançant exagérément les hanches. Le stratagème fonctionna : Trevor semblait de plus en plus nerveux.

— C'est notre nuit de noces, fit-elle remarquer.

— On n'est pas obligés de…

— De consommer notre union ?

Il ne répondit pas, en proie à un combat intérieur évident.

— Si le mariage n'est pas consommé, ce n'est pas un vrai mariage, souligna-t-elle. Je peux aller au tribunal demain pour le faire annuler.

Elle avait conscience que ce n'était pas la chose la plus romantique à dire. Mais allait-il vraiment refuser ses avances alors qu'elle avait mis cette tenue pour lui ?

— Tu veux annuler ? s'enquit-il en la caressant de nouveau du regard.

— Je t'ai dit que je voulais un vrai mariage.

Il se leva et fit un pas vers elle.

— Je sais, mais ça ne veut pas dire que tu dois coucher avec moi ce soir. On peut faire les choses progressivement.

Faire les choses progressivement. Qu'entendait-il par là ? Quand il y avait de l'amour, le sexe venait naturellement, comme quelque chose de beau et de bon.

Mais, pour eux, il n'y avait pas de sentiments.

— Qu'est-ce qui te fait croire que je m'y sens obligée ? rétorqua-t-elle en tentant d'ignorer le sentiment de désillusion qui commençait à la gagner.

— Je ne dis pas que… enfin…

Il se passa une main dans les cheveux.

— Je veux faire les choses bien, c'est tout.

— Ce n'était pas bien quand on a couché ensemble ?

Un demi-sourire étira les lèvres de Trevor.

— Si, c'était même incroyable.

Alors qu'il s'approchait encore et lui prenait doucement le menton pour la forcer à le regarder dans les yeux, Jocelyn sentit son estomac se nouer. Tout cela lui paraissait soudain grotesque. Oui, il avait envie d'elle, mais le feu qui brûlait au fond de ses prunelles n'était que pur désir sexuel.

Et alors ? fit une petite voix dans sa tête. Cela ne l'avait pas dérangée la première fois qu'ils avaient couché ensemble... Peut-être, mais aujourd'hui cela ne suffisait plus.

Comme il se penchait pour l'embrasser, elle le repoussa.

— Tu as raison, murmura-t-elle. Peut-être qu'on devrait faire les choses progressivement.

Ou annuler carrément ce mariage. Qu'est-ce qui lui avait pris d'accepter de l'épouser ?

Elle fit volte-face et regagna rapidement la chambre, pressée de se débarrasser de cette fichue guêpière. Elle venait de décrocher les jarretelles de ses bas quand elle entendit Trevor s'éclaircir discrètement la gorge. Elle n'avait pas fermé la porte, pensant qu'il serait soulagé de rester à distance.

— Ça va ? s'enquit-il gentiment.

— Très bien.

Elle se sentait ridicule dans cette tenue, avec ses jarretelles qui pendaient.

— Je ne voulais pas te brusquer, assura-t-il. C'est juste que tu es tellement... belle.

N'avait-il pas failli dire « sexy » ? Ou même, « bandante » ?

Il enfonça les mains dans ses poches d'un air gêné, semblant s'excuser d'avoir cédé à ses instincts masculins. Sa délicatesse la troubla.

— Laisse-moi enfiler quelque chose de plus confortable, murmura-t-elle.

Trevor glissa les yeux sur elle comme avec regrets, puis il retourna au salon.

Jocelyn passa une chemise de nuit en coton à l'effigie de Sid, le paresseux de *L'Âge de glace*. S'il n'avait pas été si tôt, elle se serait couchée directement. Mais elle prit son courage à deux mains et rejoignit Trevor qui avait changé de chaîne et regardait un film d'action.

Elle s'approcha d'un fauteuil.

— Viens ici, lui demanda-t-il en tapotant la place à côté de lui sur le canapé.

Jocelyn hésita.

— Viens t'asseoir avec moi, femme, insista-t-il avec un petit sourire.

La curiosité la fit obéir. Trevor la détailla de haut en bas, découvrant sa chemise de nuit avec une lueur d'amusement dans les yeux.

— C'est presque plus affriolant que la guêpière, observa-t-il.

Il passa un bras derrière elle sur le dossier du canapé, cherchant de toute évidence à détendre l'atmosphère. Jocelyn fixait l'écran de la télévision, bien trop sensible à la présence de Trevor pour suivre l'histoire qui s'y déroulait.

— C'est un vrai mariage, Jocelyn.

Surprise qu'il aborde le sujet à cet instant, elle lui lança un regard interrogateur.

— J'ai bien compris que tu essayais de le tourner en dérision en mettant de la lingerie coquine. Soit dit en passant, j'ai hâte de te revoir dans cette tenue, mais je préférerais que tu la portes pour moi, pas pour prouver quelque chose.

— Dans ce cas, tu vas attendre longtemps.

— On peut y arriver, Jocelyn. On peut être une famille et vivre heureux.

Le croyait-il vraiment ? Elle avait plutôt l'impression qu'il tentait de s'en convaincre.

— J'aimerais te parler du travail, ajouta-t-il.

— C'est non.

— Tu n'as même pas écouté ce que j'avais à dire.

— Tu veux que j'arrête de travailler, c'est ça ?

— Comment as-tu…

Outrée, elle se leva d'un bond pour lui faire face, les mains sur les hanches.

— Je n'y crois pas ! Tu allais vraiment me suggérer de quitter mon boulot ?

— Jocelyn, dit-il en se levant à son tour. Tu vas avoir un bébé, de toute façon. Tu ne pourras plus travailler.

— Comment ça ?

— Tu ne veux pas rester à la maison pour t'occuper de lui ?

— Il n'est pas encore né. J'ai bien l'intention de travailler jusqu'au bout.

Il devrait mieux la connaître, depuis le temps. Elle n'était pas du genre à renoncer à son métier, et ce d'autant moins que son père et son frère étaient morts en mission et qu'elle était le dernier membre vivant de sa famille. C'était une question d'honneur.

Après l'avoir dévisagée un long moment, Trevor poussa un soupir.

— Je t'en prie, essaye de comprendre. On ne devrait pas travailler ensemble maintenant qu'on est mariés. Tu risques de détourner mon attention de l'enquête.

— De détourner ton attention ?

— J'ai besoin de te savoir en sécurité.

— Non. Ce n'est pas ça, Trevor. Le vrai problème, c'est que ça te rappelle ta relation ratée avec cette femme – ton ancienne collègue. Tu as peur que j'aie raison et que ce mariage échoue.

— C'est toi qui as parlé d'annuler.

— Si ça ne marche pas, ce sera parce que tu m'as forcée à t'épouser.

— Je ne t'ai pas forcée.

Elle approcha le visage de celui de Trevor.

— Tu ne m'as pas laissé le choix.

— Tu as accepté !

Réprimant un grognement de frustration, Jocelyn planta les deux mains sur le torse de Trevor et tenta de le repousser, mais il ne bougea pas d'un pouce. Alors, elle tourna les talons et marcha d'un pas furieux vers la chambre. Elle avait à peine atteint la porte qu'il la saisit par le poignet et la fit pivoter vers lui. Un petit cri lui échappa lorsqu'elle rencontra le regard intense de Trevor, enflammé par la colère… et par le désir. Comme il l'attirait contre lui, elle se sentit fondre instantanément au contact de sa virilité pleinement éveillée.

— Qu'est-ce que tu fais ? souffla-t-elle.

— Je consomme ce mariage.

Il plongea les doigts dans les cheveux de Jocelyn et plaqua la bouche sur la sienne tandis qu'elle s'agrippait à sa chemise. Elle ne put rien faire contre l'assaut de sensations. Son traître de corps se souvenait parfaitement de leurs premiers ébats et réagissait au quart de tour à chacun des baisers et des caresses de Trevor.

Quand il se mit à avancer, elle recula d'elle-même jusqu'au lit. Les lèvres de Trevor sur sa peau, ses mains qui exploraient chaque parcelle de son corps l'immergèrent dans un état second où seul le plaisir des sens importait. Amant expert, il joua longuement avec la patience de Jocelyn, puis il lui fit l'amour d'un rythme lent, hypnotique. Lorsque leurs regards s'accrochèrent au moment ultime, elle comprit qu'il avait lui aussi complètement perdu pied.

Trevor se réveilla dans la chambre d'hôtel silencieuse. Le soleil entrait à flots par les baies vitrées, face au lit king size. Jocelyn dormait la tête posée sur le torse de Trevor, un bras et une jambe jetés en travers de son corps. La couette traînait à moitié par terre. Que s'était-il passé la veille ? Ses souvenirs confus ressemblaient à un songe. Peut-être avait-il rêvé.

Il aurait dû se réjouir de l'alchimie spectaculaire qui agissait entre eux, car cela ne pouvait que favoriser le succès de leur union. Et, pourtant, il ressentait une appréhension croissante. C'était quoi, un mariage réussi ? En avait-il déjà vu ? La plupart des gens faisaient bonne figure pour tenter de convaincre le monde entier qu'ils avaient trouvé le grand amour, alors que cette chose-là, Trevor le savait, était une denrée rare. Voire une légende urbaine.

Les émotions puissantes que Jocelyn avait fait naître en lui le déconcertaient. Il avait l'impression de perdre le contrôle, de ne plus être lui-même. Qui était cet homme qui avait fait l'amour à son épouse avec autant de passion ?

Un homme qui courait droit à sa perte, assurément.

Depuis que Christie l'avait quitté sans le moindre état d'âme pour retourner avec son ex, Trevor croyait encore moins à l'existence du grand amour. Il avait eu des sentiments pour elle. Non pas qu'il ait été follement épris, mais il avait sincèrement pensé qu'ils pourraient construire quelque chose ensemble. Une fois de plus, il s'était retrouvé seul.

Après cela, il n'avait pas été pressé de chercher l'amour ailleurs. Bien sûr, il était sorti avec d'autres femmes ces cinq dernières années, et il avait même couché avec quelques-unes d'entre elles, mais aucune ne lui avait inspiré l'envie d'entamer une relation. Jocelyn l'inspirait. C'était bien ce qui le déstabilisait.

Avec mille précautions, il se dégagea des bras de Jocelyn, prenant soin de remplacer son corps par un oreiller. Elle gémit, ajusta sa position et se rendormit en soupirant. Trevor remonta doucement la couette sur elle.

L'épouser lui avait semblé être la meilleure décision à prendre pour le bien de leur bébé. Seulement il n'avait pas prévu de tomber amoureux d'elle – pas si vite, en tout cas. Il s'était dit que les sentiments viendraient progressivement ou qu'ils se contenteraient d'élever leur enfant au sein d'une relation de simple camaraderie. Bon sang, il ne savait pas ce qui lui était passé par la tête… À présent, il avait surtout l'impression d'avoir commis une belle erreur.

6

Il était 16 heures, et Jocelyn trépignait dans la salle de conférences de l'antenne du FBI à Granite Gulch. Le détachement spécial se réunissait régulièrement pour faire le point sur l'enquête ; il ne manquait plus que leur chef, Jim Murray, un homme d'une cinquantaine d'années plutôt bien conservé pour son âge. Quand il entra dans la pièce, Jocelyn fut une nouvelle fois impressionnée par sa prestance ; ses cheveux poivre et sel lui conféraient à la fois de l'allure et de l'autorité. Mais, surtout, Jim était son meilleur ami depuis qu'elle lui avait exposé son idée quelques minutes plus tôt, alors que Trevor s'était absenté un moment, et qu'il lui avait donné son accord pour la présenter au reste de l'équipe.

Elle lança un coup d'œil à Trevor, assis à côté d'elle. Il risquait de ne pas aimer ce qu'il allait entendre… Comme elle lui souriait nerveusement, il fronça les sourcils.

— Qu'est-ce qui te rend si guillerette ?

— Oh ! rien.

Il avait été d'humeur maussade durant tout le trajet du retour, alors que Jocelyn s'était félicitée des liens forts qu'ils avaient noués à Las Vegas. Si leur relation se révélait aussi magique que la veille au soir, elle ne serait peut-être pas obligée d'annuler leur mariage…

Le chef Murray monta sur la petite estrade pour s'adresser

à la vingtaine d'agents qui composaient l'équipe affectée à l'enquête sur la Tueuse de l'Alphabet.

— Merci d'avoir tous répondu présent, commença-t-il. J'aimerais vous annoncer un changement dans notre stratégie. Jusqu'ici, la surveillance et les autres méthodes traditionnelles ne nous ont pas permis d'appréhender la suspecte. Une de vos collègues a eu une idée dont je voudrais qu'on discute. Si tout le monde est d'accord, le plan pourra être mis en œuvre dès ce soir.

Jocelyn sentit le regard de Trevor se fixer sur elle. Elle n'avait pas besoin de le voir pour deviner sa colère.

— Agente Locke ? fit le chef en l'invitant à le rejoindre.

Trevor se leva en même temps qu'elle.

— Attendez. Jocelyn !

— Écoutez-la, agent Colton, demanda Murray tandis qu'elle grimpait sur l'estrade. Vous aurez la parole après.

Trevor resta debout, les bras croisés. Il fulminait.

— Nous savons que Regina Willard travaille dans des restaurants, et que c'est sans doute là qu'elle rencontre ses victimes, expliqua Jocelyn. Il y a de grandes chances pour qu'elle soit serveuse. On sait à quoi elle ressemblait avant de commencer à tuer. Depuis, elle change d'apparence et d'identité pour éviter d'être reconnue. Comme elle s'en prend à des femmes aux longs cheveux bruns, je me propose de servir d'appât.

Un murmure agita la salle.

— Il y a un bâtiment vide à la périphérie de la ville que nous pourrions transformer en agence immobilière, continua-t-elle. Je peux faire imprimer des cartes de visite demain matin et me créer une fausse identité dès que j'aurai reçu le feu vert.

— Comment comptes-tu attirer Willard ? demanda l'un des agents.

Trevor le fusilla du regard.

— En me rendant dans les restaurants de la ville et en

me faisant passer pour une cliente pénible. Les serveuses n'aiment pas qu'on les traite avec condescendance. Et celle qui tue, encore moins, j'imagine.

— C'est trop dangereux, intervint Trevor. On ne peut pas exposer l'une des nôtres comme ça.

— Moi, je pense que c'est une bonne idée, lança un homme au fond de la salle. Elle est brune, et son prénom commence par un J.

— Je suis d'accord. Ça peut marcher, renchérit un autre.

— Vous avez perdu la tête ? rétorqua Trevor. Vous voulez qu'elle soit la prochaine victime ?

— Vous n'avez qu'à venir avec moi, agent Colton, suggéra Jocelyn.

— Pour jouer quel rôle ? Celui de votre mari ?

— Il n'y aurait pas vraiment à faire semblant, n'est-ce pas ?

Toutes les têtes pivotèrent vers Trevor. Ils n'avaient pas encore annoncé leur mariage.

— Dans le couloir. Tout de suite, gronda-t-il.

— Attendez, dit Murray. Soumettons cette question au vote.

Trevor s'arrêta au milieu de la salle et se tourna vers son chef. Ses yeux lançaient des éclairs.

— Qui est pour ?

La grande majorité des agents leva la main. Jocelyn réprima un sourire. Elle avait hâte de se mettre au travail.

Trevor surveillait les alentours pendant que Jocelyn ouvrait la porte de son nouveau « bureau ». À l'intérieur, le vieux bâtiment en brique sentait le renfermé, et les locataires précédents avaient laissé une belle pagaille. Une table cassée dans un coin, un torchon sale abandonné sur un comptoir, des papiers et des détritus éparpillés sur le parquet sale… C'était comme s'ils étaient partis précipitamment en plein ménage.

— On dirait qu'on va avoir du boulot, commenta Jocelyn en jetant un regard circulaire sur la pièce.

— Demain à la première heure, j'appelle une société de nettoyage.

— Il va falloir s'en passer. Les déménageurs vont arriver d'une minute à l'autre.

— Tu avais tout prévu, n'est-ce pas ? Quand tu m'en as parlé la première fois, tout était déjà organisé ?

— J'avais foi en toi, répondit-elle en souriant.

— C'est-à-dire ?

Elle le rejoignit et lui tapota le torse.

— Je savais que mon cher mari finirait par accepter.

— Je n'approuve toujours pas ce plan.

Trevor se garda bien de lui dire qu'il aurait levé la main avec tous leurs collègues si l'idée était venue de n'importe qui d'autre.

— Je suis formée pour ça, Trevor. Au même titre que toi.

— Tu débutes dans le métier.

— J'ai grandi entourée de policiers. Mon père et mon frère m'ont tout appris.

Un poing sur la hanche, elle le regarda avec un air de défi.

— Je pratique le tir depuis que j'ai douze ans.

— Tu mens.

— Bon, j'ai commencé par des pistolets en plastique...

Il ne put s'empêcher de rire.

— ... mais à seize ans, je tirais avec de vraies armes. Je vise bien. Emmène-moi au stand, je te montrerai.

Ce n'était pas nécessaire. Il l'avait déjà vue s'entraîner, et elle s'en sortait effectivement très bien.

— D'accord, tu es une tireuse d'élite. Mais je resterai avec toi tout le temps. Je ne veux pas que tu te retrouves dans une situation où tu serais amenée à faire usage de ton arme. Laisse ça pour moi. Tu attires Regina, et je m'occupe du reste.

Constatant qu'elle s'attaquait au ménage, il s'empara d'un balai et entreprit de le passer.

— Pourquoi es-tu si protecteur avec moi ? lui demanda-t-elle.

Personne ne lui avait jamais fait ce reproche. Peut-être parce qu'il n'avait pas la même attitude avec les autres agents... Jocelyn avait beau s'être engagée au FBI pour de nobles raisons, ce n'était pas sa vocation. Et, surtout, elle était enceinte.

— Tu vas avoir un bébé. Ce n'est plus seulement ta vie qui est en jeu. J'aimerais vraiment que tu démissionnes ou, au moins, que tu prennes un congé. Par rapport à ça, oui, je suis protecteur.

— Je n'étais pas enceinte avant et tu étais déjà protecteur. J'aimerais que tu arrêtes. Je suis une bonne policière.

— Je ne dis pas le contraire. Qu'est-ce qu'il y a de mal à vouloir te protéger ?

— Rien, répondit-elle en jetant des papiers dans une poubelle déjà pleine. C'est juste que cela va à l'encontre du principe auquel tu tiens tant de ne pas mélanger travail et vie privée. En fait, je n'arrive pas à te cerner. Tu insistes pour qu'on reste collègues et, un mois plus tard, tu m'épouses.

— C'était ce qu'il fallait faire.

Jocelyn poussa un soupir exaspéré.

— Tu ne voulais pas te marier avant d'apprendre que j'étais enceinte.

Un bébé, cela changeait tout. Il le lui avait déjà dit. Qu'est-ce qu'elle ne comprenait pas ? Peut-être rêvait-elle d'un mariage d'amour – lui aussi aurait préféré cette option. Mais ils devaient assumer leur négligence. L'enfant qui allait naître dans quelques mois n'y était pour rien.

— Je me serais marié si j'avais croisé la bonne personne, répliqua-t-il.

— D'accord. Donc, je ne suis pas la bonne personne.

Elle continua de s'activer avec plus d'énergie que nécessaire.

— C'est trop tôt pour le dire, Jocelyn. Arrête de suranalyser les choses comme ça.

Elle s'interrompit pour le dévisager d'un air incrédule.

— Je ne crois pas que je « suranalyse ». Tu trouves ça normal, toi, de te précipiter à l'autel juste parce que je suis enceinte ? Et si je fais une fausse couche ?

Trevor détourna les yeux. Dans sa hâte de bien faire, il n'avait pas pensé à cette éventualité. Que pouvait-il lui répondre ? Il n'avait peut-être pas assez réfléchi, en effet. Mais elle avait accepté de l'épouser, elle aussi.

— Ne crois-tu pas que c'est à cause de ton père si tu ne t'es pas marié jusque-là ?

Qu'est-ce que Matthew venait faire dans l'histoire ? songea-t-il, surpris.

— Je ne suis pas comme lui. Et je ne suis pas si vieux que ça, j'avais encore le temps d'y réfléchir.

— Vous aviez parlé de bébés, avec ton ex ? s'enquit-elle en reprenant son rangement.

— Non.

— Combien de temps êtes-vous restés ensemble ?

— Quelques mois.

Suffisamment longtemps pour qu'il commence à envisager une relation plus sérieuse, avec, pourquoi pas, la perspective de fonder une famille. Une famille pleine d'amour et de joie. Mais il avait vite déchanté. Christy s'était révélée superficielle. Dans la vie, elle recherchait le frisson, l'adrénaline, et c'était d'ailleurs pour cela qu'elle était entrée au FBI. Jamais elle ne se serait posée.

— Tu m'as dit que tu avais envie d'avoir des enfants un jour, poursuivit Jocelyn. Mais j'ai l'impression que tu as plutôt décidé de consacrer ton temps à arrêter des criminels comme ton père. Je me trompe ?

Au grand soulagement de Trevor, l'arrivée des déménageurs

– qui n'étaient autres que des collègues du FBI – lui épargna de répondre à cette épineuse question.

Pendant que leurs coéquipiers installaient les meubles dans la pseudo-agence immobilière, Jocelyn insista pour que Trevor et elle aillent dîner. Pourquoi ne pas lancer leur opération tout de suite ? Dans un premier temps, il refusa, prétextant de vouloir aider leurs collègues. Jocelyn pensait surtout qu'il cherchait à retarder le plus possible le moment où elle se mettrait en danger.

Depuis que le plan avait été approuvé par toute l'équipe, Trevor lui semblait distant. Peut-être regrettait-il de l'avoir épousée. Peut-être prenait-il enfin conscience qu'il était marié et qu'il allait devenir père. Pour de vrai.

Jocelyn remisa ces questions dans un coin de son esprit tandis qu'ils poussaient la porte du Blackthorn County, un restaurant ouvert 24 heures sur 24. Pour mettre toutes les chances de leur côté, elle avait enfilé un jean moulant, des bottes de cow-boy et un haut très décolleté. Elle supposait que la Tueuse de l'Alphabet réagirait encore plus fortement à l'impolitesse d'une cliente si elle était jalouse de son apparence physique.

Le personnel de l'établissement était majoritairement féminin. Parmi les serveuses, une brune présentait une certaine ressemblance avec les photos qu'ils possédaient de Regina Willard.

— Est-ce qu'on peut s'installer là ? demanda Jocelyn à l'hôtesse, en désignant une table libre dans le secteur où travaillait l'employée en question.

— Bien sûr.

Alors que Trevor s'apprêtait à prendre place en face d'elle, Jocelyn tapota la banquette.

— Les jeunes mariés s'asseyent côte à côte, chuchota-t-elle.

— Comme tu veux.

Il s'empara de la carte.

— En fait, je meurs de faim.

— Moi aussi.

Comme elle se collait à lui pour lire le menu en même temps, il se raidit.

— Les gens vont croire que tu ne m'aimes pas si tu fais ça, murmura-t-elle.

Sans prévenir, Trevor l'embrassa avec ardeur. Quand il s'écarta, Jocelyn mit quelques secondes à reprendre son souffle.

— Voilà qui devrait lever le doute, dit-il d'une voix rauque.

Lui non plus n'était pas insensible à l'intensité du courant qui passait entre eux. Elle avait au moins cela pour elle...

La serveuse brune, qui n'avait rien manqué de leur baiser passionné, s'approcha de leur table avec un petit sourire. Pour l'instant, Jocelyn ne percevait aucune animosité chez elle.

— Qu'est-ce que je vous sers ? leur demanda-t-elle joyeusement.

— Je vais prendre un cheeseburger, répondit Jocelyn, mais attention, je veux que la viande soit bien cuite et que le pain du dessus soit servi à côté. Et j'aime les frites croustillantes.

— La même chose, avec un steak cuit à point. Faites ce que vous voulez du pain du dessus, dit Trevor d'un air d'excuse.

La serveuse s'était un peu rembrunie après la tirade de Jocelyn.

— Et comme boissons ? s'enquit-elle.

— De l'eau, sans glaçons.

— Du thé glacé, répondit Trevor en lui tendant la carte.

Elle lui sourit et partit passer leur commande.

— Qu'est-ce que tu en penses ? chuchota Jocelyn. Tu crois que c'est elle ?

— Pas sûr. Ses cheveux sont un peu trop bruns. Sur les photos, ceux de Regina ont plus la couleur de l'eau sale.

— L'eau sale peut être très sombre.

— Brun terne, si tu préfères.

— Tu n'es pas très gentil.

Pourquoi le serait-il ? Regina Willard avait très certainement assassiné neuf femmes sans aucune raison.

— Je n'aime pas trop les tueurs en série, répondit-il, sarcastique.

Voyant la serveuse se diriger vers la table voisine, Jocelyn planta un baiser sur la joue de Trevor.

— Excuse-moi, chéri, roucoula-t-elle. Je ne voulais pas te fâcher.

— Je ne suis pas fâché, mon trésor. Je t'aime trop pour ça.

— Moi aussi, je t'aime, soupira-t-elle en posant la tête sur son épaule.

L'employée s'approcha avec son plateau et leur servit leurs boissons. Jocelyn prit une gorgée d'eau.

— Attendez, dit-elle à la serveuse qui commençait à repartir.

Celle-ci se retourna, inquiète.

— À votre avis, pourquoi j'ai demandé de l'eau sans glaçons ?

— Il y a un problème avec votre eau, madame ?

— Oui, il y a un problème, cracha Jocelyn. Elle est trop froide.

— Désolée. Je vais vous la changer.

Elle reprit le verre et s'éloigna bien vite.

— Est-ce que Regina aurait réagi comme ça ? demanda Jocelyn à Trevor.

— Voyons ce qu'elle fera quand elle reviendra.

Ils n'eurent pas à attendre longtemps. Quelques secondes plus tard, la femme rapportait un verre d'eau. Elle se tordit les mains pendant que Jocelyn la goûtait.

— C'est bon, elle est parfaite.

— Tant mieux ! Je vous apporte vos plats tout de suite.

— Je ne pense pas que ce soit elle, commenta Trevor. Elle veut trop te satisfaire. Soit dit en passant, tu fais vraiment bien la cliente odieuse. Je suis presque gêné d'être avec toi.

Jocelyn ne put s'empêcher de rire.

— Merci du compliment. Il faut qu'on soit sûrs que ce n'est pas elle. Tu crois qu'elle porte une perruque ?

— Aucune idée. Tu pourrais lui tirer les cheveux, pour voir.

— J'ai quand même des limites.

C'était tellement agréable de plaisanter avec lui ! Si seulement il avait de réels sentiments pour elle, tout serait parfait. L'inverse était déjà vrai, elle en avait bien peur…

Le souvenir de leur première rencontre lui revint brusquement en mémoire. C'était le jour où elle avait intégré l'équipe, et Trevor l'avait reçue dans son bureau, en costume cravate. Cheveux bruns épais, yeux sombres et sexy, démarche assurée… Jocelyn avait eu soudain très chaud, consciente de se trouver devant l'homme de ses rêves – au moins physiquement.

Puis il lui avait parlé, de sa voix grave et totalement professionnelle, sans montrer le moindre signe qu'il partageait son trouble. Elle avait donc étouffé cette mystérieuse attraction qu'il exerçait sur elle, tout en remarquant par la suite les regards qu'il lui adressait parfois, les sourires, le contact furtif de sa main au bas du dos.

Jusqu'à ce qu'ils tombent dans les bras l'un de l'autre cette fameuse première soirée, et qu'elle découvre à quel point il la désirait lui aussi. Dès le lendemain, cependant, il avait fait machine arrière. Et, aujourd'hui, après un mariage et une nuit de noces fabuleuse, il instaurait de nouveau des distances entre eux. À quoi jouait-il, exactement ? Elle avait besoin de savoir.

— C'était comment, de grandir dans une famille d'accueil ? s'enquit-elle, devinant que le problème venait sans doute de là. Est-ce que ces gens ont été bons avec toi ?

— Oui, mais pour moi c'étaient des étrangers. Heureusement, je ne suis pas resté longtemps chez eux. Après le lycée, je suis tout de suite parti à la fac. Et je me suis aussitôt mis à rechercher mes frères et sœurs. À ce propos, Josie a dit aux autres qu'on était ensemble. Il va falloir qu'on leur annonce qu'on est mariés et qu'on attend un bébé.

Il avait l'air de redouter ce moment.

— Trevor, pourquoi m'as-tu épousée si le mariage ne t'intéresse pas ?

— On en a déjà parlé.

— Pour le bébé, je sais. Mais c'est une excuse. Si je n'étais pas tombée enceinte, est-ce que tu te serais marié un jour ?

Il détourna le regard, visiblement incapable de répondre. Il n'avait pas dû y réfléchir.

— J'aurais pu épouser Christy, finit-il par dire.

— La collègue avec qui tu as couché ?

— C'était plus que ça.

— Tu l'aimais ?

— Non. Je *croyais* l'aimer. Je serais peut-être tombé amoureux d'elle si elle m'en avait laissé le temps.

Son honnêteté était rafraîchissante.

— Est-ce que tu te vois marié un jour, Trevor ?

— Je le suis, je te rappelle. Avec toi.

— Non. Tu es marié à la mère de ton enfant. Pourquoi as-tu peur de finir comme ton père ?

— Je ne suis pas un tueur en série. Et j'ai réfléchi à ce que tu m'as dit : je n'ai pas peur d'être papa. Bien sûr, j'ai envie d'être un bon père, mais j'ai aussi envie d'être un bon mari. Je veux qu'on forme une famille unie.

Voilà qui était prometteur, songea Jocelyn.

— Et tu doutes d'en être capable ?

— Je ne sais même pas ce que c'est, une vraie famille. Je n'en ai jamais eu. J'en ai vu d'autres qui semblaient heureuses, mais à quoi ressemblent-elles quand il n'y a personne autour ? À la mienne ? Je n'ai jamais été proche de mon père. Par contre, je crois que j'aimais ma mère. Je me souviens d'eux ensemble. Ils se sont bien entendus jusqu'à la fin.

Donc, il avait vu ses parents s'aimer. Trevor était un

partenaire attentionné. Il traitait les femmes avec respect et gentillesse. Jocelyn savait qu'il ferait un bon mari, seulement il ne croyait pas en lui. Et peut-être pas en elle non plus.

En sentant la main de Trevor sur son bras, elle se rendit compte qu'elle s'était laissé absorber dans ses pensées.

— Je n'ai pas renoncé à ce mariage, Jocelyn. Il y a quelque chose entre nous, je le sens. J'espère que ça se confirmera. Mais j'ai peur du message que je transmettrai à notre enfant si jamais on ne tombe pas amoureux l'un de l'autre. Peut-être que je n'ai pas confiance en moi à cause de mon père, en effet. Mais je veux la même chose que toi : une famille. Je veux que ça marche entre nous. Vraiment.

Elle se sentit fondre à l'intérieur. Finalement, il tenait à elle. Quand il l'embrassa, elle perdit la notion de tout le reste. Et elle sut que son émotion était réelle.

Lorsque la serveuse revint avec leurs plats, Jocelyn dut se secouer mentalement pour chasser l'effet grisant des baisers et des paroles de Trevor.

Je veux que ça marche entre nous. Vraiment...

Pour l'heure, elle devait jouer son rôle de cliente détestable.

— Ça en a pris, du temps, lâcha-t-elle. Qu'est-ce que vous avez fait, en cuisine ? Vous avez tué la vache ? Ce burger doit être froid, maintenant.

Elle s'empara de son couteau et de sa fourchette et coupa le hamburger en deux pendant que la serveuse attendait, pleine d'appréhension.

Jocelyn reposa brutalement ses couverts.

— Ça, c'est une cuisson à point. J'avais demandé bien cuit. Je ne veux pas de ce truc !

Quelques clients se tournèrent vers leur table.

— Madame, je...

— C'est quoi, votre problème ? la coupa Jocelyn tout en se demandant si elle n'allait pas un peu trop loin. Vous ne savez pas faire votre boulot correctement ? Ce n'est pas si dur, pourtant. Remportez-moi ça et amenez-moi ce que je vous ai demandé.

Les yeux de la serveuse s'emplirent de larmes. Sous le regard horrifié de Jocelyn, elle courut se réfugier en cuisine.

— Oh ! mince...

Jocelyn s'en était pris à la mauvaise personne. Regina n'aurait jamais éclaté en sanglots de cette façon. Trevor la laissa s'extraire de la banquette, et elle se précipita à la suite de la pauvre employée.

Celle-ci pleurait, le visage dans les mains. Un collègue lui tapotait gentiment le dos.

— Je n'en peux plus, disait-elle en sanglotant. J'ai eu une semaine horrible. Mon mari m'a quittée, et puis ma mère m'a annoncé qu'elle avait un cancer. Et maintenant, cette cliente se plaint de son burger. Tu peux t'occuper d'elle ? Je crois qu'il vaut mieux que je rentre chez moi.

Jocelyn s'était arrêtée sur le seuil, rouge de honte.

— C'est elle ? demanda le cuisinier qui venait de remarquer sa présence.

La serveuse essuya ses larmes et lissa son tablier avant de se retourner.

— Quelqu'un va vous préparer un autre burger, lui promit-elle d'un ton las.

— Oubliez ça, lui dit Jocelyn en s'avançant vers elle. Je suis désolée. Vraiment désolée.

Elle sortit son badge de la poche arrière de son jean.

— Je travaille pour le FBI. Mon collègue et moi sommes ici en mission. Tout ça, c'était du cinéma. Il se trouve que vous ressemblez à une suspecte que nous recherchons. De toute évidence, nous nous sommes trompés.

— Qu... quoi ?

Trevor apparut derrière Jocelyn et montra à son tour son insigne.

— Nous n'avions pas l'intention de vous perturber comme ça. Excusez-nous.

— Vous n'avez rien fait. C'est elle, répondit-elle en désignant Jocelyn.

— Nous nous faisons passer pour un couple afin d'essayer de débusquer notre suspecte, expliqua cette dernière.

— Vous n'êtes pas ensemble ?

La serveuse les regarda l'un après l'autre, incrédule.

— Eh bien, pas vraiment, bégaya Jocelyn. Enfin, si, on est mariés. On travaille ensemble et on est mariés. C'est tout neuf, en fait.

La femme semblait de plus en plus perdue.

— Bref, nous sommes navrés de vous avoir fait pleurer.

— Qui recherchez-vous ?

S'ils en disaient trop, ils risquaient de compromettre leur opération. C'était peut-être déjà trop tard, mais Jocelyn n'aurait pas pu partir sans s'être excusée auprès de sa victime innocente.

— Merci de votre coopération, dit Trevor pour toute réponse.

Il prit Jocelyn par le bras et l'entraîna dehors.

7

Trevor observait la jeune femme sans rien dire. Elle venait d'allumer une bougie sur la table du coin cuisine, dans le petit appartement au-dessus de l'agence immobilière où ils logeaient le temps de l'opération. Depuis leur retour du restaurant, Jocelyn n'avait pas cessé de lui couler des regards en coin. Il l'avait sans doute trop encouragée. C'était une erreur de lui donner de faux espoirs alors qu'il se sentait si déboussolé.

Il avait l'impression d'être lancé à pleine vitesse sur une pente glissante, à bord d'une luge dépourvue de freins et de volant. Aucun contrôle, aucun moyen de prédire ce qui allait se passer à court et à long terme. Du jour au lendemain, son existence bien rodée avait été complètement chamboulée.

Jocelyn l'avait ensorcelé sans qu'il sache quand ni comment. Enfin… comment, il en avait une petite idée en la voyant se pencher pour lui servir une assiette de spaghettis fumants. Ce décolleté… ce regard de braise… ce sourire…

— Qu'est-ce qui te rend si joyeuse ? s'enquit-il.

— Toi.

Et cette maudite pente qui n'en finissait pas de glisser ! Il lui avait dit qu'il voulait former une vraie famille avec elle. Il avait prononcé ces mots tout en éprouvant des émotions contradictoires. Car, en vérité, il n'était sûr de rien.

— Ne t'inquiète pas, Trevor, dit-elle en tournant sa fourchette dans ses pâtes. Tu finiras par t'y habituer.

Ses yeux brillants le captivaient comme des aimants. Il aimait la voir heureuse et il décida de ne pas gâcher ce moment. Son bonheur était bon pour le bébé. Pour leur future famille.

Il fut étonné quand elle reposa son couvert et vint s'asseoir à califourchon sur lui.

— Qu'est-ce que tu fais ? murmura-t-il.

— J'accomplis mon devoir conjugal.

Le simple contact des lèvres de Jocelyn sur les siennes ralluma aussitôt le feu en lui. Elle l'embrassa un long moment, avant de relever la tête.

— Ne me dis pas que tu ne ressens pas ça.

— Oh ! si, je le ressens.

Le problème n'était vraiment pas là...

— C'est tout ce qui importe pour l'instant, dit-elle en lui prenant le visage entre les mains.

Trevor aurait aimé en être aussi sûr qu'elle.

Le lendemain, ils reçurent des informations sur Hershel, l'ex-petit ami d'Erica Morgan. Leurs collègues l'avaient retrouvé à Houston où il occupait depuis quelques mois un poste de contrôleur financier dans une start-up. Son employeur était content de lui. Tout semblait indiquer que c'était un type honnête, mais Trevor était bien placé pour savoir qu'il ne fallait pas se fier aux apparences.

Jocelyn et lui suivirent Hershel jusque dans un bar où ce dernier avait l'habitude de prendre un verre après le travail. Ils s'installèrent de chaque côté de lui au comptoir et lui montrèrent leurs badges. Hershel, qui avait desserré sa cravate et paraissait fatigué de sa journée, les regarda avec un mélange de crainte et de lassitude.

— Qu'est-ce que vous me voulez ? demanda-t-il lorsqu'ils se furent présentés.

— Vous fréquentiez Erica Morgan avant qu'elle se fasse tuer, dit Trevor.

— Et alors ? J'ai besoin d'un avocat ?

— Nous voulons juste discuter.

— Comment m'avez-vous trouvé ?

— Caressa Franklin nous a donné votre nom, répondit Jocelyn. Elle était amie avec Erica. Mais vous devez déjà le savoir.

Hershel lui lança un regard acéré avant de baisser de nouveau les yeux sur sa bière.

— Quelles sont vos relations avec Caressa ? s'enquit la jeune femme.

— Je ne la connais pas personnellement. Je sais juste qu'Erica voulait aller la voir pour se réconcilier avec elle.

— Elle avait évoqué leur brouille ?

Hershel haussa les épaules.

— Oui. Ça la travaillait. Surtout à la fin.

— La fin de quoi ? voulut savoir Trevor.

— Je parlais juste de... des derniers temps avant sa mort.

— N'étiez-vous pas séparés, Erica et vous ? demanda Jocelyn. À la fin ?

— Si, mais on continuait à se parler quand même.

— C'est elle qui a rompu ?

— Elle avait besoin d'air.

Trevor échangea un regard avec Jocelyn. Généralement, c'était l'excuse qu'on invoquait quand on avait tout simplement envie de rompre.

— Est-ce que cela vous a contrarié ? s'enquit-il.

— Pourquoi cette question ? Vous pensez que je l'ai tuée parce qu'elle m'a quitté ?

Trevor ne répondit pas.

— Quand l'avez-vous vue pour la dernière fois ? demanda Jocelyn.

Hershel réfléchit, toujours aussi nerveux.

— Un ou deux jours avant sa mort, je crois.

— Un jour ou deux jours ?

— Je ne m'en souviens pas.

— Dans quelles circonstances ?

— Je suis allé la chercher en voiture devant un restaurant. Elle venait de déjeuner avec Josie Colton.

Le regard de Hershel dériva vers la poche dans laquelle Trevor avait rangé son badge. Il avait vu son nom.

Un coup d'œil vers Jocelyn confirma à Trevor que cette information la laissait aussi dubitative que lui. Josie n'était revenue à Granite Gulch qu'après le meurtre d'Erica.

— Êtes-vous certain qu'il s'agissait de Josie Colton ? s'enquit-il. L'avez-vous croisée ?

— Oui, j'en suis certain. Erica me l'a présentée avant qu'on parte.

— Pourquoi êtes-vous allé la chercher si vous n'étiez plus ensemble ?

— Avec Erica, il y a toujours eu des hauts et des bas. On s'est séparés plusieurs fois, mais on est toujours restés en contact. On était amis.

Il détourna tristement les yeux. Trevor devinait qu'il disait la vérité.

— Pourquoi avez-vous rompu, cette fois-ci ?

— Je vous l'ai dit : elle avait besoin d'air. Vous savez, on se disputait beaucoup. Mais je voulais essayer.

S'il avait été aussi attaché à Erica, pourquoi mentait-il au sujet de Josie ? Peut-être ignorait-il que le FBI suspectait Regina Willard. Pour une raison ou pour une autre, il craignait qu'on le soupçonne et cherchait à les lancer sur une fausse piste.

— Où étiez-vous quand Erica a été assassinée ? demanda Trevor.

— Chez moi, répondit-il avant d'avaler une longue gorgée de bière.

— Pourquoi ne pas nous suivre au poste pour nous donner votre déposition ? suggéra Jocelyn. Vous pourriez nous remettre un échantillon d'ADN, cela nous permettrait de vous écarter de la liste des suspects.

— Je n'ai rien à vous dire. Et vous n'avez pas besoin de mon ADN, parce que je n'ai pas tué Erica. Je l'aimais.

Il sortit son portefeuille de sa poche, jeta un billet sur le comptoir et sauta de son tabouret.

— Josie Colton ne peut pas avoir tué Erica, fit remarquer Jocelyn alors qu'il commençait à se diriger vers la porte. Au moment du meurtre, elle vivait dans une autre ville.

Hershel se retourna vers elle, incrédule. Trevor lui tendit une carte de visite.

— Si jamais vous changez d'avis et décidez de nous en dire plus...

L'ex-petit ami d'Erica prit la carte d'un geste brusque, fit volte-face et sortit du bar.

— Alors, qu'est-ce que tu en penses ? demanda Jocelyn.

— J'en pense qu'il a peur de quelque chose.

Josie sursauta quand son livre tomba sur la table du coffee-shop. Elle avait encore été happée dans un de ses rêves, à moitié éveillée, où revenaient sans cesse les images d'une peinture bleue et d'une arme ensanglantée. En s'installant ici avec son roman, elle avait espéré que l'histoire légère et pleine de suspense lui permettrait de se détendre, de se changer les idées. Peine perdue...

Dehors, le soleil s'était couché et une brise tiède emportait les restes d'une chaude journée d'été. Josie descendit l'avenue principale de Granite Gulch avant de tourner dans la rue où se trouvait la petite maison de ville en briques rouges qu'elle louait depuis son retour. Alors qu'elle s'en approchait, elle crut dans un premier temps que l'ampoule du porche avait grillé. Puis elle s'aperçut que la lampe avait été cassée.

Elle se figea, le cœur battant.

Une voiture passa et disparut à l'angle. Tout semblait paisible et, pourtant, un mauvais pressentiment l'étreignait. Lentement, elle s'avança vers la maison ; des morceaux de verre jonchaient le plancher du porche. Qui avait fait cela ? Sans doute quelqu'un qui voulait que l'entrée soit plongée dans le noir quand elle reviendrait...

Josie s'éloigna bien vite et sortit son téléphone pour appeler Trevor. En jetant un œil derrière elle, elle vit une ombre se découper devant sa porte.

— On voulait justement te parler, dit son frère lorsqu'il décrocha. Où es-tu ?

La silhouette pointa un pistolet sur elle. Josie poussa un cri et courut s'abriter derrière un arbre en même temps qu'un coup de feu retentissait. Si elle tentait de rejoindre la grand-rue, elle se retrouverait dans la ligne de mire de l'individu. Mieux valait se diriger vers la rangée de boutiques, de l'autre côté.

— Josie ! hurla Trevor dans le combiné.

— Quelqu'un me tire dessus !

Deux tirs déchirèrent à nouveau la nuit.

Trevor tourna sur les chapeaux de roues dans la rue où sa sœur habitait et freina brusquement devant la maison. Jocelyn et lui se rendaient justement chez Josie quand celle-ci avait appelé. Il priait pour qu'ils ne soient pas arrivés trop tard...

Du coin de l'œil, il vit une ombre disparaître à l'angle de la petite bâtisse. Pistolet au poing, il sauta du pick-up et se lança à sa poursuite. En passant devant le porche, il remarqua la lampe brisée. L'agresseur avait donc préparé son attaque, mais son stratagème n'avait rien de très ingénieux. Avait-il agi dans l'urgence ? Peut-être n'était-il pas le plus aguerri des criminels…

Jocelyn l'avait rejoint quand un coup de feu éclata. Trevor s'accroupit ; la jeune femme s'aplatit contre le mur. Il aurait préféré qu'elle reste à l'abri dans le pick-up, mais il savait pertinemment que cela n'aurait servi à rien de le lui ordonner.

Où était Josie ? S'efforçant de chasser son angoisse, il scruta l'obscurité. Aucun signe de la silhouette qu'il avait vue s'enfuir.

Le quartier était calme à cette heure de la soirée. Pas de piétons dans la rue, seules quelques voitures circulaient. Soudain, des cris se firent entendre non loin de là, immédiatement suivis d'un autre coup de feu. Le vacarme provenait d'une pizzeria située dans un alignement de magasins et de restaurants. Une conductrice qui venait de se garer devant l'établissement remonta illico dans son véhicule, le téléphone à l'oreille. La police serait bientôt sur place.

Jocelyn s'élança en même temps que Trevor, son arme pointée vers le sol. Il accéléra pour atteindre la pizzeria avant elle. En les voyant, les clients se remirent à crier.

— FBI ! Restez couchés ! ordonna Trevor.

De toute évidence, le tireur ne se trouvait plus dans la salle.

Ils coururent vers les cuisines où les employés s'étaient réfugiés derrière les meubles en inox. Prudemment, ils débouchèrent dans la ruelle sur laquelle donnait l'issue de secours.

Personne alentour.

Mais la porte de l'espace commercial voisin avait été enfoncée à coups de pied. À en juger par les fenêtres neuves et les bennes remplies de débris, l'endroit était en pleine rénovation.

Trevor se faufila à l'intérieur du bâtiment plongé dans la pénombre. Jocelyn le couvrit pendant qu'il inspectait les lieux. Soudain, elle lui tapota l'épaule et dirigea son pistolet vers le coin le plus éloigné. Là se trouvait un angle qui semblait se prolonger au-delà.

Une ombre disparut dans le renfoncement.

Trevor s'avança jusqu'à l'extrémité du mur et jeta un œil de l'autre côté. Des piles de contreplaqué bâchées lui bloquaient la vue.

Où était passée Josie ?

Il fit signe à Jocelyn de rester sur place pendant qu'il contournait l'obstacle. Elle pinça les lèvres en opinant. Il répéta son ordre, les sourcils froncés. Avait-elle oublié qu'il était son supérieur ?

À contrecœur, elle acquiesça.

Trevor se glissa sans un bruit le long des planches avant de se retourner pour vérifier que la jeune femme obéissait ; elle le rassura d'un bref mouvement de tête. En jetant un coup d'œil au-delà du contreplaqué, il aperçut Josie. Au même instant, une silhouette vêtue d'un sweat à capuche surgit derrière elle.

Il attrapa Josie par le bras et la tira vers lui tout en la menaçant. Alors qu'elle tombait à plat ventre sur le sol en béton, l'agresseur se retrancha derrière les planches. Trevor en fit le tour et vit l'individu s'enfuir en direction de Jocelyn.

— Il vient vers toi ! hurla-t-il.

— Je m'en occupe !

À côté de lui, Josie s'était relevée, un peu sonnée.

— Ça va ?

— Ça peut aller.

— Surtout, reste ici.

Il rejoignit Jocelyn au pas de course au moment où le tireur passait devant elle, le pistolet brandi.

— FBI ! Arrêtez-vous ! crièrent-ils d'une seule voix.

Trevor ne voulait pas le tuer. Il avait besoin de l'identifier. Bon sang, il ne savait même pas s'il s'agissait d'un homme ou d'une femme ! Cette personne était en tout cas bien décidée à leur échapper, car elle courut vers la porte du bâtiment en se retournant plusieurs fois pour faire feu dans leur direction.

Quand Trevor et Jocelyn se retrouvèrent de nouveau dans la ruelle, celle-ci était déserte. L'inconnu au sweat à capuche s'était volatilisé. L'accès donnant sur les cuisines de la pizzeria avait été refermé – tout le monde s'était mis à l'abri.

Des sirènes retentirent au loin. Nul doute que l'agresseur ne reparaîtrait pas dans les parages avant un bon moment.

— Vous avez fait vite, observa Josie qui les avait rejoints.

Trevor rengaina son arme et se tourna vers sa sœur.

— On était en route quand tu m'as appelé. On venait de discuter avec l'ex d'Erica Morgan qui nous a parlé de toi.

— De moi ? Erica Morgan… Ce ne serait pas l'une des victimes de la Tueuse de l'Alphabet ?

— Si. Ce type s'appelle Hershel Stewart et il prétend t'avoir vue avec Erica juste avant qu'elle se fasse tuer. Apparemment, tu aurais déjeuné avec elle au restaurant.

— Quoi ? Je n'ai jamais déjeuné avec cette femme et je ne connais aucun Hershel Stewart. Pourquoi a-t-il inventé une histoire pareille ?

— C'est une bonne question. On se doutait qu'il avait menti, c'est pour ça qu'on voulait en parler avec toi.

Les véhicules de police s'étaient arrêtés devant l'entrée principale du restaurant. Bientôt, ils allaient devoir répondre aux questions des agents.

— On pense qu'il cache quelque chose, expliqua Jocelyn. Ou qu'il a peur d'être accusé d'un crime qu'il n'a pas commis.

— Vous croyez que ce pourrait être lui, le tueur ?

— Ses mensonges ne plaident pas en sa faveur, mais c'est bien Regina Willard qui a envoyé une lettre illustrée d'une cible à Matthew Colton, répliqua Jocelyn.

Trevor était convaincu lui aussi qu'ils avaient affaire à une tueuse. Regina restait leur suspecte numéro un.

— C'est un coup de Desmond Carlton, murmura Josie. Un de ses sbires doit toujours être en cavale.

— Ça n'a pas de sens. Comment le baron pourrait-il être lié au meurtre d'Erica ?

— Je parle du tireur qui vient d'essayer de me tuer.

— C'est peut-être un déséquilibré ? suggéra Jocelyn en tentant d'ouvrir la porte de la pizzeria – elle était fermée à clé.

— Je ne crois pas aux coïncidences, dit Trevor.

Il frappa à la porte, puis s'adressa à sa sœur.

— Je te rappelle que les gens t'ont soupçonnée d'être la Tueuse de l'Alphabet.

— Tu crois vraiment que ce qui s'est passé ce soir a un rapport avec les meurtres ?

— Je pense que ce n'est pas impossible.

À cet instant, un policier ouvrit enfin, apparaissant dans l'entrebâillement. Trevor lui montra son badge.

Le lendemain, Jocelyn accompagna Trevor au Blackthorn County, le restaurant où ils avaient dîné l'avant-veille. L'agent qu'il avait affecté à la protection de Josie lui avait téléphoné, tout affolé, pour le prévenir qu'elle n'était plus chez elle. Après une rapide enquête, Trevor avait été rassuré d'apprendre que sa sœur était juste partie déjeuner avec Chris et Holly.

En entrant dans l'établissement, Jocelyn chercha des yeux la serveuse qu'elle avait fait pleurer, mais celle-ci n'était nulle part en vue. Sans doute avait-elle pris quelques jours de congé pour se remettre de ses émotions...

Chris et sa fiancée s'avancèrent vers eux, suivis de Josie. Ils venaient de terminer leur repas.

— Salut, grand frère. Vous êtes venus manger un morceau ?

— Le garde du corps de Josie avait perdu sa trace, expliqua Trevor.

— Et en bon protecteur, Trevor a voulu vérifier en personne que Josie allait bien, ajouta Jocelyn d'un ton taquin.

— Je suis une grande fille, tu sais, fit remarquer l'intéressée.

— Ne commence pas.

— Ça fait plaisir de te revoir, Jocelyn, lança Holly en lui serrant la main.

Étrange... Holly n'avait jamais été aussi chaleureuse avec elle. À côté d'elle, Chris souriait jusqu'aux oreilles. C'était comme s'ils venaient d'apprendre un secret – un secret qui concernait Jocelyn.

Ils formaient un superbe couple, tous les deux : Chris, grand et musclé, des yeux d'un bleu pur mis en valeur par ses cheveux châtain clair ; Holly, une silhouette élancée et une longue chevelure blonde que toutes les femmes lui enviaient. D'après ce que Jocelyn avait entendu dire, Chris l'avait sauvée de ses beaux-parents malveillants.

Surprenant le regard de Holly sur sa main gauche, Jocelyn tenta discrètement de cacher celle-ci derrière sa jambe.

Trop tard.

— Qu'est-ce que c'est ? s'enquit Holly en lui attrapant les doigts pour examiner l'alliance.

— Lui aussi, il en a une, précisa Josie en souriant.

— Qu'est-ce que tu nous as caché ? demanda Chris à son frère.

Étonnée par son air de reproche, Jocelyn jeta un coup d'œil vers Trevor. Étaient-ils en froid, tous les deux ?

— On s'est mariés il y a quelques jours, expliqua ce dernier avant de poser sur elle un regard empli de fierté qui semblait presque sincère. Jocelyn est enceinte.

Josie étouffa un cri de surprise, tandis qu'Holly portait une main à la poitrine, abasourdie. Chris, lui, paraissait vexé.

— Pourquoi tu ne nous l'as pas dit ?

— C'est arrivé tellement vite... Avec tout ce qui se passe en ce moment, je n'ai pas eu l'occasion de vous en parler plus tôt.

— C'est vrai que les choses se sont enchaînées à une vitesse folle, affirma Jocelyn.

— De tous les frères Colton, j'étais persuadée que tu serais le dernier à te marier, fit remarquer Josie.

Jocelyn aurait voulu lui demander pourquoi, mais elle se retint.

Chris, qui semblait rassuré, serra son frère dans ses bras.

— Félicitations, frangin.

— Il faut qu'on marque ça, décréta Josie. Vous n'avez pas encore fait de fête pour le bébé ?

— Non.

— Bonne idée ! renchérit Holly. Et on prévoira aussi un enterrement de vie de jeune fille.

— Vous n'êtes pas obligées de vous donner toute cette peine...

— Mais ça nous fait plaisir ! Et tu fais partie de la famille, maintenant, répondit Josie.

Dehors, une berline sombre venait de se garer le long du trottoir. Le garde du corps de Josie en descendit et lança un regard d'excuse à Trevor. La jeune femme se hissa sur la pointe des pieds pour planter un baiser sur la joue de son frère.

— Je n'accepte ça que parce que c'est toi.

De retour dans la voiture, elle agita joyeusement la main.

— On devrait y aller, nous aussi, dit Chris. On a promis à Ethan de passer chez lui cet après-midi.

— Ça m'a fait plaisir de te voir, murmura Trevor en lui donnant l'accolade.

Une fois de plus, Jocelyn nota la raideur de leur attitude. Lorsqu'ils se retrouvèrent seuls, elle ne put s'empêcher d'interroger Trevor sur la question.

— Qu'est-ce qui se passe entre vous ?

Trevor parut surpris.

— Rien.

— Vous vous comportez comme des étrangers, insista-t-elle. Pourtant, vous êtes frères.

— C'est ce qui arrive quand les services sociaux vous placent dans des foyers différents.

Il sembla maussade, tout à coup. Sa famille avait été déchirée. Jocelyn comprenait que cela ait pu les éloigner, mais d'où venait cette tension qu'elle avait perçue entre eux ?

— Est-ce que Chris s'est senti abandonné ? demanda-t-elle.

— Tu es trop perspicace, Jocelyn. Oui, il pensait que je n'avais fait aucun effort pour les récupérer, lui et les autres. Maintenant, il sait que j'ai tout essayé. On est en train de recoller les morceaux, petit à petit.

Elle sentait qu'il n'était pas à l'aise avec cette proximité nouvelle. Plus jeune, il avait été obligé de s'endurcir pour supporter l'horreur de sa situation ; à présent, il n'arrivait plus à briser le mur qu'il avait construit autour de son cœur.

Ce n'était pas étonnant qu'il se soit précipité dans le mariage. S'il avait pris le temps de réfléchir, il se serait sans doute enfui en courant.

8

Trevor aimait mettre les suspects sur le gril. Relever les détails qu'ils avaient omis de mentionner, les attirer tranquillement dans son piège. Ne leur révéler qu'à la dernière minute ce qu'il savait sur eux. Les placer face à leurs mensonges.

Hershel Stewart attendait que l'interrogatoire commence, les bras croisés sur le torse, le regard dans le vague. Il était déjà passé par là. Il connaissait ses droits.

Trevor était convaincu qu'il était innocent. Son but était de découvrir pourquoi Hershel avait menti. Il avait demandé à Jocelyn de rester dans la pièce voisine, derrière la vitre sans tain, pensant que l'ex-petit ami d'Erica se sentirait plus à l'aise dans une conversation d'homme à homme.

— Vous n'êtes pas soupçonné du meurtre d'Erica Morgan, déclara Trevor afin de le rassurer d'emblée. Nous recherchons une femme qui travaille comme serveuse. Je ne peux pas vous en dire plus.

Il s'assit en face de Hershel et joignit les mains sur la table. L'autre le regarda sans comprendre.

— Qu'est-ce que je fais là, alors ?

— Comment connaissez-vous Josie Colton ?

— C'est votre sœur.

— Vous la connaissez parce que c'est ma sœur ?

— Je ne le savais pas avant que vous veniez me voir au bar. J'ai entendu dire qu'elle était suspectée d'avoir tué Erica.

— Où avez-vous entendu cela ?

— Je ne sais plus. À une soirée, je crois.

— Pourquoi avez-vous menti en affirmant que Josie avait déjeuné avec Erica ?

Hershel baissa la tête.

— Je n'ai pas menti.

— Ah bon ?

— Non.

Après quelques secondes d'hésitation, il finit par relever les yeux.

— D'accord, j'ai peut-être menti. Mais je n'ai pas tué Erica. J'avais peur qu'on m'accuse.

— Pourquoi ?

Il haussa les épaules.

— Parce que j'étais son petit copain et qu'on s'était séparés.

— Où étiez-vous le soir où elle a été tuée ?

— Dans un bar de Fort Worth avec des copains.

— Donc, vous avez un alibi. Vous n'avez rien à craindre.

— Je suis parti tôt, précisa Hershel.

— Vous auriez pu vous trouver sur la scène du crime à l'heure où il a été commis ?

Hershel se tapota le menton, nerveux.

— Je croyais que vous recherchiez une femme ?

— C'est vrai, mais vous nous avez menti. J'aimerais savoir pourquoi.

— Je vous l'ai dit.

— Parlez-moi un peu d'Erica. Vous aviez encore des sentiments l'un pour l'autre. Vous vouliez vous remettre avec elle. Ça ne ressemble pas à un mobile de meurtre, ça.

Hershel parut se détendre.

— J'aimais Erica. Seulement, on se disputait beaucoup. Je voulais me réconcilier avec elle, vous comprenez ? Je savais qu'elle avait l'habitude d'aller dans un restaurant qui fait des hamburgers, à l'extérieur de la ville. J'y suis passé le soir de sa mort.

Trevor dressa l'oreille. Erica avait donc mangé au restaurant le jour où elle avait été assassinée…

— Comment s'appelle cet établissement ? s'enquit-il.

— Buckaroo Burgers.

— Vous avez vu Erica là-bas ?

— Oui. Elle était en train de dîner avec un homme.

Son visage se rembrunit.

— On s'est pris le bec. Je voulais juste discuter avec elle.

— Avez-vous remarqué autre chose ? Êtes-vous entré dans la salle ?

— Oui. Je suis allé jusqu'à leur table et j'ai demandé à Erica de me suivre dehors pour qu'on puisse parler. Elle a refusé. Elle m'a dit que c'était fini entre nous. N'importe quoi !

— À votre arrivée, avez-vous fait attention au personnel de service ?

Hershel fronça les sourcils, étonné par la question.

— Ils étaient en train de commander quand je suis entré. Erica était une fille assez difficile. Elle mettait toujours une éternité à se décider.

— La serveuse vous a-t-elle paru agacée ?

— Comme toutes les serveuses ! répliqua Hershel en riant. Mais celle-ci l'était particulièrement, oui.

— À quoi ressemblait-elle ?

— Je ne m'en souviens pas bien, j'étais plus concentré sur Erica… Une femme quelconque, je dirais. Des cheveux plutôt foncés, attachés en queue-de-cheval. Vous pensez que c'est elle qui l'a tuée ?

— Nous envisageons toutes les possibilités. Pourquoi avez-vous prétendu avoir vu Josie avec Erica ?

— Parce que tout le monde la soupçonnait. Ce n'est pas bien, je sais.

— D'accord. Merci d'avoir accepté de me parler. Vous êtes libre de partir.

Quand Trevor sortit de la salle d'interrogatoire, impatient d'explorer cette nouvelle piste, il tomba sur Jocelyn qui, à l'évidence, partageait son excitation.

— Tu penses qu'elle travaille encore là-bas ? lui demanda-t-elle.

— Si c'est bien la femme que nous recherchons, c'est possible. Elle exerce peut-être dans plusieurs restaurants.

— Elle a été tellement difficile à pister, jusqu'ici...

— Allons voir son patron.

Jocelyn l'arrêta.

— Attends. Envoie plutôt un autre agent, et dis-lui d'être discret. On ira dîner là-bas ce soir.

— Pourquoi ne pas y aller tout de suite ?

— J'ai besoin de temps pour me préparer.

Elle commença à repartir, puis se retourna pour lui lancer un clin d'œil aguicheur.

Super, songea Trevor. Il allait à nouveau être soumis à la torture.

Jocelyn avait enfilé une petite robe noire moulante dans l'idée de rendre jalouse la Tueuse de l'Alphabet – si toutefois celle-ci était encore serveuse au Buckaroo Burgers. Peut-être avait-elle envie également de tourmenter Trevor, de lui montrer à quel point son épouse était désirable... La flamme qu'elle vit s'allumer dans ses prunelles lorsqu'elle sortit de la chambre ne fit que l'enhardir.

Au restaurant, il lui tint la porte, lui tira sa chaise et attendit qu'elle soit assise pour s'installer en face d'elle. Comme un gentleman. Comme s'il s'agissait d'un vrai dîner entre amoureux.

— On est censés travailler, agent Colton. Vous dérogez à vos propres règles.

— Mais on travaille, répliqua-t-il. On joue un couple au restaurant. Un couple marié.

— Si je comprends bien, tu fais semblant ?

— Je n'ai pas besoin de faire semblant quand je suis avec toi. Tu ne t'en es pas rendu compte, la nuit où je t'ai mise enceinte ?

— Je crois que si.

— Je veux la même chose que toi, Jocelyn.

C'est-à-dire ? songea-t-elle. Une maison, des enfants, un chien et un chat – la « totale » ?

— Tu veux dire que… c'est pour de vrai ?

Il posa une main sur celle de Jocelyn.

— J'aimerais nous donner une vraie chance.

— Sauf que tu n'as jamais voulu fonder une famille. Tu as peut-être cru que tu le désirais, mais ce n'était pas le cas.

Il détourna la tête. L'espace d'un instant, elle craignit qu'il lui donne raison. Quand leurs regards se rencontrèrent de nouveau, elle sut qu'il ne renoncerait pas.

— La seule famille que j'avais m'a été arrachée, répondit-il. Maintenant, j'ai l'opportunité d'en reconstruire une. Je ferai tout pour qu'on reste ensemble.

Même dans ses fantasmes les plus fous, jamais Jocelyn n'aurait imaginé qu'il prononcerait ces mots. Elle entremêla les doigts à ceux de Trevor, se sentant tomber encore un peu plus amoureuse de lui.

— Qu'est-ce que vous voulez boire ?

Tirée de sa rêverie, Jocelyn leva la tête vers la serveuse, blonde aux yeux bleus et bien trop jeune pour être Regina.

— De l'eau, s'il vous plaît, répondit-elle.

— Pareil, dit Trevor.

— Vous êtes prêts à commander ?

— Euh… pas tout à fait. Laissez-nous encore une minute.

Trevor lâcha la main de Jocelyn pour regarder le menu. Elle regrettait déjà le contact de leurs peaux.

En observant les autres serveuses, elle en repéra une qui correspondait à la description de Regina. Elle était en train de prendre la commande d'une femme brune et de son compagnon de table. Tailleur strict pour elle, costume cravate pour lui, ils avaient tout l'air d'être en plein rendez-vous de travail.

La cliente semblait beaucoup hésiter ; Jocelyn vit la serveuse se forcer à sourire, les mâchoires crispées. Ses cheveux châtain clair avaient des racines d'un brun terne.

— Eh, regarde à ma droite, chuchota Jocelyn. Tu as vu les cheveux ?

La suspecte se dirigeait vers les cuisines. Elle croisa une collègue, lui glissa quelques mots – à propos de la femme d'affaires, sans doute, car l'autre secoua la tête en levant les yeux au ciel.

— Dommage qu'on ne soit pas dans son secteur, commenta Trevor.

— Faisons profil bas. On reviendra.

Quelques minutes plus tard, l'employée reparut avec deux assiettes qu'elle posa devant ses clients. La femme regarda la sienne en grimaçant et se plaignit à la serveuse qui remporta le plat. Quand cette dernière revint avec une nouvelle assiette, son visage était figé dans le marbre. Visiblement satisfaite, la cliente la chassa d'un geste méprisant.

— C'est elle, j'en suis sûre, murmura Jocelyn.

— Il faut qu'on en ait le cœur net. J'enverrai un agent interroger son patron.

— Ne l'effrayons pas. Elle s'enfuirait et recommencerait ailleurs sous une autre identité.

Jocelyn et Trevor terminèrent leur repas en même temps que la femme et l'homme d'affaires. Ce fut la première qui paya d'addition. Tandis qu'ils repartaient chacun dans leur voiture, la serveuse les observa depuis la fenêtre, puis disparut en cuisine.

— Partons, nous aussi, dit Trevor.

En passant devant la table de la potentielle victime, il regarda discrètement le nom sur le chèque que celle-ci avait laissé.

— Janice Tapp, dit-il à Jocelyn lorsqu'ils furent dehors.

Le prénom commençait par un J.

Directrice générale d'une grande banque locale, Janice vivait dans une luxueuse villa à l'ouest de la ville. Trevor et Jocelyn s'y rendirent directement après leur dîner. Quand ils sonnèrent, personne ne répondit.

— FBI ! cria Trevor. Nous voudrions vous parler. C'est urgent.

Quelques secondes plus tard, la porte s'entrouvrit et le visage interloqué de Janice apparut dans l'entrebâillement.

Trevor lui présenta sa plaque.

— Vous étiez bien au Buckaroo Burgers ce soir ?

— Oui. Comment le savez-vous ?

— Nous y étions aussi pour surveiller une suspecte, expliqua Jocelyn. Votre serveuse, en l'occurrence.

— Ma serveuse ?

Elle ouvrit la porte en grand.

— Entrez, je vous en prie.

Trevor et Jocelyn pénétrèrent dans une vaste pièce au plafond cathédrale et au sol carrelé de marbre blanc. Les bruits assourdis d'une télévision leur parvenaient depuis le salon séparé de l'entrée par une cloison partielle. De derrière celle-ci apparut une femme d'une cinquantaine d'années en pantalon noir et chemisier blanc.

— Tout va bien, madame Tapp ?

— Oui, vous pouvez y aller. Merci pour tout.

L'employée jeta un coup d'œil méfiant vers les deux agents avant de repartir dans les entrailles de la maison.

— C'est ma nounou, expliqua Janice. Elle s'occupe de mon fils pendant que je travaille. Et je travaille beaucoup.

— En tant que directrice de banque, on l'imagine, remarqua Trevor.

Elle cessa de sourire.

— Vous êtes bien informé, agent...

— Colton. Nous nous sommes renseignés en chemin.

— Pourquoi vouliez-vous me parler de cette serveuse, alors ?

— Nous sommes à la recherche d'une femme qui correspond à sa description dans le cadre d'une enquête sur des meurtres en série. Elle semble avoir travaillé dans plusieurs restaurants sous de fausses identités. Vous avez entendu parler de la Tueuse de l'Alphabet, je suppose ?

Janice porta une main à sa gorge, les yeux écarquillés.

— Oui. Elle s'en prend à des femmes aux longs cheveux bruns et...

Inconsciemment, elle toucha son chignon.

— À quelle lettre en est-elle arrivée ? demanda-t-elle.

— À la lettre J, répondit Jocelyn. Et il semblerait qu'elle s'attaque surtout aux clientes qui lui ont manqué de respect.

— Seigneur...

Janice se mit à faire les cent pas, un poing sur la bouche. Puis elle s'arrêta et se tourna de nouveau vers eux.

— Quelqu'un m'a dit que son fiancé l'avait quittée pour une autre, et qu'elle tuait des femmes qui la faisaient penser à sa rivale.

— Oui, c'est notre théorie, répondit Trevor. C'est pour cela que nous sommes là ce soir. Auriez-vous un endroit sûr où aller ? Vous pourriez peut-être prendre des congés. Quitter Granite Gulch pendant une ou deux semaines.

— Vous... vous croyez vraiment que je suis en danger ?

— Mieux vaut prévenir que guérir, dit Trevor. Pour autant qu'on le sache, toutes les femmes brunes dont le prénom commence par un J sont en danger.

Il lança un regard appuyé à Jocelyn qui leva les yeux au ciel avant de s'adresser à Janice :

— En ce qui vous concerne, le risque est bien réel. Nous serions rassurés de vous savoir en sécurité.

— D'accord. Je vais essayer de télétravailler pendant une dizaine de jours. J'ai une maison aux Bahamas.

— Très bien. Prévenez-nous si vous remarquez quoi que ce soit d'anormal entre-temps. Nous allons faire surveiller cette serveuse.

Dehors, Jocelyn regarda Trevor avec un sourire en coin.

— Tu cherches encore à me surprotéger, fit-elle remarquer.

Il observa à la dérobée la démarche gracieuse de Jocelyn, ses longues jambes qui étiraient le tissu de sa robe à chaque pas et ses hanches qu'elle balançait légèrement. Plus haut, un corsage enserrait sa poitrine ferme et rebondie, dont la peau crémeuse donnait à Trevor l'envie de croquer dedans.

— Ce n'est pas seulement toi que je veux protéger, répliqua-t-il. Tu devrais peut-être penser à faire plus attention.

— Je fais mon boulot, Trevor. Comme je le faisais avant de tomber enceinte. Bon sang... je te préférais quand tu voulais garder tes distances.

Le ton sensuel de sa voix contredisait ses paroles. Au fond d'elle, elle appréciait l'attitude protectrice de Trevor.

— Tu n'es plus seulement une de mes agentes, observa-t-il. Tu es ma femme.

En voyant une étincelle s'allumer dans le regard de Jocelyn, il s'arrêta. Elle se tourna vers lui, et un long silence chargé d'énergie s'installa. Trevor posa une main sur la joue de Jocelyn.

— Tu feras une super maman.

Et comme il n'avait aucune raison de se l'interdire, il se pencha pour l'embrasser.

9

De retour dans leur petit cocon au-dessus de l'agence immobilière factice, Jocelyn enfila une tenue plus confortable. Le baiser qu'ils avaient échangé un peu plus tôt lui fit choisir une chemise de nuit à la fois simple et sexy qui s'arrêtait à mi-cuisses, avec un décolleté boutonné et une poche sur la poitrine. Elle décida de ne rien mettre en dessous.

En sortant de la chambre, elle trouva Trevor devant la salle de bains. Il avait gardé son jean, mais retiré sa chemise, et elle se demanda s'il avait en tête la même idée qu'elle... Il laissa errer sur elle un regard appréciateur avant d'aller ouvrir la porte-fenêtre.

Jocelyn le suivit sur le balcon et inspira à pleins poumons l'air frais de la nuit. L'arrière du petit immeuble donnait sur des champs où paissaient des troupeaux de vaches. Quelques commerces jalonnaient la route de l'autre côté, plus nombreux à mesure qu'on se rapprochait de la ville. Jocelyn ne regrettait pas son duplex.

— Miaou !

Sigmund venait d'apparaître, la queue dressée bien haut. Elle se pencha pour le prendre dans ses bras, et il se mit aussitôt à ronronner en fermant à moitié les paupières.

— Je n'ai jamais vu un chat réclamer autant d'attention, observa Trevor en prenant place sur l'une des deux chaises longues.

Jocelyn l'imita.

— C'est parce qu'il est très attaché à moi, répondit-elle avec une pointe de fierté.

Comme pour la contredire, le chat sauta élégamment sur le transat de Trevor et s'installa sur le ventre de ce dernier. Jocelyn et Trevor se mirent à rire tous les deux.

— C'est la première fois que je le vois aussi à l'aise avec un étranger. J'avoue que je suis un peu jalouse…

— Je suis sûr que dans sa tête Sigmund est un chien, commenta Trevor en grattant le cou de l'animal.

— Ça tombe bien. Tu les préfères, non ?

— Je pense qu'on devrait avoir les deux.

Jocelyn sentit les battements de son cœur s'accélérer. Finalement, cela allait peut-être marcher entre eux…

— Pour ça, il faudrait qu'on achète une maison, poursuivit-il. Tu es très attachée à ton appartement ?

— Pas tant que ça. Et toi, tu n'en as pas une, de maison ?

— Elle est trop petite. Il n'y a que deux chambres et le jardin est minuscule. Je voulais quelque chose de simple à entretenir.

Comme elle avec son duplex, songea-t-elle. Ils étaient tous les deux accros à leur travail, quoique pour des raisons différentes.

— Je me suis toujours imaginée dans une grande maison avec au moins quatre chambres, confia-t-elle. Et des combles aménagés. Et un bureau avec des portes-fenêtres qui donneraient sur une terrasse. Quelque chose d'assez spacieux pour y élever des enfants.

Il tourna les yeux vers elle. Il avait la main immobilisée sur la tête du chat.

— Quoi d'autre ?

Jocelyn se laissa aller en arrière sur la chaise longue, le regard perdu dans la nuit, savourant la caresse de la brise tiède sur ses jambes et ses bras nus.

— Une chambre décorée sur le thème de *La Reine des neiges* pour la fille aînée, dit-elle. Pour le garçon, des voitures ou du sport. Des couleurs vives. Des coffres remplis de jouets. Plein de coussins et de couvertures douces. Pour moi, un bureau d'où je pourrais gérer mon entreprise de cours particuliers. J'enseignerais l'anglais aux élèves en difficulté, peut-être aussi l'histoire…

Tandis qu'elle lui lançait un sourire gêné, elle fut surprise de le voir absorbé par ce qu'elle disait. D'habitude, quand elle commençait à parler de bébés ou de famille, il changeait de sujet. Elle soupira et reposa la tête contre le dossier.

— J'aimerais aller à des festivals avec mon mari et mes enfants. À des barbecues entre voisins. Au cinéma. À Disney World, à Yellowstone, dans des musées. Tu n'as jamais pensé à ce genre de choses, toi ?

— Si, dit-il d'une voix voilée par l'émotion. J'ai souvent pensé à tout ce que j'ai perdu quand Matthew a tué ma mère.

Cette réponse aurait pu la refroidir, mais il n'en fut rien. Elle l'avait entraîné sur une voie qu'il n'avait jamais empruntée, un chemin empli de lumière et d'amour. Trevor désirait un avenir meilleur, mais il ne savait pas comment l'atteindre. Il suffisait de lui montrer la direction.

Elle se leva et s'approcha de lui. Devinant qu'il allait se faire chasser, Sigmund fila à l'intérieur de l'appartement. Elle avait bien l'intention de prendre sa place.

Suivant chacun des mouvements de Jocelyn avec une sombre intensité, Trevor lui posa les mains sur les hanches tandis qu'elle s'asseyait à califourchon sur lui. Sa chemise de nuit remonta sur ses cuisses, et elle sentit la toile rêche du jean contre son intimité.

Jocelyn se pencha pour embrasser Trevor. Comme chaque fois, une vague brûlante se répandit aussitôt en elle. Et ce désir impérieux fut décuplé lorsque Trevor lui effleura la poitrine à travers le fin tissu de sa chemise de nuit.

Quand elle sentit les mains masculines redescendre le long de sa taille, elle releva la tête pour regarder Trevor. Elle vit ses yeux s'embraser au moment où il découvrit ses fesses nues.

Elle se redressa pour déboutonner le jean de Trevor. Il la laissa faire, fixant sur elle son regard de braise, et se souleva juste assez pour qu'elle puisse baisser le pantalon et le caleçon sur ses jambes. Impatiente de s'unir à lui, elle le guida en elle, savourant chaque centimètre de son membre rigide qui la pénétrait. Les mains en appui sur le torse de Trevor, elle rejeta la tête en arrière et gémit de satisfaction.

Trevor resta immobile. Quand elle commença à onduler des hanches, il la laissa trouver son rythme, aller et venir sur lui, jusqu'à ce que la friction de leurs deux corps, l'air frais sur sa peau et les yeux ténébreux de Trevor la fassent basculer. Alors, il l'allongea sur le dos, plongea de nouveau en elle et, en quelques coups de reins, atteignit à son tour l'apogée du plaisir.

Le lendemain, Trevor emmena Jocelyn déjeuner au Buckaroo Burgers. Le patron avait été interrogé au sujet de la serveuse qu'ils soupçonnaient, et il avait indiqué qu'elle travaillait le midi ce jour-là. Il avait promis de ne rien lui dire qui risquerait de lui mettre la puce à l'oreille.

Trevor ne cessait de repenser à la nuit torride qu'il avait passée avec Jocelyn. Les images de leurs ébats revenaient le tourmenter, si bien qu'il avait toutes les peines du monde à se concentrer sur l'enquête. Il fallait dire aussi que la jeune femme ne l'aidait pas avec ses regards langoureux… Elle avait sûrement les mêmes pensées en tête.

— Comment se fait-il qu'on ne l'ait jamais repérée, si elle travaille ici depuis plusieurs mois ? demanda-t-elle, le tirant soudain de sa rêverie.

— Ce restaurant est loin du centre. Et, d'après le patron, elle jongle avec plusieurs jobs.

Il lui tint la porte. Au moins, aujourd'hui, elle lui avait épargné sa petite robe moulante. Mais il voyait les seins de Jocelyn pointer sous son chemisier décolleté. Était-ce dû à sa présence à côté d'elle ? Ou bien aux souvenirs de la nuit précédente ? Une chose était certaine, ce ne pouvait pas être à cause du froid…

Assez vite, ils repérèrent la serveuse qu'ils avaient observée la veille. Ils s'arrangèrent pour que l'hôtesse les installe dans la zone où elle officiait.

— Bonjour, qu'est-ce que je vous sers à boire ?

Jocelyn et Trevor levèrent les yeux en même temps vers l'employée. À en croire son badge, elle s'appelait – ou se faisait appeler – Sally Reed.

— Je prendrai un verre d'eau avec un seul glaçon, répondit Jocelyn.

La serveuse lui coula un bref regard tout en griffonnant dans son calepin.

— Un Coca pour moi, dit Trevor.

— Très bien. Êtes-vous prêts à commander ?

— Comment pourrions-nous l'être ? rétorqua Jocelyn. Nous venons à peine d'arriver.

— Je vous laisse quelques minutes, alors, répliqua Sally avec un sang-froid impressionnant.

— Merci, glissa Trevor.

Elle lui sourit et repartit.

— Ce n'est peut-être pas elle, murmura-t-il. Ne sois pas trop méchante.

— Je m'excuserai si je me trompe, mais ça m'étonnerait. Tu as vu ses racines ?

— Oui, j'ai vu ses racines. Moi aussi ; je trouve qu'elle correspond bien au profil. Mais après ce qui s'est passé la dernière fois avec la pauvre fille que tu as fait pleurer, il se peut que notre couverture soit grillée.

— Pourquoi tu m'as laissée m'excuser auprès d'elle et lui dire la vérité, dans ce cas ?

— Pour te protéger, peut-être, répondit-il honnêtement. Si on se fait démasquer, tu n'es plus en danger.

— Trevor… Fais-moi un peu confiance ! Je suis douée pour ce travail.

— Je ne dis pas le contraire. Cela dit, je pense que tu le serais encore plus comme maman.

Il posa une main sur celle de Jocelyn, l'enveloppant de sa chaleur. Il avait déjà exprimé son opinion sur le sujet mais, cette fois-ci, elle comprit qu'il était sincère. Dans sa bouche, ce n'était pas une insulte.

La serveuse reparut à cet instant.

— Avez-vous choisi ou voulez-vous que je vous laisse un peu plus de temps ? s'enquit-elle avec une amabilité forcée.

— Oh…

Jocelyn libéra sa main de celle de Trevor pour prendre la carte.

— J'étais en pleine conversation avec mon mari et j'ai complètement oublié de regarder, dit-elle d'un air hautain.

— Ça ne fait rien. Je reviendrai plus tard.

Jocelyn ignora sa remarque.

— Qu'est-ce que tu aimes ici, chéri ?

Trevor fit mine de regarder le menu.

— Le burger aux champignons n'est pas mal, je crois.

— C'est vrai ?

— Tu peux arrêter de faire semblant, elle est déjà repartie. Non, les burgers ne sont pas bons. Je serais toi, je prendrais plutôt une salade ou un sandwich.

— Au contraire ! Ça me donnera une raison de râler…

Repérant Sally à une autre table, elle lui fit de grands gestes agacés. La serveuse revint vers eux, le visage fermé.

— Vous avez décidé ?

— Oui, je prendrai le burger aux champignons. Mais dites bien au chef que mon steak doit être cuit à point.

— Et pour vous, monsieur ?

— Un club sandwich, s'il vous plaît.

— Comme accompagnement ?

— Des frites.

— Vous ne m'avez pas demandé ce que je voulais en accompagnement, souligna Jocelyn d'un ton accusateur. Mettez-moi aussi des frites mais croustillantes, sinon ce n'est pas la peine.

— Très bien.

Sally tourna les talons.

— Je crois que c'est elle, chuchota Jocelyn aussitôt.

— Ne t'emballe pas.

— Tu n'es pas d'accord ?

— Si, mais il ne faut pas qu'elle se doute que c'est un piège.

— Tu as raison. Restons concentrés sur nos rôles.

Elle caressa la main de Trevor.

— Mon mari adoré, roucoula-t-elle.

— Arrête.

— Quoi ? Tu es bien mon mari, non ?

— Tu ne crois pas à ce mariage.

— Peut-être que je commence à y croire.

Après ce qu'il lui avait dit la veille au cours du dîner, après la nuit fabuleuse qu'ils avaient partagée ensuite, comment pouvait-elle résister ? Elle percevait toutefois une légère réticence chez lui. Sans doute ne lui faisait-il pas confiance. Après tout, elle s'était suffisamment moquée de leur cérémonie à Las Vegas…

Sally revint avec leurs assiettes. Jocelyn vérifia son burger : il avait beau paraître cuit à la perfection, elle était obligée de se plaindre.

— Je n'aime pas quand ma viande est rose, déclara-t-elle. Je l'ai demandée cuite à point, là elle est presque saignante.

— Votre burger a été cuit à point, répliqua la serveuse.

— Vous contestez la parole d'une cliente ? Remportez-moi ça et ramenez-moi ce que j'ai demandé.

Sally prit l'assiette et repartit en cuisine.

— Si on pouvait tuer quelqu'un d'un regard, tu serais morte, commenta Trevor. Ne va pas trop loin.

Quelques minutes plus tard, la serveuse lui apporta un autre burger, les lèvres pincées. Jocelyn se demanda si elle n'avait pas craché dedans...

— Merci, dit-elle en jetant un coup d'œil aux frites qui semblaient croustillantes à souhait. Ça a l'air beaucoup mieux.

La viande était carbonisée, mais il fallait bien qu'elle s'arrête quelque part. Trevor et elle mangèrent rapidement.

— Est-ce qu'on commande un dessert ? s'enquit-elle lorsqu'ils eurent terminé.

— Non, je crois que tu en as fait assez.

— Arrête de me protéger, Trevor. Si c'est bien Regina, il faut la pousser à bout jusqu'à ce qu'elle craque. À ce moment-là, on pourra l'arrêter et l'opération sera un succès.

Comme il n'avait pas l'air convaincu, elle ajouta :

— Après ça, je prendrai un congé. Peut-être même que je démissionnerai. Je resterai à la maison pour m'occuper de notre bébé.

— Tu ferais ça ? Vraiment ?

— Oui, vraiment. Je te le promets, murmura-t-elle en lui prenant de nouveau la main.

Cette fois-ci, ce n'était plus pour jouer un rôle. Il la lui serra doucement, comme pour la remercier. Au même instant, Sally s'approcha de leur table.

— Je commençais à me demander si vous ne nous aviez pas oubliés, observa Jocelyn. Vous vous êtes occupée de tout le monde, sauf de nous.

La serveuse plissa légèrement les yeux avant de se ressaisir.

— Vous désirez autre chose ?

— Oui, une part de tarte aux pommes. Tiède. Vous croyez que vous pouvez y arriver ?

Si Sally Reed était bien Regina Willard, une dangereuse tueuse en série, Jocelyn n'aurait aucune pitié pour elle. Elle la harcèlerait jusqu'à ce qu'elle se montre sous son vrai jour. Alors, Jocelyn pourrait enfin se concentrer sur sa vie avec Trevor et leur bébé.

— Une tarte aux pommes tiède, dit Sally. Je vous apporte ça tout de suite.

Elle revint moins de deux minutes plus tard, posa brutalement l'assiette devant Jocelyn. Celle-ci goûta la tarte. Elle était délicieuse – et froide.

Jocelyn leva les yeux vers la serveuse qui l'observait avec un sourire satisfait.

— Cette tarte est froide, lâcha-t-elle.

— Ah bon ? Mince ! Je leur ai dit que vous la vouliez tiède, pourtant. Je vous en rapporte une autre ?

— Non. Mais vous pouvez tirer un trait sur votre pourboire.

Sally repartit d'un pas furieux.

Jocelyn savoura le reste de son dessert, puis ils quittèrent leur table en laissant derrière eux, en lieu et place du pourboire, une carte de visite de l'agence immobilière et un message de reproche adressé à Sally.

À la porte, Jocelyn se retourna et vit la serveuse qui attendait une commande près des cuisines. Elle croisa son regard, glacial. Meurtrier. Réprimant un sourire, elle rejeta ses longs cheveux bruns derrière ses épaules et sortit du restaurant.

10

Toute la fratrie était présente au barbecue, à l'exception de Ridge et de Darcy, sa fiancée. Le premier avait été appelé sur une mission de sauvetage sans rapport avec la Tueuse de l'Alphabet, et la seconde passait le week-end chez une amie.

Trevor discutait avec Chris et sa jumelle Annabel pendant qu'Ethan s'occupait des steaks. La fumée tournoyait au-dessus du gril, imprégnant l'air de délicieuses odeurs de viande. Un peu à l'écart, Holly et Josie bavardaient à bâtons rompus. On les entendait rire régulièrement. Josie avait organisé au pied levé cette petite réunion de famille pour fêter le mariage de Trevor et de Jocelyn ; Ethan s'était aussitôt proposé d'accueillir tout le monde chez lui.

Trevor leur en était profondément reconnaissant. Cette atmosphère paisible, fraternelle, lui réchauffait le cœur. Il avait rêvé si souvent de moments comme celui-ci !

Sam les rejoignit, une bière à la main.

— Alors, où en est l'enquête ? demanda-t-il à Trevor.

— Vous n'allez quand même pas parler de ça maintenant ? intervint Ethan en les regardant par-dessus son épaule.

Il n'aimait pas évoquer cette affaire qui lui rappelait trop les crimes de leur père et le meurtre de leur mère. On pouvait le comprendre : c'était lui qui l'avait découverte juste avant que Matthew se débarrasse du corps.

— Allons parler à l'intérieur, suggéra Sam.

En suivant son frère dans la maison, Trevor lança un clin d'œil à Jocelyn qui échangeait avec Lizzie et Zoe dans le salon. Elle lui répondit d'un sourire chargé de tous leurs secrets intimes.

— Je n'ai pas envie de gâcher le barbecue d'Ethan, confia Sam lorsqu'ils se furent isolés dans le bureau.

— Pour lui, toutes les occasions sont bonnes pour faire la fête, répliqua Trevor en riant.

— Avoue que ça fait du bien de se retrouver en famille. Et il sait accueillir.

— N'oublions pas que c'est Josie qui a tout organisé.

Leur sœur avait accroché des ballons dans la salle à manger et insisté pour que chacun vienne avec un cadeau pour les mariés. Holly, elle, s'était occupée de préparer des entrées.

— C'est super de l'avoir de nouveau parmi nous, dit Sam.

— Oh ! que oui !

Tous les frères et sœurs partageaient ce sentiment.

Sam resta un moment plongé dans ses pensées – lui aussi avait été marqué à vie par les traumatismes qu'ils avaient subis étant enfants.

— Bref, l'enquête, dit-il en se ressaisissant. Est-ce que Matthew vous a remis d'autres lettres ?

— Tu plaisantes ? Non. Mais j'ai contacté la prison, et Regina ne lui a rien envoyé de nouveau.

— Tu es toujours au point mort, alors ?

— Jocelyn et moi avons fait des progrès intéressants cette semaine. On pense avoir repéré Regina.

Les yeux de Sam s'agrandirent.

— Où ça ?

Trevor lui raconta leurs différents passages au Buckaroo Burgers et le jeu d'actrice très efficace – quoique un peu extrême – de Jocelyn. Son frère rit de bon cœur.

— Tu ne dois pas t'ennuyer avec elle, commenta-t-il. Je connais ça, moi aussi.

— C'est une bonne agente, mais j'aimerais qu'elle soit plus prudente.

— Ça change tout que vous soyez mariés. Aussi compétente soit-elle, c'est la femme en elle que tu aimes.

Trevor tressaillit à ce mot. Il tenta de cacher sa réaction, mais celle-ci n'avait pas échappé à Sam qui plissa les yeux.

— Tout va bien, entre Jocelyn et toi ?

— Oui. Enfin, aussi bien qu'on peut l'imaginer après un mariage aussi rapide.

— C'est vrai que c'était un peu précipité, tout ça.

Trevor ne pouvait pas dire que l'annonce de la grossesse de Jocelyn l'ait réjoui. S'il l'avait épousée, c'était surtout parce que cela lui avait paru être la bonne – et la seule – décision à prendre.

Sam lui donna une tape amicale sur l'épaule.

— Ne t'en fais pas. Tu finiras par surmonter le choc.

Trevor ne répondit pas. Peut-être son frère avait-il raison. Peut-être avait-il simplement besoin de temps pour accepter la réalité.

— Ethan et Trevor se ressemblent beaucoup, fit remarquer Lizzie Colton.

— Tous les frères Colton se ressemblent, répliqua Zoe Robison.

Jocelyn bavardait avec les deux jeunes femmes dans le salon d'Ethan et de Lizzie. Elle aimait écouter leurs histoires, parfois drôles, parfois émouvantes, toujours captivantes. Zoe, la compagne de Sam, et Lizzie, mariée depuis peu à Ethan, avaient comme elle vécu des tragédies, et elles aussi avaient dû surmonter des obstacles avant de trouver le bonheur avec leurs conjoints.

— Ethan ne voulait pas d'enfants, lui non plus, jusqu'à ce qu'il apprenne que j'étais enceinte de lui, dit Lizzie en riant.

Jocelyn commença par sourire. Elle était sur un petit nuage depuis que sa relation avec Trevor avait pris un tour plus sentimental. Puis les mots « lui non plus » s'imprimèrent dans son esprit.

— Trevor ne voulait pas d'enfants ? demanda-t-elle.

— C'est l'impression qu'il donnait, en tout cas, répondit Lizzie, un peu gênée. Mais ne t'inquiète pas. Tous les frères et sœurs Colton ont souffert d'avoir été séparés étant jeunes. Il faut juste qu'ils se réadaptent. Je veux dire... Trevor est celui qui a vécu le plus longtemps avec leur père. Il y a de quoi être traumatisé.

— Je sais tout ça. Mais il ne voulait pas d'enfants ? insista Jocelyn.

— Il avait peur d'être un mauvais papa. On ne peut pas dire que Matthew leur ait donné le meilleur exemple.

— Arrête, Lizzie, intervint Zoe, un joli petit bout de femme aux cheveux blonds mi-longs. Je sais que tu es aux anges avec ton bébé tout neuf, mais Jocelyn et Trevor étaient collègues avant qu'elle tombe enceinte. Laisse-leur un peu de temps.

— Je ne voulais pas la mettre mal à l'aise, se défendit Lizzie.

Elle se tourna vers Jocelyn et lui posa une main sur le bras.

— Ne fais pas attention à ce que j'ai dit. Trevor est amoureux de toi, c'est juste qu'il ne le sait pas encore.

— Quand j'ai rencontré Sam, j'étais à des lieues de penser que je craquerais pour un homme comme lui, souligna Zoe, dont les lunettes en écailles de tortue faisaient ressortir ses yeux d'un bleu étonnant. Lizzie et Ethan, eux, ont tous les deux été élevés en familles d'accueil. Ils savent ce que c'est de perdre ses parents, de ne pas les avoir auprès de soi pour les moments importants.

— Sam et toi êtes faits l'un pour l'autre, répliqua Lizzie. C'est évident. Il est policier, et ta sœur a été assassinée.

Elle porta une main à sa bouche, ses beaux yeux verts écarquillés.

— Excuse-moi. J'ai encore parlé trop vite.

— Je t'en prie, répondit Zoe en souriant. C'est vrai que le meurtre de ma sœur nous a rapprochés, Sam et moi.

— Ce n'est pas tout ça, mais je dois aller aux toilettes, glissa Jocelyn.

— Tu vois ? Tu lui as fait peur, plaisanta Zoe.

— Je ne voulais vraiment pas...

Jocelyn leva une main.

— Il n'y a pas de problème. Vraiment. J'ai besoin de faire pipi, c'est tout.

Jocelyn s'éclipsa dans le couloir. Elle aimait beaucoup la famille de Trevor, mais elle ne se sentait pas encore prête à s'épancher sur l'arrangement auquel ils étaient parvenus tous les deux.

— Tu as l'air de douter, Trevor. Qu'est-ce qui se passe ? Tu regrettes de l'avoir épousée ?

Jocelyn s'arrêta net en reconnaissant la voix de Sam. Elle provenait d'une pièce située juste en face des toilettes, et dont la porte était entrouverte.

Elle entendit Trevor soupirer. Son anxiété était palpable.

— Non, je ne regrette pas. On va être parents.

— Donc, tu penses au bébé.

— Avant toute chose, oui. Mais le mariage, la famille, les enfants, le chien, le chat... Ça fait beaucoup d'un coup.

— Pourquoi l'as-tu épousée, si tu n'es pas sûr de toi ?

— Je suis sûr.

— Ce n'est pas l'impression que tu me donnes, Trevor.

— J'ai fait ce qu'il fallait faire. *On* a fait ce qu'il fallait faire. C'est juste que...

Il ne termina pas sa phrase.

— Tu l'aimes ? s'enquit Sam.

L'hésitation de Trevor voulait tout dire. Jocelyn sentit son cœur se serrer. Elle s'était trompée sur toute la ligne.

— Tu la connais assez pour le savoir, fit remarquer Sam. Tu travailles avec elle.

— Oui. Je crois que c'est justement ça le problème. Jocelyn est super. Elle est belle, authentique, intelligente. Physiquement, ça passe bien entre nous. Très bien, même. Mais je pense que je ne suis pas prêt pour le mariage, Sam. Elle rêve d'une vraie famille, d'une maison dans laquelle élever ses enfants… Si tu l'entendais en parler !

— Vous allez avoir un bébé. Ce n'est pas un rêve, ça.

— Oui, mais peut-être que Jocelyn a raison. Peut-être qu'on n'aurait pas dû se précipiter.

Il ne voulait donc toujours pas d'enfants. Jocelyn sentit son sang se glacer dans ses veines. Il avait fait semblant de se rapprocher d'elle, alors qu'au fond de lui il regrettait sa décision. Quand elle lui avait décrit la famille de ses rêves, elle avait cru le convaincre ou, du moins, provoquer en lui une émotion positive. Avait-il vraiment feint cette réaction ? Cela lui paraissait impossible.

— Tu voudrais qu'il y ait de l'amour, devina Sam.

— Oui. Et je crois que Jocelyn serait d'accord.

Non, Jocelyn n'était pas d'accord. Elle était certaine qu'ils s'aimaient déjà.

— C'est rude, Trevor. Qu'est-ce que tu vas faire ?

— Je ne sais pas. Tout ce que je sais, c'est que ce mariage sonne faux.

Jocelyn se couvrit la bouche pour ne pas trahir sa présence. Elle pivota sur elle-même, pensant ressortir par le salon. Mais alors elle serait obligée d'affronter la famille de Trevor et elle ne s'en sentait pas la force.

Tandis qu'elle cherchait une fenêtre par où s'échapper, elle se rappela que Trevor avait laissé les clés de son SUV sur un guéridon près de la porte d'entrée. Ce qu'elle allait faire lui donnait mauvaise conscience, mais il fallait absolument qu'elle s'enfuie d'ici.

Elle retourna dans le salon d'un pas nonchalant. Zoe et Lizzie s'étaient déplacées dans la cuisine et s'apprêtaient à sortir sur la terrasse. Ethan semblait avoir fini de préparer les hamburgers, et bientôt tous les convives se réuniraient autour de la table. Arrivée près de l'entrée, Jocelyn vérifia que personne n'était tourné dans sa direction. Elle s'empara des clés de voiture et partit sans un regard en arrière.

Jocelyn pénétra dans le logement qu'elle partageait avec Trevor. Appartement factice. Mariage factice. Elle referma la porte et s'y adossa un moment, encore sous le choc de ce qu'elle avait entendu. Alors qu'elle commençait à lâcher prise, à se défaire de ses doutes, Trevor brisait ses espoirs en plein vol. Rien n'avait changé. Il ne l'avait épousée que pour le bébé, pas pour elle. Devait-elle se sacrifier pour un homme qui ne l'aimerait jamais ?

Ce mariage sonne faux.

La phrase, prononcée avec une sincérité totale, la hantait. Trevor avait confié à son frère un sentiment qu'il avait gardé pour lui jusque-là, un sentiment qu'il avait réussi à enfouir en lui lorsqu'il avait fait toutes ces belles promesses à Jocelyn.

Je veux la même chose que toi… Une famille. Je veux que ça marche entre nous. Vraiment.

Menteur ! Quel joli sketch il lui avait joué ! Il voulait peut-être une famille, mais pas pour les mêmes raisons qu'elle. Il s'y sentait obligé. Il n'avait aucune envie de tomber amoureux.

Les larmes lui piquèrent les paupières tandis qu'elle ouvrait sa valise et jetait ses affaires à l'intérieur. Quand son téléphone sonna, elle ne prit pas la peine de regarder qui l'appelait. Trevor partirait sans doute à sa recherche, il tenterait de la convaincre de revenir. De suivre le plan établi. Comment comptait-il fonder une famille s'il continuait de se fermer aux autres ? Pourtant, il semblait proche de ses frères et sœurs. Pourquoi avait-il tant de mal avec les femmes ?

Peut-être était-ce avec elle en particulier qu'il n'y arrivait pas...

Ce mariage sonne faux.

Sigmund sauta sur le lit en miaulant. Il percevait la détresse de sa maîtresse. Jocelyn le prit dans ses bras et lui gratta la tête derrière les oreilles.

— On est de nouveau tout seuls, mon Siggie. Mais le temps presse.

Elle voulait être partie avant que Trevor trouve un moyen de locomotion et déboule dans l'appartement. Elle reposa donc Sigmund et termina sa valise. Après avoir récupéré ses affaires de toilette dans la salle de bains, elle enferma le chat dans sa caisse de transport et regagna le SUV.

Où aller ? Si elle rentrait chez elle, Trevor la retrouverait. Elle avait besoin de temps pour réfléchir.

Peut-être la laisserait-il tranquille. Il avait semblé tellement tiraillé en parlant avec Sam... Il serait peut-être soulagé qu'elle soit partie.

Non, il la chercherait, c'était évident. Pour le bébé, pas pour elle. Plus elle y pensait, plus cela la mettait en colère. N'avait-il donc rien à faire de ce qu'elle ressentait ? Il ne s'inquiétait que de leur enfant. Celui-ci passait avant tout le reste, bien sûr, mais Jocelyn comptait aussi.

Tandis qu'elle roulait vers l'avenue principale de Granite Gulch, elle remarqua une voiture derrière elle. Dans un premier temps, elle n'y prêta pas attention, mais lorsqu'elle prit la direction de l'autoroute, le véhicule fit de même.

Ses craintes se confirmèrent quand elle tourna dans une petite rue et que l'autre voiture la suivit. Sur le siège passager, Sigmund miaula comme pour lui rappeler qu'elle n'était pas seule. En outre, elle devait aussi protéger son bébé, cette vie minuscule et sans défense qui grandissait en elle.

— Super, marmonna-t-elle. Tu as bien choisi ton moment, toi.

En s'y prenant bien, elle pourrait peut-être appréhender cette personne. Après tout, elle était formée pour gérer des situations comme celle-ci. N'en déplaise à Trevor, elle n'était pas seulement une épouse et une future mère.

Les yeux rivés sur la route, elle fouilla dans son sac à main pour en sortir son arme qu'elle posa sur ses genoux après avoir déverrouillé le cran de sûreté. Puis elle prit une autre rue qui menait vers le poste de police, au cas où elle aurait besoin de renforts.

Quelques instants plus tard, la voiture qui la suivait accéléra et percuta l'arrière du SUV. Sous l'impact, Jocelyn sentit sa ceinture se serrer sur son ventre. Sigmund poussa un miaulement indigné.

Soudain, la vitre arrière vola en éclats. Le chauffard lui tirait dessus ! Ce ne pouvait être que Regina.

— OK.

Jocelyn enfonça la pédale d'accélérateur tout en baissant sa vitre.

— Accroche-toi, Sigmund !

Quand elle eut gagné suffisamment de terrain, elle tira le frein à main pour faire tourner le SUV à 180 degrés. Se retrouvant face à la voiture, elle sortit son pistolet par la fenêtre et fit feu.

Regina inclina la tête en freinant brusquement.

— Alors, tu veux jouer aux autos tamponneuses ?

Jocelyn fonça sur le véhicule sans cesser de tirer. Regina passa la marche arrière et s'écarta de la trajectoire du SUV, puis elle fit demi-tour et fila vers l'autoroute. Jocelyn la prit en chasse. Au quatrième coup de feu, elle parvint à atteindre la lunette arrière. Au cinquième, le rétroviseur.

— Tu ne t'attendais pas à ce que je sois armée, hein ? Eh oui ! Je suis du FBI !

Alors qu'elle approchait des cent cinquante kilomètres/heure et que les lumières de la ville s'estompaient derrière elle, Jocelyn ralentit. Pour cette fois, elle laisserait Regina partir. Elle avait d'autres problèmes à régler ce soir.

11

— Où est-elle, bon sang ?

Trevor se passa une main dans les cheveux, malade d'inquiétude. Il avait fouillé chaque recoin de la maison. Jocelyn avait disparu sans que personne s'en rende compte.

— Ton SUV n'est plus là, annonça Ethan qui revenait de dehors.

Trevor le dévisagea, stupéfait. Il ne comprenait pas ce qui avait pu pousser la jeune femme à se sauver comme ça.

— Elle avait l'air d'aller bien, pourtant, déclara Lizzie. Après, je n'aurais peut-être pas dû lui dire que tu étais comme Ethan, que tu ne voulais pas d'enfants.

— Pardon ?

— Lizzie ne pensait pas à mal, assura Zoe. Elle a juste expliqué qu'Ethan était comme ça au début, et que tu suivais le même chemin. Jocelyn n'a pas semblé particulièrement choquée.

Les bras croisés sur la poitrine, Lizzie se toucha la lèvre inférieure d'un air pensif.

— C'est quand même à ce moment-là qu'elle est partie aux toilettes. Je pense que ça l'a embêtée, en fait.

— Ce n'est pas ce que tu as dit qui a pu la faire fuir comme ça, lui assura Ethan. Il a dû se passer autre chose.

À cet instant, Sam entra par la terrasse.

— Elle n'est pas derrière.

— Pas au sous-sol non plus, dit Chris en rejoignant le petit groupe dans le salon.

— Les toilettes sont juste en face du bureau où Sam et moi avons discuté, fit remarquer Trevor. La porte était entrouverte.

Une sensation d'angoisse le gagna peu à peu. Jocelyn avait dû l'entendre confier ses doutes à son frère vis-à-vis de leur mariage. Après tous les progrès qu'ils avaient faits, après leur incroyable nuit d'amour, après leurs conversations intimes, elle en avait sûrement conclu qu'il lui avait menti. Or il avait été sincère, avec elle comme avec Sam.

— J'ai besoin d'une voiture, lâcha-t-il en se dirigeant vers la porte.

— Prends mon pick-up, dit Ethan.

— Merci, frangin.

En partant, Trevor se sentit assailli par un mauvais pressentiment. Jocelyn était seule et contrariée. Elle risquait de relâcher sa vigilance au moment où elle en avait le plus besoin. Et il n'était même pas là pour les protéger, elle et le bébé...

Cette intuition se vérifia lorsque son téléphone se mit à sonner et qu'il vit le nom du chef Murray s'afficher à l'écran.

— On vient de nous signaler un échange de coups de feu au nord de Granite Gulch, l'informa ce dernier. D'après les témoins, une femme a tiré sur la conductrice d'un SUV.

Trevor poussa un juron.

— Jocelyn, murmura-t-il.

— Les deux véhicules sont repartis chacun de leur côté, et personne ne les a revus depuis.

Au moins, elle était vivante, songea Trevor. Mais que se passerait-il si Regina la retrouvait ?

Il fallait qu'il la retrouve avant elle.

Les recherches de Trevor le menèrent à un hôtel qui acceptait les animaux de compagnie. Lorsqu'il s'y présenta,

Jocelyn était déjà repartie. Malgré son inquiétude, il était soulagé. Certes, elle n'avait répondu à aucun de ses appels, mais il était sûr qu'elle avait dormi au chaud et en sécurité avec son chat.

Après avoir attendu un moment devant le duplex de la jeune femme, il décida de retourner à l'appartement au-dessus de l'agence immobilière. Jocelyn n'était pas du genre à abandonner une mission en route. Il était prêt à parier qu'elle voudrait en finir avec Regina.

Que savait cette dernière à propos de Jocelyn ? Qu'elle était armée, déjà. Mais soupçonnait-elle la police et le FBI de l'avoir repérée ? Si oui, elle risquait de se volatiliser une fois de plus. À moins qu'elle tienne avant tout à éliminer Jocelyn, cette femme qui avait osé lui manquer de respect…

Tandis qu'il faisait les cent pas devant la fenêtre, Trevor jeta un coup d'œil à sa montre. Voilà plusieurs heures qu'elle avait quitté l'hôtel. Il avait donné son signalement et celui du SUV à tous les policiers du comté, mais aucun n'avait retrouvé sa trace.

Alors qu'il commençait à craindre qu'il lui soit arrivé malheur, il l'entendit monter l'escalier. Il se tourna vers la porte et la vit entrer, la caisse de Sigmund dans une main, sa valise dans l'autre. Aussitôt libéré, le chat se précipita vers sa place favorite sur le canapé.

Jocelyn resta immobile. Trevor ne savait pas quoi lui dire. Elle était revenue, c'était tout ce qui comptait. Et elle semblait aussi perdue que lui.

— J'ai vu que tu avais dormi à l'hôtel, lâcha-t-il finalement. Où étais-tu, ce matin ?

Sans répondre, elle le rejoignit devant la fenêtre pour regarder dans la rue.

— Tu es au courant que Regina a essayé de me tuer ?

— Oui, la police a reçu des appels rapportant un échange

de tirs. Vu les descriptions, j'ai deviné qu'il s'agissait de Regina et de toi.

Elle acquiesça, puis se dirigea vers la petite table blanche du coin cuisine.

— Il faut qu'on parle, déclara-t-elle.

Trevor avait prononcé la même phrase après leur première nuit. Maintenant, il savait ce qu'elle avait dû ressentir.

— Jocelyn, ce que j'ai raconté à Sam...

— Pas la peine de te justifier. J'ai entendu ce que tu as dit, et je comprends. Je suis revenue te prévenir que j'allais terminer cette enquête et qu'ensuite je demanderais une mutation. Pas trop loin, pour que tu puisses voir notre enfant.

— Non. On peut y arriver autrement.

— Selon tes termes ? répliqua-t-elle avec colère. C'est fini, ça, Trevor. J'ai décidé que je serais une mère célibataire.

Cette phrase lui fit l'effet d'un coup de poing.

— Tu n'as pas entendu le reste de ce que j'ai dit à Sam.

— Je m'en fiche. J'en ai assez de tes paroles creuses. Tu m'as fait croire que ce qu'on vivait était réel, alors que tu continuais à douter. Tu aurais dû être honnête avec moi.

— Je l'étais. C'est juste que je ne sais pas trop où j'en suis. Je ne sais pas trop ce que je ressens.

— Ça peut se comprendre, vu ce que tu as vécu étant jeune. Je ne te reproche rien. On n'est responsables ni l'un ni l'autre de ce que l'on ressent. Il faudra qu'on fasse avec, c'est tout.

— On est encore mariés, Jocelyn. Je ne veux pas divorcer.

— On n'a pas besoin de divorcer. J'ai fait une demande d'annulation ce matin. C'est là que je suis allée après avoir quitté l'hôtel.

Trevor se figea.

— Tu ne peux pas obtenir une annulation. Je ne t'ai pas obligée, il n'y a pas eu d'abus de confiance.

— En effet, mais on n'a pas attendu soixante-douze

heures entre la publication des bans et le mariage. Ça m'a facilité les choses.

Trevor se serait giflé. Il y avait pensé, sur le moment, mais il n'avait pas imaginé qu'elle en viendrait là.

— Je veux plus qu'un simple droit de visite, affirma-t-il.

— J'avais bien compris. Mais j'ai une question pour toi.

— Je t'écoute.

— Et moi, dans tout ça ?

Comment ça, « et elle » ? Il voulait que leur enfant soit élevé par ses deux parents ensemble, pas à tour de rôle. Jocelyn et lui s'entendaient déjà très bien au lit. L'amour pourrait venir après, non ?

— Je prendrai soin de toi, lui promit-il.

— Tu ne veux pas de ce mariage.

— Je veux qu'on avance petit à petit, c'est tout.

— Et moi, je ne veux pas qu'on reste mariés juste pour le bébé.

Elle en attendait davantage de Trevor, et il n'était pas certain de pouvoir le lui offrir. Il avait tellement de doutes sur lui-même, sur son passé, sur son avenir…

— N'annule pas ce mariage, s'il te plaît, l'implora-t-il.

— C'est trop tard. J'ai déjà fait la demande. Si tu veux qu'on reste ensemble, épouse-moi pour de vrai.

Elle retira son alliance et alla la ranger dans sa boîte à bijoux. Trevor ne chercha pas à la retenir – il comprenait sa réaction. Mais il se promit de tout faire pour la convaincre de remettre cette bague.

12

Que ce bleu était joli ! Josie maniait le pinceau avec enthousiasme, projetant des gouttelettes de peinture sur ses joues et son T-shirt. Il y en avait aussi sur les pâquerettes et dans l'herbe, au pied de la barrière. C'était fabuleux.

— Tu as oublié un petit coin, là.

Josie leva la tête vers sa mère, si belle et si jeune, qui lui souriait en lui montrant l'endroit où l'on voyait encore la vieille peinture blanche écaillée. Elle trempa son pinceau dans le pot et l'appliqua, tout dégoulinant, sur la planche de bois.

Sa mère se redressa pour regarder au loin dans les champs. Le soleil brillait dans le ciel d'un bleu pur. Une brise tiède soulevait ses cheveux. Josie était heureuse : il faisait beau et elle était avec l'être qui comptait le plus au monde pour elle. Pourtant, elle ressentait une étrange nostalgie, comme si sa mère lui manquait alors qu'elle se tenait là, à côté d'elle. Sa mère qui, subitement, ne souriait plus.

Un gros nuage noir apparut à l'horizon. Il se rapprocha encore et encore, plongeant le paysage dans l'ombre. Bientôt, la palissade ne fut plus qu'une masse indistincte.

— Cours, Josie !

Elle se releva maladroitement, renversa le pot de couleur bleue qui se répandit sur ses pieds. La peinture vira au noir, se fit collante comme du goudron. Josie ne pouvait pas courir. Elle cherchait désespérément sa mère, mais celle-ci avait disparu. Avait-elle été avalée par l'obscurité ?

Josie avait beau se débattre, elle ne parvenait pas à se libérer. Elle avait déjà vécu cette scène. Ses pieds étaient prisonniers de la terre, au milieu des pâquerettes qui commençaient à se flétrir.

Un vent froid se leva et se mit à souffler tellement fort qu'il l'aurait emportée si elle n'avait pas été rivée au sol. Soudain, la silhouette d'un homme se découpa dans le noir. Il tenait une épée couverte de peinture bleue et s'avançait vers elle. Le bleu tourna au rouge. L'homme dressa son épée et elle reconnut ses traits.

C'était son père.

Brusquement, l'image se dissipa alors que retentissait un bruit de verre brisé.

Josie se réveilla en sursaut, le cœur battant à tout rompre. Ce bruit, elle ne l'avait pas rêvé. Quelqu'un marchait dans son salon, ses pas se rapprochaient rapidement. Elle bondit de son lit juste au moment où une femme apparaissait sur le seuil de sa chambre, armée d'un pistolet.

Ravalant un cri, Josie se recroquevilla contre le mur.

— Il n'y a personne pour te protéger, cette fois-ci ! siffla l'inconnue en s'avançant lentement. Tu croyais que tu allais t'en sortir comme ça, hein ? Tu as essayé de m'échapper, mais je te tiens, maintenant. Espèce de tarée.

Parle pour toi ! songea Josie. Ce n'était pas elle qui venait de s'introduire chez une jeune femme pour la tuer sans raison.

— Je ne sais pas de quoi vous parlez, dit-elle.

— Ne me prends pas pour une idiote. Tu vas payer pour ce que tu as fait !

Josie attendit qu'elle ait fini de contourner le lit pour se jeter sur elle et lui saisir le poignet. Un coup de feu partit, la balle se ficha dans le mur. Elles roulèrent toutes les deux sur le sol, se disputant le contrôle de l'arme.

Alors que son adversaire se trouvait au-dessus d'elle, Josie lui assena un violent coup de tête et profita de l'effet de surprise pour se dégager de l'étreinte de son assaillante. Très vite cependant, l'autre femme reprit ses esprits et pointa son pistolet sur elle. Josie plongea derrière le lit, évitant la balle de justesse. Elle rampa jusqu'à la table de chevet, s'empara de la lampe en céramique et la lança sur l'inconnue qui s'écroula, touchée à la tempe.

Sans perdre une seconde, Josie courut dans le salon pour attraper une seconde lampe, en métal cette fois-ci. Quand son agresseuse apparut dans l'encadrement de la porte, un peu groggy, mais toujours aussi déterminée à la tuer, Josie jeta la lampe de toutes ses forces dans sa direction. Elle l'atteignit au bras. Le pistolet s'envola et atterrit entre elles deux.

D'un même mouvement, elles se ruèrent dessus, mais Josie fut la plus rapide. Elle se saisit de l'arme et recula d'un pas pour tenir son adversaire en joue. À quatre pattes, cette dernière leva les yeux, choquée de sa défaite.

— Qui êtes-vous ? lui demanda Josie d'une voix essoufflée. Répondez-moi ou la police vous sortira d'ici dans un sac mortuaire.

À cet instant, l'agent chargé de sa sécurité ouvrit la porte à toute volée et se précipita dans la pièce.

De retour au Buckaroo Burgers, Jocelyn et Trevor attendaient que le patron les reçoive. Elle sentait son corps se crisper chaque fois que Trevor la frôlait. Pourquoi fallait-il qu'elle soit tellement sensible à sa présence ? Aussi attirée par sa masculinité ? Le monde était mal fait.

Heureusement, le propriétaire du restaurant, un homme dynamique et souriant, les rejoignit rapidement.

— Asseyons-nous par ici. J'ai demandé à l'hôtesse de ne pas installer de clients dans cette zone.

Ils prirent place autour d'une table dans un coin isolé de la salle.

— Vous êtes là à propos de Sally, si j'ai bien compris ?

— Nous aimerions lui parler, répondit Trevor. Savez-vous où nous pourrions la trouver ?

— Je n'en ai aucune idée. Elle n'est pas venue hier. Je m'y attendais un peu… Il y a des gens, comme ça, qui n'inspirent pas confiance.

Il marqua un silence.

— Il lui est arrivé quelque chose ?

— Nous pensons qu'elle a travaillé ici sous un faux nom.

— Je me suis renseigné sur elle avant de l'embaucher, pourtant, et je n'ai rien repéré d'anormal.

— Parce qu'elle a volé l'identité de quelqu'un qui existe réellement, répliqua Jocelyn.

— Qui est-elle, alors ?

D'un bref hochement de tête, Trevor l'autorisa à répondre.

— Nous la soupçonnons d'être la Tueuse de l'Alphabet.

— Sally ?

Le patron paraissait abasourdi.

— Je la trouvais un peu bizarre, mais de là à imaginer que c'était une meurtrière…

— Les tueurs en série sont souvent de bons menteurs, expliqua Trevor. La plupart du temps, ils renvoient l'image de personnes intelligentes, professionnelles et même normales. Ils sont très doués pour tromper leur monde.

— Comment puis-je vous aider ? Vous voulez voir son dossier ? Parler avec ses collègues ? Je mettrai tous les documents à votre disposition.

— Une équipe est en route pour s'occuper de tout ça.

Trevor venait de finir sa phrase quand son téléphone sonna. Jocelyn le vit se rembrunir en écoutant son interlocuteur.

— On arrive tout de suite, lâcha-t-il avant de se tourner vers le propriétaire du restaurant. Merci pour votre aide, monsieur.

Il attrapa Jocelyn par le bras et l'entraîna dehors.

— Qu'est-ce qui se passe ? s'enquit-elle en trottinant derrière lui.

— C'était le garde du corps de Josie. Elle a été agressée.

Lorsqu'ils arrivèrent chez la sœur de Trevor, la police était déjà sur place. L'agent chargé de protéger Josie surveillait une femme assise sur le canapé. Elle avait les mains menottées et la tête baissée.

— Je leur ai demandé d'attendre votre arrivée avant de l'embarquer, indiqua-t-il en désignant les policiers d'un geste du menton.

— Merci.

Lorsque la suspecte releva la tête, Jocelyn réprima une exclamation de surprise. C'était Caressa Franklin.

— Elle a cassé une vitre pour entrer chez moi et elle a essayé de me tuer, résuma Josie en allant s'installer à la table de la cuisine, visiblement soulagée que son grand frère soit là.

Jocelyn s'approcha de Caressa.

— Pourquoi avez-vous fait ça ?

— Parce qu'il le fallait. Elle a tué Erica.

— C'est faux.

Ne les avait-elle pas écoutés lorsqu'ils étaient venus l'interroger ?

— Vous devriez comprendre, vous, lâcha-t-elle d'un ton irrité.

— Moi ? Qu'est-ce que je devrais comprendre ? Dites-moi.

— Vous teniez à Erica. Je l'ai vu dans vos yeux. Vous m'avez fait réaliser ce que j'avais perdu. Et tout ça, c'est à cause d'elle !

— Josie n'a pas tué Erica, lui assura Jocelyn.

— Si. Elle s'est cachée pendant des années, c'est bien la preuve. Elle est comme son meurtrier de père. Elle l'imite en dessinant des cibles au marqueur rouge sur le front de ses victimes. C'est la Tueuse de l'Alphabet ! C'est elle qu'il faut arrêter, pas moi !

— Pourquoi pensez-vous qu'elle a assassiné toutes ces femmes ? Pourquoi s'en serait-elle prise à Erica ? demanda Trevor.

Caressa parut déroutée par cette question. Puis elle répondit simplement :

— Parce qu'elle a eu une liaison avec Hershel.

— Je ne connais pas ce type, se défendit Josie.

— Elle le connaît forcément ! Et même dans le cas contraire, Erica avait les cheveux longs et bruns. Elle a dû rappeler à Josie Colton une femme qui lui avait fait du tort. Comme son père. C'est elle, la tueuse !

Jocelyn était sidérée. Malgré l'absence de preuves, Caressa avait réussi à se convaincre que Josie avait tué Erica et toutes les autres femmes, simplement parce qu'elle avait été soupçonnée pendant un temps.

— Caressa, lui dit-elle gentiment dans l'espoir de lui faire entendre raison. Nous ne vous avons pas menti quand nous sommes venus vous voir l'autre jour. Josie n'a pu tuer aucune de ces femmes, parce qu'elle ne se trouvait pas à Granite Gulch au moment des meurtres. Elle bénéficiait d'une protection en tant que témoin. Notre suspecte est Regina Willard. Elle travaille comme serveuse sous différents noms. Elle imite le mode opératoire de Matthew Colton qu'elle admire et à qui elle a écrit plusieurs lettres.

— Ce n'est pas possible, murmura Caressa.

— Si. Josie n'est pas une meurtrière.

— Hershel trompait Erica. Il me l'a dit.

— Vous lui avez parlé ? s'enquit Trevor.

— Bien sûr que je lui ai parlé. Quand j'ai appris qu'Erica avait été assassinée, j'ai tout de suite pensé à lui. À l'époque où on était encore proches, elle m'avait dit qu'il avait des maîtresses. Je ne comprenais pas pourquoi elle restait avec lui.

— Vous n'aviez pas entendu parler de la Tueuse de l'Alphabet ?

Caressa regarda Trevor d'un air indigné.

— Si, évidemment. Mais il pouvait très bien avoir maquillé le crime pour que l'on croie que c'était l'œuvre de la Tueuse de l'Alphabet.

— Vous soupçonniez Hershel, donc.

— Oui. Et je voulais être sûre que la police l'arrêterait.

— Sauf que ce n'est pas lui qui a tué Erica.

— Je m'en suis rendu compte après avoir discuté avec lui et entendu parler de Josie Colton.

— Dans ce cas, pourquoi l'avez-vous obligé à raconter qu'Erica avait déjeuné avec Josie ?

— Erica serait encore en vie si Hershel ne l'avait pas trompée. Ils seraient restés ensemble, et Josie ne se serait pas intéressée à elle.

Son raisonnement n'avait aucun sens.

— Ce n'est pas Josie qui l'a tuée, souligna une nouvelle fois Jocelyn. On vient de vous dire que Regina Willard était notre principale suspecte.

— Hershel avait peur qu'on l'accuse du meurtre. Je lui ai fichu la paix quand je me suis rendu compte que c'était Josie la coupable.

Trevor fit signe à Jocelyn de ne pas insister. Cela ne servait à rien. Elle s'écarta à contrecœur, et les policiers vinrent saisir Caressa par les bras.

— Non ! hurla-t-elle en se débattant. J'ai fait une erreur. Vous ne pouvez pas me mettre en prison. Je n'ai tué personne !

Jocelyn ne put s'empêcher d'éprouver une pointe de pitié. Caressa avait repoussé Erica lorsque celle-ci avait voulu se réconcilier avec elle. Rongée par la culpabilité, elle avait ensuite cherché à tout prix à venger le meurtre de son amie – et elle s'en était prise aux mauvaises personnes. À présent, elle risquait la prison pour avoir tenté de tuer une innocente.

Josie, qui avait rejoint Trevor et Jocelyn, observait la scène d'un air désolé.

— Est-ce que tu te sens en sécurité, maintenant ? lui demanda Trevor.

— Oui. Je crois que je vais enfin pouvoir oublier Desmond Carlton et ses hommes.

— Ils sont tous morts ou en prison. Tu ne crains plus rien, à présent. Tu peux vivre ta vie sans regarder constamment derrière toi.

— Ça va me changer ! commenta-t-elle en souriant. Mais vous, ça ne vous aide pas à résoudre cette enquête...

Au contraire, les frasques de Caressa leur avaient fait perdre du temps.

— On ne relâchera pas nos efforts tant qu'on n'aura pas arrêté Regina, répondit Jocelyn.

Trevor lui lança un regard inquiet. Sans doute se sentait-il encore obligé de la protéger – et elle se mettait effectivement en danger chaque fois qu'elle jouait le rôle d'une cliente difficile. Néanmoins, après ce qu'il avait dit à son frère, c'était étonnant qu'il ait tant de mal à la traiter comme n'importe quel autre agent...

Elle n'arrivait pas à digérer ces paroles, et cela l'agaçait. Car cette réaction prouvait à quel point ses sentiments pour lui étaient forts.

— Ça va, Jocelyn ? s'enquit Josie.

— Oui, très bien.

Trevor et sa sœur échangèrent un regard.

— Tu es partie drôlement vite de chez Ethan. Personne ne savait où tu étais passée.

— J'ai eu une urgence.

— Tu ne nous as même pas dit au revoir, insista Josie. Trevor était mort d'inquiétude. Vous vous êtes disputés, tous les deux ?

— Non.

Jocelyn commença à se diriger vers la porte.

— Il faut qu'on y aille.

— Elle a demandé une annulation du mariage, expliqua Trevor. Elle m'a entendu parler à Sam.

— Et qu'est-ce que tu as dit à Sam ?

— Qu'il regrettait de m'avoir épousée, répondit Jocelyn.

Josie resta bouche bée.

— Je n'ai pas dit ça, se défendit Trevor. J'ai exprimé mes doutes. À cause de Matthew.

Il n'eut pas besoin de préciser sa pensée pour que sa sœur comprenne.

— Un jour, notre père cessera de nous empoisonner l'existence, dit-elle. Ce n'est pas parce que c'est un psychopathe que nous en sommes aussi. Tu ne devrais pas douter de qui tu es, Trevor.

Elle lui posa une main sur le bras.

— Tu es quelqu'un de bien, de fort et d'honorable. Et tu transmettras toutes ces qualités à tes enfants.

Trevor cligna des paupières, touché. Josie avait réussi là où Jocelyn avait échoué. Celle-ci sortit de la maison sans se retourner, en regrettant de ne pouvoir quitter aussi facilement de la vie de Trevor.

13

Après avoir vérifié que Regina ne rôdait pas dans les parages, Trevor précéda Jocelyn dans l'immeuble. Ils revenaient du quatrième restaurant où ils s'étaient rendus ces dernières heures dans l'espoir de localiser leur suspecte. Celle-ci restait introuvable.

Une chose était certaine : elle n'avait cherché de travail dans aucun des établissements de la ville et des proches alentours. Peut-être avait-elle décidé de faire profil bas... Trevor doutait cependant qu'elle ait renoncé à tuer Jocelyn.

Pendant que cette dernière se dirigeait vers le coin cuisine pour vider le lave-vaisselle, il ouvrit la fenêtre et regarda dehors. La rue était déserte.

— J'espère qu'on ne l'a pas fait fuir, observa la jeune femme.

Trevor se retourna, surpris. Elle ne lui avait pas adressé la parole depuis qu'ils avaient quitté le dernier restaurant. Il s'avança vers l'îlot central.

— Tu me parles, finalement ?

— Tu trouves que je ne t'ai pas beaucoup parlé avant ? C'est possible. Je suis un peu préoccupée, sans doute.

— Tu n'as pas à t'inquiéter, lui assura-t-il. J'ai l'intention de rester.

Elle rangea un verre sans répondre.

— Tu n'as pas entendu tout ce que j'ai dit à mon frère. Seulement mes doutes. Mais qui n'en aurait pas, à notre place ?

— Je n'ai pas envie de revenir là-dessus.

— Après ça, poursuivit Trevor, j'ai raconté à Sam à quel point c'était bien entre nous.

— Sur le plan sexuel, tu veux dire ?

— Ça en fait partie, mais il n'y a pas que ça. Bizarrement, je crois que ce qui m'attire aussi chez toi c'est ton désir de fonder une famille et le fait que tu aies voulu être enseignante avant que ton père et ton frère soient tués.

Jocelyn s'immobilisa, les mains posées sur le plan de travail.

— Je ne te cache pas que ça me terrifie, mais ça me donne aussi de l'espoir. Pour moi. Pour nous.

— Tu m'as déjà tenu ce genre de propos, et je t'ai cru, observa Jocelyn en se retournant.

Dehors, le soleil se couchait, plongeant l'appartement dans une pénombre orangée.

— Tu peux me croire aussi maintenant.

Tout en prononçant ces mots, Trevor éprouva une pointe d'angoisse. Oui, il avait peur. Peur que la noirceur de son géniteur soit inscrite dans son ADN. Peur de ne pas pouvoir être un bon père de famille. Il était partagé entre ce qu'il ressentait pour Jocelyn et la réalité de ses origines. C'est cela qu'il avait tenté d'expliquer à Sam.

La jeune femme secoua la tête.

— Tu avais réussi à me convaincre que tu voulais la même chose que moi.

— C'est vrai, je veux la même chose que toi.

— Comment peux-tu prétendre ça alors que tu considères que notre mariage était une erreur ?

— C'en était une. On mérite un vrai mariage, Jocelyn.

Elle lui tourna le dos et se remit à ranger la vaisselle bruyamment.

— Arrête, s'il te plaît. Tu ne crois pas à ce que tu dis. J'ai besoin que tu sois avec moi à 100 %, pas à moitié. Il ne s'agit pas seulement du bébé ; il s'agit d'amour.

Trevor ne savait pas quoi lui répondre, comment la convaincre. Mais il n'eut pas le temps d'y réfléchir : soudain, un *ping* retentit, en même temps qu'un projectile lui frôlait le cou.

— À terre ! cria-t-il en se jetant sur Jocelyn.

Il dégaina son arme et rampa jusqu'à la fenêtre.

— Reste couchée.

Comme il aurait pu s'y attendre, Jocelyn ignora sa requête. Courbée en deux, elle courut se positionner de l'autre côté de l'ouverture, le pistolet à la main.

Trevor réprima un soupir et risqua un coup d'œil dehors. Il vit une silhouette sauter d'un arbre en face de l'agence immobilière et filer dans une ruelle qui séparait deux maisons.

— J'y vais, lâcha-t-il.

— D'accord. Je te couvre.

Il n'avait pas le temps de tenter de l'en dissuader. Le tireur avait déjà pris de l'avance. Arrivé au bas du bâtiment, il regarda à gauche et à droite, conscient de la présence de Jocelyn derrière lui. Alors qu'il s'apprêtait à s'élancer, un véhicule apparut. Trevor fit signe à la jeune femme de ne pas bouger ; le conducteur passa devant eux sans les voir.

Pistolet au poing, Trevor traversa, suivi de près par Jocelyn. Où le tireur était-il ? Ou plutôt, la tireuse, car il s'agissait sûrement de Regina...

— Elle s'est enfuie, chuchota Jocelyn.

— C'est bien possible.

À cet instant, une voiture émergea de la ruelle et ralentit en s'approchant d'eux. Trevor saisit Jocelyn par le bras pour l'entraîner derrière un arbre. Une seconde plus tard, la personne au volant brandissait un pistolet et tirait à travers la vitre ouverte du côté passager. La balle s'enfonça dans le tronc.

Trevor répliqua, faisant exploser un feu arrière de la vieille Honda. Puis il courut derrière le véhicule pour mémoriser la plaque d'immatriculation, tout en continuant à tirer. Le temps que Jocelyn le rejoigne, Regina s'était enfuie.

Dès qu'ils furent rentrés à l'appartement, Trevor appela leur chef.

— On vient d'essuyer des coups de feu, lui annonça-t-il. C'était sûrement Regina Willard. J'ai un numéro de plaque.

Jim Murray poussa un juron.

— Je vous écoute. Ça nous aidera peut-être à arrêter cette folle.

Sans grand espoir, Trevor lui dicta les chiffres et les lettres. Regina avait certainement volé la Honda et s'en débarrasserait au plus vite.

Jocelyn, qui avait disparu un moment dans la salle de bains, en ressortit avec un linge mouillé. Quand elle s'en servit pour lui tamponner le cou, Trevor se souvint que la première balle tirée par la fenêtre l'avait effleuré.

Il se laissa soigner, bien conscient que la jeune femme était agacée. Il devinait pourquoi : une fois de plus, il avait cherché à la protéger.

— Il faut que tu arrêtes de t'occuper de moi alors que tu devrais te concentrer sur notre suspecte, lâcha-t-elle.

— Un de ces jours, à force de braver le danger, tu risques de commettre une erreur, Jocelyn. Que se passera-t-il si je ne suis pas là pour te sauver ?

— C'est ça, ta plus grande peur ? Que tu ne sois pas là pour me sauver ? Je suis flic, Trevor. Comme toi.

Il lui prit doucement la serviette des mains et l'envoya dans l'évier de la cuisine.

— Ce boulot n'est pas fait pour toi, répliqua-t-il. Ton rêve, c'est de donner des cours et de t'occuper de ta famille. Tu l'as dit toi-même. Ta place est à la maison.

L'imaginer chez eux avec leur bébé le fascinait et l'angoissait tout autant. Il décida cette fois-ci de chasser la peur pour laisser le fantasme prendre forme.

— Ta place est dans notre lit, poursuivit-il. À côté de moi.

Il l'enlaça et pressa les lèvres sur celles de Jocelyn.

Écrasée contre le corps musclé de Trevor, Jocelyn resta les yeux ouverts, sous le choc. Elle ne s'attendait pas à ce qu'il l'embrasse. Sans doute avait-il pensé la faire taire, lassé de ses reproches...

Comme chaque fois, néanmoins, un seul baiser avait suffi à raviver le feu qui couvait en eux, et la passion avait pris le dessus. Inutile de résister. Ils étaient déjà passés par là. Mais qu'adviendrait-il si elle continuait de céder ? Tomberait-elle encore plus amoureuse de lui ?

Comment ça, amoureuse ?

Jocelyn recula brusquement et leva les yeux vers ceux de Trevor, assombris par le désir. Est-ce qu'elle avait vraiment des sentiments pour lui ?

Le jour de leur première rencontre lui revint soudain à l'esprit. Elle y avait déjà repensé récemment, mais un détail lui avait échappé et venait de resurgir. Non, Trevor n'avait pas eu dès le départ une attitude détachée et professionnelle envers elle. La première fois que leurs regards s'étaient croisés, ils avaient tous les deux été frappés par le même sortilège, soumis à une force d'attraction plus grande qu'eux. Trevor avait d'ailleurs flirté avec elle de sa voix grave et sexy avant de prendre subitement ses distances comme s'il cherchait à étouffer ses émotions.

— Jocelyn ? Ça va ? s'enquit-il en lui posant une main sur l'épaule.

Elle se dégagea.

— Oui, ça va.

— Qu'est-ce qui se passe ? Excuse-moi, je n'aurais pas dû t'embrasser. C'était trop tôt.

Trop tôt ? Il ne comprenait pas.

— Tu te souviens du jour où on s'est vus pour la première fois ? lui demanda-t-elle.

Il la dévisagea, confus.

— Oui.

— Tu t'es senti attiré par moi.

— Il aurait fallu que je sois aveugle pour ne pas l'être !

— Mais ensuite, tu as repris le contrôle.

— Évidemment. Jocelyn…

— Non.

Elle posa les mains sur le torse de Trevor pour le repousser avec colère.

— Je t'attirais, Trevor. Tu n'étais pas obligé d'éteindre les braises, mais tu l'as fait parce que tu as peur chaque fois qu'une femme s'approche d'un peu trop près. C'est ce qui s'est passé avec ta collègue. Je suis sûre que tu t'es senti soulagé quand elle s'est remise avec son ex !

— Non, parce qu'elle a continué à me voir alors qu'elle couchait avec lui.

— D'accord, donc en plus tu as un problème de confiance envers les femmes. Mais, au fond de toi, tu devais être soulagé. Elle avait probablement deviné qu'elle n'avait aucune chance avec toi. Elle s'est juste accrochée au cas où, parce que tu es un sacré beau mec, il faut le dire.

— Arrête. Ce qui se passe entre nous n'a rien à voir avec cette histoire. Tu n'as rien à voir avec elle.

— Ah bon ? Parce que tu m'aimes ?

Comme elle s'y attendait, il ne répondit pas.

— CQFD.

— Je n'ai jamais oublié ce premier jour, lui assura-t-il.

— Eh bien, tu as une drôle de manière de le montrer.

— Il fallait que je garde mes distances avec toi, je n'avais pas le choix. À ton avis, qu'est-ce qui se serait passé si j'avais laissé libre cours à mon désir ? Et toi au tien ?

Jocelyn devait reconnaître qu'il avait raison. Ils travaillaient ensemble, et Trevor était son chef.

— Je savais à quel point ce serait explosif entre nous, ajouta-t-il.

Elle baissa la tête. Elle aussi en avait eu la certitude, et cela s'était confirmé quand ils avaient fini par céder à la tentation, le soir du meurtre de Jane McDonald.

Lorsqu'elle releva les yeux, elle rencontra de nouveau le regard brûlant de Trevor.

— Tu veux que je te montre que je n'ai pas oublié ce premier jour ? lui demanda-t-il.

Oui, cria une petite voix dans sa tête.

— Non, murmura-t-elle.

Trevor ne fut pas dupe. Il lui prit la main et l'attira contre lui.

— Laisse-moi te prouver à quel point tu comptes pour moi.

— Trevor...

À la longue, ils allaient se faire du mal s'ils continuaient comme ça – surtout elle, à en croire les propos qu'il avait tenus à son frère. Mais de sentir le corps solide et tendu de Trevor contre elle... De voir son regard enflammé par la passion...

Elle ferma les yeux et inclina la tête en arrière, incapable de résister au flot de désir qui déferlait en elle. Prenant ce geste comme un assentiment, il l'embrassa, doucement, lentement. Jocelyn mêla sa langue à celle de Trevor, suivit son rythme langoureux. La température monta, monta, jusqu'à ce qu'ils atteignent le point de non-retour.

Quand il la souleva dans ses bras, elle enroula les jambes autour de lui sans détacher leurs bouches. Il la porta jusqu'à la chambre – leur chambre. Dans leur appartement factice.

Elle faillit se relever et lui demander de partir lorsqu'il la déposa sur le lit. Mais il avait commencé à se déshabiller, et le spectacle la captivait. Son torse nu. Ses bras puissants sur lesquels il allait bientôt s'appuyer pour lui faire l'amour... Il déboutonna son pantalon, le fit glisser sur ses jambes en même temps que son boxer.

— À ton tour, dit-il d'une voix rauque

Jocelyn obéit, les yeux rivés sur cette partie de l'anatomie de Trevor qu'elle adorait sentir en elle. Jamais elle n'avait éprouvé de telles sensations avec les autres hommes qu'elle avait connus. Trevor savait exactement où et comment la toucher pour la rendre folle de désir. Elle retira ses vêtements un par un, ne gardant que sa lingerie. Puis elle lui sourit d'un air aguicheur.

— Tu aimes me provoquer, murmura-t-il.

— J'adore.

Il se pencha sur elle pour lui ôter son soutien-gorge avant de lui envelopper les seins avec les paumes. Jocelyn s'arqua sous les caresses de Trevor et étouffa un cri lorsqu'il passa la langue sur un de ses tétons. Lentement, il laissa descendre la main sur le ventre de Jocelyn, et fit disparaître les doigts sous l'élastique de sa culotte. Elle gémit en le sentant entrer doucement en elle. C'était tellement exquis, et si frustrant à la fois ! Elle en voulait plus.

Il dut deviner son impatience, car il finit de la déshabiller et se plaça au-dessus d'elle. Jocelyn s'agrippa aux barreaux de la tête de lit et crut défaillir de plaisir lorsqu'il la pénétra.

— Regarde-moi.

Prenant conscience qu'elle avait fermé les yeux, elle les rouvrit et soutint le regard de Trevor tandis qu'il allait et venait en elle. Bientôt, les mouvements amples et puissants de son partenaire l'emportèrent loin de ce monde, loin de leurs problèmes, et elle s'abandonna à la jouissance. Trevor la suivit juste après.

Lorsque les vagues de plaisir finirent de s'échouer, Jocelyn ramena la couette sur elle et resta un moment allongée sur le dos. À côté d'elle, Trevor fixait le plafond, la tête appuyée sur son bras replié.

Elle l'aimait. Elle ne pouvait plus le nier. Mais sa décision demeurait inchangée : elle refusait de l'épouser uniquement parce qu'elle était enceinte. Il fallait qu'il ressente la même chose pour elle. Qu'ils soient sur un pied d'égalité.

— Ça ne change rien, le prévint-elle tout en se relevant.

Trevor ne répondit pas. Il comprenait ce qu'elle voulait dire. Mais serait-il capable un jour de lui donner ce qu'elle demandait ? Et combien de temps était-elle prête à attendre ?

14

Le lendemain matin, Trevor se tenait debout devant la fenêtre, une tasse de café à la main. Convaincu que Regina ne tenterait rien de stupide en plein jour, il laissa ses pensées dériver vers Jocelyn. Leur relation avait pris une nouvelle dimension depuis la veille, et ses priorités s'en trouvaient chamboulées. Leur bébé n'était plus la seule chose qui comptait à présent ; Jocelyn faisait partie de l'équation. Et, dans le sillage de cette révélation, une barrière avait cédé en lui.

Malgré ses craintes liées à son ascendance, il commençait à se dire que ce qu'il partageait avec Jocelyn pourrait bien être authentique. Des enfants, une maison en banlieue, un chien… sans oublier Sigmund. Pour la première fois, Trevor vivrait avec un chat.

Il entendit Jocelyn sortir de la chambre.

— Tu repenses à hier soir ? s'enquit-elle.

Trevor resta bouche bée en la voyant approcher, confiante et souriante, moulée dans une autre petite robe noire qui mettait sa poitrine en valeur.

Elle passa un bras autour du cou de Trevor.

— Qu'est-ce qu'il y a, Trevor ? Je te fais peur ?

Elle ne l'avait pas taquiné comme ça depuis qu'elle l'avait entendu parler de ses doutes à Sam. Trevor se réjouissait de ce changement d'humeur. Était-il possible cependant qu'elle joue un rôle, qu'elle cherche à cacher ses vrais sentiments ?

— C'est toi qui as demandé une annulation, fit-il remarquer. Il n'avait pas pu s'en empêcher. Il voulait être sûr qu'elle avait réellement retrouvé son aplomb, car cela signifierait alors qu'elle commençait à lui pardonner – voire qu'elle le croyait.

Quand elle glissa l'autre bras sur son épaule, il se sentit sourire jusqu'aux oreilles.

— Je l'ai fait parce que je mérite un vrai mariage, répliqua-t-elle.

— Je peux te donner ça. Sans déguisements, cette fois-ci.

Elle se hissa sur la pointe des pieds et pressa les lèvres, douces et tièdes, contre celles de Trevor. Ce qui était sûrement censé n'être qu'un simple et rapide baiser déclencha comme d'habitude un bouillonnement ardent entre eux. Il l'attira contre lui, passant les mains dans le dos de Jocelyn tandis qu'elle écrasait la poitrine contre son torse.

Alors qu'il commençait à lui remonter sa robe en même temps qu'elle lui défaisait sa ceinture, le téléphone de Trevor sonna. Il mit fin à leur étreinte et prit le visage de Jocelyn entre les paumes, le souffle court.

— Tu ferais mieux de répondre, murmura-t-elle en s'écartant d'un pas, les yeux voilés par le désir.

À contrecœur, Trevor attrapa son mobile sur la table. C'était leur chef.

— Colton ?

— Oui, je suis là.

— Janice Tapp a appelé la police. Elle était complètement affolée, quelqu'un venait de s'introduire chez elle. Quand les agents sont arrivés dix minutes plus tard, elle n'était plus là.

Trevor se figea en regardant Jocelyn.

— Elle était censée quitter la ville, dit-il.

— Eh bien, on dirait qu'elle ne l'a pas fait.

— On arrive.

— Qu'est-ce qui se passe ? s'enquit la jeune femme.

Trevor n'eut pas le temps de répondre. Le téléphone portable de l'agence immobilière venait de se mettre à sonner en même temps que le fixe de l'appartement. Le numéro, unique, apparaissait sur les cartes de visite de Jocelyn. Or elle n'en avait donné qu'à une seule personne.

— Colton ? interrogea Murray.

— Quelqu'un appelle l'agence, expliqua Trevor.

— Bon sang... elle veut se servir de Janice Tapp pour nous tendre un piège.

Ou pour attirer Jocelyn, songea Trevor.

Celle-ci décrocha le combiné.

— Granite Immobilier, bonjour ?

— Si ce n'est pas madame « je veux ma tarte aux pommes tiède », railla Regina.

— Qui est-ce ? demanda Jocelyn, feignant de ne pas l'avoir reconnue.

— Je suis la serveuse à qui tu n'as pas donné de pourboire au Buckaroo Burgers. Tu ne te souviens sans doute pas de moi, mais je vais faire en sorte que tu ne m'oublies jamais, aussi longtemps que tu vivras.

— La serveuse... Ah oui, l'employée incompétente sur laquelle on est tombés l'autre jour !

Trevor se passa l'index en travers de la gorge en faisant les gros yeux, mais Jocelyn ne comprit pas.

— Vous m'appelez pour me harceler ? continua-t-elle. Si c'est le cas, je vais vous dénoncer à la police, vous savez.

Trevor répéta son geste avec encore plus d'insistance. Si seulement elle pouvait l'écouter, pour une fois !

— J'ai quelque chose pour toi, lâcha Regina.

Ils entendirent une femme gémir, puis pousser un cri.

— Allez, Janice, dis à cette garce à quel point tu as envie de vivre. Oui, madame l'agente immobilière. Je suis avec Janice Tapp. C'est une autre cliente malpolie comme toi. Pas vrai, Janice ?

Trevor vit l'expression de Jocelyn changer instantanément.

— S'il vous plaît, supplia Janice à l'autre bout du fil. Ne me tuez pas.

— Vous êtes toutes pareilles, vous. Quand vous êtes aux commandes, vous n'hésitez pas à traiter les autres comme des moins que rien. Mais dès qu'on vous menace un peu, il n'y a plus personne !

Janice se remit à gémir.

— Dis-lui ce que j'ai dans la main.

— Un... un couteau. Elle m'a coupée avec ! S'il vous plaît, elle va me tuer. J'ai besoin d'ai...

Il y eut un bruit de coup de poing, puis celui d'un corps qui s'effondrait.

— Tu l'as entendue, siffla Regina. Je vais la tuer.

— Pourquoi m'avez-vous appelée ? s'enquit Jocelyn. Que voulez-vous que je fasse ?

— Tu vas te joindre à la fête. Ce sera un peu mon enterrement de vie de jeune fille, puisque vous toutes m'en avez privée. Je veux que tu ailles à l'arrêt de bus de South Street dans deux heures ; là, tu attendras que je t'appelle. Et surtout, viens seule. Si je découvre que tu as emmené ton petit copain de l'autre jour ou si tu décides de me poser un lapin, je tuerai cette femme. Et j'y prendrai beaucoup de plaisir, parce que c'est une voleuse d'hommes, comme toi.

— Fais-la parler, chuchota Trevor à Jocelyn.

Il avait approché son téléphone pour que le chef puisse entendre la conversation. Ce dernier tentait sans doute de tracer l'appel.

— Une voleuse d'hommes ? répéta Jocelyn. Pourquoi dites-vous cela ?

— South Street, dans deux heures. Sinon, elle meurt.

— Vous voulez que je vous retrouve à un arrêt de bus ?

— Tu m'as entendue.

La ligne coupa.

— On n'a pas pu la localiser, grommela Murray.

— Réunissez l'équipe, lui dit Trevor. Jocelyn et moi vous rejoindrons dans dix minutes.

Lorsqu'il eut raccroché, il dévisagea la jeune femme en silence, sachant pertinemment ce qu'elle allait dire.

— Je vais y aller, Trevor.

— Je sais, soupira-t-il.

Il avait déjà passé en revue toutes les solutions imaginables. S'ils voulaient arrêter Regina, ils n'avaient pas d'autre choix que de prendre ce risque.

Un brouhaha confus emplissait la salle de réunion où policiers et agents étaient rassemblés. Une odeur de cigarette flottait dans l'air, accrochée aux vêtements du groupe de fumeurs qui venait d'entrer. Jocelyn jeta un coup d'œil vers Trevor, assis à côté d'elle. Il réglait les derniers détails avec le chef.

— On dirait que tout le monde est là, déclara celui-ci en regardant autour de lui. Je vous laisse parler, Colton. Vous connaissez la tueuse mieux que personne.

Jocelyn ne put s'empêcher de ressentir un brin de fierté tandis que Trevor s'avançait d'un pas assuré vers l'estrade. Vêtu de son costume cravate noir, il dégageait une impression d'énergie et de puissance qui devait en intimider plus d'un. Aux yeux de Jocelyn, il possédait surtout un irrésistible sex-appeal.

— Merci à tous d'être venus si vite, dit-il d'une voix forte. Nous avons du nouveau dans l'affaire de la Tueuse de l'Alphabet. Regina Willard a mordu à l'hameçon. Elle a téléphoné à l'agence immobilière et a donné rendez-vous à Jocelyn à un arrêt de bus. Une fois de plus, nous sommes obligés de mettre en danger l'une des nôtres. L'idée ne me plaît pas, mais je suis convaincu qu'il n'existe pas de meilleure solution. Regardons ça de plus près.

Il pointa son stylo laser sur l'écran du projecteur.

— Là, c'est l'arrêt de bus en question. Jocelyn va s'y rendre et attendra les instructions de Regina. Celle-ci a sans doute une idée précise en tête. C'est une femme intelligente, mais elle est aussi instable. Elle ne doit pas être au courant de notre opération ni même que Jocelyn travaille pour le FBI, sans quoi elle aurait sans doute fait profil bas. En revanche, elle s'attend peut-être à ce que je vienne, auquel cas elle fera tout pour m'éloigner ; en demandant par exemple à Jocelyn de la retrouver dans un des bâtiments voisins ou en lui disant de prendre le bus pour rejoindre un autre lieu. Nous devons nous préparer à tous les scénarios.

— Il y a beaucoup d'entrepôts vides dans ce coin, fit remarquer un des policiers.

— Cette ligne de bus dessert un des quartiers les plus défavorisés de Fort Worth, précisa un autre.

— Exact, et c'est bien pour cela qu'il faut se tenir prêts, répondit Trevor. Nous n'avons pas beaucoup de temps. Regina s'impatiente. Elle a échoué à tuer Jocelyn, mais elle a réussi à enlever Janice Tapp. Deux femmes dont le prénom commence par un J. Elle dévie de ses habitudes, elle pèche par excès de confiance : c'est le meilleur moment pour nous d'agir. Mais il ne faut surtout pas qu'elle nous repère. Impossible, donc, d'envoyer quelqu'un d'autre à la place de Jocelyn ni de prévoir des renforts trop visibles. Nous allons placer des fourgons de surveillance près de tous les arrêts de bus de cette ligne et des snipers en hauteur.

Il attribua les différentes tâches aux agents. Le SWAT, unité d'intervention spéciale, couvrirait la rue. Deux tireurs d'élite quittèrent la salle pour rejoindre leurs postes.

— Des questions ? s'enquit Trevor.

Un policier leva la main.

— Est-ce que Jocelyn portera un micro ?

— Oui, un mouchard GPS qui permettra d'entendre tout ce qui se passera autour d'elle dans un rayon de deux cents mètres.

— À quel moment doit-on récupérer le colis ? demanda un grand gaillard qui se tenait debout au fond de la pièce, les bras croisés sur le torse.

Le « colis », c'était Jocelyn. En d'autres termes, à quel moment l'équipe viendrait-elle à son secours ? Elle se tourna vers Trevor qui la regarda d'un air sombre.

— Dès que sa sécurité est compromise, répondit-il. Si Regina sort un pistolet. Si on perd Jocelyn de vue. On ne prend aucun risque.

— Je vous ferai signe, ajouta-t-elle en ignorant Trevor qui fronçait les sourcils. Si j'ai la possibilité de l'arrêter, j'aimerais qu'on m'en laisse le temps. Je saurai si j'ai besoin d'aide.

— Tu n'auras qu'à prononcer les mots « tarte aux pommes », et l'équipe interviendra.

— Entendu.

— Mais si j'estime que tu es en danger, je pourrai aussi lancer le signal.

Il regarda chacun des agents dans les yeux.

— Vous êtes tous autorisés à l'utiliser, d'ailleurs. Si vous pensez que Jocelyn a besoin d'aide, n'hésitez pas.

— D'accord, chef, répondirent-ils en chœur.

C'était rassurant de savoir qu'elle avait toute une équipe de professionnels derrière elle – et que Trevor veillerait personnellement à sa sécurité.

— Très bien, conclut ce dernier. Allons attraper cette tueuse.

15

Jocelyn rejoignit l'arrêt de bus au volant d'une voiture que le FBI lui avait procurée, enregistrée au nom de Jocelyn Locke, agente immobilière. Elle se gara le long du trottoir et parcourut les derniers mètres à pied. Trevor et elle avaient tout juste eu le temps de faire un saut à l'appartement pour se changer ; elle avait opté pour un pantalon et une veste de tailleur, ainsi que des chaussures tactiques qui pouvaient facilement passer pour des bottines de ville. Pour compléter son allure de femme d'affaires, elle avait rassemblé ses cheveux en chignon et enfilé d'élégantes lunettes de soleil.

Le pistolet caché dans son sac à main, un couteau attaché au mollet, elle arriva devant l'arrêt de bus et inspecta les alentours. Un homme était assis sur le banc, concentré sur son téléphone. Dans cette rue à quatre voies, bordée de magasins délabrés, la circulation était dense.

Alors qu'un car approchait, le portable de l'agence immobilière sonna.

— On dirait que je vais faire un petit tour en transport en commun, murmura-t-elle à l'attention des membres de l'équipe qui l'entendaient à travers son micro.

Elle décrocha.

— Monte dans le bus, ordonna Regina.

— Et ensuite ?

— Ensuite, tu verras.

Jocelyn obéit, observant attentivement la poignée d'occupants. Aucune femme ne ressemblait à la serveuse du Buckaroo Burgers. L'homme qui attendait à l'arrêt passa devant elle et s'assit quelques rangées plus loin.

La sonnerie du téléphone retentit de nouveau alors que l'arrêt suivant se profilait.

— Tu descends ici.

Jocelyn regarda autour d'elle. Comment Regina avait-elle su où elle se trouvait exactement ? Elle descendit, inquiète. Ce quartier était encore plus malfamé. En face d'elle, des clients déjà soûls gravitaient devant un bar miteux.

Alors qu'elle commençait à se demander ce qu'elle faisait là, une voiture s'arrêta devant elle.

— Vous êtes la dame qui doit rencontrer la serveuse ? l'interrogea le conducteur, un homme entre deux âges à la moustache mal taillée.

— Qui êtes-vous ?

— C'est moi qui vais vous conduire là où vous devez aller.

— Vous êtes chauffeur de taxi ?

— Chauffeur privé. Je ne travaille pas pour une entreprise, je fais ça à côté.

Comme le téléphone sonnait, Jocelyn décrocha.

— Monte dans la voiture, lui dit Regina.

— Pourquoi ? Où va-t-il m'emmener ?

— Monte dans la voiture ou l'autre femme meurt.

Jocelyn avait un mauvais pressentiment. Elle ne voyait aucun membre de l'équipe autour d'elle.

— Qui est cet homme ? demanda-t-elle.

— Tu poses trop de questions. Il n'est au courant de rien. Monte.

Regina raccrocha.

Après quelques secondes d'hésitation, Jocelyn ouvrit la portière. La voiture était relativement propre.

— La course a déjà été réglée, précisa le chauffeur.

Jocelyn s'installa sur la banquette arrière et referma la portière à contrecœur.

— Où avez-vous connu Regina Willard ? demanda-t-elle tandis que l'homme s'insérait dans la circulation.

Il lui lança un coup d'œil dans le rétroviseur.

— Qui ça ?

— Regina Willard. C'est bien la femme qui vous a payé ?

— Je n'en sais rien, elle ne m'a pas donné son nom. C'est comme ça que ça marche. Je ne pose pas de questions, je me contente de faire le boulot pour lequel on me paye.

— Et ce boulot, c'est d'emmener des gens dans des lieux suspects ?

— Je suis chauffeur, coursier... je m'adapte.

Travaillait-il pour des criminels ? Peut-être une petite enquête s'imposerait-elle quand tout serait terminé...

— Comment a-t-elle eu vos coordonnées ?

— Par le bouche-à-oreille, sûrement. Je suis connu pour ma discrétion.

— Vous fermez les yeux même quand des crimes sont commis ?

— Je ne me mêle pas des affaires des gens, madame. Je vous déposerai à l'adresse qu'on m'a indiquée et je repartirai. Ce que vous allez faire avec cette femme, ça ne me regarde pas.

— À quoi ressemblait-elle ?

Jocelyn sortit une photo de Regina de son portefeuille.

— Est-ce que c'est elle ?

Le chauffeur prit l'image et y jeta quelques coups d'œil tout en conduisant.

— Oui, je crois. Sauf qu'elle était rousse.

— Elle vous a payé à l'avance ?

— Oui. C'est une de mes conditions. L'autre, c'est que je ne veux rien savoir des affaires des clients.

— Où s'est passée la transaction ?

— Je ne répondrai pas à cette question.

Alors qu'il quittait la ville et s'engageait sur une route de campagne, Jocelyn ne put réprimer un frisson d'appréhension.

Trevor n'aimait pas cela.

— À quoi elle joue ? grommela-t-il.

— Du calme, Colton.

Le chef Murray conduisait la voiture banalisée dans laquelle ils avaient suivi le bus. Depuis que Regina avait ordonné à Jocelyn de monter dans le véhicule d'un inconnu, Trevor sentait l'inquiétude lui ronger l'estomac.

— On va se faire repérer, fit remarquer un des agents dans la radio. La zone est trop dégagée.

— Restez en retrait, conseilla Trevor.

Pour l'instant, la meilleure façon de protéger Jocelyn était de préserver sa couverture.

Murray ralentit, laissant la voiture dans laquelle se trouvait la jeune femme prendre de la distance.

— On ne s'éloigne pas à plus de deux cents mètres, rappela Trevor. Tant qu'on l'entendra encore, on pourra la retrouver.

C'était du moins ce qu'il espérait.

Cette course en taxi a dû lui coûter une fortune, songea Jocelyn. Comment une simple serveuse avait-elle pu régler une telle somme ? Peut-être avait-elle soutiré de l'argent à Janice qui n'en manquait visiblement pas...

Un ranch apparut au bord de la route. Quand le chauffeur ralentit pour emprunter la voie qui y menait, Jocelyn comprit qu'elle était arrivée à destination.

— Vous m'emmenez dans un ranch abandonné ? demanda-t-elle tout haut afin de prévenir ses collègues.

L'homme ne répondit pas.

Les fenêtres étaient condamnées et le toit s'affaissait

par endroits. L'herbe avait envahi l'allée. Comme la grange paraissait un peu moins décatie, Jocelyn en conclut que le propriétaire des lieux s'était davantage soucié de ses bêtes que de sa propre maison.

— Où sommes-nous ? s'enquit-elle.

— Aucune idée.

Le chauffeur s'arrêta devant un abri de voiture qui reposait au sol en plusieurs morceaux. Jocelyn observa les alentours, à la recherche de Regina. Celle-ci pouvait se cacher n'importe où, prête à lui tirer dessus.

— Alors, vous y allez ou pas ?

— Est-ce que vous aurez des ennuis si vous me ramenez en ville ?

— J'ai été payé pour remplir une mission. J'ai une réputation à tenir.

— Je vois... Merci pour le trajet.

Jocelyn descendit, une main posée sur son pistolet au fond de son sac. Il n'y avait aucun arbre pour la couvrir. Où qu'elle se trouve, Regina l'avait forcément vue arriver.

Alors que le taxi repartait, les portes de la grange s'ouvrirent justement sur la Tueuse de l'Alphabet. Elle s'installa au volant d'une voiture garée à l'intérieur et roula jusqu'à Jocelyn.

— Monte.

— Je crois que je vais passer mon tour. Où est Janice ?

— Tu ne veux pas monter ? Alors tu ne la retrouveras jamais.

Regina se fichait de vérifier si elle était armée. Elle savait pertinemment que Jocelyn ne tenterait rien tant qu'elle n'avait pas la certitude que Janice était saine et sauve.

— Si tu refuses, je m'en irai et personne ne pourra rien faire pour elle, ajouta-t-elle. Tu veux avoir sa mort sur la conscience ?

— Pourquoi me préoccuperais-je de quelqu'un que je n'ai jamais vu ?

— Tu t'en préoccupes, puisque tu es venue jusqu'ici. Tu as réussi le premier test.

Qu'aurait-elle fait si Jocelyn n'était pas montée dans le taxi ? Se serait-elle contentée de tuer Janice ? Après tout, celle-ci correspondait au profil de ses autres victimes…

— Pourquoi faites-vous cela ? s'enquit Jocelyn.

— Vous êtes toutes pareilles. Vous manipulez les hommes, vous leur empoisonnez le cerveau, et ils finissent par quitter leurs fiancées même quand elles sont faites pour eux. Vous me dégoûtez. Viens, je n'ai pas que ça à faire.

— Je serais stupide d'obéir.

— Dans ce cas, Janice va mourir.

Elle commença à remonter sa vitre.

— Attendez.

Jocelyn avait tenté sa chance. À présent, elle n'avait plus d'autre choix que de s'installer à côté de la meurtrière. Son cœur battait fort, et elle dut se répéter qu'elle était policière. Elle avait été formée pour cela.

Regina la ramena en ville, jusque dans le quartier du premier arrêt de bus où elle lui avait donné rendez-vous. Elle se gara sur le parking d'un entrepôt abandonné.

— C'est ici que vous avez enfermé Janice ?

— Tais-toi et descends.

Jocelyn sortit de la voiture et se dirigea vers une porte métallique. Regina l'ouvrit à l'aide d'une clé tout en vérifiant autour d'elle qu'il n'y avait personne.

— Au secours ! cria aussitôt une voix féminine. Aidez-moi !

Il fallait prendre une décision très vite. Attendre ou tenter d'appréhender Regina… Celle-ci lui tournait le dos, bien trop confiante – Trevor avait vu juste. C'était le moment ou jamais.

Jocelyn empoigna son pistolet et appuya le canon sur la nuque de Regina.

— Levez les mains en l'air. C'est l'heure de la tarte aux pommes, ajouta-t-elle pour ses collègues.

Regina se retourna d'un bloc.

— Quoi ?

— Les mains en l'air. Tout de suite.

— Mais qu'est-ce que…

— Les mains en l'air ! cria Jocelyn.

Regina obéit. Elle avait commis une grave erreur en relâchant son attention.

— Vous êtes en état d'arrestation pour le meurtre de neuf femmes.

Jocelyn entreprit de citer les victimes une à une. Les renforts allaient arriver d'un instant à l'autre. Enfin, ils avaient attrapé la Tueuse de l'Alphabet !

— Qui êtes-vous ? demanda cette dernière.

— Jocelyn Locke, FBI.

Après une rapide fouille au corps, elle délesta Regina de son arme qu'elle glissa à l'arrière de son propre pantalon. Hélas, elle n'avait pas emporté de menottes, de peur de se faire démasquer.

— Ça fait un moment qu'on vous surveille, précisa-t-elle.

Regina la fixa de son regard haineux.

— Comment ça, vous me surveillez ?

— Vous vous souvenez, au restaurant ? Le steak du hamburger qui n'était pas assez cuit ? Et la tarte aux pommes ? Elle était délicieuse, au fait.

Jocelyn lâcha un petit rire tandis qu'elle reculait d'un pas pour tenir sa prisonnière en joue, les deux mains sur son pistolet.

— Vous avez fait exprès de me pousser à bout, murmura Regina, incrédule.

— Assez parlé. Emmenez-moi auprès de Janice. Et gardez les mains en l'air.

Regina se dirigea vers un bureau à gauche du bâtiment. Elle déverrouilla le cadenas qui condamnait la porte et ouvrit celle-ci. Janice était recroquevillée sur le sol, les poignets attachés dans le dos. Ses joues étaient striées de larmes.

— Détachez-la, ordonna Jocelyn.

Elle jeta un coup d'œil vers l'entrée de l'entrepôt. Où étaient ses collègues, bon sang ? Ils auraient dû investir les lieux, depuis le temps !

Sitôt libérée, Janice se précipita vers Jocelyn.

— Vous êtes en sécurité, maintenant, lui assura cette dernière. Les renforts vont bientôt arriver.

En était-elle si sûre ?

— Merde ! lâcha Trevor en frappant le tableau de bord. Je vous avais dit de ne pas vous éloigner de plus de deux cents mètres !

— Regina nous aurait repérés. On était obligés d'attendre qu'elle ait atteint la quatre voies.

Lorsqu'ils s'étaient de nouveau retrouvés à Granite Gulch, ils avaient perdu le signal de Jocelyn.

— Unité 1, du nouveau ? demanda Trevor dans la radio.

— Négatif.

— Négatif pour l'unité 2.

— Idem pour l'unité 3.

— Effectuez un quadrillage, ordonna Trevor.

Ils avaient assez de véhicules pour couvrir la ville, mais seraient-ils assez rapides ?

— Qu'est-ce qu'on attend ? interrogea Janice.

Jocelyn aurait bien voulu pouvoir lui répondre. Son appréhension n'avait fait que croître au fil des minutes. L'équipe avait-elle perdu le contact avec elle ?

— Mes collègues vont bientôt arriver, assura-t-elle. Allons les attendre dehors. Janice, partez chercher de l'aide.

L'otage ne se fit pas prier. Elle sortit du bureau précipitamment et fila dehors sans un regard en arrière.

Regina, qui marchait devant Jocelyn, se retourna pour lui jeter un coup d'œil.

— N'y pensez même pas.

Jocelyn se força à rester vigilante, mais l'inquiétude ne l'aidait pas à se concentrer. Arrivée à la porte de l'entrepôt, elle se plaça une main en visière sur le front, aveuglée par le soleil. Janice avait traversé le parking et courait en direction des commerces. Avec un peu de chance, elle trouverait une bonne âme pour prévenir la police...

Jocelyn avait quitté Regina des yeux seulement quelques secondes, mais ce furent quelques secondes de trop. La serveuse lui balaya le bras pour écarter le pistolet avant de la pousser violemment. Jocelyn tomba à la renverse.

Alors qu'elle se relevait tant bien que mal, Regina se précipita dans sa voiture et démarra sur les chapeaux de roues. Jocelyn visa, pressa la détente. La lunette arrière explosa, mais la balle manqua sa cible.

L'image de la scène de crime sur laquelle Trevor et elle avaient été appelés lui revint soudain en mémoire. La mare de sang. Le corps sans vie. C'était cette absence de vie qui l'avait le plus choquée. Les yeux vitreux, l'enveloppe charnelle vidée de toute son énergie... Elle fut presque soulagée d'avoir raté Regina. Puis elle pensa aux victimes et elle se remit à tirer – en vain. La voiture était trop loin à présent. La Tueuse de l'Alphabet avait réussi à s'enfuir.

Le pistolet pointé vers le sol, Jocelyn commença à marcher dans la direction que Janice avait prise. Presque aussitôt, elle entendit des véhicules approcher à vive allure. Le SUV du chef et de Trevor bifurqua sur le parking et s'arrêta dans un crissement de pneus, suivi de près par un fourgon de surveillance.

Jocelyn se rua vers Trevor alors qu'il sautait de son siège.

— Elle est partie par là ! cria-t-elle.

Mais il ne semblait pas l'écouter. Il lui prit les poignets et lui écarta les bras pour l'examiner sous toutes les coutures.

— Tu es blessée ?

Il lui toucha le visage, lui tourna la tête d'un côté et de l'autre.

— Je n'ai rien, répondit-elle, impatiente. Regina est en train de nous échapper !

— Montez ! cria Murray.

Jocelyn et Trevor grimpèrent dans le SUV. Murray démarra en trombe tout en ordonnant par radio à l'équipe de surveillance de rester sur place.

— Elle est partie par là, répéta Jocelyn.

Le chef suivit ses indications, mais après avoir quadrillé un moment le secteur, il fallut se rendre à l'évidence : Regina avait une nouvelle fois disparu. Murray regagna le parking de l'entrepôt où les attendaient leurs collègues.

Quand Jocelyn descendit du SUV, Trevor vint se planter devant elle.

— Tu es sûre que ça va ? lui demanda-t-il en la touchant de nouveau d'un air inquiet.

Elle posa les mains sur le torse de Trevor, un sourire aux lèvres.

— Oui, je suis sûre. Tu peux arrêter de me tripoter.

— Si tu te remets à me taquiner, c'est que tu ne dois pas aller trop mal.

— Je me suis très bien débrouillée. Tu aurais dû voir ça.

Jocelyn commençait toutefois à se rendre compte des erreurs qu'elle avait commises. Tenter d'appréhender une tueuse en série toute seule sans avoir la certitude que les renforts arrivaient…

Le chef Murray s'avança vers eux et sembla noter leur proximité physique avec un brin d'embarras. Jocelyn s'écarta de Trevor.

— J'ai mémorisé la plaque d'immatriculation de sa voiture, annonça-t-elle.

— Beau boulot. Nous vous avons perdues au moment où vous êtes reparties du ranch.

— On ne voulait pas se faire repérer, ajouta Trevor. Où est Janice Tapp ?

— Elle est allée chercher de l'aide, puisque l'aide ne venait pas.

Jocelyn ne plaisantait qu'à moitié. De quoi avaient-ils l'air ? Certes, elle avait sauvé Janice, mais la meurtrière courait toujours...

Trevor se passa une main dans les cheveux. Regina leur échappait à chaque fois, et cela le minait.

— Vous n'avez pas idée de l'état dans lequel il était tout à l'heure, commenta Murray. Ça l'a rendu fou de ne pas savoir où vous étiez.

Il se tourna vers les agents qui étaient sortis du fourgon.

— La victime est partie chercher de l'aide. Allez la retrouver.

— D'accord, chef.

— Elle s'est dirigée vers les magasins, précisa Jocelyn.

— Que s'est-il passé ? demanda Trevor lorsque la camionnette se fut éloignée.

— J'ai profité d'un moment où Regina relâchait son attention pour lui coller mon pistolet sur la nuque, expliqua-t-elle. J'ai prononcé le nom de code sur lequel on s'était mis d'accord. Je pensais que vous m'entendiez et que vous alliez intervenir très vite.

— Bon sang, Jocelyn, tu aurais dû attendre !

— Comment ça, j'aurais dû attendre ? Elle était armée, Trevor.

Il poussa un soupir et détourna les yeux, forcé de reconnaître qu'elle avait raison.

— Tu as procédé à son arrestation dans les règles ? s'enquit-il.

— Bien sûr, sauf que je n'avais pas de menottes.

Il échangea un regard avec le chef.

— Donc, maintenant, elle sait qui on est, fit remarquer ce dernier.

— Elle va sûrement se cacher, renchérit Trevor. Retour à la case départ.

— Qu'est-ce que j'aurais pu faire de plus ? demanda Jocelyn, mortifiée.

Trevor, qui s'était mis à marcher de long en large, s'arrêta devant elle et lui caressa doucement la joue.

— Rien. Tu as fait tout ce qu'il fallait. C'est nous qui avons perdu le contact avec toi et fait échouer le plan. J'ai eu très peur, mais tu n'as rien à te reprocher. Ton père et ton frère seraient fiers de toi.

Ces mots emplirent Jocelyn d'une tendre chaleur. Elle eut soudain l'impression d'avoir franchi une étape, d'avoir accompli la mission qu'elle s'était donnée depuis la mort de son père et de son frère. C'était pour eux qu'elle avait intégré le FBI. Pour honorer leur mémoire. Et, aujourd'hui, il lui semblait qu'elle s'était dignement acquittée de cette tâche.

Certes, Regina s'était enfuie. Mais ils continueraient à la traquer jusqu'à ce qu'ils la retrouvent et la mettent en prison. Alors Jocelyn pourrait entamer un nouveau chapitre de son existence. Le chapitre famille.

Trevor l'accompagnerait-elle dans l'aventure ? Corps et âme ? Elle n'en était pas encore certaine, mais c'était en bonne voie.

— Merci, murmura-t-elle, et elle se hissa sur la pointe des pieds pour planter un baiser sur la joue de Trevor.

Pendant ce temps, le chef s'était éloigné. Jocelyn le vit s'arrêter à l'endroit où Regina avait garé sa voiture. Il se pencha pour ramasser un morceau de papier.

— C'est une feuille de paie ! leur lança-t-il. Établie au nom de l'une des fausses identités de Regina.

Ils s'approchèrent.

— Elle a été émise par un restaurant de Fort Worth qu'on n'avait pas placé sous surveillance.

Jocelyn croisa le regard de Trevor. Ils n'eurent pas besoin d'exprimer tout haut leur pensée : Regina avait fait exprès de laisser tomber ce papier. Elle voulait les attirer dans l'établissement.

16

Trevor était heureux de se retrouver seul un moment avec Jocelyn. Le chef Murray leur avait dit qu'il les contacterait dès qu'il se serait renseigné sur le restaurant de Fort Worth. Avoir perdu la trace de la jeune femme avait fichu une peur bleue à Trevor, mais cela lui avait aussi fait prendre conscience qu'il était grand temps qu'il s'affranchisse de sa filiation avec un tueur en série. Pourquoi était-il si difficile de tourner la page ? De se débarrasser de son passé comme un serpent de sa mue ?

Après avoir récupéré Sigmund très contrarié dans leur appartement au-dessus de l'agence immobilière, ils se rendirent chez Jocelyn. Maintenant que Regina connaissait leur identité, ils n'avaient plus besoin de jouer la comédie. Bien sûr, ils prenaient le risque qu'elle vienne les attaquer, mais elle s'exposerait elle aussi à celui de se faire arrêter.

Jocelyn s'était installée sur le canapé devant son ordinateur posé sur la table basse. Elle s'occupait de rassembler toutes les preuves qu'ils possédaient contre Regina – notamment autour des fausses identités qu'elle avait utilisées – en vue d'un futur procès. Trevor admirait son optimisme.

Il s'assit à côté d'elle et déplaça le portable sur ses genoux.

— J'ai quelque chose à te montrer, lui dit-il, amusé de son air surpris.

Tandis qu'il naviguait sur Internet, elle se laissa aller en arrière contre le dossier, les bras croisés sur la poitrine.

— J'ai réfléchi, poursuivit-il. Quand cette enquête sera terminée, on aura besoin d'un endroit où nous installer.

Il ouvrit la page d'une agence immobilière.

— Comme je te l'ai dit, ma maison est trop petite et, de toute façon, je commence à m'en lasser. Ton appartement ne convient pas non plus.

— Trevor...

— Si on doit avoir un chien...

Il cliqua sur la maison qu'il avait repérée.

— Trevor, qu'est-ce que tu fais ?

— Regarde, Jocelyn.

Elle se pencha pour mieux voir les photos. Lorsqu'elle découvrit la propriété de deux étages avec cave et garage pour trois voitures, elle inclina l'écran du portable vers elle. Moulures blanches, véranda, jardin fleuri...

— Il y a quatre chambres. Le sous-sol n'est pas terminé, ce qui laisse plusieurs possibilités d'aménagement.

Trevor observa la jeune femme pendant qu'elle étudiait attentivement chaque cliché. Cuisine ouverte sur séjour. Coin salle à manger. Salon élégant. Bureau avec portes-fenêtres donnant sur une terrasse. Chambre parentale dotée d'une salle de bains et d'un dressing. Grenier. En résumé, tout ce dont une famille avait besoin pour se constituer de précieux souvenirs.

Au bout d'un moment, elle se redressa et le dévisagea sans rien dire.

— Oui, murmura-t-il en souriant. À moi aussi, elle me plaît.

— Tu l'as visitée ?

— Je voulais d'abord te la montrer. Je vais appeler l'agence pour demander un rendez-vous.

Elle détourna les yeux. Son incertitude l'inquiétait.

— Jocelyn, j'ai envie que ça marche entre nous.

— Tu m'as déjà dit ça.

Elle se leva et s'avança jusqu'à la fenêtre. Dehors, le soleil brillait, implacable. Trevor la rejoignit.

— Je suis conscient que j'ai un travail à faire sur moi. Je peux y arriver.

— Je sais que tu en as envie, Trevor, dit-elle en se retournant lentement vers lui. Mais est-ce que cela suffira ?

— Laisse-moi au moins une chance. C'est tout ce que je te demande.

Le regard de la jeune femme s'adoucit, et il crut qu'elle allait enfin céder. Mais la sonnerie du téléphone de Trevor la coupa en plein élan.

Voyant que l'appel venait du chef, il ne chercha pas à savoir ce qu'elle s'apprêtait à lui dire. Il lui tourna le dos pour décrocher. C'était trop difficile de lire le doute sur son visage, son manque de foi en lui.

— Vous ne devinerez jamais ce qu'on a appris sur le restaurant de Fort Worth, lâcha Murray.

Jocelyn prit le téléphone des mains de Trevor, enclencha la fonction haut-parleur et posa l'appareil sur la table.

— Colton ?

— Oui, je vous écoute. Jocelyn est avec moi. Vous disiez ?

— On a eu une surprise en se renseignant sur le restaurant de Fort Worth. Il a été fermé hier par les autorités sanitaires.

— Comme par hasard...

— Pour quelle raison ? demanda Jocelyn.

— Viande contaminée et présence de rats. Sauf que le propriétaire avait déjà signalé l'incident à la police. Il est persuadé que la viande et les rats ont été introduits volontairement dans son établissement. Quelqu'un a piraté son système informatique pour effacer son historique de commandes, si bien qu'il ne peut pas prouver qu'il n'a jamais acheté cette viande. Mais son fournisseur habituel nous a assuré qu'il ne vendait pas ce type de produit. On a retrouvé l'entreprise qui en fournit aux restaurateurs : impossible d'identifier la personne qui leur a commandé la viande en question. De plus, l'adresse de livraison ne correspond pas à celle du restaurant, mais à celle de l'entrepôt abandonné.

— Vous lui avez parlé de Regina ? s'enquit Jocelyn.

— Évidemment. Il n'avait rien à lui reprocher. Selon lui, elle venait travailler à l'heure, et ni ses collègues ni les clients n'ont eu à se plaindre d'elle.

Car aucun d'eux ne l'avait encore contrariée…

— En tout cas, il était choqué d'apprendre qu'on la soupçonnait d'être la Tueuse de l'Alphabet.

— A-t-il une idée d'où elle se trouve ?

— Il nous a donné une adresse, mais la maison n'est plus habitée depuis des semaines. On n'a trouvé sur place aucune preuve qu'elle a vécu là, si ce n'est la voiture dans laquelle elle vous a transportée, Jocelyn. Une voiture volée, bien sûr. De toute évidence, elle est partie s'installer ailleurs.

C'était ce qu'elle faisait toujours dès qu'elle sentait que les enquêteurs se rapprochaient. Mais pourquoi cherchait-elle à présent à les attirer dans un restaurant ? Pourquoi avait-elle provoqué la fermeture cet établissement ? Un stratagème aussi élaboré avait dû lui prendre du temps. Peut-être était-ce ce qui la faisait vibrer : le défi, le besoin de se surpasser, de prouver aux autres son intelligence… Elle s'était déjà donné du mal pour amener Jocelyn jusqu'à l'entrepôt, mais elle avait vraisemblablement pressenti que ce plan ne fonctionnerait pas. Avait-elle craint que Jocelyn prévienne la police ?

— Elle avait tout prévu depuis le début, murmura la jeune femme qui était parvenue à la même conclusion que Trevor.

Bien qu'ayant appris que le FBI était à ses trousses, Regina paraissait décidée à aller au bout de son projet – mettre la main sur Jocelyn. Très présomptueux de sa part…

— On est en train de réunir l'équipe, les informa le chef.

— Regina s'attend sûrement à ce qu'on vienne nombreux, commenta Trevor.

La connaissant, elle se ferait un plaisir de se mesurer au FBI. Il se pourrait même qu'elle leur prépare d'autres surprises. Une chose était certaine : elle prendrait tous les risques pour gagner la bataille.

Voilà qui n'était pas pour rassurer Trevor. Alors qu'il regardait Jocelyn, elle leva les yeux vers lui et sembla aussitôt deviner ce qu'il avait en tête. Elle pinça les lèvres.

— Regina est prête à tout, et cela la rend dangereuse, dit-il comme pour se justifier.

— Elle était déjà dangereuse avant, répliqua-t-elle.

— Jocelyn...

— Elle veut absolument m'attraper. Profitons-en pour l'arrêter une fois pour toutes.

— J'aimerais... Jocelyn, je ne voudrais pas te donner l'impression de te surprotéger, mais... je préférerais vraiment que tu restes ici.

— Je comprends. Mais si elle comptait là-dessus, justement ? Je ne suis en sécurité nulle part.

— Elle a raison, intervint Murray au téléphone. Oui, je suis toujours là...

— Pardon, chef, marmonna Trevor.

— Je suis d'accord avec Jocelyn : il faut y aller. Je vous envoie bientôt le lieu et l'heure du rendez-vous. On va cerner le restaurant et le fouiller. Si Regina s'y trouve, on l'arrêtera.

Cela paraissait en théorie tellement simple... Seulement Trevor avait été formé pour voir les choses à travers les yeux des tueurs – et ses conclusions lui donnaient la chair de poule.

Tandis qu'elle enfilait son gilet pare-balles, Jocelyn se retint de rejoindre Trevor. Elle admirait sa façon de diriger l'équipe, avec bienveillance et fermeté. Tout le monde le respectait. Il croisa son regard et lui lança un sourire.

— D'aucuns diraient que c'est vous qui allez le protéger, ce soir.

Jocelyn sursauta en entendant la voix du chef Murray.

— Moi, je protégerais Trevor ?

— Niez-le autant que vous voudrez, mais je sais reconnaître deux jeunes gens amoureux.

Il l'aida à ajuster son oreillette.

— Donnez-lui une chance.

— Pardon ?

— Je connais Trevor depuis longtemps. Il prend tout avec tellement de sérieux... Mais il a fait du chemin malgré les épreuves qu'il a subies. Arrêter cette tueuse l'aidera à se débarrasser de ses démons.

Jocelyn resta bouche bée.

— Vous verrez, ajouta Murray. Laissez-lui juste un peu de temps.

— Il vous a parlé ? s'enquit-elle, abasourdie.

— Il n'en a pas eu besoin. Écoutez-le, Jocelyn. Toute cette histoire sera bientôt réglée.

Le chef s'éloigna vers d'autres agents pour leur donner ses dernières recommandations.

Quand elle reporta son attention sur Trevor, Jocelyn le surprit en train de la dévorer du regard. Il la désigna, puis retourna son index contre lui. *Tu es à moi*, prononça-t-il.

Ah oui ? Elle le désigna à son tour avant de pointer son index sur son ventre. *Tu es à elle.*

Une passion intense s'alluma dans ses yeux. *À lui*, la corrigea-t-il avec un sourire taquin.

— OK, les amis, lança le chef. Il est temps de se mettre au travail.

Il récapitula leur stratégie : une unité du SWAT accompagnerait Jocelyn et Trevor jusqu'au restaurant situé à une centaine de mètres de leur point de rassemblement. Pendant ce temps, les équipes de renfort resteraient en retrait. Il ne s'agissait pas de faire fuir Regina.

En descendant du SUV, Jocelyn s'aperçut soudain qu'elle ne ressentait plus le même frisson que lors de ses précédentes missions. Déjà au moment d'arrêter Regina dans l'entrepôt, elle n'avait pas éprouvé ce profond besoin de combler un vide – celui laissé par la mort de son père et de son frère.

Alors qu'elle observait Trevor de l'autre côté du véhicule, elle comprit que c'était lui qui le comblait à présent.

Comment était-ce arrivé ? Comment avait-il réussi à s'insinuer dans son cœur au point de la convaincre qu'elle pourrait bel et bien être heureuse dans la maison qu'il lui avait montrée ? Entourée d'enfants et d'animaux de compagnie, loin du FBI et des enquêtes dangereuses…

Trevor et elle vérifièrent une dernière fois leurs armes en attendant que le chef de l'unité d'intervention leur donne le feu vert. Ses hommes avaient discrètement encerclé le bâtiment, prêts à se précipiter à l'intérieur dès que Trevor et Jocelyn pousseraient la porte. Plusieurs fourgons de surveillance étaient garés un peu plus loin dans la rue.

— J'entre en premier, décréta Trevor en posant une main sur le bras de Jocelyn.

Il lui planta un baiser sur la bouche.

— Ma femme.

Jocelyn sentit une onde de chaleur se répandre dans sa poitrine.

— Mon mari, murmura-t-elle.

Il lui sourit, puis glissa un second pistolet dans la ceinture de son jean.

— Allons-y.

Ils se dirigèrent ensemble vers la porte qui donnait sur

l'arrière du restaurant. Trevor inséra la clé que le propriétaire leur avait remise, attentif au moindre mouvement qui ne proviendrait pas du SWAT. Il ouvrit doucement, l'arme braquée devant lui.

L'endroit était désert.

Regina s'était-elle enfuie après avoir découvert que le FBI l'avait identifiée ? Non, car dans ce cas elle n'aurait pas laissé sa feuille de paie derrière elle…

Jocelyn s'avança dans la cuisine plongée dans la pénombre. Le sol et les surfaces de travail semblaient d'une propreté immaculée, ce qui ne faisait que conforter l'idée que la viande avariée avait été introduite par une personne extérieure.

Pendant que Trevor vérifiait le bureau d'à côté, Jocelyn se dirigea vers l'entrée de la salle. Le propriétaire leur avait montré des plans et des photos. Des cloisons partielles séparaient le restaurant du bar. Certaines s'arrêtaient à mi-hauteur. Elle s'accroupit derrière l'une d'elles.

Trevor progressa prudemment vers un salon privé sur la droite. Après avoir balayé la pièce du regard, il se retourna et leva une main pour lui faire signe d'attendre. Jocelyn aperçut les premiers policiers du SWAT qui investissaient la cuisine.

Rassurée par leur présence, elle jeta un coup d'œil de l'autre côté de la demi-cloison avant de traverser sans un bruit la salle de restaurant. Personne ici non plus. Elle venait d'atteindre le comptoir de l'accueil quand une explosion retentit.

La violence du souffle la projeta en arrière et lui fit lâcher son pistolet. Elle eut vaguement l'impression que Trevor s'envolait lui aussi et disparaissait derrière une gerbe de flammes et de fumée.

— Trevor ! cria-t-elle.

À peine avait-elle prononcé son nom qu'une deuxième explosion arracha le mur contre lequel elle était tombée. Un objet dur s'abattit sur son crâne, et elle perdit connaissance.

Trevor se redressa sur un coude en toussant et essuya la poussière qui lui brûlait les yeux. Le chef du SWAT et un de ses hommes se précipitèrent pour l'aider. Il les repoussa.

— Jocelyn ! hurla-t-il.

Lorsqu'il tenta de se relever, une douleur fulgurante lui traversa l'épaule. La première explosion l'avait propulsé contre une table, et celle-ci s'était brisée en deux sous le choc. Mais Jocelyn était plus proche de la seconde déflagration qui s'était produite dans les cuisines. Elle avait peut-être été tuée. Tout comme leurs collègues de l'unité d'intervention.

— On a envoyé des hommes à sa recherche, lui dit le policier, comme pour le rassurer. Il faut qu'on vous sorte d'ici.

— Comment ça, à sa recherche ? Où est-elle ?

Il plissa les yeux, tentant de distinguer quelque chose à travers la fumée. Les pompiers étaient déjà sur place, ce qui signifiait qu'il avait perdu conscience pendant plusieurs minutes. Des flammes furieuses engloutissaient le mur qui séparait les cuisines de la salle de restaurant, là où il avait vu Jocelyn pour la dernière fois.

— Elle n'est pas là, annonça le chef du SWAT en s'approchant. Il faut sortir, maintenant.

Son collègue aida Trevor à se mettre debout.

— Vous avez besoin d'un médecin, monsieur.

— Il faut que je la retrouve, protesta-t-il en le repoussant une nouvelle fois.

— Laissez-le faire, soupira le chef.

Trevor s'avança vers la salle de restaurant, un bras replié au-dessus des yeux pour se protéger de l'épaisse fumée qui avait envahi les lieux. Il fit le tour de la pièce tant bien que mal, regarda derrière les demi-cloisons. Jocelyn n'était nulle part.

À travers la porte d'entrée, détruite par l'explosion, il vit des secouristes charger un blessé dans une ambulance. À contrecœur, il suivit les hommes du SWAT dehors. Tous les trois étaient secoués de violentes quintes de toux.

— Si vous voulez nous aider, Colton, vous devez réfléchir, dit le chef quand il eut repris son souffle. On a besoin de votre regard de profiler.

Il avait raison. Chaque seconde comptait. Trevor observa le restaurant où les pompiers luttaient contre les flammes. Et si Regina n'avait pas eu pour intention de tuer Jocelyn ? Et si elle avait orchestré ces explosions pour l'enlever et mettre ensuite sa mort en scène comme elle l'entendait ? Cela lui ressemblait bien.

— Regina l'a kidnappée, lâcha-t-il, le ventre noué. Il n'y a pas d'autre explication.

Il se mit à faire les cent pas en ignorant le mal de tête qui lui vrillait les tempes et le filet de sang qui coulait d'une blessure sur son front.

Réfléchis.

— Où est le propriétaire ? demanda-t-il.

— À l'arrière. Il est choqué.

— J'ai besoin de lui parler.

Le chef du SWAT claqua des doigts à l'attention d'un de ses agents qui passa aussitôt un message à la radio. Quelques instants plus tard, un petit homme au crâne chauve et aux grands yeux ronds s'avança vers eux.

— Mon restaurant… c'est une catastrophe !

— Le FBI fera son possible pour vous rembourser, lui promit Trevor.

— Vraiment ?

— J'y veillerai personnellement. Dites-moi, existe-t-il d'autres sorties que les portes de devant et de derrière dans votre établissement ? Ou un vide sanitaire, par exemple ?

Le propriétaire écarquilla les yeux.

— Oui, il y a une galerie secrète sous la salle.

— Comment ça, une galerie secrète ? s'exclama le chef du SWAT, aussi surpris que Trevor.

Pourquoi ne leur en avait-il pas parlé plus tôt ? Trevor se força à ravaler sa colère.

— Elle a été creusée pendant la prohibition, expliqua le patron. Par les contrebandiers.

— Où mène-t-elle ?

— À quelques kilomètres d'ici. À l'époque, il y avait un champ à cet endroit. Aujourd'hui, c'est un entrepôt désaffecté.

Trevor se figea.

— L'entrepôt de Fenton Street ?

— Oui.

Regina était donc au courant de l'existence de ce tunnel.

— Ça fait une sacrée trotte, à pied, souligna le chef.

Mais Trevor se dirigeait déjà à grands pas vers le restaurant.

— Monsieur, vous ne pouvez pas entrer ! protesta un pompier qui se tenait devant la porte.

Il l'ignora. Dans la salle, l'incendie avait été éteint, et les soldats du feu se concentraient à présent sur les cuisines. Trevor releva le col de sa veste pour se masquer la bouche et le nez. L'air était encore irrespirable, mais il s'en fichait. Il devait retrouver Jocelyn.

Après plusieurs longues minutes passées à inspecter les murs et le sol sous les regards curieux du pompier et du chef du SWAT, il découvrit enfin un espace entre deux lattes du plancher. En tâtonnant, il trouva un mécanisme qui permettait d'ouvrir la trappe. Celle-ci s'inclina vers le bas.

— Vous devriez nous laisser vérifier qu'il n'y a pas de départs de feu là-dessous, dit le pompier.

— On fera attention, lui promit le chef tout en lançant une lampe torche à Trevor. Nick, Harry !

Les deux policiers de l'unité spéciale le rejoignirent, et ils descendirent dans la galerie derrière Trevor. Celui-ci avançait lentement, tête baissée. Le tunnel avait été creusé directement dans la roche.

— Il y a des traces de pneus, observa-t-il en s'arrêtant

pour éclairer le sol sablonneux. Elle est venue là au volant d'un quad. Et elle traînait une petite remorque.

Pour transporter Jocelyn, assurément.

Alors que Trevor se redressait et commençait à s'enfoncer dans la galerie, le chef le stoppa.

— Ça va nous prendre trop de temps à pied. Il faut y aller par la route.

Trevor acquiesça. Il fit demi-tour et ressortit dans la salle enfumée.

Une fois dehors, il appela son supérieur.

— Regina a enlevé Jocelyn. Allez vite inspecter l'entrepôt abandonné, même s'il y a peu de chances qu'elle l'ait emmenée là-bas. Et renseignez-vous sur les véhicules déclarés volés.

— C'est noté.

Trevor raccrocha et essaya de chasser l'angoisse qui menaçait de le submerger. Que pouvait-il faire ensuite ? Une seule réponse lui vint à l'esprit. Une dernière tentative désespérée.

17

Tandis qu'il se dirigeait vers l'entrée de la prison, Trevor faillit ne pas voir sa sœur qui se hâtait de rejoindre le parking. Elle avait donc fini par venir… Avait-elle parlé à Matthew ? Elle semblait nerveuse. Contrariée.

— Josie ! cria-t-il.

Elle se retourna brusquement et resta un instant figée sur place, aussi stupéfaite que lui de le croiser ici. Puis elle sourit et alla à sa rencontre.

— Qu'est-ce que tu fais là ? s'enquit-elle.

L'inquiétude de Trevor devait se lire sur son visage, car elle fronça les sourcils et lui posa une main sur le bras.

— Il y a un problème ?

— Regina a kidnappé Jocelyn. Je ne sais pas où elle est.

— Mon Dieu…

— Matthew a peut-être reçu d'autres lettres ou bien les anciennes contiennent des détails dont il n'a pas encore parlé et qui pourraient nous aider.

— Je vais y aller avec toi.

Elle le prit par le bras et commença à l'entraîner vers l'entrée, mais il lui résista.

— Quoi, qu'est-ce qu'il y a ?

— Est-ce que tu l'as vu ?

Josie baissa les yeux.

— Pas encore. Je… je n'ai pas pu. Je sais bien qu'il est censé me donner un indice sur l'endroit où il a enterré maman, et j'étais motivée pour le rencontrer, mais quand je suis entrée… je n'ai pas pu, répéta-t-elle.

— Je comprends, Josie. Tu n'es sans doute pas encore prête.

Elle tourna la tête vers la prison, pensive.

— Je croyais que je l'étais, pourtant.

— Écoute, il faut vraiment que j'y aille. On en reparlera plus tard ?

— Jocelyn, bien sûr… Comment puis-je être aussi égoïste ? Je t'accompagne. Peut-être que ma présence le poussera à t'aider.

Matthew s'était plaint que Josie n'était toujours pas venue le voir. Il semblait avoir un attachement particulier pour elle – peut-être parce que c'était la petite dernière…

— Qu'est-ce que tu attends de lui, au juste ? s'enquit-elle.

— Il a sous-entendu qu'il avait des informations sur Regina. C'est pour ça que je multiplie mes visites.

Josie ne répondit pas. Trevor savait qu'elle ne faisait pas confiance à Matthew, mais elle devait tout de même avoir un peu d'espoir puisqu'elle était venue.

Ce jour-là, il demanda aux agents pénitentiaires de leur préparer un parloir privé. Au bout de quelques minutes qui lui semblèrent durer une éternité, un gardien les conduisit dans une pièce sans fenêtre.

Matthew était assis derrière la table rectangulaire, les pieds et les mains enchaînés, le teint encore plus gris que la dernière fois. Une lueur de plaisir s'alluma dans ses yeux fatigués quand il reconnut sa fille.

— Josie !

Sa voix paraissait presque humaine, comme si elle lui avait réellement manqué. Josie croisa les bras sur la poitrine sans rien dire.

— Regina a enlevé Jocelyn, annonça Trevor qui n'avait pas de temps à perdre en politesses.

— Jocelyn ?

Matthew commença à sourire, puis il se mit brusquement à tousser. Penché en avant, il luttait pour retrouver son souffle. Trevor ne ressentit aucune pitié pour lui. Cet homme avait tué des innocents et semblait fier de son imitatrice. Ou bien se délectait-il simplement de voir des gens souffrir aux mains d'une meurtrière ? Sans doute compatissait-il au sort de Regina. Mais il devait aussi avoir des sentiments – ou quelque chose qui s'en rapprochait – pour ses enfants, sans quoi il n'aurait pas insisté pour que ceux-ci lui rendent visite.

— Qui est Jocelyn ? demanda-t-il quand il fut de nouveau capable de parler. Ta petite amie ?

— Elle est enceinte, répondit Trevor. On est mariés.

— Quoi ? Depuis quand ? Pourquoi tu ne m'as rien dit ?

— Ça s'est fait de manière un peu précipitée. Je voulais que l'enfant naisse dans une famille unie.

— C'est important pour lui, intervint Josie. Mais tu ne dois pas comprendre ce genre de choses, toi.

Matthew la regarda d'un air offensé.

— Je suis resté jusqu'au bout avec votre mère, se défendit-il.

— Avec la femme que tu as assassinée, tu veux dire ?

— Josie...

Trevor lui toucha gentiment le bras. Elle risquait de gâcher son unique chance de retrouver Jocelyn.

— Je me tais, marmonna-t-elle.

— Je vais bientôt être grand-père, alors, dit Matthew avec une douceur inhabituelle.

Trevor ne lui avait pas dit qu'Ethan et Lizzie lui avaient déjà donné un petit-fils.

L'idée d'avoir à expliquer à ses propres enfants qui était Matthew le répugnait. Devrait-il leur révéler comment leur grand-mère était morte ? Il ne se voyait pas leur empoisonner l'esprit avec de telles horreurs. Peut-être lorsqu'ils seraient plus grands...

— Matthew, il faut absolument que tu me dises où Regina a emmené Jocelyn.

— Qu'est-ce qui te fait croire que je le sais ?

— Tu sais quelque chose. Tu as fait exprès de me le cacher. J'ai besoin que tu me le dises maintenant, avant qu'elle la tue. Jocelyn est brune aux cheveux longs, et son prénom commence par un J.

— Alors, comme ça, Regina a trouvé sa prochaine victime ?

Il sourit, admiratif.

— Elle ne perd pas de temps ! Je suis flatté qu'elle m'ait choisi comme modèle.

— Tu serais prêt à laisser mourir une jeune femme innocente ? rétorqua Josie. L'épouse de Trevor, qui est enceinte de ton petit-fils ou de ta petite-fille ?

Matthew se rembrunit. Il se tourna vers Trevor.

— Tu as raison, il y a bien quelque chose. Regina et moi en avons parlé dans nos premières lettres.

Trevor agrippa le bord de la table, les mâchoires serrées.

— Je vais te le dire, poursuivit le vieil homme. De toute façon, je n'ai plus beaucoup de temps à vivre. Quelques jours, quelques semaines, tout au plus... Je vais mourir et j'aimerais régler certaines affaires.

— Quelles affaires ?

— Tu le mérites, Josie, après tout ce que tu as vu. C'est pour ça que je voulais que tu reviennes ici et que je ne t'ai rien dit la première fois.

Trevor regarda sa sœur. Elle semblait aussi perdue que lui. À quoi leur père faisait-il allusion ? Qu'avait-elle vu ?

— Tu as décidé de me donner mon indice ? s'enquit-elle.

— Cela se pourrait bien.

— Est-ce qu'on peut se concentrer sur Jocelyn ? demanda Trevor. Elle n'a plus beaucoup de temps, elle non plus.

— D'accord, d'accord... Je vais te dire ce que je sais mais, d'abord, il faut que vous me promettiez une chose tous les deux.

Cela dépendrait de la requête. Trevor n'avait pas l'intention d'accéder aux souhaits d'un tueur en série.

— Je t'écoute, répondit-il prudemment.

— Il y a une vingtaine d'années, j'ai enterré une montre sur la propriété d'un lointain cousin. Une montre d'une grande valeur pour moi.

Trevor fronça les sourcils. Si sa mémoire était bonne, vingt ans plus tôt leur père s'était associé à d'autres criminels pour perpétrer une série de braquages. Cette montre faisait-elle partie du butin ? Pourquoi l'aurait-il cachée, sinon ?

— Je veux être enterré avec elle, déclara Matthew.

— Elle est si importante pour toi ?

— Oh ! que oui.

Sans doute renfermait-elle des indications sur l'endroit où lui et ses acolytes avaient planqué leur trésor. Trevor imaginait très bien son père allongé dans son cercueil avec le bijou au poignet, un sourire sardonique figé pour l'éternité sur les lèvres. Personne ne retrouverait le butin, et ce serait son dernier pied de nez à la police.

Trevor ne lui laisserait pas ce plaisir. Pour l'heure, néanmoins, sa priorité était de sauver Jocelyn.

— Vous devez me promettre que vous retrouverez cette montre et que vous m'enterrerez avec, insista Matthew.

— Où habite ce fameux cousin ? s'enquit Josie.

— Au Texas.

Il leur précisa le nom de la ville.

— Je te promets que je la retrouverai, lui assura la jeune femme.

— Maintenant, parle-moi de Regina, dit Trevor avec impatience.

— Tu ne m'as pas donné ta parole, fils. Et je sais à quel point tu es un homme d'honneur. Monsieur l'agent du FBI...

— Je te promets qu'on respectera ta volonté, mentit Trevor. Et je parle au nom de tous mes frères et sœurs.

Matthew eut l'air satisfait. Il se pencha en avant.

— Quand j'ai commencé à correspondre avec Regina, je lui ai parlé d'un bunker que j'avais construit dans la première ville où je me suis installé après avoir quitté l'Oklahoma. Ça a semblé beaucoup l'intéresser. Je lui ai dit que si jamais elle avait besoin de se cacher un jour, personne ne la retrouverait là-bas. Je pense que ce moment est venu pour elle. Vous lui mettez la pression, elle doit avoir peur de se faire pincer. Si elle a l'intention de tuer ta femme, c'est là qu'elle le fera.

— Où est ce bunker ?

— Dans le jardin de la maison que je louais à l'époque. Ça ne m'étonnerait pas que Regina l'ait achetée sous un faux nom.

Il lui indiqua l'adresse exacte. Trevor avait tout ce qu'il lui fallait à présent. Alors que Josie se levait en même temps que lui, Matthew arrêta la jeune femme d'un geste.

— Attends, Josie. Tu ne veux pas ton indice ?

Jocelyn se réveilla avec une douleur lancinante à la tête. Où était-elle ? Dans l'appartement avec Trevor ? Chez elle ? Elle se força à ouvrir les yeux et grimaça, aveuglée par la lumière d'une ampoule. En se redressant sur un coude, elle s'aperçut que ses poignets étaient attachés, tout comme ses chevilles. Quelqu'un l'avait déposée sur un lit de camp.

Alors, la mémoire lui revint. Regina. Les explosions.

Où était Trevor ? Est-ce qu'il allait bien ?

En entendant du bruit sur sa gauche, elle tourna la tête et découvrit sa ravisseuse debout devant un miroir, en train d'admirer la robe de mariée dont elle s'était parée. Celle-ci avait connu des jours meilleurs. L'ourlet était déchiré par endroits, et le tissu avait pris une teinte grisâtre.

Regina souriait, absorbée dans sa rêverie. Lorsqu'elle croisa le regard de Jocelyn dans la glace, son expression se durcit.

— J'ai bien cru que je t'avais frappée trop fort, lâcha-t-elle en s'avançant comme une princesse jusqu'au lit.

Jocelyn s'assit, tout en testant discrètement la résistance de la corde autour de ses poignets.

— N'y pense même pas. Tu ne t'enfuiras pas.

— Ce n'est pas moi qui vous ai volé votre fiancé.

Il fallait la faire parler. Gagner du temps pour permettre à Trevor de la retrouver. Si toutefois il avait survécu aux explosions...

Elle repensa aux derniers moments qu'ils avaient passés ensemble chez elle, à la façon dont elle avait douté de lui. La perspective de le perdre changeait radicalement sa manière d'appréhender les choses. À présent, elle se fichait de savoir s'il l'aimerait un jour. Elle préférait être avec lui dans ces conditions plutôt que de ne plus jamais le revoir.

Regina la gifla si violemment qu'elle retomba en arrière contre le matelas. Pendant quelques secondes, Jocelyn crut qu'elle allait de nouveau perdre connaissance.

— Vous êtes toutes pareilles. Vous ne voulez pas reconnaître vos torts et jamais vous ne pensez aux souffrances que vous infligez aux autres ! Il n'y a que votre plaisir qui compte.

— Je suis mariée à Trevor. Vous l'avez vu, ce n'est pas votre fiancé. Lui, je ne l'ai jamais rencontré ! Qui est-il ? Où peut-on le trouver ?

— Le trouver ?

Regina eut un rire grossier.

— Je n'ai pas besoin de le trouver. Quand je me serai débarrassée de vous toutes, il reviendra tout seul.

Elle lissa sa robe abîmée en reprenant son air rêveur.

— Et je serai prête pour lui. J'ai tellement attendu... Ce sera enfin mon moment.

Jocelyn devait absolument trouver un moyen de s'échapper d'ici. Cette femme était complètement folle.

— Normalement, tu devrais déjà être morte, continua

Regina. Mais tu es un cas spécial. Tu as été particulièrement infecte avec moi au restaurant. J'ai trouvé ça bizarre, sur le coup. Et voilà que tu essayes de m'arrêter !

Elle leva les yeux au ciel.

— Le FBI... Je ne me doutais pas que vous étiez si près de m'attraper. Ça rend les choses encore plus intéressantes.

— Ce n'est pas une bonne idée de tuer un agent fédéral, Regina. Vous allez passer le reste de votre vie en prison. Vous allez peut-être même être condamnée à mort. On est au Texas, je vous rappelle.

— Comment peux-tu être sûre qu'on y est encore ?

Elle éclata de rire.

— Et tu parles comme si j'allais être prise.

Jocelyn réprima un mouvement de panique. Se pouvait-il qu'elles aient quitté l'État ?

— Vous serez prise, répliqua-t-elle d'une voix qu'elle espérait assurée. Trevor vous pourchassera sans relâche.

— Personne ne nous trouvera ici. Je peux profiter comme je veux de mon temps avec toi avant de te trouer la peau.

Et de lui dessiner une cible au marqueur rouge sur le front...

— Où sommes-nous ? demanda Jocelyn.

— Dans un bunker, loin de Granite Gulch et de tes amis du FBI. Le temps qu'ils te retrouvent, tu seras déjà morte.

Elle retourna s'admirer dans le miroir en faisant ondoyer sa robe.

— Et alors mon amoureux reviendra. Enfin.

Jocelyn regarda autour d'elle. La pièce ne semblait pas avoir été préparée pour recevoir une prisonnière. Regina avait donc été obligée de changer de plan. Elle ne s'attendait pas à ce que le FBI l'identifie aussi vite.

Un mini-réfrigérateur et un petit évier encastré dans un meuble occupaient l'un des murs. À l'autre extrémité, une commode et le miroir devant lequel Regina se tenait, fascinée par son reflet. Il devait forcément y avoir des couteaux dans le coin cuisine…

Tout en surveillant sa ravisseuse, qui s'était mise à chantonner, Jocelyn s'assit discrètement au bord du lit. Prenant une grande inspiration pour se donner du courage, elle se leva, pieds attachés, et sautilla jusqu'au placard.

— Non mais tu te crois où ? s'écria Regina en se précipitant vers elle.

Jocelyn n'eut pas le temps d'ouvrir le premier tiroir. La tueuse la flanqua par terre avant de la frapper à la tête. Jocelyn s'évanouit. Quand elle recouvra ses esprits, Regina était en train de la traîner vers le lit.

— Tu ne me laisses pas le temps de savourer, grommela-t-elle en la hissant sur le matelas.

Elle se dirigea vers la commode. Horrifiée, Jocelyn la vit se saisir d'un marqueur rouge et sortir un pistolet d'un tiroir. Il fallait qu'elle fasse quelque chose. Qu'elle se débrouille pour désarmer cette déséquilibrée.

Quand Regina revint vers le lit, Jocelyn se jeta sur elle. Elles roulèrent toutes les deux par terre. Jocelyn réussit à agripper la main qui tenait le pistolet et projeta celui-ci dans le menton de Regina.

— Ah ! cria cette dernière, furieuse.

L'arme lui échappa. Jocelyn tenta de la ramasser, mais Regina l'envoya glisser jusqu'au pied de l'escalier qui menait à la trappe. Puis elle lui assena un violent coup de poêle sur le crâne et, de nouveau, tout devint noir.

Lorsqu'elle reprit connaissance, Jocelyn pensa d'abord à son bébé. Elle ne voulait pas le perdre. Elle ne voulait pas mourir et l'emporter avec elle dans sa tombe. Combien de temps s'était-il écoulé ? Impossible de le savoir. Cette fois-ci, elle était attachée à la rampe de l'escalier.

Regina s'était changée. Sa robe de mariée était pendue à

un cintre, sur un crochet installé près du miroir. À la place, elle avait enfilé un jean et un T-shirt marron dans le même ton que ses cheveux ternes. Penchée sur la commode, elle traçait des lignes au marqueur rouge sur une feuille. Le résultat n'avait pas l'air de lui plaire.

— Merde ! lâcha-t-elle.

Voyant que Jocelyn s'était réveillée, elle lui montra le marqueur.

— Il n'a plus d'encre.

Jocelyn ne répondit pas. Elle voyait trouble et avait la nausée - deux signes de traumatisme crânien. Et si elle faisait une hémorragie cérébrale ? Il fallait que quelqu'un la transporte à l'hôpital. Si seulement elle avait écouté Trevor et démissionné dès le début de sa grossesse...

— Tu as droit à un peu de répit avant de rejoindre les autres dames, Jocelyn, lui annonça Regina.

— Je ne me sens pas bien, marmonna-t-elle.

— Ne t'inquiète pas, bientôt tu ne sentiras plus rien. Je dois aller acheter un nouveau marqueur. Ma signature doit être propre et nette.

Elle attrapa son sac à main et se dirigea vers l'escalier. En passant à côté de Jocelyn, elle lui agrippa le visage.

— Ne bouge pas d'ici.

Puis elle monta les marches en riant, certaine de la retrouver là à son retour.

Dès que la trappe se referma, Jocelyn tenta de se défaire de ses liens, mais Regina l'avait attachée trop fermement. Jamais elle ne pourrait se libérer seule. Elle allait mourir, et son nom s'ajouterait à la longue liste des victimes de la Tueuse de l'Alphabet.

— Trevor, murmura-t-elle. Au secours.

18

Seule avec son père dans cette petite pièce, Josie se sentait mal. Depuis que Trevor avait filé pour sauver Jocelyn, elle n'arrêtait pas de jeter des coups d'œil vers la porte. Elle aurait préféré cent fois partir avec lui… Heureusement, Matthew était enchaîné, et elle savait que les gardiens réagiraient au moindre signe de sa part.

— Pourquoi as-tu dit que je méritais cet indice ? lui demanda-t-elle.

— Viens t'asseoir avec moi, Josie.

Elle n'appréciait pas son ton autoritaire. Même à l'article de la mort, il l'intimidait encore. Mais elle pensa à ses frères et sœurs, à ce qu'ils attendaient d'elle, et elle se résolut à s'installer en face de lui.

— Tu as toujours été ma petite fille chérie, confia-t-il d'une voix doucereuse. Je me rappelle quand tu as commencé à parler. La première fois que je t'ai entendue dire « papa », j'ai eu les larmes aux yeux.

Josie ne répondit pas. Il évoquait un temps trop lointain pour qu'elle s'en souvienne.

— Tu m'adorais, poursuivit-il. Tu me suivais partout, tu voulais toujours que je te porte. C'étaient de bons moments.

Pourquoi lui racontait-il cela ? Comme Trevor, elle se méfiait de lui. Matthew était un affreux manipulateur.

— C'est ce qui t'a attiré des ennuis quand ta mère est morte.

— Tu veux dire, quand tu l'as tuée ?

— Oui. C'est exactement ce que je veux dire. Tu étais tellement jeune... Peut-être que tu n'en as gardé aucun souvenir ou bien seulement des bribes confuses. Heureusement, sinon j'aurais été obligé de te tuer aussi.

Josie recula sa chaise, écœurée.

— Je m'en vais. Je savais que tu te ficherais de moi une fois de plus.

Elle s'avança vers la porte, prête à frapper pour que le gardien lui ouvre.

— Je vais te donner ton indice ! lâcha Matthew entre deux quintes de toux.

Josie se retourna.

— Tu me le donnes tout de suite ou je pars.

— Je voulais juste passer un peu de temps avec toi, Josie. Je suis mourant. Je ne mens pas quand je dis que j'ai de tendres souvenirs de toi.

— Donne-moi mon indice.

Il hésita un instant, avant de capituler.

— Bleu.

— Bleu ?

Comme la peinture qui dégoulinait du pinceau dans son rêve...

— Oui, répondit-il en souriant. Bleu. Ça te rappelle quelque chose, maintenant ?

Josie comprit enfin ce que venait faire cette barrière dans ses cauchemars. Elle l'avait peinte en bleu. Ce devait être un lointain souvenir, une des premières images qu'elle avait gardée de sa petite enfance.

— C'est là que tu as enterré maman ? demanda-t-elle, sous le choc.

— Elle est futée, ma fille... Je suis tellement content que tu sois venue me voir aujourd'hui !

Josie lutta contre la vague de nausée qui l'envahissait.

Tandis que Matthew se remettait à tousser, elle tambourina contre la porte.

— Attends...

Il étouffait, incapable de parler, incapable de la retenir.

Qu'il aille au diable. C'était la dernière fois qu'il la voyait. Elle avait accompli son devoir : elle avait récupéré son indice.

Le gardien ouvrit, et elle s'enfuit de la prison en courant.

Trevor roulait pied au plancher. Il avait prévenu le reste de l'équipe qui ne devait pas être loin derrière lui. *J'arrive, Jocelyn. Attends—moi.*

Parvenu à l'adresse indiquée par Matthew, il tourna dans l'allée et s'arrêta devant la maison décrépite aux fenêtres condamnées. Aucun bunker en vue. Et si son père l'avait mené en bateau ? Il eut une image du vieux monstre assis dans sa cellule en train de ricaner de la crédulité de son fils aîné...

Trevor jeta un coup d'œil à travers une vitre brisée du garage. Il n'y avait pas de voiture, ni à l'intérieur ni dehors. L'angoisse lui serrait la gorge. Où était Jocelyn ? Regina l'avait-elle seulement transportée ici ? En observant l'allée de plus près, il repéra des traces de roues et reprit espoir.

Il fit le tour de la maison, cherchant ce qui pourrait ressembler à une entrée de bunker. Les mauvaises herbes avaient envahi le jardin et la terrasse. Un vieux barbecue menaçait de s'écrouler, rongé par la rouille. Au fond du terrain, le long de la haie, il découvrit enfin une trappe en bois dissimulée par des buissons. Tout autour, le sol avait été piétiné récemment.

Jocelyn était là. Il le sentait. Mais était-il arrivé à temps ?

Dégainant son pistolet, il ouvrit le loquet et souleva la trappe qui retomba avec un bruit étouffé sur la végétation dense. Il entendit Jocelyn crier avant même de la voir attachée à la rampe de l'escalier. Elle se débattait comme une diablesse.

— Jocelyn !

Elle leva la tête vers lui, puis ferma les yeux de soulagement en le reconnaissant.

— Trevor... dépêche-toi. Elle est partie acheter un nouveau marqueur rouge.

Il dévala les marches, s'accroupit devant elle et lui prit le visage pour l'embrasser. Il était tellement heureux de l'avoir retrouvée qu'il avait l'impression que son cœur allait exploser.

— Détache-moi vite, Trevor.

— Tu as raison.

Il alla fouiller les tiroirs de la petite cuisine pour trouver un couteau et revint la libérer de ses liens. Jocelyn se jeta au cou de Trevor.

— Oh ! mon Dieu... J'ai cru qu'elle allait me tuer !

— Je suis là, maintenant.

En l'aidant à se lever, il nota qu'elle chancelait sur ses jambes.

— Ça ne va pas ?

— Je crois que j'ai une commotion. Elle m'a frappée plusieurs fois à la tête.

Trevor lui palpa délicatement le crâne. Elle avait en effet un bel hématome, et ses cheveux étaient collés par le sang. Il fallait la montrer rapidement à un médecin. Ne voulant pas perdre de temps, il la souleva dans ses bras et la porta jusqu'à la surface. Après avoir refermé la trappe d'un coup de pied, il posa un genou à terre pour enclencher le loquet. Ainsi, Regina ne se douterait pas immédiatement que quelqu'un était venu délivrer sa prisonnière.

Alors qu'ils filaient en direction de l'hôpital, Trevor appela leur chef.

— On arrive bientôt au bunker, indiqua ce dernier. On va se faire discrets en attendant son retour.

Regina Willard allait être capturée. L'enquête était bouclée. Il ne resterait plus qu'à préparer le procès.

Trevor pourrait enfin oublier Matthew. Mais avant cela, il avait encore une dernière affaire à régler.

Ce soir-là, à l'hôpital, Jocelyn fut réveillée par le bruit de la porte qui s'ouvrait. Elle souffrait bien d'une commotion cérébrale ; les médecins avaient préféré la garder en observation pour la nuit.

Trevor entra dans la chambre, un énorme bouquet de fleurs dans les bras. Il était lavé et rasé de frais et portait un costume propre. En partant quelques heures plus tôt, il lui avait dit qu'il allait manger un morceau et qu'elle devait se reposer.

— Où étais-tu, pendant tout ce temps ? murmura-t-elle.

— Avec le chef, entre autres. Regina est en garde à vue.

— Quel soulagement… C'est une menace en moins pour la société.

Il déposa les fleurs sur la table, près du lit.

— Elles sont magnifiques, Trevor.

— Pas autant que toi.

Jocelyn se mit à rire.

— D'habitude, c'est moi qui fais ce genre de plaisanteries.

— Je ne plaisante pas. Je suis très sérieux, comme toujours.

Il s'assit dans le fauteuil à côté d'elle et plongea la main dans la poche de son pantalon.

— Jocelyn, j'ai été un vrai imbécile.

Elle retint son souffle en reconnaissant dans la paume de Trevor l'écrin de son alliance. Il avait dû la retrouver dans sa boîte à bijoux.

— Je me suis laissé accaparer par l'enquête. Par Matthew et son imitatrice.

— Ce n'est pas grave. Quand Regina m'a kidnappée, je me suis rendu compte que je m'étais comportée comme une imbécile, moi aussi.

— Chut… laisse-moi finir.

Il lui prit tendrement la main et lui glissa la bague au doigt.

— Je t'aime, Jocelyn. Je crois que je t'ai aimée dès le premier jour.

— Ah oui ? répondit-elle, les larmes aux yeux. Moi aussi, je t'aime, Trevor.

Il se pencha pour l'embrasser.

— Je ne te décevrai plus jamais. J'ai l'intention de passer le reste de ma vie à te rendre heureuse.

— Je ne pourrai pas être plus heureuse que je le suis tout de suite.

Il s'écarta, sans toutefois lui lâcher la main.

— Est-ce que tu veux m'épouser, Jocelyn ? Pour de vrai, cette fois-ci. Marions-nous, achetons cette maison et remplissons-la d'enfants.

— D'accord.

Elle attira Trevor à elle pour l'embrasser encore.

— Promets-moi d'abord que tu m'épouseras, insista-t-il.

— Oui. Oui, je vais t'épouser, Trevor Colton !

— On dirait qu'on arrive au mauvais moment...

Trevor se redressa et Jocelyn vit Josie entrer dans la chambre, suivie du reste du clan Colton : Sam et Zoe, Ethan, Lizzie et leur bébé, Ridge et Darcy, Jesse et Annabel, Chris et Holly.

— Trevor m'a demandée en mariage, leur annonça Jocelyn, un grand sourire aux lèvres. Pour de vrai.

— Ça, c'est une bonne nouvelle ! s'exclama Annabel.

— Il faudrait d'abord que tu sortes de l'hôpital, souligna Sam. À moins que vous vouliez faire venir un prêtre ?

— Ils avaient l'air assez pressés quand on est arrivés, plaisanta Zoe.

Les rires fusèrent.

— Bon, je ne vous ai pas réunis ici pour parler mariage, observa Josie. J'ai quelque chose à vous dire.

Tout le monde reprit son sérieux.

— Matthew m'a donné un indice.

Subitement, on aurait pu entendre une mouche voler dans la pièce.

— Je fais toujours le même cauchemar dans lequel je suis

en train de repeindre une barrière, expliqua Josie. Au début, il y a des fleurs et il fait beau, mais ensuite le ciel s'assombrit, le vent se lève et les fleurs se fanent. Alors, je tente d'échapper à un monstre qui me poursuit. La dernière fois que j'ai fait ce rêve, j'ai vu le visage du monstre. C'était papa.

— Matthew ? dit Trevor, les sourcils froncés.

— Oui. Je ne savais pas ce que ça voulait dire mais, maintenant, j'ai compris. Mon indice, c'est le mot « bleu ».

Elle regarda ses frères et sœurs un à un.

— Or, dans mon rêve, je peins cette barrière en bleu.

— Et alors ? demanda Sam.

— Ce n'est pas un rêve, c'est un souvenir. Je me rappelle ce jour où j'ai repeint la barrière.

— Tu as dû voir Matthew enterrer maman, murmura Trevor, choqué. C'est pour ça qu'il a dit que tu méritais cet indice après tout ce que tu avais vu.

Un lourd silence accueillit cette révélation.

— Je sais où se trouve cette barrière, déclara Sam au bout d'un moment. Sur la propriété de notre grand-mère maternelle, là où tous les autres indices nous ont menés.

— Je m'en souviens aussi, renchérit Ridge. C'est sûr, maman est enterrée là-bas !

19

Ils étaient tous rassemblés autour d'une petite butte, près de la barrière que Josie avait peinte étant enfant. Trevor n'était pas sûr de savoir ce qu'il ressentait au juste. La satisfaction d'avoir enfin retrouvé la tombe de leur mère. La colère contre leur père qui l'avait tuée. Un certain apaisement, aussi.

— Qu'est-ce qu'on va faire de son corps ? demanda Josie.

Matthew avait enterré Saralee à même le sol. Le cadavre avait dû se décomposer depuis longtemps – il n'en restait peut-être que quelques os.

— Je crois qu'on devrait la laisser ici, dit Chris.

— Là où son meurtrier l'a abandonnée ? protesta Annabel.

— Où aurait-elle voulu être enterrée, à part sur la propriété de sa mère ? répliqua Sam. Elle adorait cet endroit.

— C'est vrai, reconnut Ethan.

Il jeta un regard vers la maison derrière eux. Sa femme et lui avaient confié leur bébé à une nourrice pour la journée.

— On pourrait l'exhumer et lui offrir de vraies funérailles, suggéra Trevor. Déposer ses restes dans un joli cercueil.

— C'est tellement morbide, commenta Annabel en frissonnant.

— On peut aussi faire pousser des fleurs sur sa tombe, dit Josie. Je ne suis pas sûre que ce soit une bonne idée de la déplacer. Elle est morte, de toute façon. Elle s'en fiche d'être enterrée ici ou ailleurs.

— À sa place, j'aimerais que mes enfants incinèrent mes restes et les dispersent à un endroit que j'aimais.

Elle se tourna vers Josie.

— Ça ne te dérange pas que le lieu de sa sépulture reste le même que dans tes cauchemars ?

— Non. Je crois qu'à travers ces rêves, elle m'envoyait des messages. Et puis je me souviens qu'il faisait beau ce jour-là, et qu'elle semblait heureuse. Elle aimait beaucoup cette partie du jardin.

— Papa le savait, nota Ethan.

— C'est sans doute pour ça qu'il l'a enterrée là, ajouta Sam. Il tenait suffisamment à elle et à ce qu'ils avaient vécu ensemble pour lui offrir au moins ça.

— Votons, proposa Trevor. Qui pense qu'on devrait la laisser ici ?

Tous levèrent la main, à l'exception d'Annabel.

— Tu préférerais déplacer son corps ? lui demanda Trevor.

— Je ne sais pas. J'aimerais surtout que papa ne l'ait jamais tuée.

— Elle appréciait vraiment cet endroit, insista Ethan. Elle voulait y faire pousser des fleurs.

— Je sais bien. Elle en parlait tout le temps.

— Elle prévoyait de faire une allée et d'installer un banc ici, précisa Chris.

— Moi, je dis qu'on la laisse tranquille, trancha Josie. Elle est restée là tout ce temps, à quoi bon la déplacer maintenant ? C'est peut-être macabre, mais il ne reste sans doute plus grand-chose de son corps. On n'a qu'à semer les fleurs qu'elle aimait et on viendra lui rendre visite ici.

— Annabel ? demanda Trevor.

— L'idée de Josie me plaît.

— On aurait tous préféré que papa ne la tue pas, fit remarquer Ridge. Mais, au moins, il lui a choisi un lieu qu'elle aimait.

— Il nous faudra du temps pour surmonter le traumatisme de sa mort, mais on y arrivera, assura Trevor. Tous ensemble.

— Je suis d'accord, murmura Annabel. Laissons-la ici.

Il la serra dans ses bras, et cette démonstration d'affection les encouragea tous à échanger des embrassades. Bientôt, l'atmosphère se détendit. Ils étaient tellement heureux de s'être retrouvés...

— Partons d'ici, lâcha Sam. On a un mariage à célébrer.

C'était Trevor qui avait déniché la petite église qui ressemblait à un château de conte de fées avec ses flèches et ses moulures en pierre sculptée. Le parvis était décoré de fleurs, et de larges marches menaient à la double porte d'entrée.

Ils avaient opté pour une cérémonie intime en présence de la famille proche seulement, mais le chef avait diffusé la nouvelle au sein de l'antenne du FBI, et les collègues étaient nombreux à avoir répondu présent. Jocelyn avait donné sa démission la veille.

Elle se détourna de la fenêtre au moment où Josie pénétrait dans la sacristie. La sœur de Trevor s'arrêta net.

— Tu es superbe.

— Merci.

Jocelyn avait choisi une robe ajustée et évasée en tulle et dentelle de Venise. Elle avait attaché ses cheveux en chignon, avec quelques boucles qui retombaient autour de son visage.

— Tu es prête ? s'enquit Josie. On m'a envoyée te chercher.

— Je suis plus que prête.

Chris les attendait au pied de l'escalier. Il avait insisté pour conduire Jocelyn à l'autel.

— À tout à l'heure, glissa Josie, et elle fila rejoindre les autres à l'intérieur de l'église.

Très fringant dans son smoking noir, Chris offrit son bras à Jocelyn.

— C'est un plaisir pour moi de t'accompagner, lui dit-il. Je suis fier de pouvoir faire ça pour mon grand frère.

— Il vous aime tous bien plus que vous l'imaginez.

Chris sourit.

— Je le sais, maintenant.

— Tant mieux.

Lorsqu'ils arrivèrent à l'entrée de l'église, Jocelyn aperçut Trevor devant l'autel, plus beau que jamais dans son costume de marié. Il fixa sur elle son regard intense.

Les battements de son cœur s'accélérèrent tandis qu'elle remontait l'allée au bras de Chris. Les policiers en uniforme, les agents et les membres de la famille de Trevor s'étaient levés de leurs bancs et la contemplaient avec un mélange d'affection et d'admiration.

— Qui donne cette femme en mariage à cet homme ? demanda le prêtre.

C'était le même qu'à Las Vegas – Trevor l'avait fait venir en avion.

— Je la lui donne, répondit Chris en souriant à son frère.

Il s'éclipsa, laissant Jocelyn seule à côté de Trevor. Elle non plus ne pouvait s'empêcher de sourire et elle voyait le même bonheur se refléter dans les yeux du père de son bébé.

— Cela change des costumes de *Mr and Mrs Smith*, souligna le prêtre, déclenchant une vague de rires dans le public. Vous êtes ravissante, Jocelyn.

— Merci.

Trevor glissa un bras sous celui de Jocelyn.

— Ravissante, en effet, chuchota-t-il.

— Mesdames et messieurs, nous sommes réunis aujourd'hui pour assister à l'union de ces deux jeunes gens. Si quelqu'un s'y oppose, qu'il parle maintenant ou se taise à jamais.

Personne ne broncha.

— J'ai failli m'y opposer, à Las Vegas, plaisanta le prêtre.

Autres rires dans l'assemblée.

— Allons-y. Trevor Colton, voulez-vous prendre cette femme pour épouse ? Promettez-vous de l'aimer, de la soutenir, de l'honorer et, renonçant à toute autre, de lui rester fidèle aussi longtemps que vous vivrez ?

— Oui.

Il semblait bien plus convaincu qu'à Las Vegas... Le prêtre se tourna en souriant vers Jocelyn.

— Jocelyn Locke, voulez-vous prendre cet homme pour époux ? Promettez-vous de l'aimer, de le soutenir, de l'honorer et, renonçant à tout autre, de lui rester fidèle aussi longtemps que vous vivrez ?

— Oui.

— Très bien ! Tenez-vous par les mains et répétez après moi. Moi, Trevor Colton...

Trevor plongea son regard dans celui de Jocelyn, et elle y perçut toute l'étendue de sa sincérité et de son amour.

— Moi, Trevor Colton, je te prends, toi, Jocelyn Locke, pour épouse, pour t'avoir et te garder aujourd'hui et pour toujours ; pour le meilleur et pour le pire, dans la richesse et dans la pauvreté, pour t'aimer et te chérir jusqu'à ce que la mort nous sépare.

— Parfait ! À vous, maintenant. Moi, Jocelyn Locke...

— Moi, Jocelyn Locke, je te prends, toi, Trevor Colton, pour époux, pour t'avoir et te garder aujourd'hui et pour toujours ; pour le meilleur et pour le pire, dans la richesse et dans la pauvreté, pour t'aimer et te chérir jusqu'à ce que la mort nous sépare.

Sans que le prêtre ait eu besoin de le dire, Trevor sortit de sa poche l'alliance de Jocelyn. Il lui prit la main et la glissa à son doigt.

— Par cette bague, je m'unis à toi, récita-t-il.

Jocelyn fit de même avec l'anneau de Trevor, qu'il lui avait remis avant la cérémonie.

— Par cette bague, je m'unis à toi.

— Que ces alliances soient le symbole de votre affection, de votre sincérité et de votre fidélité mutuelles, dit le prêtre. En vertu de l'autorité qui m'est conférée par l'État du Texas, je vous déclare mari et femme. Vous pouvez embrasser la mariée.

Jocelyn posa les mains sur le torse de Trevor tandis qu'il l'attirait à lui. Leurs lèvres se rencontrèrent en un doux et long baiser, sous les vivats et les applaudissements de l'assistance.

Côte à côte, ils redescendirent l'allée. Jocelyn sentait son cœur déborder d'amour et de joie. L'avenir dont elle avait toujours rêvé s'ouvrait maintenant devant elle.

Dehors, les invités leur jetèrent des confettis alors qu'ils rejoignaient la limousine. Jocelyn s'arrêta, dos à la foule, et lança son bouquet. Lorsqu'elle se retourna, Josie le tenait dans ses mains, les yeux agrandis de surprise.

— C'est toi la prochaine, sœurette ! dit Sam en riant.

Dans la voiture, Jocelyn se blottit contre Trevor qui lui embrassa tendrement le haut de la tête.

C'était le bonheur parfait.

Épilogue

Trevor reposa le dossier du dernier meurtre sur lequel il enquêtait. Aussitôt, Jocelyn s'en empara et se mit à le feuilleter. Elle avait tenu sa promesse et quitté le FBI, mais cela ne l'empêchait pas de continuer à s'intéresser aux affaires que Trevor suivait.

Il l'enlaça par-derrière et glissa une main sur le minuscule renflement de son ventre. Il adorait vivre cette expérience avec elle. Chaque jour ou presque, il la prenait en photo pour savoir exactement quand sa grossesse commencerait à se voir. Il se sentait déjà fier de son bébé.

— Trevor, laisse-moi lire !

Elle était penchée sur l'îlot central de la cuisine, dans leur nouvelle maison. Ils avaient attendu d'y emménager pour pouvoir organiser leur fête de mariage dans le jardin.

— Mais je te laisse lire ! se défendit-il en l'embrassant dans le cou.

— Si tu continues, je ne vais plus être capable de me concentrer.

Il s'écarta avec un petit rire et s'installa de l'autre côté de l'îlot pour ne plus être tenté de la toucher.

— Tu penses que c'est le mari ? demanda-t-elle après avoir regardé les photos du meurtre et les comptes rendus d'interrogatoires.

— Oui. Son alibi ne tient pas.

— Ils avaient une assurance vie ?

— Avec 500 000 dollars dessus.

— Des enfants ?

— Pas d'enfants.

Jocelyn referma le dossier.

— Affaire classée.

Elle contourna l'îlot et passa les bras autour de Trevor.

— On a combien de temps avant que tout le monde arrive ? murmura-t-elle.

— Quelques minutes. Qu'est-ce que tu fais des musiciens et du traiteur ?

À cet instant, la sonnette retentit.

— Dommage...

Il lui vola un baiser avant d'aller ouvrir la porte à Ethan, Lizzie et leur nouveau-né. Comme celui-ci pleurait, sa maman s'installa dans un fauteuil du salon pour l'allaiter.

Sam et Zoe entrèrent juste derrière et se dirigèrent vers la cuisine.

— Waouh ! s'exclama la jeune femme en apercevant le jardin.

Jocelyn et Trevor avaient loué un barnum assez grand pour accueillir toute la famille. Dessous, les tables recouvertes de nappes en lin blanc occupaient une partie de l'espace. Des guirlandes de lumières leur permettraient de continuer la fête jusque tard dans la nuit. Derrière le buffet, le traiteur se préparait à servir une abondance de mets salés et sucrés. Quant aux musiciens du groupe de country, ils avaient fini leur balance et commençaient tout juste à jouer.

Ridge et Darcy arrivèrent quelques minutes après, suivis de Jesse et d'Annabel, puis de Chris et de Holly.

Ethan tenait compagnie à sa femme dans le salon. Trevor les observa un moment, un sourire aux lèvres. Son frère semblait fasciné par son bébé. Trevor savait qu'il serait pareil Et dire qu'il allait être papa... Il n'en revenait toujours pas.

— Laissons-les tranquilles, chuchota Jocelyn en le prenant par le bras.

Dehors, Zoe, la bibliothécaire, discutait avec Darcy, l'amoureuse de Ridge. Jesse et Annabel dansaient sur la piste. Chris et Holly les rejoignirent.

— Où est Josie ? s'enquit Sam.

— Je suis là !

La jeune femme apparut avec deux bouteilles de champagne.

— Les personnes qui ne sont pas enceintes ou allaitantes ont l'obligation de trinquer avec moi, décréta-t-elle. Je suis la seule célibataire ici, alors vous devez me faire plaisir.

Trevor mit les bouteilles au frais et revint embrasser sa sœur sur la joue.

— Tu as attrapé le bouquet, je te rappelle. Tu ne vas pas rester seule longtemps.

— Je ne crois pas à ces contes de bonnes femmes. Toi non plus, d'ailleurs.

— Maintenant, si.

Il décocha un clin d'œil à Jocelyn.

— De toute façon, ça devra attendre, dit Josie. Je pars demain matin pour Brush Valley.

— Tu vas chercher la montre ?

— Vous ne devez rien à Matthew, intervint Jocelyn. Il a été horrible avec vous.

— Si elle ne le fait pas, je m'en chargerai, répliqua Trevor. J'ai envie de savoir ce qu'il y a dans cette montre qui la rend si spéciale à ses yeux.

— Non, je vais m'en occuper, insista Josie. J'ai déjà prévenu Eldridge Colton, le cousin de Matthew.

— Si ça peut te rendre heureuse…

— Je le suis déjà. Heureuse d'être libérée du baron de la drogue et d'être sortie du programme de protection des témoins. Je me sens enfin en sécurité.

Le serait-elle vraiment pendant sa quête de la fameuse

montre ? s'interrogea Trevor. Il s'inquiétait déjà pour elle. Mais il fallait bien que quelqu'un accepte cette mission, sans quoi Matthew les harcèlerait jusqu'à sa mort.

— Sois prudente, Josie.

— Je le serai. Et je veux ajouter que ce qui me rend le plus heureuse, c'est qu'on soit de nouveau tous réunis.

— Je crois que le sentiment est unanimement partagé. Allons fêter dignement ton départ.

Ce soir-là, Trevor et Jocelyn fêtèrent tout aussi dignement le début de leur nouvelle vie.